Le FANTÔME *de* L'OPÉRA

GASTON LEROUX

歌劇魅影

卡斯頓・勒胡——著　楊玟——譯

新版推薦文

高中時我就是安德魯・洛伊・韋伯（Andrew Lloyd Webber）迷，熱愛他寫的諸多膾炙人口的音樂劇，雖然一直無緣去看劇，但當時就已經讀了《歌劇魅影》小說。非常開心這次能讀到遠流重新出版的法文直譯版本，坦白說，整部小說中最讓我神迷的部份，是卡斯頓・勒胡（Gaston Leroux）在文本中對於空間的描寫。

勒胡融入了巴黎歌劇院（Opéra de Paris）在興建時期遇上了普法戰爭停工，而後又經歷巴黎公社時期的歷史，並且將一七九一年大革命恐怖統治時期的地下監獄，一併寫入了故事中。藉由半抽乾的巴黎地下湖，以及為了舞台升降精密器械的乾燥需求而建立的兩道防水圍牆，就這樣完美建構了主人翁，劇院之鬼艾瑞克的華美地下宮殿。

其中最叫我迷醉的，是讓人驚奇不已的「多重表／裡空間」之對比與建構。在一個劇場空間中，對外迎賓的大廳對比於內部封閉的劇院，構成了第一重的表裡空間；進入劇場後，表演的舞台又為表，準備的後台、升降幕的機械設備、演員的化妝間又成為了裡。小說最精妙的部份，是劇院之鬼艾瑞克在作為建築師卡尼爾的助手營造劇院時，精心設計的祕密通道、密門、地道，讓他可以隨時進入神祕的包廂，或是偷聽劇院經理的對話，又或是神不知鬼不覺地拿走劇院供奉的俸祿，乃至於堂而皇之在演員包廂用鏡牆帶走心愛的克莉絲汀。他讓劇院後台又成為表，而自己像幽魂一般穿梭的密道則成了裡。最後，對比於巴黎歌劇院，他遠在地底的湖濱小屋，則是裡中之裡。

在勒胡的妙筆之下，璀璨華麗的巴黎歌劇院內部成為宛如精密鐘錶般的超巨大機關密室結構，機關大師艾瑞克參照設計波斯皇宮密室的經驗，打造了一個充滿黑暗氛圍、升降布幕、暗門通道，伴隨謀殺事件、神祕捕鼠人與籠罩著劇院之鬼不祥傳說的舞台。還有什麼比摹寫出這樣一個異度空間更叫人興奮的設定呢？

——李律（國立交通大學兼任助理教授）

猶記得〈夜之樂〉（The Music of the Night）輕輕揚起時的觸動，轉向文字時更是另一個震撼。曾經藏在我心深處的，或許是面具底下的為情所困、人性中的傲慢與偏見、萬丈紅塵裡的執念與愛恨，而今雖非卻道天涼好個秋的心境，再回首看待《歌劇魅影》時，竟覺內心生出更深刻的無奈與惆悵。

《歌劇魅影》陪伴你我走近並走進這般憂傷的旋律中，隨著纏綿文字中的瘋狂與痴迷、寂寞眼光中投射出的壓抑與佔有，一同看見主角們的外顯形象與那百轉千折的內心糾結，更甚而，我們將發現自己心中的魅影，有著無盡欲望與自卑的模樣，有著無盡愛戀與真情的姿態，早已幻化成一道影子駐足在心中，以面具緊緊包覆住自己。

《歌劇魅影》靠近著星光下的黑暗，卻點亮每一顆寂寞的心靈。我們在文字中看見真切的腳下世界，然不需明白也不需多問，因那是一生終將面對的長路，而緩緩滲入並深諳人心的《歌劇魅影》亦將一路相隨。

——李純瑀（國立台灣師範大學助理教授）

也許我們每個人心裡都有一座隱密的地下宮殿，在那裡都住著一個魅影。也許我們都有著魅影的孤獨，無人看見，無人了解，而我們也有著魅影的渴望，想被聆聽，被天使般的歌聲撫慰，希望有人願意進入我們心底的宮殿。

也許我們每個人都戴著屬於自己的面具，卻又期待有誰可以看見面具後面那個真實的自己，那個受傷的靈魂，那是只有在某個特定的人出現的時候，我們才會卸下的偽裝。然而同時我們又想要隱藏自己不夠好的一部份，但願自己在那個特別的人面前完美無瑕。

是的，我們都唱著自己的歌，有著自己的魅影，我們想要被看見，卻又害怕被看穿；我們希望有人接受我們真實的樣子，卻又擔心自己的缺陷會讓對方逃走；我們都希望可以毫無保留地去愛人，也希望有人可以不顧一切地愛自己。因此我們對《歌劇魅影》如此心有戚戚，彷彿它說的就是我們每一個人的故事。

——彭樹君（作家）

《歌劇魅影》，如撕毀織錦般華美、心碎的黑暗童話。「克莉絲汀，你一定得愛我！」它始自如此幼稚蠻橫、憂鬱悲哀的告白。喪父的年輕歌姬克莉絲汀，背後有個猶如父親望女成鳳般執著的導師——歌劇院的鬼魂。雖然隱身於黑暗中，卻以才華將她帶上顛峰，不惜謀殺來清除她走上巨星之路的障礙。而他燃燒的嫉妒，同樣糾纏她不放。

女孩的戀父情結，與稚氣的憐憫、拯救慾糾結混淆。既期待男人舉翼保護可憐幼雛般的她，又感動於他狂熱不顧一切的貪戀索求。

過去我以為是克莉絲汀受黑暗成人世界誘惑而騷動。等到在世間無數苦戀中處處見到克莉絲汀與魅影的化身，我才明白這是兩個病者的相依：既不能沒有彼此，而相處更是痛徹心扉。歌劇院的地下迷宮，就像村上春樹小說中的井、地穴、冷酷異境，是潛意識的幻影舞台。若沒有下探深淵，人們還以為自己是天使，直到《歌劇魅影》指出你是哪種魔鬼。

——**盧郁佳**（作家）

小說之於心理學，我們可以從許多角度來閱讀《歌劇魅影》。諸如，什麼是愛？在愛裡，如何拿捏佔有與尊重之間那條看不見的線？又或者，什麼構成了自我？是才華、外貌，亦或是那副大人交給你，叫你戴上的面具？這些議題，相信都會在閱讀本書的過程，慢慢浮現心頭。

心理學中的「投射」，指的是不自覺地「以己度人」。閱讀這部作品時，不妨同步觀察自己。哪一段故事最讓你屏息？最讓你憤怒？最讓你無力？最讓你感慨？那些你認為的「印象深刻」，或許正是因為它勾出了我們一部份的內在。

在劇情裡，我們看見了人生百態。

在人物裡，我們悟透了人性本質。

時代在變，但人性不會，而這正是經典永不退流行的原因。

——**蘇益賢**（臨床心理師）

初版推薦文

膽汁繪紅伶——我愛讀的《歌劇魅影》

莊裕安（作家）

一九九三年夏天，我在倫敦女王戲院觀賞了嚮往已久的《歌劇魅影》音樂劇，秋天又有小說中譯本先睹為快的機會，套句文藝腔說辭，我真是陷身於喜悅與恐怖的氛圍中。從前我恐怕是被唱片裡麥可・克勞佛（Michael Crawford）甜美的嗓音給哄騙了，直到看過歌劇和原著小說以後，才真正嚐到卡斯頓・勒胡在蜂蜜裡下的膽汁。

勒胡生來就是寫黑色推理的料，一八六八年他母親在回諾曼第的路上碰上交通阻塞，竟因急產臨時將他生在巴黎一家棺材店裡。勒胡二十一歲那年繼承了父親一筆百萬遺產，在巴黎河左岸和拉丁區，過著香檳與乳酪一般的好日子。他學的雖是法律，卻沒有專心朝老本行發展，反而在新聞和雜誌界打零工，當起逍遙的特約撰述。勒胡生性愛旅行，在近二十年的記者生涯中，幾乎跑遍全世界，這些豐富的奇風異俗閱歷，日後都在他的小說中伸枝冒芽。

勒胡在三十九歲那年感到倦勤，掛掉一個清晨三點的電話後——主編要他即刻搭火車去法國南部採訪一樁戰役——決定在巴黎當一個蝸居的職業小說家。直到五十九歲那年逝於尿毒，他一共完成六十二篇小說，果然敬業又樂業。

一九一一年勒胡出版了《歌劇魅影》，這部作品對他的寫作生涯而言意義非比尋常。在撰寫一大堆床頭小說後，他自覺需要有那麼一本小說，能讓「卡斯頓．勒胡」這個名號，起碼在文學史上佔一個小角落。

這本寫得特別花力氣的小說，沒想到賣座反而沒有預期中的好。一直到十四年後，好萊塢將它拍為默片，捧紅了大明星隆．錢尼（Lon Chaney），這本小說才順勢推舟大大暢銷。對命在旦夕的勒胡，雖然是一劑回天乏術的強心劑，但風燭殘年還能發覺自己的確押對了寶，足可含笑駕鶴了。

然而文學史是人間最無情的榜單，等到一九八二年，作曲家安德魯．洛伊．韋伯靈機一動，想改編此書為歌舞劇時，勒胡的小說不只早從書店下架，也幾乎絕跡於書市了。韋伯只好委託舊書商，幫他在千鍾之中找到這微渺的一粟。說也奇怪，勒胡的小說再一次鹹魚翻身，韋伯的歌舞劇在全世界各大都會連演數年不墜，唱片也一再衝破白金大關，小說當然也水漲船高。這就是本書「名不見文學經傳」，卻在出版後的八十二年，會有中譯本問世的由來。

到底這是怎樣的一本書呢？套句現今專家學者愛用的「類型」說法，它是愛倫．坡（Allan Poe）加上柯南．道爾（Conan Doyle）。勒胡自己也提過，生平最服膺的便是這兩位作家前輩。如果再加上巴黎那時還瀰漫著的「雨果風」，《鐘樓怪人》（*Notre-Dame de Paris*）對本書氛圍的啟迪，就更完整了。簡單說來，它是描述歌劇院鬧鬼、鬼魅囚禁紅伶強行求歡、愛人前往搭救的冒險故事。如果小說也有「配色」，這本書就具備大紅與大黑的反差，故事周旋於水晶燈下的豪華劇場，以及暗無天日的地下儲藏密室。當它搬到倫敦女王戲院的舞台上時，難怪視覺效果那般優異。

雖然小說情節撲朔迷離，但勒胡將它視為記實的情節，在作品中以「我」的角色抽絲剝繭，一再證明這是一則真的故事。當讀者巡訪倫敦時，總不忘去貝克街二二一號看「福爾摩斯的房子」，天曉得柯南．道爾寫作當年才只編到一百號；而歌劇迷進入巴黎歌劇院時，一定也要去敲敲二樓五號包廂的大理石柱，看它是否空心，曾經容下鬼魅藏身。沒有人曉得，為何勒胡對巴黎歌劇院的密室，知道得那麼詳細，他簡直就是神出鬼沒的艾瑞克的化身。當韋伯和他的歌舞劇製作班底為舞台設計而親訪巴黎歌劇院實景勘察時，才發現勒胡對歌劇院的描寫並不是憑空捏造的，而萬分感佩這本小說的寫實程度。

勒胡的創作動機，也啟始於一八九六年歌劇院大吊燈無端墜下砸死人的真實新聞事件。閱讀這本小說最大的樂趣，便是追蹤真與幻的交纏糾葛。勒胡不斷「用愛倫．坡來打結」，然後再「以柯南．道爾來解套」。艾瑞克被描寫成走遍大江南北，在俄羅斯、蘇丹、波斯學過各種馬戲魔術、腹語、機關模型的異人，建築和音樂是他最拿手的老本行。他在小說中，幾乎是扮演「全知觀點」的，但微妙的是，作者在描寫他的言行舉止時，又只能不斷猜測。

電影和電視後來製作了幾齣艾瑞克的故事，但都與小說情節有所出入。因為敘事觀點的改變，或是魅影身世的描繪，反而讓情節過於聚焦而窄化。在勒胡的小說裡，艾瑞克這個「人」簡直不是固體的，他幾乎只是一股氣，真正存在的東西是他的黑披風。讀完整本小說後，你簡直說不出他像浮士德呢？還是更像梅菲斯特？但克莉絲汀無疑會是瑪格麗特。雖然我也極喜愛韋伯的歌舞劇，他安排劇中人出現在舞台框架之外，還有頻仍換景不斷展現出劇場的豐富面，但在人物心理的挖掘上，與原著比較是瞠乎其後的。

雖然這是一齣以歌劇院為藍本的小說，但書中並沒有太多專業的術語，除了少數一些人名和劇名外，不會影響閱讀順暢。如果要說它和歌劇有些什麼呼應，卡斯頓．勒胡已掌握十九世紀法國浪漫大歌劇的精髓，那就是誇飾與排場。在觀眾相繼離席後，豪華的水晶吊燈仍兀自堅持著，它要自己在暗地裡發光，真像是這本被遺忘又被記起的黑色羅曼史。

深度導讀

讓人又恨又愛，永不止息的矛盾輪迴

楊忠衡（廣藝基金會執行長、「音樂時代」劇場藝術總監）

二〇〇六年一月九日，連演十八年的音樂劇《歌劇魅影》打破先前由《貓》（*Cats*）所保持的七四八五場演出次數，成為世界「在位最久」的音樂劇，目前仍在全球上演中。但是《貓》的作曲者並不因此感到遺憾，因為反正兩部作品都出自同一人之手。為此，紐約尊爵劇院（Majestic Theatre）舉辦一次意味深長的特別節目，讓一隻貓把一只代表「票房」的戒指，用爪子遞交給立在蒼茫中的魅影，之後貓和魅影還翩然共舞。全場觀眾為這貓鬼共舞的奇景為之瘋狂，這可能是歷史上最長的一次鬧鬼事件。如果說，世界是芸芸眾生共演的歌劇院，那麼迭創紀錄的安德魯．洛伊．韋伯無疑就是縱橫其間的「魅影」本尊❶。

「魅影」之所以讓全世界為之瘋魔，除了韋伯的生花妙樂之外，「魅影」故事描述了所有人潛藏的心理狀態，因而能得到廣泛的共鳴。帝王將相、蓋世英雄雖然為世人所景仰，但被壓抑的、徒有才華而只能隱藏暗處、有著不可告人缺陷的悲劇英雄，更帶有一種幽微不可抗拒的魅力。每個人心中都住著一個魅影，一方面自覺才高八斗、懷才不遇，另一方面又有不可告人的醜陋陰私面。極度自戀與極度自卑之間，無時不刻進行著反差極大的拉扯，只能藉著一張戴在臉上的面具，維持表面的平靜。

韋伯從《歌劇魅影》一書中讀出原作在驚悚故事之下，埋藏的人性幽光，於是將它純化、詩化，造就邏輯毫不嚴謹卻浪漫動人的天下第一劇。英雄的墓碑有傾頹的一天，魅影卻永遠神出鬼沒，它無法被消滅，因為它有無數分身，在人心永駐。

「魅影學」的奇幻世界

究《紅樓夢》的人很多，因此有所謂的「紅學」。相信曹雪芹學問再好，寫這部小說時，也不至於刻意留太多迷宮在字裡行間。只是後人太熱愛《紅樓夢》，無事生波，每個故事皺折都想鑽進去探究。於是「紅樓夢」成了一個小宇宙，住著曹雪芹自己，和一堆「夢在紅樓」的奇想者。

《歌劇魅影》廣受歡迎，使得「魅影學」呼之欲出。除了原著故事、音樂劇之外，它也營造了一個供人自由想像的空間。原著和音樂劇創作者的傳奇，故事背景和發生地，劇中故事的影射動機……大大擴充了讀者和觀眾的閱聽趣味。

美國有一對「魅影迷」，以觀賞《歌劇魅影》完成終身大事，他們一共觀賞了九十九次。我不知道他們除了各花一萬美元的戲票錢之外，對這部劇有幾多觀感和聯想。我看魅影的次數不多，紐約兩次、倫敦一次、香港三次、台灣三次，但是對我來說，《歌劇魅影》是個思緒的萬花筒，每次看總搖得出一些新意。以下文章是我品味「魅影學」的幾個線索，或許可以做為讀者尋訪這個奇幻世界的引路指南。

一・自卑與自大

安德魯・洛伊・韋伯對《歌劇魅影》產生興趣，照他自己的說法，是到紐約逛舊書攤，看到這本便宜到不能再便宜的小書，隨手買來殺時間。但他看了之後卻似乎著了魔，決意寫成一部音樂劇。究竟什麼因素，讓一部驚悚小說對韋伯產生比世界名著更大的效應？

我的觀察是，《歌劇魅影》是韋伯的生命寫照。當作品呼應創作者的生命底蘊時，創作者往往不自覺投入無比心力，效果也更活靈活現。首先是韋伯的人格特質。魅影是缺陷的，韋伯也是缺陷的。

原著小說的描述，魅影是智慧過人的畸型兒，長相醜怪。他逃離吉普賽雜技團而藏身歌劇院，以巧妙的手法，暗中操控歌劇院。魅影是一種「缺陷的天才」，外形缺陷招致異樣眼光、孤立排斥，進而影響心理。最後，如劇中克莉絲汀說的：「扭曲的不是你的臉，而是你的靈魂。」

韋伯本人則是個輕度的「缺陷天才」，一方面他有過人的才華，另一方面也有不如人的地方。他從小多才多藝，熱愛文學、語文、數理、歷史和音樂，父母讓他學小提琴、法國號、鋼琴，但他從不喜歡規規矩矩學習，所有正經音樂教學法則，對韋伯統統無效。他喜歡創作，不耐煩演奏練習曲，寧可演奏自己的即興作品，如此自然無法在正統音樂體系出人頭地。

體格方面，韋伯長相在英國人裡面，算是最其貌不揚的那一型。我們對英國紳士的典型印象：金髮碧眼、高挺的鼻樑、挺拔的身材、翩翩的風度……這些韋伯一概沒有。華爾許（Walsh）在一九八九年出版的《洛伊·韋伯，牛涯與作品》（*Andrew Lloyd Webber: His Life and Works*）一書中，特別提到韋伯與他弟弟朱利安（Julian）的諸多對比。安德魯長得像爸爸，中等身材、圓臉、濃眉、黑眼、蒜頭鼻，下巴多肉而渾圓，黑髮像拖把一樣罩在頭上。弟弟朱利安長得像媽媽，英挺高大、長臉、金髮、細眉、高高的鼻子，搭配性感的尖下巴。安德魯就讀牛津大學歷史系時，一個學期就耐不住想創作《萬世巨星》（*Jesus Christ Superstar*）而休學；弟弟朱利安則進入皇家音樂學院主修大提琴，曾拜入大師皮耶·傅尼葉（Pierre Fournier）門下，學而有成，成為英國代表性的大提琴家之一。

顯然，韋伯兩兄弟間剛好呈現逃學生和模範生的兩極對比，讓人聯想到音樂劇中夏尼子爵與魅影的兩種典型。安德魯外表平庸、沒有學歷、沒有背景等等，若不是仗著一股不世出的「鬼才」，他很可能落得一無所有；相反地，由於他名揚四海，後來反而把傑出弟弟的鋒頭比了下去。這種背景，使韋伯同時帶著驕狂與羞怯兩種矛盾氣質。他的舉止總是扭扭捏捏，說話細聲細氣，眼光閃爍，很不稱頭，但言詞內容又因事業成功而顯得財大氣粗、霸氣十足。也許正是這種集自卑與自大於一身的心理狀態，讓他對《歌劇魅影》中的魅影角色一拍即合。

二・面具——心靈與外界的中介

魅影需要透過面具來彌補殘缺，韋伯亦然。

《歌劇魅影》原著塑造的畸形人，與其他類似故事不同。《鐘樓怪人》、《美女與野獸》（*Beauty and the Beast*）中，男主角是遮蓋不住的怪物，它只能徹頭徹尾地以怪物形象存在。可是魅影呢？他的缺陷集中在一塊巴掌大的區域，是遮得住的。所以揭不揭面具，是兩種不同情況，也因此遮掩物（面具）扮演了重要角色。如同一句歌詞所說：「假面舞會！藏起你的臉，這個世界就永遠找不到你！」

每個人都不完美，各有強處與弱處。強項固然讓人春風得意，弱項只能用面具來偽裝掩藏。這片面具就像覆蓋在心理瘡疤上的膠布，雖然小，撕開來卻痛得不得了。世人絕少完全不戴面具的，人間世不過是場不打烊的化妝舞會。人人戴上面具，裝模作樣，虛情假意，爾虞我詐；但是要小心，千萬別去揭別人的面具，否則「意料之外的災難將會來臨」。

面具除了用來遮醜，還有積極的作用，就是表現出想像中的理想身形。就像廟會的七爺八爺，或是非洲的巫師面具，把自己化身為想像中的形象。對於藝術家或文學家而言，他們的作品，乃至詮釋其作品的演員，都是他們的面具。好比一些驚天動地的愛情小說，其實出自生活平淡的宅男作家之手；出神入化的超人漫畫，作者可能手無縛雞之力。貝多芬（Beethoven）、莫札特（Mozart）作品胸懷浩大，但現實生活只算弱勢族群。他們需要一張面具，來撐持他們巨大的假想身影。

魅影兩副面具都有，一副用來遮掩缺陷，一副用來傳揚理念。因此「歌劇魅影」這首歌中，便有如此的對唱：

「我是你戴的面具……」克莉絲汀唱。

「他們聽到的，其實是我……」魅影唱。

魅影如何能不愛克莉絲汀呢？對魅影來說，克莉絲汀根本是他的一部份。所以魅影從來沒有誇獎克莉絲汀花容月貌、溫柔嫻淑，魅影只一再向克莉絲汀強調，她的藝術與他的靈魂應該是結合的。唯有如此，才能造成一種完整的「美」，達到生命的圓滿。

與其說，魅影愛戀克莉絲汀，不如說魅影是極度自戀。每個人都有一定程度的自戀，當人們攬鏡自照時，總希望自己眉清目爽。這並不是我們愛上我們的臉，而是美好的臉代表美好的自己。魅影因為殘缺，所以追求完美的本能更強，那是一種巨大的渴望。克莉絲汀既是他的面具，他當然希望克莉絲汀完美。最後克莉絲汀決定離開他，他跌落到原來殘缺的狀態。結果呢？如何處理戲劇的結局，反映作者面對這個問題時的心態。

三・音樂

「音樂」是魅影的生命，也是韋伯的生命。

原著小說裡，魅影對音樂的批判不多。原作者勒胡音樂知識豐富，時時賣弄一點音樂、劇界的專業知識，所以在小說中搬出一些名家大匯演。可是他本人處於十九世紀末，那些只存在於現代的新潮思想，在當時勒胡的腦中是不存在的。所以音樂劇《歌劇魅影》裡，那些對傳統歌劇的嘲弄、對表演生態的譏諷，完全是韋伯的發明。韋伯只是借《歌劇魅影》的故事結構，來讓自己發聲而已。結果呢？整個《歌劇魅影》故事，也成為韋伯戴的一張面具罷了。

除了原作的愛情故事外，韋伯在本劇安排了許多與音樂有關的強烈訊息，整理如下：

之一：「戀樂」

韋伯透過魅影表現他的「戀樂」情結。這種對音樂的迷戀，高過一般人的「愛樂」。音樂究竟有什麼讓人痴狂的力量？古往今來，人們用科學、哲學、神學、倫理學、美學……各種角度來審視音樂。韋伯在這裡，只用一曲〈夜之樂〉來代言。

夜，挑發了激情；黑暗，喚醒了想像。
靜靜地，感官放棄了抗拒。
慢慢底，輕輕底，夜釋放出它的華采；
攫取它，感覺它，何等顫慄而溫柔。
把你的臉龐從白晝的俗豔轉開，
把你的思緒帶離冰冷無情的日光，
聽聽夜之樂。

這種口吻像極了催眠。人是感官和意識組合的運算體，所謂的意識，不過是一套不怎麼精確的「軟體」，很容易被修改和操控。所以言語、音樂乃至宗教與政治狂熱，都可以被解釋為某種程度的催眠。

當然，人處在被理智（意識）把持下的狀態，會覺得安全自在，但那只是一方小小的、封閉的空間。因此，人們總嚮往意識保護網之外的神祕領域。那是無垠的、自由的、不復有時間與空間的美妙世界。宗教透過冥想而出神，搖頭客靠迷幻藥而狂歡，而愛樂者呢？

閉上眼，你的靈魂開始飛翔，
進入一個未曾歷經之境。
輕柔地，輕柔地，
音樂將擁抱你。
打開心窗，解放幻想，
在這你無從反抗的黑暗裡，
在夜樂的無盡黑暗裡……

韋伯給的答案很清楚，音樂是達到神遊太虛境界的天梯。到達那個頂點後，聲、色、觸、味……突然不見，代之以一種極樂的輕鬆感。成語所謂的「出神入化」，描寫這個境界相當傳神。《歌劇魅影》原著裡，魅影透過建築的漏洞，隔著牆唱歌示範給克莉絲汀聆聽、模仿、學習，說明魅影所傳授的並非諸如樂理、發聲法之類形而下的東西。而韋伯更把這種心靈交流的感覺，灌注在這首古今絕無僅有的「戀樂之歌」裡。語雖淺白卻直指核心，用心可見一斑。

之二：「孤傲」

魅影是孤傲、睥睨人間的。原著小說裡，勒胡把威爾第（Verdi）、古諾（Gounod）、聖桑（Saint-Saens）……等人「請」到他的作品裡，態度還是尊崇的。到了韋伯的音樂劇版，所有歌劇周邊相關的人與事，都變成笑談的對象。當然，被揶揄的現象並不只存在過去，韋伯多少有點借古諷今。至於韋伯想傳遞何種訊息？倒未必要嚴肅看待。例如，相對於他所取笑的對象，另一方也不是什麼正義之士，只是個心靈扭曲的惡德者（魅影）。韋伯本人就是個惡德者，倒不是說他為富不仁（他好歹有做些慈善事業），而是他不談什麼文化理想，而是從實際面、利害面操作他所熱愛的音樂事業。

例如他創始的音樂製作公司不取唯美的名字，直接就叫「真有用」集團（Really Useful Group）。音樂是他的搖錢樹，當然有用！誰說音樂是一種苦哈哈的奉獻？韋伯就搞個名利雙收給你看。在全世界每年以藝術活動之名向「真有用」納稅進貢的同時，我隱然聽到韋伯透過魅影之口，對我們這些看戲的傻子哈哈大笑。記住，韋伯促狹世人未必師出正義、樂以載道，他只是以孤傲之姿遊戲人間。

之三：「叛逆」

魅影在音樂上是叛逆的，他寫的歌劇讓歌劇院所有人傷透腦筋。

韋伯在五十歲生日音樂會中回憶，他年輕時，很多人勸他不要再搞劇院這種老掉牙的東西，應該要去做像披頭四（The Beatles）這樣的時髦產品。可是韋伯出身嚴謹古典的音樂世家，爸爸是管風琴家兼作曲家，母親是教出柴可夫斯基鋼琴大賽首獎得主的鋼琴老師，連家裡養的兩隻貓也與普羅高菲夫（Prokofiev）、蕭士塔高維奇（Shostakovich）同名。他自己呢？小時曾在戰後冒著大雪徒步到西敏寺聆聽布瑞頓（Britten）的世界首演《戰爭安魂曲》。這些身家背景讓他還是帶有一些身段，使他的作品骨子裡是包著糖衣的古典，而不是精緻化的流行。

韋伯是個雙面叛逆，他一方面反叛舊音樂傳統，一方面也抗拒追隨流行音樂潮流。韋伯從小博學多聞，他當然不希望做個賣弄花巧、譁眾取寵的草包歌手。他取用各種音樂要素，而不被任何一種音樂型式所束縛，他最得意的，就是不顧潮流推出一部部賣座的韋伯商標產品。

《歌劇魅影》裡的魅影無疑反映了韋伯卓然不群的特質。在眾人驚異的情況下，他交出一本新完成的〈勝利的唐璜〉總譜。雖然沒有人能認同這部作品，甚至在「歌劇教唱」段群起反抗，可是當代表魅影魔力的鋼琴不彈自響的時候，所有人卻一致乖乖跟著演唱，像一群被馴服的機械士兵。雖然《歌劇魅影》裡，韋伯以接近俄國現代作品的風格，突顯與古典歌劇的對比，但他本人並不主張某種特定的音樂風格，因為他像個容量無限的超級海綿，任何樂種都能被他輕易吸收。他可以在彈指間寫出最嚴肅的古典聖詠，最前衛的無調音樂，然後又轉為最油腔滑調的探戈小調，「作曲理論」在他眼中似乎只是無足輕重的牙慧，因為對所有音樂元素已經瞭若指掌，就不必像那些學究，得念茲在茲地研究分析。

自前蘇聯的蕭士塔高維奇之後，二十世紀下半葉，韋伯可說是唯一一位創作就像開水龍頭一樣的天才型作曲家。老蕭去世前不久到英國訪問，發表第十五號交響曲，主動要求前往觀賞韋伯的搖滾音樂劇《萬世巨星》，觀後大為傾心，次日又再看一次。據稱，蕭士塔可高維奇曾當面向史達林（Stalin）表示，希望創作這類型作品。世人皆知老蕭是前蘇聯音樂的龍頭巨柱，卻忘了老蕭對劇場音樂、沙龍音樂的熱愛。雖是星火般的短暫交會，但從老蕭的作品中，我也看到與魅影一般的孤傲與譏諷。嗚呼，老蕭去世得太早，無緣親會《魅》劇，否則可能會發出知心一笑吧。

當然，可能有人質疑，歌詞是查理・哈特（Charles Hart）寫的，怎見得是韋伯的想法？在所有介紹《歌劇魅影》的資料裡，提到韋伯的份量重如泰山，哈特的重量卻輕如鴻毛。厚達一百七十頁的官方專刊《歌劇魅影全指南》(*The Complete Phantom of the Opera*)當中,有關哈特的記載只佔了十五行字。哈特很遲才加入工作,但他馬上進入情況緊密與韋伯合作,依韋伯的需要填詞,花了三個月時間完成全部作品。內行劇評人也指出,哈特的詞並不構成完整的獨立脈絡,也不像克勞德—米歇爾·勳伯格(Claude-Michel Schonberg)、史蒂芬·桑坦(Stephen Sondheim)等人的音樂劇那樣具有典雅的文學性。顯然,韋伯並不是要找一個能獨當一面的合作夥伴,只是找個能迅速貫徹其意志的寫手。可憐的年輕人,他日後事業並沒有飛黃騰達,只成為另一張韋伯的面具。我們似乎聽到韋伯在幕後的聲音:「他們聽到的,是我的聲音……」

四·愛情

魅影與克莉絲汀間究竟存在什麼樣的愛情?顯然並不是單純鴛鴦蝴蝶、男歡女愛,而是「為了藝術,為了愛」。透過藝術的共鳴與結合,韋伯對莎拉·布萊曼(Sarah Brightman)產生有別於原始官能吸引的愛戀。他們從結合到分手,簡直就是《歌劇魅影》的戲外版,再再印證人生比戲劇還要戲劇。

未創作《歌劇魅影》之前,韋伯就遇到莎拉·布萊曼。當時布萊曼一如《歌劇魅影》中的克莉絲汀,只是個和聲歌手,來應徵《貓》劇的演出。韋伯對莎拉的歌藝大為傾倒,一九八三年不惜與平凡保守的元配莎拉·胡姬爾(Sarah Hugill)離婚,次年火速迎娶也是再婚的布萊曼為妻。

遇到布萊曼之前,韋伯雖已經事業有成,可是生活還是相對簡單,但是布萊曼的魅力,還是整個改變了韋伯的心緒。布萊曼現在已經發福,圓滾滾的樣子不遜於航艦級歌劇名伶,可是當年的形象遠非如此,她有著性感的身材,一把不盈握的水蛇腰,修長的玉腿,當然最讓人印象深刻的是她那招牌的大眼睛,及銀鈴般的歌喉。

韋伯聽過布萊曼的演唱後，認為她會是自己作品的最佳詮釋者。婚後為了印證他的想法，便急著想為布萊曼量身訂做一部足以表現其歌藝的戲。韋伯從《歌劇魅影》原著中找到許多引起深度共鳴的要素，便冒著被多方質疑的壓力，硬是完成這部炫技風格的《歌劇魅影》。不管戲裡、戲外，魅影／韋伯都需要一個讓他音樂「高飛」的代言人，也就是克莉絲汀／莎拉·布萊曼。

一九八六年十月《歌劇魅影》首演，獲得立即成功。韋伯夫婦名利雙收，本該是最完美的收場，然而，《歌劇魅影》的劇情是如此緊貼韋伯和布萊曼，也註定成為一個詛咒。戲中克莉絲汀最後選擇和帥哥夏尼子爵遠走高飛，戲外韋伯的遭遇也相去不遠。莎拉·布萊曼活潑外向，緋聞不斷，韋伯就算事業起飛，也還是罩不住這場維持六年的婚姻，最後還是以離婚收場。

「你可以獨自遠走高飛了，這就是〈夜之樂〉的最後結局！」這是魅影在劇終前的呼喊，從此留下一張被摘下來的面具，消失無蹤。雖然《歌劇魅影》之後，韋伯還推出了《日落大道》（*Sunset Boulevard*）、《微風輕哨》（*Whistle Down the Wind*）、《白衣女郎》（*The Woman in White*）等作品，但似乎再也寫不出一種純粹的靈性，或像《歌劇魅影》那般巧思無所不在的佳作。也許，當這塊由面具保護、隱藏的心靈被徹底剝開後，那個冥冥的音樂精靈就此煙消雲散，成為絕響了吧。

五·後記

韋伯寫作本劇時，當然無法預料和布萊曼的感情會產生何種變化。時隔近二十年，韋伯推出電影版《歌劇魅影》，在不變動音樂的前提下，角色刻劃有相當大的調整。最大改變是大幅提昇了魅影之死對頭夏尼子爵的比重和「英勇度」，使魅影從舞台版的所向無敵，變成能力有限的情場敗將。似乎，韋伯有意干冒違背原作精神的風險，讓魅影在電影版中更徹底的變成可憐蟲。他可能無奈的感受到，來自塵世高手的挑戰，遠比當年他所預期的要高。（所有和他們接觸過的出版商、經紀商，鮮少有不憤恨吐血者。你可以喜歡韋伯的作品，但韋伯如同魅影一樣，從來不忘厚顏給你高額帳單，而且鐵面無情）。歷史上人緣欠佳或道德有瑕疵的音樂家真不少，從帕格尼尼（Paganini）、莫札特、貝多芬到華格納（Wagner），這些狂才在世時都不怎麼討人喜歡。韋伯把自己的形象植入劇中的魅影，一個孤芳自賞、神通廣大、憤世嫉俗、最後仍為世所不容的悲劇英雄，讓人又恨又愛，像是永不止息的矛盾輪迴。

❶ 二〇二〇年資料更新：《歌劇魅影》音樂劇於二〇一二年二月十一日在紐約尊爵劇院成為史上第一部超過一萬場演出的百老匯音樂劇。二〇一八年該劇慶祝演出三十週年，到二〇一九年四月，《歌劇魅影》已經上演了超過一萬三千多場。

譯序

一段扣人心弦的曲折樂章，一部巧妙低迴的通俗小說

楊玟（本書譯者）

第一次讀《歌劇魅影》是在從巴黎歸台的飛機上。隨性讀來，未料卻深深地被書中乖離動人的情節所吸引。一路十多小時，未曾合眼。

一棟記錄著拿破崙三世輝煌年代的歷史性建築物、一段子爵與歌女私奔的悲慘戀情，混合著因恐怖共和時期而沉冤地下的歷史悲劇，法國二十世紀初的通俗小說奇才卡斯頓．勒胡就如此利用故事的傳奇性、新聞性、歷史性，擄攫了千萬個讀者的心。

卡斯頓．勒胡用第一人稱將自己化成在歷史事件軌跡當中尋求解答的研究者，將歷史上確實存在的人物放入其中當作見證，讓虛構的小說情節緊密與真實事件結合，難辨真偽。

故事中人物性格的塑造強烈而鮮明：子爵韓晤與女高音克莉絲汀這對注定必須經過磨難方能成長的金童玉女、迷信無知的劇場工作人員、剛愎自用的劇院經理，當然還有令人不知是該痛恨或該同情的悲劇人物——「劇院之鬼」艾瑞克。

這本小說最迷人之處，就在艾瑞克身上。他謎樣的存在，讓原本僅是富麗堂皇的巴黎歌劇院充滿人生愛恨瞋痴的玄機。他善於利用人性，幾至邪惡的地步。他巧妙地利用物理原理在雄偉的建築物裡布下精細微妙的機關，然後運用這些機關讓整座劇院因恐慌而成為他掌御的禁臠。由於天生的缺陷，他成為

人見人畏的活死人，因為這種嚇人的模樣，他永遠無法如同正常人般生活在陽光底下。他的偏激來自於世人的排擠，他的狂妄任性來自因被歧視而產生的自卑。他對劇院的一切予取予求，在他的眼裡這是理所當然的，因為劇院是他選擇用以度過悲慘殘生的城堡。

如果不是溫柔而天真的克莉絲汀燃起了他對愛的渴望，爾後的悲劇亦不會如此帶有爆炸性。他是個可憐也可恨的痴心人，躲在陰暗的劇院地下層裡，撰寫著〈勝利的唐璜〉，想像終有一日，有一名女子會深深愛上他的才華，而不在乎他醜陋的外貌，克莉絲汀的出現讓他以為夢想終於成真，他以為自己終將成為贏得美人心的唐璜。

悲劇的產生往往是因為人性的脆弱。

克莉絲汀看不破外在的虛幻，艾瑞克卻看不破情關，兩人同樣令人心酸。而這不正是天下男女緣起緣滅、在紅塵俗世中翻滾痛苦的原因？

卡斯頓．勒胡無意批評人性，只是將人性悲劇面的那根弦拉至最緊，讀讓者隨時都有因繃裂而心痛的感覺。而整部小說，就像串曲折攀升的音符，當弦拉至最高最緊密處時，卡斯頓．勒胡沒有選擇嘎然而止，反倒長長拉上纏綿而低迴的一段終曲。

正是這樣帶著音樂質地的鋪陳，讓故事更加動人心弦。作者大量引用名師的巨作，輝映小說中人物的心境。〈拉薩復活〉（*The Resurrection of Lazarus*）與克莉絲汀的思父之情，《奧賽羅》（*Othello*）暗喻悲劇的開始、《浮士德》（*Faust*）中魔鬼的戀情……整部小說讀來就像是聆聽了一場錯綜曲折的歌劇。

這本書在一九八六年由安德魯．洛伊．韋伯改編成歌劇在倫敦上演，受歡迎的程度歷久不衰。改編過的劇本，為因應舞台演出，已與原著大有出入，許多原著中細微而巧妙的情節，並不能藉由單純的舞台效果來展現。讀完原著再去聆聽改編而成的樂章，其實頗為有趣，文字與音樂原是用以呈現生命的兩種不同方式，結果卻同樣令人感動。

在此有句題外話想與讀者共同分享，在譯者翻譯此書的過程之中，每當與朋友提起正在從事「通俗小說」翻譯時，總引起他們對「通俗」二字的疑慮。其實冠上「通俗」二字並無任何褒貶之意，只是在文學創作上的差異，《三國演義》、《紅樓夢》、《基度山恩仇記》（*The Count of Monte Cristo*）皆是通俗小說，重點應是作者如何縝密構思遣詞，烘托出人生的面面觀。

平心而論，卡斯頓．勒胡的《歌劇魅影》，除了扣人心弦的情節安排之外，不也是試圖勾勒出人性的種種盲點？

目錄

Le FANTÔME de L'OPÉRA

歌劇魅影

潛伏在幕後的黑影，是推手還是魔手？
繚繞於劇院的歌聲，是傲嘯還是悲鳴？

楔子

這個故事，是本書作者敘述他如何進行追查，最後終於證明「劇院之鬼」曾真實存在過的經過。

劇院之鬼曾經存在過，而非如人們長久以來所認為的，只是藝術家們的奇想、劇院經理的迷信，或者芭蕾舞團裡的女伶和劇院工作人員之間憑空捏造的謠傳。

是的，他的確存在過，有血有肉地存在過。儘管在表面上，他僅像個鬼魅般的影子。

一著手開始查閱國家音樂學院的彙編時，我著實為其中有關劇院之鬼的紀錄所震驚。一連串的悲劇事件之間，竟存在著某種離奇神祕、駭人聽聞的巧合。不禁使我聯想到，或許其中正暗藏著一個足以解開所有謎題的契機。

這一連串怪事的發生，距今不過三十多年，我相信，在同樣的舞者休息室裡，並不難找到一些德高望重的長者，仍可以歷歷在目地回溯當年的悲劇。令他們記憶最深刻的，當然是有關克莉絲汀．戴伊的被劫，韓唔．夏尼子爵的失蹤，以及其兄菲利浦伯爵之死——他的屍體，被發現橫陳於歌劇院地下、靠近史基柏街的大湖岸邊。但是，時至今日，還是沒人願意出面為這件與鬼有關的離奇案件作證。

整個事件的真相原就曖昧不明，而投身在這個乍聽之下彷若域外傳奇的調查工作裡，我的思緒更形混沌。我不只一次想放棄追查，如此搜索一個或許永難捕獲的虛影，確實令人筋疲力竭。但同時我卻也掌握了某些證據，證明自己的第六感並非僅是空想。

而當我終於證實，劇院之鬼不是個虛構的幻影時，一切的努力都有了代價。

有一天，我花了好幾個小時窩在音樂學院裡，查閱孟夏曼所著的《一個劇院經理的回憶錄》。這部輕率的作品令我非常失望。他個人成見太深，在他的任期中，對劇院之鬼的種種詭異現象毫不了解；甚至，當他自己也成為金錢勒索案——「神奇信封」的第一號犧牲者時，他還不相信劇院之鬼確有其人，仍用嘲諷的態度看待整件事。

就在我滿懷沮喪地走出圖書室時，卻在樓梯間巧遇音樂學院可親的行政主任。他正和一位故作風流的小老頭兒閒扯，也愉快地介紹我倆認識。

行政主任對我的調查工作已有耳聞，知道我一直找不到當年審理夏尼事件的法官法爾。法爾退休後就失去了蹤跡，是生是死，無人知曉。傳說他旅居加拿大十五年後回到了巴黎，想在劇院裡謀個安老的祕書職位。

想不到，我眼前的這個小老頭兒，竟然就是法爾！

我花了整晚的時間，聽法爾敘述他所了解的夏尼事件。由於苦無實證，他只能臆測說，整個悲劇導因於夏尼子爵的瘋狂行徑，以致其兄菲利浦伯爵意外死亡。不過，他認為，這兩兄弟必定是為了克莉絲汀．戴伊，才發生了鬩牆悲劇。但當我問及克莉絲汀和韓晤．夏尼的下落時，他卻又無法交代。

理所當然地，和他談起劇院之鬼，他不過是一笑置之。其實，對於劇院內發生的種種怪誕現象，他並非一無所知。而這些現象也的確證實，在劇院神祕的地下樓裡，潛居著某種身分不明的生命體。就連有關「神奇信封」的勒索案，他都有所聞。只是，他堅持這些光怪陸離之事，不值得提到法庭上來佐審夏尼案件。

話雖不錯，但是，假使當年他願意多花一點時間，細聽一位案發後即刻到案坦承認識「劇院之鬼」的證人提供的證詞，或許他的判斷會截然不同。這個證人不是別人，所有的劇院常客都熟識，全巴黎雜誌都稱他為「波斯人」。但是，法官竟將他視為耽於幻想的狂徒！

你們一定在猜想，我是否真的從波斯人那兒得到許多幫助。假如為時不晚的話，我真希望能即刻找到他，因為他的證詞實在非常珍貴而特殊。經過一段時間的查訪，我幸運地在一間位於里佛利街的老公寓裡找到了他。事實上，自從三十多年前事情發生之後，他便不曾離開過那裡。而就在我到訪的五個月後，他過世了。

一開始，我對波斯人的證詞抱著懷疑的態度。但是，當我看到他用滿懷童稚般的天真，將他所知道的有關劇院之鬼的事娓娓道來，並不斷舉出種種實證，特別是，當他談及劇院之鬼和克莉絲汀之間神祕奇特的關係，並舉出許多例子來闡明他乖離的命運時，一切再也不容我置疑。

哦！不是的，劇院之鬼絕對不只是傳說中的主角而已。

我知道有人會反駁說，無憑無據，怎能證明他們之間的關係。因為，只要熟知那些動人的神話，本身又有豐富的想像力，便不難編出這種故事。所幸，我除了現存的這件克莉絲汀的檔案之外，還搜集到她的其他手稿，可為佐證。這也是為何我投身在這宗資料龐雜的調查研究之中，卻不會身陷疑雲而束手無策的原因。

當然，我也對波斯人的誠信度做過一番調查，在在證明他為人忠厚，絕對沒有能耐編出這麼一個令司法調查單位束手無策的懸案。

同時，我將手邊整理的資料及自己的推理結果，說給夏尼家族裡曾或多或少和當年事件扯上關係的親朋好友聽。他們都是性格正直的人，仔細聽完我的分析後皆深表贊同。之後，我收到了許多來自他們的誠摯鼓勵，以下是節錄自D將軍來函中的一小段：

我不知該如何表達對您發表調查結果的鼓勵之情。還記得在克莉絲汀・戴伊失蹤，以及那件使全聖吉耳曼地區守喪哀悼的悲劇發生前的幾個星期裡，巴黎歌劇院後台的舞者休息室中，充斥著種種與鬼有關的流言。我相信，直到事件發生後，人們也不曾遺忘過這些傳說。

聽過您的推論後，我一直在想，如果真有可能以「劇院之鬼」來解釋這樁悲劇，請求您再重新喚起大家對這個悲劇及劇院之鬼的注意。劇院之鬼在悲劇發生之前，就曾詭異地出現過，相信他必定與這個事件有關。而夏尼兄弟的悲劇，當可獲得合理的解釋。

您可知，那群存心不良的人，是如何樂於見到這對相親相愛的兄弟反目至死……

於是，根據手邊的資料，我來到了劇院之鬼生活過的地下世界，重新進入他親手建造統御的絕倫城殿。所有映入眼簾的景象，所有湧上心頭的感受，竟一一地印證著波斯人的紀錄。

就在這時，一個驚人的發現，為我的調查工作劃下了決定性的句點。

相信大家還記得，前一陣子為了掩埋演唱家的留聲帶，曾再度在劇院的地下樓底動工鑿地，那時，工人們的十字鎬掘出了一具無名屍體。我當下立即找出證據，證明這具屍體的正身，就是劇院之鬼。我還親手將證據交給歌劇院的行政主任。至於報上所說的──這具屍體只是公社時期的一名犧牲者，我不予置評。

其實，公社時期的受害人，的確是在劇院的地窖中被屠殺的，但卻不是埋在發現這具屍體的位置──當年，這是一個堆滿食物的地窖，絕不可能是埋屍所在──而是在另一處偏遠的角落。說來真是巧合，若非這個冥冥中安排好的發現，為了埋葬活人的聲音，卻掘出了沉埋的屍體，我可能永遠無法終結這個懸案。

稍後，我們會再談到這具屍體及處理的方式。現在，我該結束這篇不可或缺的前言了。

感謝以下這些人，他們在事件中，或許只是毫不起眼的配角，卻給了我許多幫助。

他們是：米華警官（自克莉絲汀失蹤後，他一直是整個事件的首席調查員）、前任劇院行政主任麥荷西先生、前任合唱團長蓋比瑞先生，以及前任劇院祕書雷米先生。

特別感謝卡斯特羅・巴爾白查克男爵夫人，她就是從前的小麥姬（她並不以此恥），目前是劇院芭蕾舞團裡最奪目的明星，同時也是劇院之鬼專用包廂特屬領席員、已故紀瑞太太的長女。

因為他們的協助，今天我才能和各位讀者一起重新進入過去那段充滿愛與恐懼的點點滴滴之中。

最後，在進入這個詭異的真實故事之前，容我再向一些與本事件無關的恩人致謝，否則就太對不起他們了。

首先，是現今劇院的行政當局，他們對我的調查工作一直給予友善的協助，特別是麥沙覺先生。

其次，是熱中古蹟保存、可親又可愛的卡比恩先生，他明知我可能有借無還，還是毫不猶豫地借我查爾・卡尼所寫有關劇院建築結構的著作。

最後，我必須公開地感謝我的摯友、過去的搭檔葛洛沓先生，他慷慨地讓我借閱他的歌劇藏書，特別是某些珍貴的絕版作品。

1 真的是鬼

真的有人見到劇院之鬼嗎？在劇院裡，到處都可以遇見穿著一身黑色禮服的男士。但他們不是鬼，鬼與他們最大的差別，不是那襲黑衣，而是黑衣裡的骷髏頭。

那一夜，巴黎歌劇院剛辭職卸任的兩位經理——戴恩比及白里尼，將為自己舉行餞別晚會。六個剛跳完一段「波里爾特」的芭蕾舞伶悄悄走下舞台，湧入梭兒莉的廂房裡。這群女孩動作急促、神色惶恐，有些發出矯作詭異的笑聲，有些卻恐怖地尖叫著。

梭兒莉原本希望能安靜地複習待會兒餞別會上要朗誦的致謝詞，這會兒可被這群緊跟在身後吵吵鬧鬧的女孩們弄得心煩透頂。她回頭看看她們，開始擔心這場紛鬧的起因。

突然，長了對鳳眼、鼻樑俊挺、雙頰瑰紅、頸若水仙的小珍絲，聲音顫抖地吐出了令人窒息的四個字：「真的是鬼。」說完迅速地將房門鎖上。

梭兒莉的廂房極為普通，帶著點嚴肅的氣氛。除了一些必備的家具——一間化妝室、一面穿衣鏡、一張沙發、一座梳妝台及幾個衣櫥外，牆上還掛了些義大利名舞蹈家的畫像及幾幅版畫，另外則有一些她母親遺留下來的紀念品。她母親曾是貝勒提街舊劇院裡紅極一時的名舞伶。

回到正題。相較於其他小舞伶的房間，梭兒莉的廂房簡直像是天堂。其他舞伶只能幾個人一塊兒擠在大通鋪裡，不是唱歌玩樂，就是拌嘴瞎鬧，無聊至極時，則欺侮可憐的美容師、服裝員，或者喝喝小酒解悶，直至就寢鐘響才罷休。

梭兒莉相當迷信，一聽小珍絲說有鬼，不禁打了個寒顫罵道：「小搗蛋！」她的個性原本就容易輕信鬼怪謠傳，尤其是和劇院有關的。這會兒更是迫不及待地追問詳情：「真的嗎？你親眼看到了？」

「嗯，就像我現在看見你一樣，千真萬確！」

小珍絲哆嗦著聲音回答道。話未說完，就已兩腿發軟坐倒在椅子上。一旁站了紀瑞太太的大女兒，長得乾癟清瘦，一頭烏黑的長髮更突顯出臉色的蠟黃，獨獨一雙大眼睛又黑又亮。她插嘴說：「如果那真是鬼，可醜得有夠嚇人的！」

「對呀！對呀！真的好醜。」女孩們一陣附和。

接著，一群人七嘴八舌說個不休。總之，她們所見到的鬼，是個全身黑衣的男子，不時驟然出現在走廊上，隨即又消失不見，像是從牆上飄進隱出似的，來無影去無蹤。

「哎喲！」其中一個較冷靜的女孩說：「反正你在哪兒都可能撞見。」

是的，一點兒也沒錯。連續幾個月來，這個黑衣男鬼一直如幽靈般，在劇院上下四處飄盪著。他從沒開口說過話，當然也沒人敢上前問話。他忽隱忽現，不留一絲蹤跡，誰也不知道他是如何來去的。只知道他走路輕得不出半點聲響，面貌簡直就像鬼。

一開始，大家還半開玩笑地嘲諷他那套人模人樣的黑色禮服，但逐漸地，連舞伶也感受到他的強烈壓迫感。軼事流言已儼然變成沉重的威脅。人人自稱或多或少見過這個異類，或是受過他的侵犯，就連那些原本不信邪的人，都不得不開始半信半疑。

這真的只是個令人傷心的意外嗎？真的是同學裡有人捉弄了那個小女孩嗎？粉撲是真的丟了嗎？

這一切，一定是鬼在作怪，那個劇院之鬼！

然而，真的有人見到劇院之鬼嗎？在劇院裡，到處都可以遇見穿著一身黑色禮服的男士。但他們不是鬼，鬼與他們最大的差別，不是那襲黑衣，而是黑衣裡的骷髏頭。至少，這群舞伶是這麼說的。還有，禮服上頂著的，當然是顆骷髏頭。

真是如此嗎？事實上那是根據劇院機械組組長喬瑟夫．布葛的描述拼湊成的，他曾親眼看見那個鬼。那一天，他在燈柱附近通往地下室的樓梯口撞見了鬼，雖不能說是鼻子撞上鼻子——因為這個鬼根本沒有鼻子——但就在剎那間，鬼迅速地消失了。雖然只是短短幾秒鐘，卻留給喬瑟夫永遠抹不掉的恐怖印象。

喬瑟夫總是對那些想聽的人如此描述：「那個鬼的身子異常纖瘦，像是一具骷髏架，空洞地托撐著那一襲黑禮服。深陷的雙眼看不出是否真有瞳孔，反倒像是骷髏頭上凹陷的兩個黑洞。貼著骨的臉皮則像是緊繃的鼓皮，不是慘白，而是更令人不寒而慄的蠟黃。他的鼻子塌陷得幾乎完全看不見，少了鼻子的臉看來更嚇人。前額垂著三、四撮棕色的髮絲，耳後則是叢密如野獸的毛髮。」

當時，喬瑟夫曾想繼續追蹤這個鬼的行蹤，可惜鬼轉眼就消失了，像是施了法術一樣，不留一點痕跡。這個機械組長在大家的眼中，一直是個嚴肅正直、中規中矩又缺乏想像力的老實人。由他口中說出這段奇遇，不僅令人生畏，同時更確定了鬼的存在。不久，陸續有許多人也來向他投訴說遇見了鬼。

有些比較冷靜理智的人認為，喬瑟夫的奇遇一定是他的手下在搞鬼，故意捉弄他。但是，緊接著發生的一連串詭異且令人不解的意外，迫使最不信邪的人也開始意念動搖了。

有個救火隊長，英勇無比，天不怕地不怕，更別說怕火。

巧的是，有一天，這個隊長到劇院地下室作例行的防火設備巡視，據說，這次他走得比平常更深入地底。一會兒，他突然出現在舞台上，瞳孔突出、神情恐懼、全身顫抖地昏倒在小珍絲母親的懷裡。

到底是怎麼一回事？原來，他在那底下看見一個火焰人頭，以和他相等的高度猛撲而來，人頭下面竟沒有身體！

在此我必須再重複　次，一個救火隊長可是一點兒都不怕火的！

這個隊長的名字叫作巴邦。這個意外又使得舞團裡一片驚愕恐慌。主要的原因是，巴邦所見到的鬼，竟與喬瑟夫的描述迥然不同。經過向這兩個人反覆詢問求證後，舞伶們終於得出一個較合理的解釋：這個神通廣大的鬼，能隨心所欲變化他的面貌。

如此一來，更加深了大家的恐懼感，人人自危。想想看，連最英勇的救火隊長都會驚嚇過度而昏死，自己這等見到耗子、蟑螂都會花容失色的小女子，若真遇上了鬼，豈不是當場活活嚇死！自此之後，這批女孩就連在昏暗的後台絆上一條小小的繩索，都會嚇得尖聲大叫、四處竄逃。

至於身旁總簇擁著一群女舞伶或小學員的梭兒莉，在得知巴邦事件後的第二天，就以保護這座被詛咒的劇院為由，在劇院工作人員出入口的大廳桌上，擺了一塊馬蹄鐵，任何不是以觀眾身分進入劇院的人，都得在這塊馬蹄鐵上摸一下，否則別想步上劇院的台階一步。沒有這樣做，便會受到充斥整個劇院——地窖到頂樓——的那股神祕力量的迫害。

這塊馬蹄鐵真的存在，就如同這個故事——哎！絕對不是我捏造的。直至今日，只要從工作人員出入口走進劇院，我們仍能瞧見這塊馬蹄鐵四平八穩地放在大廳桌上。

根據這些現象就不難體會出，今夜這群女孩擠進梭兒莉的廂房時，心裡是何種感受。

「真的是鬼！」難怪小珍絲會這麼叫出來。

這一回，女孩們恐懼到了極點。梭兒莉的廂房裡，一片駭人的死寂，只有女孩們陣陣的呼吸聲，在令人窒息的空氣中迴盪著。突然，小珍絲極度恐慌地退到房內最遠的角落，唇齒顫抖地說：「你們聽！」

然而，門外卻沒有半點腳步聲，只有輕輕的一聲窸窣，像是薄絲拂過門板，接著又是一片死寂。

梭兒莉強作鎮靜，企圖要表現得比這些小女孩更勇敢些。她定下心走向門口，聲音微弱地問道：「是誰在那兒？」

沒有回應。梭兒莉頓時感覺到房裡所有目光都聚集在自己的一舉一動上，只得硬逞強放聲大喊：「門外到底有沒有人？」

「哎喲！當然是有人站在門外嘛！」

那個乾瘦如風乾棗子似的小麥姬．紀瑞，緊張地抓著梭兒莉紗裙的一角，一邊喃喃唸著：「拜託！拜託！你可千萬別開門，看在上帝的份上，別把門打開喲！」

但是梭兒莉一手緊握匕首，另一隻手還是轉動了門鎖。女孩幾乎全都縮到化妝室裡。小麥姬哭叫著：「媽呀！媽呀！」

門開了。果真沒有人。梭兒莉鼓足了勇氣，探頭出去。走廊上空空盪盪，獨獨掛在牆上的那盞蝶形煤燈，透過厚實的玻璃燈罩，閃亮著鮮紅卻薄弱的光芒，為原本已經夠緊張恐怖的氣氛，添加另一份詭異的感覺。

梭兒莉猛地將門重新關上，才長長地吐出一口氣。

「沒人啊！」她說：「外頭沒人啊！」

「可是，剛剛我們明明看到的。」小珍絲一邊辯解，一邊慢慢踱著恐懼的步伐，回到梭兒莉的身邊。「他一定是飄到別的角落，四處遊盪去了。我不要回去換衣服了。我們現在應該先一起去後廳，參加餞別酒會，然後再一起回樓上去。」

小珍絲用小指頭輕輕觸摸珊瑚的小角，以祛除惡運；梭兒莉則偷偷地用塗著玫瑰色指甲油的拇指，在左手無名指戴著的木戒上，劃了個聖安德烈式的十字架。

一位非常有名的專欄作家如此形容：

梭兒莉是個身材高挑的美麗女子。她臉部線條明顯，風韻萬千；她纖細的軟腰，像是春風吹拂的楊柳，人人都稱讚她是「人間尤物」。她有一頭閃耀如金的長髮，像是鑲在白淨額頭上的一頂皇冠，輝映著宛若藍色寶石的眼睛；她的頭總是微微地輕擺著，像是白色鷺鷥昂揚著皙淨的頸項，高貴傲人。每當她翩然起舞，髖骨間總有股無法言喻的美感，使全身慵懶地顫抖起來。特別是當她抬起雙手迴旋身軀時，微傾的線條更凸顯出腹部的美感——難怪為她作畫的半身肖像畫家，總以因難取捨而傷透腦筋。

可惜梭兒莉空有美色，卻獨缺大腦。不過，沒有人會因此苛責她的。她繼續對小舞伶們說道：「孩子們！你們應該冷靜一點……鬼？說不定根本沒人見到過呢！」

「才不！剛剛我們明明就看到了嘛！」大家異口同聲地應道：「他那張死人的面孔、衣服，就和喬瑟夫看到的一模一樣。」

「而且蓋比瑞也看到過呀！」小珍絲說：「嗯……就是昨天啦！昨天下午，大白天的……」

「蓋比瑞？合唱團長？」

「是啊！怎麼！你們不知道嗎？」

「大白天的，他就那一身衣服出現啊？」

「你說誰？蓋比瑞？」「當然不是，那個鬼！」

「當然囉！他就穿著那一身黑衣呢！」小珍絲加強語氣說：「是蓋比瑞親口告訴我的。就是因為那一身黑衣，他才認出劇院之鬼。事情的經過是這樣的：昨天下午，他一個人在經理的辦公室裡，突然間，門被打開了，『波斯人』走了進來。你們都知道的，波斯人的眼睛會通靈。」

「對呀！對呀！」

大家齊聲應著。許多人腦中浮起波斯人的樣子，有的人還用手比了個象徵嘲諷命運之神的手勢──伸長食指及小指，將中指及無名指屈向掌心，與拇指扣合。

「蓋比瑞非常迷信。」小珍絲繼續說道：「不過，他待人總是非常客氣。他瞥見波斯人時，正愉快地將手插在口袋裡玩鑰匙。但就在門完全被打開的那一剎那，他突然砰地倒在靠近櫥櫃鐵鎖的沙發裡。「他伸手想抓鐵鎖，沒想到『唰』地一聲，衣服被勾破了一角。他倏地站起身想往外走，卻一頭撞上掛衣架，腫了個大疱，痛得他連退好幾步，撞上鋼琴。正想扶著鋼琴站穩，怎知道楣運當頭，琴蓋砰地落下，差點沒壓斷十根指頭。他又叫又跳像個瘋子似地逃出辦公室，驚魂未定，下樓梯時又一個不小心，翻了個筋斗，滾了下來。就在這個時候，我和媽媽碰巧經過，趕快衝過去將他扶起來，只見他臉色蒼白得像個死人，全身流滿了血，把我們嚇壞了。一會兒，他睜開眼睛看見我們，卻笑了出來，大叫：『謝天謝地，我總算沒事了！』我們問他出了什麼事，怎麼會搞成這樣。原來，當波斯人打開門的那一剎那，他看見了喬瑟夫所說的那個有張死人臉的鬼，就站在波斯人的後面！」

故事一說完，全場愕然，驚嚇之聲四起。就連小珍絲自己，說到後來，也愈說愈急，喘著大氣，像是鬼就在後頭追著她。梭兒莉則激動得直咬手指。這時，有個聲音打破了這個僵局。

「喬瑟夫最好閉上嘴巴，別再到處張揚了。」小麥姬小聲地說道。

「為什麼要他閉嘴？」有人問道。

「是我媽媽說的。」小麥姬將音調壓低，一邊說話一邊四處張望，彷彿怕被其他人聽見。

「你媽為什麼這麼說呢？」

「噓——小聲點。我媽說，那個鬼不喜歡人家找他麻煩。」

「你媽又怎麼知道呢？」

「因為……因為……沒有因為啦！」

她這一遲疑，等於是故作保留的緘默，更引發了大家的好奇心。於是，一群人緊緊圍住她，一人一句地求麥姬將事情解釋清楚。她們或坐或跪，雙手緊握在胸前，像是祈禱，又像是極度害怕的反應，一起分享著彼此的恐懼，以及一種悚慄的快感。

「我發過誓，絕對不說的。」麥姬仍然低聲地堅持。

大家卻不肯放過她，一起承諾絕不將祕密說出去。最後，麥姬實在忍不住一吐為快的慾望，雙眼盯著門，終於說了：「就是……就是因為那個包廂……」

「那個包廂？」

「劇院之鬼的包廂呀！」

「鬼也有自己的包廂？」

一想到鬼居然也有自己的包廂，這群舞伶掩不住心中那份飽受震撼的興奮感，輕輕地尖叫：「哦！天啊！然後呢？快說呀！」

「小聲點！」麥姬斥令她們，然後說：「是觀眾貴賓席包廂的第五號房。你們知道的，就是在舞台左邊的貴賓包廂。」

「不可能吧？」

「真的就是，因為我媽就是那個包廂的領席員……不過，你們得發誓絕對不說出去。」

「當然啦！快說！」

「那個包廂已經有一個多月都沒人用了……當然，除了那個鬼以外。有人下令不得將它外租出去……」

「那鬼真的來過包廂嗎？」

「當然有……」

「包廂裡真的有人？」

「不是有人！裡頭只有鬼！沒有人！」

舞伶們互相對看一眼。其實，她們的意思是說，如果鬼真的到包廂看戲，應該會看到他那一身黑衣及那顆死人頭顱。

麥姬卻回答說：「我們是看不見鬼的！他根本不是穿著黑衣、有顆死人頭！大家說什麼死人般的頭或者火焰般的頭，都是胡說八道！他什麼也不是，我們只聽得到他的聲音，看不見他的人。媽媽從來沒有看到過他，只聽過他的聲音。我媽媽最清楚不過了，因為每次都是她送節目單進廂房給鬼的。」

梭兒莉覺得這番話有問題，便打斷她的話。

「麥姬，別胡說了，你騙我們。」

麥姬委屈地哭了起來。

「早知道就不說了，要是給媽媽知道，我可慘了。你們看著好了，喬瑟夫這樣多管閒事胡說八道，一定會倒楣的……媽媽昨天還這麼說呢！」

這時，外頭走廊傳來一陣沉重而急促的腳步聲，一個聲音喊道：「孩子們！你們在哪兒呀？」

「是我媽的聲音！」小珍絲說：「到底怎麼回事？」

她打開門，一個身材高大豐滿的中年婦人衝了進來，全身哆嗦地倒在椅子上，臉色脹紅，眼裡卻顫抖著憤怒與悲傷。

「真是不幸！」她說：「真是不幸！」

「怎麼了？到底怎麼了？」

「喬瑟夫他……」

「喬瑟夫怎麼了？」

「喬瑟夫死了！」

小小的廂房裡迴盪起一陣驚訝！一陣懷疑！一陣陣問號！

「唉！剛剛有人發現他吊死在地下室三樓，但最可怕的是……」可憐的婦人喘著氣說道：「最可怕的是，發現屍體的機械工們說，在現場聽到了一種奇妙的聲音，像是死人的安魂曲，縈繞在屍體的四周。」

「一定是鬼！」小麥姬忍不住蹦出了這四個字，但隨即用手掌捂住嘴巴，「不！不！我什麼也沒說，我什麼也沒說。」

環繞著她的同伴們都被嚇壞了，低低地耳語著：「一定是的！就是鬼！」

梭兒莉臉色蒼白極了。

「這樣我怎麼有心情唸致謝詞嘛！」

小珍絲的媽拿起放在桌上的水果酒，一口飲盡，暗自想道：「地下室裡一定有鬼。」

事實上，喬瑟夫死亡的真相，一直沒有水落石出。所有的調查都指向自殺一說，別無其他結果。在孟夏曼（也就是戴恩比和白里尼的繼任者）所寫的《一個劇院經理的回憶錄》中，曾經記載：

就在戴恩比先生和白里尼先生舉行餞別宴的那一晚，發生了一件令人不悅的意外事件。當時，我正坐在經理室裡，行政主任麥荷西神色倉惶地進來向我報告，一名機械師在舞台地下三樓的牧園佈景以及拉瓦爾王佈景之間上吊了。我大叫：「先把他弄下來再說。」就在我跌跌撞撞地衝到現場，準備將屍體抬下來的時候，上吊用的那根繩子居然不見了。

一個人用繩子上吊死亡，屍體被拿下時繩子卻消失無蹤。對這樣的事，他居然沒有起疑！噢，他是這樣子解釋的：道理很簡單，當時正好是芭蕾表演的時間，一定是團員們迷信，拿了上吊用的繩子來避邪。哈！您們能想像嗎？那群小女孩在短短一、二分鐘內，將屍體從梯架上解下來，然後把繩子瓜分掉，這不是在說笑嗎？

我的看法與孟夏曼的掩耳盜鈴正好相反。我一直在想，在舞台地下第三層樓喬瑟夫陳屍的梯架附近，一定藏有什麼機關，所以，那條用來吊死人的繩子，才會在任務完成之後，即刻消失。

各位如果再繼續往下看，就知道我的臆測不無道理。

這個悲慘的消息，很快就傳遍了整個劇院。喬瑟夫在劇院裡一直深受同仁敬愛，他的死，令所有的人感到無比震驚與悲傷。

芭蕾舞伶們相繼走出了廂房，帶著哀痛而恐懼的心情，隨行在梭兒莉的身後，像是一群受了驚嚇的小羊，踩著畏怯的粉紅色蹄腳，跟隨著牧人走在昏暗的長廊裡。

2 新星誕生

克莉絲汀讓「瑪格麗特」這個角色，展現了前所未有的光采，自此被封為「新瑪格麗特」。然而，詭異的是，沒有人知道她的指導老師是誰。

梭兒莉一行人在樓梯口遇見正要上樓的菲利浦伯爵。他平時一向非常鎮定，此刻卻顯得激動異常。「我正想上樓去看您呢！」伯爵非常優雅地向梭兒莉行了個禮，「哦！梭兒莉！今天晚上的表演實在太美妙了！尤其是克莉絲汀・戴伊，真是太成功的表演！」

「真是難以置信！」麥姬・紀瑞說：「六個月前的那次演出，她那破鑼嗓子簡直不能聽！現在請您讓個路，親愛的伯爵大人。」小女孩故意俏皮地敬個禮：「我們正趕著去探探那個上吊的可憐人的消息。」

就在這一說一答短短的幾句對話之間，湊巧讓經過的行政主任聽見了話尾，驟然轉身過來。

「什麼！小姐們，你們都知道這個消息了？」他莽撞地說：「算了！不過請你們千萬別說出去……尤其是不可以讓戴恩比白里尼先生知道。今天可是他們在劇院當家的最後一夜，怎受得了這種打擊！」

之後，這群女孩趕到舞蹈室，裡頭早已擠滿了一大堆人。

話題再轉回伯爵身上。

其實，他對當天表演的評語真可謂一針見血，再也沒有任何告別演出，能與這一晚的盛況相提並論。當年有幸參與盛會的來賓，至今恐怕都還津津樂道，感動不已。想想看，那個時代最出色的作曲家雷耶、聖桑、馬斯奈、季侯、德利伯等大師齊聚一堂，連袂演出自己最得意的作品，還有名伶佛兒及克勞思的賣力演唱……特別值得一提的是歌劇女高音新秀克莉絲汀．戴伊，她那醉人的唱腔，震盪了全巴黎的心。然而，她乖離的命運，也正是我寫下此書的緣由。

當晚，古諾指揮了〈木偶女娃娃的送葬進行曲〉；雷耶演奏了美妙的〈西古兒〉序曲；聖桑選擇了〈死神之舞〉及〈東方之夢〉；馬斯奈則來了一段〈匈牙利進行曲〉；季侯挑了一曲〈嘉年華〉；德利伯則是〈希兒維亞之華爾滋〉。克勞思小姐及丹尼絲．布洛克小姐也各演唱了一首曲子：前者唱《西西里晚禱》中的波麗路舞曲；後者則是《魯克蕾莎．波吉亞》一劇中的飲酒歌。

這些名人大師精湛的演出，恐怕都難抵籍籍無名的克莉絲汀．戴伊備受讚譽的光采。她首先演唱《羅密歐與茱麗葉》，這是她第一次演出古諾大師的作品，這齣戲自從卡爾瓦羅夫人在吟唱劇場首演之後，僅在喜劇歌劇院上演過一次。在巴黎歌劇院上演，還是頭一回呢！唉！不知有多少人，因未能親耳聆聽克莉絲汀所唱的茱麗葉一角而抱憾終生。她演出時的神情如出水芙蓉般純淨，天使般的音色迴轉著微顫的唱腔，深深牽引著每個人的靈魂隨之起伏，而終於自那對可憐戀人的墓塚之中，躍昇而出。

不過茱麗葉一角，只是個陪襯的序幕。最令觀眾激賞的，是她臨時代替名角卡兒羅塔女士演出的《浮士德》，尤其是監獄一幕及最後一幕的三重唱，她那恐怕是天上才有的唱腔，帶給大家前所未有的感動。

> 主啊！主啊！主啊！請原諒我們。

克莉絲汀自此被封稱為「新瑪格麗特」❶，她讓瑪格麗特一角，展現了前所未有的光采與魅力。

全場觀眾因著難以言喻的感動，為之喝采，為之沉醉。克莉絲汀激動地流下眼淚，不能自己地昏厥在同仁的懷裡，最後還是被抬著回廂房的。她彷彿在表演中獻出自身的靈魂，隨著人物的死亡而心碎了。

名評論家P．聖維在他的專欄中，就以「新瑪格麗特」為題，記載了這場精采非凡的演出。他說，那晚所見的，不僅是一個溫柔美麗的少女將藝術的技巧帶上劇院的舞台，還獻出了她自己的心。相信那晚所有的觀眾，都心領神會了那種十五歲少女獨有的純淨心聲。他說——

想走入戴伊所帶來的感動中，就將她想成初嘗戀情的冰清少女吧！這樣說或許有些冒失，但只有愛情的力量，才能使一個人自歌聲中釋放出奇蹟般的動人情愫，以凡人的曲調驚天地泣鬼神。兩年前，克莉絲汀．戴伊在團員招募比賽中初試啼聲，表現算相當引人注目。但她究竟是如何達到今日這種登峰造極之境呢？如果她的表現，不是隨著振動雙翼充滿情愛的天使由天而降，我不得不以為，她是像詭詐者奧夫特迪根一樣，將自己出賣給撒旦，才將地獄的誘人之音帶上人間。唯有聽過克莉絲汀演唱的《浮士德》，才算真正聽過《浮士德》，她唱腔中蘊含的醉人激情，如泣如訴，已經超越一顆純淨靈魂所能蘊藉的。

然而，也有人抱持另一種看法。如果克莉絲汀真是如此耀人的瑰寶，劇院怎會任她閒置多時？在這次的成功之前，她不過是唱技過人的卡兒羅塔所飾的瑪格麗特身邊那個差強人意的西亞貝兒。說起來，還得歸功於卡兒羅塔原因不明的臨時缺席，克莉絲汀才有機會走上舞台，演唱這原本只專屬於卡兒羅塔這位西班牙女高音的劇碼！

話說回來，戴恩比和白里尼怎麼會指定克莉絲汀來代替卡兒羅塔呢？難道他們早已發現她潛在的才華？果真如此，為什麼要將她閒置至今呢？而她自己又為何自掩鋒芒？更詭異的是，居然沒有人知道誰是她的指導老師！在這之前，她已數度聲明不再拜師，而要自行苦練。凡此種種疑問，都令人匪夷所思。

菲利浦伯爵觀看了這場空前的演出，在自己的廂房裡感動得站起身與全場觀眾同聲為克莉絲汀喝采。菲利浦伯爵（全名為菲利浦．喬治．瑪麗．夏尼）這一年正好四十一歲，上流社會的紳士，長得英俊挺拔，面貌出眾；只是天庭略嫌過高，眼神太過冷酷。他對女人向來彬彬有禮，對男人則稍顯傲慢，尤其是對好妒偽善之徒，更是傲慢。但事實上，他為人非常寬厚耿直。

自從老伯爵菲利博過世後，他成為這個堪稱全法國最具代表性、最古老的家族的領導人。夏尼家族的血統，可以上溯至十四世紀的國王路易十世，家業之龐大可想而之。

老伯爵過世時已是鰥夫，留給菲利浦的家擔不輕，他不得不擔負起這份重任。他還有兩個妹妹及一個年幼的弟弟韓晤，這三個人對家族事業毫無興趣，更不想分家。一如封建時期父死長子繼承的傳統，所有龐雜的管理工作，自然都落到菲利浦身上。當他的兩個妹妹同日結婚時，從兄長手中拿走屬於自己的家產，不僅不覺得理所當然，反而像是收受了一份厚禮，為之感激不已。

老伯爵夫人是在生韓晤時難產而死的，當時菲利浦已經二十歲了。十二年後老伯爵辭世，菲利浦擔負起教育幼弟的責任。他先將幼弟託付給兩姐妹，之後又託付給住在布列斯特海港嫁作海員妻的姑媽。

就是在那兒，年輕的韓晤愛上了海上的生活。韓晤曾經坐上伯達號，隨船航遍各國，完成繞行世界的壯舉，最近，他憑藉著雄厚的背景，而被任命擔任鯊魚號破冰船的一員，即將前往北極，搜救先前在那兒遇難的亞頓號上的生還者。

上船之前，韓晤趁機享受了長達六個月的長假。不過，已有不少家族長老覺得，以他如此孱弱的少年，經年在船上飽受勞苦，令人相當不放心，有意阻止他上船。這個年輕海員個性羞澀內向，我忍不住想說他其實是怯弱，一看就知道，是個在女人堆中養大的慘綠少年。事實上，一直受到姊姊與姑母疼惜保護的韓晤，難免帶著女性的特質——天真、純潔、幾乎帶點傻勁。他雖然已經二十二歲，看來卻像只有十八歲，蓄著金黃的小鬍鬚，一對迷人的藍眼睛，雙頰不時飛映著少女般的瑰紅。

菲利浦非常寵愛這個小弟。特別是每當他想到年輕的韓晤將繼承祖先夏尼・拉・侯序在海上的豐功偉業，就更覺驕傲不已。他利用韓晤的這段長假，計畫帶著這個初出茅廬的少年，覽遍巴黎特有的藝術情調與貴族享受。在伯爵看來，像韓晤這樣太過乖巧的成年男子，反而顯得不夠世故聰敏。而伯爵本身沉著穩重，不管是處理公務或生活享樂，都拿捏得恰如其分，正是韓晤進入社會的最佳榜樣。他不管到那兒都帶著韓晤，當然也將他引薦給芭蕾名伶們。

我知道有人傳言說，伯爵是梭兒莉的幕後情人，有何不可呢？一名單身貴族擁有情人享受人生，並不為過，特別是在他的妹妹相繼出閣之後，他用二、三個小時的時間，與一名或許胸無點墨但卻美麗動人的女子共進晚餐，甚而共度春宵，又何過之有呢？更何況，以他當時所處的巴黎上流社會，有些場所正足以突顯其身分品味，芭蕾名伶招待貴賓的廂房，正是這樣一個地方。

總之，假如不是韓晤數度殷切相求，或許菲利浦不會想到帶他前往巴黎歌劇院的後台。菲利浦事後才記起韓晤那時近似著魔般的渴望。

這晚，菲利浦為克莉絲汀鼓掌喝采後，看看身旁的韓晤，才發現他竟然一臉驚惶面色慘白。

「您沒看見嗎？」韓晤說：「那女人的身體好像不太行了？」

事實上，台上的克莉絲汀是靠人抬扶才勉強撐著的。

「我看你才快昏倒了呢！」伯爵伸手扶住韓晤。

「你到底怎麼了？」

韓晤立刻站挺身子，聲音顫抖地說：「我們走吧！」

「你想去哪兒呢？韓晤。」伯爵對韓晤激動的神情充滿驚訝與好奇。

「我們得去後台看看，這可是她頭一回唱成這樣？」

伯爵故意用充滿訝異的眼光盯住韓晤，嘴角勾起一絲笑意。

「哦？是嗎？」他接著說：「那我們就走吧！」

伯爵似乎對韓晤的表現感到相當高興。

很快地，他們來到後台的入口，那兒早已擠滿了人，他們只得耐心地等候機會進入舞台區。

韓晤表情雖然鎮靜，卻不經意地扯破緊握掌中的手套。菲利浦看在眼裡並不點破讓他受窘。其實他已看出眉目，這些日子和韓晤談話時，他總顯得心不在焉，獨獨說到歌劇院才會眉飛色舞，異常起勁。

他們總算擠進舞台區。裡頭名流士紳川流不息，有人匆匆趕往休息室，有人走向藝人的廂房。機械師和劇務的吆喝聲此起彼落，一會兒是下佈景，一會兒又搬道具，一會兒叮鈴咚隆釘起新道具來。一大群剛演完最後一幕的跑龍套演員，也雜在其中湊熱鬧。最令人難以忍受的，還是左一聲、右一聲要人命似的高吼：「劇場公務，借過喲——」彷彿非把眾人的注意力提昇到近乎精神崩潰，方肯罷休。

這些混亂的場面，對劇院常客倒還算司空見慣；但對於初次見到的韓晤，卻震撼不小。

這一夜，韓晤這初入社會的小白臉，可說是受盡刺激：先是克莉絲汀近乎賣命的演出，之後還有喬瑟夫之死。不過，此刻他唯一希望的是穿過人牆，見克莉絲汀一面。

這一夜，所有的事情都顯得特別離奇，韓晤更是表現得出奇衝動——他伸手推開一層層阻擋在前的人牆，任憑有人在他耳旁嘶吼，機械師拚命對他發出警告，他充耳不聞、旁若無人，一心一意只想見到那名用歌聲懾走他靈魂的少女——克莉絲汀。

是的，他的心已隨克莉絲汀而去，不再屬於自己。哦！那個幼年相識的小克莉絲汀！

再度相逢，韓晤一再封鎖自己的心，不讓自己愛上她。他不斷用理智提醒自己，終生只能愛成為自己妻子的女人，而以他的身分，是絕無法娶一名歌女為妻的。但是，理智永遠無法挽留住一顆已隨愛情而飛的心。

理智？愛情？韓晤胸口一陣絞痛，彷彿有人拿刀剖開他的胸膛，將他的心赤裸裸地取走，空洞的胸膛需要的是愛人的心來填補啊！這種心靈感受、生理反應，恐怕不是心理學家能輕易解釋的。唯有那些曾經親身體驗過真愛的人，才能了解被邱比特的箭射中時，那一瞬間複雜的心靈感受。換句話說，也就是「一見鍾情」的奇妙感覺。

菲利浦伯爵幾乎跟不上韓晤的腳步，但臉上仍掛著善體人意的笑容，望著韓晤的背影。

舞台最後方有扇雙頁大門，門打開後有兩條通道，一條直通廂房，另一條則通向一樓的客廳。一群芭蕾舞團的年輕學員從閣樓蜂擁而下，正好擋住韓晤的去路，使得他不得不停下腳步，遲疑著該如何穿越人群。不少女學員故意用話挑逗韓晤，但他不為所動，一語未發地轉身溜進後台的另一端，那兒也是一片嘈雜，人聲鼎沸，喊著：「戴伊！戴伊！」

「好小子！竟然知道戴伊的廂房在那兒呢！」站在韓晤身後的伯爵自言自語道。

伯爵從未帶韓晤拜會過戴伊，但想必韓晤一定利用伯爵和梭兒莉單獨聊天的時間，偷偷溜到這兒來過。梭兒莉總喜歡上台前有伯爵相伴，有時甚至故意發嗔，要求伯爵為她保管上台前用來保護舞鞋及細紗舞衣的護套大衣。梭兒莉的藉口總是：我是個沒了親娘的女孩。

伯爵本想去找梭兒莉，打聲招呼，待個幾分鐘，這會兒卻被堵在通往戴伊廂房的走道上。這裡從來沒有這麼熱鬧過，全劇院似乎都為了她成功的演出而瘋狂激動起來。

但這個可憐的女孩，此時卻還沒甦醒呢！有人趕忙通知了劇場醫生。醫生趕來卻差點擠不進人群。一陣騷動後，總算讓出一條路。而韓晤，幾乎是踩著醫生的鞋後跟，才硬闖入其中。

因此，醫生和多情郎同時趕到克莉絲汀的身旁。一個細心地為她診療，另一個溫柔地將她擁在懷裡，等待她睜開雙眼。伯爵和其他一大堆人擠在門口，差點窒息。

「醫生，您不覺得應該請這些人出去嗎？」韓晤近乎無禮地要求道：「我們大家都快窒息了。」

「你說得一點也沒錯。」醫生點點頭，起身將所有人趕出廂房，只留下韓晤和一名侍女。

克莉絲汀睜開雙眼，目瞪口呆地看著眼前這名男子——她從沒看過他呀！

最後，她還是不好意思主動開口詢問。醫生原以為，這名男子必定和克莉絲汀關係非凡，才會表現得如此大膽。因此，當韓晤在廂房裡靜靜凝視著戴伊甦醒時，前來喝采的戴恩比和白里尼，都和其他名流一起被擋在門外。同樣也被驅逐到走道的菲利浦伯爵，忍不住放聲大笑。

「哈！哈！這小子！」他接著用歌劇吟唱了一句：「相信這些看來彷若少女的美少年吧！」伯爵已有點得意忘形，最後還下了個結論：「不愧是夏尼家的人。」

他轉身上樓去找梭兒莉時，湊巧就在樓梯間，遇上那群驚惶失措的舞伶們，他們之間對話的經過就如開頭所述，不另贅言。

而在戴伊的廂房裡，克莉絲汀．戴伊長嘆了一口氣，全身哆嗦著。她抬起頭，看見了韓晤，顫抖得更加厲害。她看了看醫生，微微一笑，又看了看她的女僕，然後才再看著韓晤。

「先生，」她氣若游絲地開口問道：「您是誰？」

「小姐，」韓晤單膝跪地，深深地在克莉絲汀的手上吻了一下，「小姐，我就是那個跳入海中，為您拾回披巾的小男孩呀！」

克莉絲汀轉頭看看醫生和女僕，三人相視而笑。韓晤頓時面紅耳赤。

「小姐，既然您不願相認，我想和你說一些事，一些非常重要的事。」

「先生，等我好一點的時候吧！可以嗎？」克莉絲汀的聲音顫抖著，「您是個好人，我知道。」

「就請您先離開吧！」醫生面帶微笑，和善地對他說：「讓我來照顧她就可以了！」

「不用了！我沒有生病！」克莉絲汀突然間好像有了力量，鏗鏘地回拒。她站起身，但隨即又用手撐住額頭。「謝謝您！醫生。我需要獨處，請都離開吧！我請求您們，讓我……今晚我真的太緊張了。」

醫生本來想勸勸她，但是看她情緒如此激動，最好的辦法還是不要再為難她，於是兩位男士一起退出廂房。走入迴廊時，韓晤顯得特別不知所措。醫生勸他說：「今晚，她像是變了個人似的。往常，她待人總是非常溫柔……」醫生嘆口氣，逕自離去。

留下孤單的韓晤一人，面對這人去樓空的劇院。此刻，所有的人應該都到休息室裡參加歡送儀式了。韓晤想，克莉絲汀待會兒應該也會走出廂房前去參加。他躲在門邊暗處的角落裡，守著靜默，守著孤寂，守著心中隱隱的痛，等待愛人出現，一訴情衷。

突然，門打開了！只見女僕拿著箱子，獨自走了出來。韓晤一把攔住她，詢問她主人的情況。女僕笑著回答說，主人一切安好，但最好別去打擾她，她想一個人靜一靜。說完轉身離去，留下滿臉狐疑的韓晤。

莫非她特地在等我？一定是的，我不是對她說過，想單獨與她一談嗎？因此她才打發走身邊的人，刻意等我吧？韓晤興奮得喘不過氣來，將耳朵貼在門上，想聽聽裡頭的克莉絲汀是不是在召喚他。

他舉起手正想敲門，馬上又無力垂下，原來，門內居然傳出男人的聲音，用一種出奇專斷的語氣說著：「克莉絲汀，你一定得愛我！」

克莉絲汀答話的聲音則充滿著痛楚，可以想像她一定是淚流滿面，哽咽顫抖泣不成聲。

「您怎能懷疑我呢？我只為您一個人而唱！」

韓晤坐倒在門邊，痛苦萬分。他以為已隨克莉絲汀而去的心，此刻卻在胸口澎湃著，一次又一次地痛擊著他。整條寂靜的走廊迴響著那一聲聲的打擊，令他感到震耳欲聾。

哦！裡頭的人一定也聽到我的心正在顫動，他們一定會跑出來，將我這個可恥的竊聽者驅逐。夏尼家的人，居然在門外偷聽！

韓晤用雙手緊緊壓住胸口，想壓住那止不住的振擊。但是人的心並不是狗的尾巴，抓住就不動了；就算是，按住了尾巴，也止不住狗兒一聲又一聲的狂吠。韓晤的心仍砰砰地敲擊著。

男人的聲音又傳了出來。

「您很累了吧？」

「今晚，我將自己的靈魂獻給了您，而我自己已經死亡！」

「你的靈魂太美了！親愛的孩子。」那低沉的男音繼續說：「謝謝你！世間任何帝王都不曾擁有如此美好的厚禮！天使都因你感動而泣。」

之後，韓晤再也沒聽到任何聲音。然而，他並不想離開。為了避免被撞見，他又躲入原先那個黑暗的角落，決心等待房內的那名男子出來。

轉眼間，他同時嚐盡了人世間的愛與恨。他知道自己仍深愛著克莉絲汀，但他也想知道，究竟是哪個男人讓自己充滿恨意。突然間，門打開了，只見克莉絲汀．戴伊整個人裹在毛皮大衣裡，頭上包著絲帽走了出來。她將門帶上，韓晤特別注意到她並未將門上鎖。

他的眼光沒有隨克莉絲汀．戴伊離去，反而死盯著那扇不再開啟的門。走廊上又一片空盪。他輕輕走到房門口，將門打開，迅速走入房內，又隨即關上身後的門。房內漆黑一片，顯然煤氣燈已被吹熄。

「房內的人！」韓晤放聲大喊：「幹嘛躲起來？」邊說邊將背靠緊房門。

黑暗中仍寂靜無聲，韓晤只聽見自己的呼吸聲，他沒有想到自己膽大妄為的舉止，已超乎常禮規範。

「除非我開門，否則你是出不去的。」韓晤繼續說道：「如果你再不答話，你就是個懦夫！不過，我還是會看清你的真面目的。」

他點亮一根火柴。火光照亮了房間，裡頭根本空無一人。韓晤把門鎖上，然後點亮房裡的每一盞燈，開始搜索。他查看廁所、打開所有的衣櫥、用手敲打四周的牆壁，還是一無所獲。

「怎麼會呢？」他大叫一聲：「難道是我瘋了嗎？」

他在房裡呆坐了十幾分鐘，聽著煤氣燈滋滋的聲音，迴盪在充滿平靜的空房裡。陷入苦戀的他，甚至忘了偷取一條沾著愛人芬芳氣息的絲帶。

走出房門，他竟不知何去何從，只是失魂落魄漫無目的地走著。直到一陣冷風嗖嗖地颳過他的臉，才驚覺自己已走到一道窄梯的入口。

在他的身後，有一群工人抬著一床覆蓋著白布的擔架，正要下樓。

「請問出口在哪兒？」他開口問其中一名工人。

「你自己看啊！就在你面前。」工人答道：「門已經打開了。不過，請先讓我們過。」

他不經意地指著擔架問道：「那是什麼？」

工人回答道：「這個啊，是喬瑟夫・布葛。他吊死在地下室三樓一座支架和拉瓦爾王的佈景之間。」

韓晤讓到一旁，行個禮，走出劇院。

❶ 歌德所著之《浮士德》，由古諾作曲，巴比埃與卡雷改編為歌劇，瑪格麗特為劇中的女主角。

3 劇院經理離職之謎

白里尼瞪著雙眼回答：「二十四萬法郎不會從馬蹄下生出來，我們可不是為了侍候這個鬼才來工作的！所以我們寧可走路不幹。」

發生這麼多事的同時，餞別晚宴仍繼續進行著。

我曾說過，當晚精采的節目，是為戴恩比和白里尼的離職特別排定的。他們兩人最大的心願，就是為自己在劇院的工作畫上所謂「最完美的句點」。

全巴黎的社會名流及藝術大將，都鼎力協助他們兩人，期望這最後的告別演出臻於完美。

現在，這群人一起來到舞蹈室，參加最後的餞別宴。梭兒莉已等在那兒，手裡舉著香檳，準備隨時朗誦一段對卸任經理的致謝詞。她的身後，舞團裡大大小小的團員擠成一團，有人竊竊私語談論著一整天的新聞，有人則暗地裡互相打手勢。一大群女孩就這樣圍在掛有布朗爵兩幅名畫——戰舞與村舞——的餐吧周圍，七嘴八舌地聊天。

有些人已換上便服，但大部份舞伶仍穿著細紗舞衣。不過，大家都一致地表現出適合當時那種場面的態度。獨獨十五歲的小珍絲，因為年少天真，早將劇院之鬼和喬瑟夫·布葛之死拋諸腦後，不識趣地到處亂蹦亂跳、嬉笑玩樂，直到戴恩比和白里尼發現，才被梭兒莉不耐煩地制止下來。

每個人都注意到兩位經理臉上愉悅的神情。這種表情在巴黎外省的人看來，或許非常矯柔造作；但對一個巴黎人而言，卻代表著高度的人生品味。不是巴黎人絕對無法想像，什麼叫為痛苦的心戴上喜悅的面具；什麼是用憂鬱、煩悶或冷漠的表情，來隱藏心中的狂喜。

如果你有個朋友陷入困境，千萬別試著安慰他，他會告訴你這不能改變什麼；如果他走運發達，更別去道賀他，對他而言，一切的成就都理所當然，沒什麼好提的。在巴黎，任何的聚會都是一場化妝舞會。面對這樣一群深諳其道的名流，戴恩比和白里尼最不可能犯的錯誤，就是流露出心中真實的痛楚。不過，此刻他們對正在唸致謝辭的梭兒莉所展現的笑容，卻已經顯得有點虛假。

突然，小珍絲大叫一聲，打斷了梭兒莉的話。而經理們的表情迅速僵化，每個人都看得出他們眼神中的恐懼與哀傷。

小珍絲喊出了四個字：「劇院之鬼！」

小珍絲蹦出這句話時，是用一種難以形容的恐怖語調，同時指著人群中一個穿著一襲黑色風衣的人——他的臉如此蒼白、如此抑鬱、如此醜陋，兩道弓形眉底下的雙眼深陷，像是無底的淵洞。這張被認為是死神面具的臉，立刻引起一陣戲劇性的騷動。

「劇院之鬼！劇院之鬼！」

大家放聲大笑，前呼後擁地擠向他，高舉著酒杯欲邀劇院之鬼共飲。但轉瞬間他卻消失了！就在兩位經理極力安撫小珍絲，而小麥姬卻又放聲大叫的時候，劇院之鬼悄悄走入人群，消失了蹤跡。

梭兒莉滿臉不悅，她的致詞居然就這樣被打斷。因為戴恩比和白里尼禮貌地擁吻她一下，表示謝意，隨即也像劇院之鬼一樣迅速離開。

其他人倒不引以為意，大夥兒都知道，樓上合唱團室裡，還有另一場餞別酒會。接下來，在經理寬敞的接待室裡還有親密的貴賓摯友為他們準備的餞別晚宴在等著呢！

在那兒等著的，當然包括即將接任的劇院經理阿耳曼．孟夏曼及菲爾曼．李查。前任經理並不熟識這兩位繼任者，不過他們卻主動表示極大的好感及深刻的友情。後者當然也極力褒揚兩人的功績，以示回應。如此一來，終於化解了客人心中的擔憂。他們一直以為，今晚會是一場氣氛僵化而尷尬的晚宴，看來，情況並非如想像中的緊張，大家也立刻笑逐顏開。

整個餐會的氣氛非常融洽，來賓輪流向雙方敬酒致意，尤其以政府特派員的致詞最為得體，既褒揚前任兩人的輝煌過去，更不忘對繼任者的未來表示信心，相信他們必能與同事共奮共勉，再創佳績。前後兩任的權力交接儀式，正是在他的見證下於前一晚舉行的，所有大大小小的交接問題，都在彼此誠懇相待的情況下，得到了最好的解決。所以，在這歷史性的餐宴上，他們四個人都流露出會心的微笑。

戴恩比及白里尼在交接時，已將兩把用來開遍全劇院千百扇門的萬用鑰匙，交給孟夏曼及李查。此刻，為了滿足在場嘉賓的好奇心，他們將兩把鑰匙拿出供大家輪流欣賞。

正當鑰匙在眾人好奇的眼光中傳遞時，突然，有幾個人在轉頭之際，發現餐桌盡頭出現了一張陌生而慘白詭異的臉，這張臉上鑲著兩個黑洞。正是方才在舞蹈室裡出現過的、小珍絲用特殊的驚嘆句打招呼的「劇院之鬼」！

他就在那兒，坦然自若得像是一位熟識的客人，唯一的差別是，他既不吃、也不喝。

發現他的人一開始仍然保持著微笑，最後卻都忍不住轉過頭，因為這張恐怖的臉孔，實在令人毛骨悚然。

沒有人敢像方才在舞蹈室一樣開玩笑，也沒有人敢說：「那個人是劇院之鬼！」

大家噤若寒蟬。連他鄰座的人，都想不出他是什麼時候坐在那兒的。大家只是想，就算是死人回到餐桌與活人進餐，都未必會比這張臉可怕。李查和孟夏曼的朋友以為，這個瘦骨嶙峋的客人是戴恩比和白里尼的好友；而戴恩比和白里尼卻以為這個活死人是孟夏曼及李查的客人。因此，沒有任何人提出疑問，沒有任何不悅的表現，更沒有任何人用嫌惡的表情對待這個墳墓來的訪客。

同桌上有幾個人聽過劇院之鬼的傳聞，以及喬瑟夫．布葛所描述的鬼的模樣——他們尚不知喬瑟夫已死——一致認為，坐在桌子末端的那個男人，活脫就是歌劇院裡無可救藥的迷信傳言中的男主角。唯一的差別是，根據傳聞，劇院之鬼是沒有鼻子的，但眼前的男子卻有鼻子。

不過，孟夏曼曾在他的回憶錄裡肯定地說，那個客人的鼻子是透明的。他如此寫道——

他的鼻子，又細又長又透明。

我敢說，那可能是個假鼻子。孟夏曼可能將一個反光的假鼻子看成是透明的。大家都知道，科學發達，已可造出幾可亂真的假鼻，以應天生有缺陷者或手術者的需要。

事實上，劇院之鬼是否真的在這一夜不請自來，與經理們同席而坐？而且，我們是否真的可以確認，這名陌生男子就是劇院之鬼，誰敢說呢？

今天我提及這個事件，絲毫不是為了使各位讀者相信，或嘗試說服您們相信，劇院之鬼真有通天本領。而是因為……總而言之，任何事都是有可能的。以下所說的就是最好的證明。

阿耳曼．孟夏曼在他的回憶錄第九章中如此記載：

每當我回想就任的第一夜，就無法不聯想到戴恩比及白里尼在經理招待室的餐會上，當著那位不知名的恐怖人士的面，所公佈的祕密。

以下就是事情的真實經過——

戴恩比和百里尼坐在長形餐桌的正中間，他們一直都沒發現坐在桌子末端那個長相恐怖的人，直到那個人突然開始說話。

「那些跑龍套的說得沒有錯，」那個人說：「可憐的布葛，他的死因並不像大家所想的那麼單純。」

戴恩比和白里尼從椅子上跳了起來。

「布葛死了？」兩人同時大叫。

「是的。」那個人——或者說那個鬼影般的人——平靜地回答：「就在今晚，他被發現吊死在地下三樓一座鄉村佈景和拉瓦爾王的佈景之間。」

兩個經理——或許該說是前任經理——霍地起身，用一種怪異的眼神盯著與他們對話的男子，露出了超乎常理的激動，也就是說，超出普通人聽到一名機械組長吊死時應有的反應。兩人的臉色變得比桌布還白。終於，戴恩比對李查及孟夏曼做了個手勢，白里尼對全場的客人說了幾句道歉的話，接著四人一起告退，走進經理辦公室。

在此，我再度引用孟夏曼的話。他在回憶錄中如此記載——

戴恩比及白里尼愈來愈激動，令我和李查覺得他們兩人似乎有什麼難言之隱想對我們說。首先，他們問我們是否認識坐在餐桌末端提出布葛死訊的那個人，而當我們表示否定時，兩人更是心神不寧。

他們兩人從我們手中拿回那兩把萬用鑰匙，細細端詳，不斷地搖頭嘆息，然後建議我們最好在絕對保密的狀態下，將所有房間、辦公室及任何能夠上鎖的東西，全部換上新鎖。

他們在說這件事時的神情，實在非常可笑，讓我和李查不禁大笑反問，劇院裡是否有賊？他們回答，事實上，比有賊更糟，是有鬼！

我們倆放聲大笑，以為他們設計捉弄上任新官，作為晚宴的餘興高潮。

他們還說，若不是接到劇院之鬼親自指示，希望他們告知我們，要與他和平共處，答應他所提出的一切要求，他們兩人是不會與我們談起劇院之鬼的。只不過，因為太高興終於能完完全全脫離那魔鬼的控制，他們一直遲疑著，等到最後一秒鐘，才告訴我們這番常人難以置信的詭異遭遇。所以，當他們一聽到喬瑟夫．布葛的死訊時，立刻回想起，每當有任何事忤逆了劇院之鬼，就會發生一些恐怖離奇的意外事件，他們終於必須從愉快的情緒裡，走回殘酷的現實。

就在他們兩人出人意外地侃侃說出這段心中最重要、也最不為人知的告白時，我偷看了一下李查的神情。學生時代的他，是個出名的頑童，也就是說，他不可能看不出任何把戲的破綻。直到今日，聖米雪爾大道上許多看門員，恐怕都還記得他的軼事。

當時李查似乎玩出了癮頭，雖然把布葛之死當作玩笑的素材顯然有些過份，但他卻絲毫不放過。他悲傷地搖搖頭，臉色也隨著他們兩人的話，愈來愈悲憤交加，像是為劇院鬧鬼的悲劇深感遺憾。我只好也順著他模仿那種絕望的神情。

儘管如此刻意，我們終於還是忍不住對著戴恩比及白里尼的大鬍子，哈哈地爆笑出來。他們兩人看到我們的表情，突然莫名其妙地由滿臉愁容轉變成放肆無禮的笑鬧，不由得目瞪口呆，以為我們發瘋了。李查見玩笑似乎開得有些過火了，立刻半正經半玩笑地問：「那麼，劇院之鬼到底想幹什麼？」

白里尼走向他的辦公桌，取出一份「責任規章」的副本。

責任規章的開端是：「歌劇院當局必須給予國家音樂學院最佳的演出環境，使之成為實至名歸的第一流歌劇舞台。」

結尾則是第九十八條：「目前所賦予的權力得以在下列情況下取消：一、如果執行單位違反責任規章所載之條款……」

接下來為其他細則的記載。

這份副本全文皆用黑色墨水書寫，而且與我們手邊那份完全相同。

然而，我們卻發現白里尼拿出的副本，在全文之後，還附有兩段用紅色墨汁另起的條款，字跡怪異凌亂，彷彿是在夜裡點著火柴照明寫出來的；又像是初學寫字的孩童，一筆一畫地慢慢落筆，卻不知將筆畫連起來成字的字跡。

而這一段莫名奇妙接續第九十八條另起的條文如此記載：「……二、假如行政當局延遲給付劇院之鬼應得的月俸，全額暫定為二萬法郎——即年俸金額二十四萬法郎，直到下次命令到達前。」白里尼遲疑地用手指比了比最後這一項我和李查始料未及的細則。

「就這樣？沒有其他的要求嗎？」李查保持冷靜地反問。

「不止。」白里尼回答。他又翻了翻責任規章，唸道：「第六十三條的內容是：舞台前方貴賓席右區的第一號座位，無論任何表演，均保留給國家首長。一樓第二十號包廂在每星期一、以及二樓第三十號包廂在每星期三及星期五，均保留給內閣官員自由使用。三樓第二十七號包廂，將每天保留供塞納省政府及警政署使用。」

又一次，在條款之後，白里尼先生指著一行用紅墨水加上去的細則給我們看。

「二樓第五號包廂，無論任何表演，均供給劇院之鬼自由使用。」

看完這最後一招，我和李查不得不站起身，熱切地握住前任者的雙手，恭喜他們想出如此特別的玩笑，顯然，法國人幽默的傳統絕對不會失傳。

李查甚至還自認得體地加了一句話說，他現在終於明白，戴恩比和白里尼為何要辭職，遇上一個如此苛刻的鬼，根本不可能辦事。

「當然，」白里尼瞪著雙眼回答：「二十四萬法郎可不會從馬蹄下生出來。而且，你們是否算過，將二樓第五號包廂免費供給劇院之鬼專用，會減少多少收入？這還不包括我們必須退還並且補償給訂位會員的錢呢！實在太可怕了！說實話，我們可不是為了侍候這個鬼才來工作的！所以我們寧可走路不幹。」

「對！」戴恩比重複一遍：「我們寧可走路不幹！我們走吧！」他站起身來。

李查說：「不過，話說回來，你們好像滿善待這個鬼嘛！要是讓我遇上了這麼個煩人的鬼，早就設法逮捕他了……」

「怎麼逮捕？從何下手？」他們齊聲應道：「我們連他長什麼樣子都沒見過！」

「可以在他來包廂的時候啊。」

「我們從來都沒有見過他到包廂裡來。」

「既然如此，就把包廂租出去呀？」

「把劇院之鬼的包廂租出去！哼！先生們，您們就試試看吧！」

就這樣，我們四人一起走出經理辦公室。李查和我從來沒有如此開懷盡興大笑過。

4 五號包廂的怪事

他們剛走進五號包廂不久，又全體退了出來，然後向領席員抗議說，空無一人的包廂裡，卻有個聲音向他們宣佈——裡頭坐了人！

阿耳曼．孟夏曼寫的這一本回憶錄，篇幅巨厚，大部份的篇幅都是描述他在劇院主事的漫長歲月。讓人不禁懷疑，他花去大部份的時間記載劇院的大小事情，怎麼還會有空處理劇院事務？孟夏曼雖然一個音符也不認得，不過，他卻是藝術公共教育部長稱兄道弟的至交，而且在藝術圈內從事過新聞事業，本人也頗為富有。總而言之，他廣結人緣，腦筋活絡，在決定爭取入主劇院之時，早已選定一位對推行藝術工作大有助益的好搭檔——菲爾曼．李查。

菲爾曼．李查是位傑出的音樂家，也是個風流倜儻的才子。以下是摘自《劇場雜誌》在他出馬上任時所做的人物專訪。

菲爾曼．李查先生年約五十，身材高大粗壯卻不臃腫；相貌堂堂出眾，紅光滿面：頭髮濃密，梳理得光鮮整齊；鬍子也如頭髮般濃密；他的神情溫和，帶著點憂鬱，但看人時的眼神直接坦白，帶著一絲迷人的笑意，減淡了本來憂鬱的氣質。

李查先生是位非常傑出的音樂家。他既是技巧超群的和聲大師，亦是充滿智慧的對位法作曲家。恢宏壯闊是他作品的最大特色。他所出版的音樂作品，包括相當受歡迎的室內音樂、鋼琴曲、奏鳴曲、頗具特色的即興曲、以及一本歌曲集。

細品他的重要作品〈亞荷庫勒之死〉——由學院樂團演出，其中所蘊含如史詩般的氣息，不禁令人聯想起菲爾曼．李查本人最推崇的作曲家之一葛路克。

然而，若說葛路克的音樂深受他喜愛，那畢西尼則是他的最愛。隨時隨地，只要一聽到畢西尼的作品，他就能怡然自得，樂在其中。

對畢西尼這份激賞之情，連帶使他對梅耶比爾甘拜下風，對希瑪羅莎十分著迷，而且，再也沒有人比他更懂得欣賞韋伯那舉世無雙的天才。

至於華格納的音樂，李查毫不掩飾地自認——他，菲爾曼．李查，是全法國第一個、可能也是唯一一個聽懂華格納音樂的人。

我的節錄就到此為止。我想，從中已能看出一點結論：既然李查喜愛的音樂家，幾乎囊括所有類型，所有的音樂家應該也都會欣賞他的樂曲。在讀完這段短短的專訪之後，我們或許能從中略窺此人性格的特點，從那份自視甚高的態度中看出，他的脾氣其實十分暴烈。

在初上任的幾天裡，兩位劇院新官初嚐統御這棟龐大而充滿美感的機構的快感。浸淫在一片權力的喜樂中，自然而然地遺忘了有關劇院之鬼的詭異事件。直到另一個意外向他們證明，那一天的玩笑並未結束——假如這一切果真是玩笑。

這一天早晨，菲爾曼．李查十一點鐘到達辦公室。他的祕書雷米交給他一疊半打左右未曾拆封的信件，信封上皆註明「私人信函」，其中一封立刻吸引了李查的注意。不單是因為信封上的字是用紅色墨水書寫，更因為此人的字跡似曾相識。

李查很快就找到了答案：這款紅色字跡，與責任規章上被人莫名其妙添加上去的紅字條款完全相同，他認得那像孩童般筆劃分離的特殊寫法。

他拆開信，唸道——

敬愛的經理：

請原諒我打擾您用來決定劇院優秀藝人去留、用來更新重要任聘、用來重新下決策的寶貴時間。這些要務必須兼顧穩定人心、維持劇場和諧、滿足觀眾品味，又必須以一種連我都不禁咋舌的權威來實踐。

我知道您對卡兒羅塔、梭兒莉、小珍絲等，以及一些您略知其特長、才華或天份的人員所下的決定。

（您一定明白我說的這人是誰。明顯地絕不是指唱歌毫無情感的卡兒羅塔，她只配留在小咖啡館、小歌廳裡，做個送往迎來的小歌女；當然也不是在舞台上成就非凡的梭兒莉；更不是跳起舞來像小牛在草原上亂撞的小珍絲；當然也不會是克莉絲汀．戴伊，她的天份有目共睹，只不過您對一鳴驚人的她，似乎刻意不讓她有在重要演出中擔綱的機會。）

總之，您有自由以您領導管理的風格來處理劇院的事，不是嗎？不過，我還是希望能在您將克莉絲汀．戴伊掃地出門之前，於今晚再一次聽她演唱西亞貝兒一角。因為自上一次的成功演出之後，她已被禁止演出瑪格麗特一角。

同時，我也請您今晚不要安排任何人使用我的包廂，往後也不要。在結束這封信之前，我必須告訴您，我是何等不悅地發現，最近來到劇院時，竟然發覺我的廂房已被租出去——經由租位單位，依您的指示。

我之所以沒有提出抗議，首先是因為我痛恨醜聞。其次，則是因為我猜想您的前任經理——對我相當禮遇的戴思比及白里尼離職前疏忽了，未告知您我的這些小習慣。

然而，我剛剛接到戴思比及白里尼給我的答覆，證明您已經知道我的責任規章。如此說來，您根本是刻意蔑視我的存在。如果您還希望我們之間能和平共處，就從別侵入我的包廂開始！

看在我對劇院無微不至的關照份上，親愛的經理，請將我當成您非常謙和的友人。

劇院之鬼

這封信附著剪自《劇場雜誌》通信欄中的一篇啟事，上面寫著：

F. de l'O（劇院之鬼的法文縮寫）：

李和孟不可原諒。我們已經告知他們，並且已經親手將您的責任規章交給他們。敬安。

菲爾曼．李查才剛看完這篇啟事，房門就被打開，阿耳曼．孟夏曼向他走過來，手上拿著一封信，與他所收到的完全一模一樣。他們對看一眼，大笑出聲。

「玩笑還沒開完。」李查說：「不過，這次可一點也不好笑了！」

「到底什麼意思？」孟夏曼問道：「以為自己曾經是劇院的經理，我們就會讓他們免費使用包廂？」

顯然這兩個人都一致認為，毫無疑問地，這封大同小異的信，是前任經理共同搞出來的詭計。

「我可不想一直這樣任他們擺佈！」菲爾曼．李查挑明說。

「這倒也無傷大雅！」孟夏曼如此認為。

「究竟他們想要什麼？今天晚上的包廂？」

菲爾曼．李查下令給他的祕書，如果今晚的二樓五號包廂尚未出租，就把票寄給戴恩比和白里尼。包廂房果然還沒租出去。戲票直接送到前任經理家門口，他們兩人都住在劇院附近，戴恩比就住在史基柏街和卡布辛大道的交叉口；白里尼住在奧柏街二號。而劇院之鬼寫的信，就是在卡布辛大道上的郵局寄出的。這是孟夏曼檢查信封時的發現。

「你看吧！」李查說道。

他們聳聳肩，感慨有人一大把年紀了，還以開這種幼稚的玩笑為樂。

「雖然是個玩笑，他們也不該如此大放厥辭！」孟夏曼批評道：「你看看，他們說到卡兒羅塔、梭兒莉和小珍絲時，是什麼態度？」

「我說嘛！老兄，這些人心存妒嫉，發了狂！他們居然還花錢到《劇場雜誌》刊登這種小啟事……真是吃飽沒事幹！」

「對了！」孟夏曼又說：「他們好像對克莉絲汀．戴伊特別感興趣。」

「你我都知道嘛！她是個出了名的乖乖牌。」李查答道。

「出名？多的是浪得虛名的人！」孟夏曼應聲道：「像我，還不是以對音樂的才學出了名，可是我連G調和F調都分不清呢！」

「你沒有這種虛名的。」李查說；「別擔心。」

他一邊說一邊下令給門房，傳喚那些在辦公室外的走廊上來回踱步等候二個多小時的藝人——他們等候著經理室的房門開啟，守候著等在門後可能加諸的榮耀、金錢……或者失業。

這一天，就在不斷的討論、談判、簽約或中止約聘中度過。而我要強調的是，一月二十五日這一天晚上，我們的兩位新秀經理，被一大堆充滿憤怒、詭計、威脅、哀求及愛恨交錯的告白搞得疲憊不堪，早早就上床睡覺，根本連到五號包廂去晃一眼，看看戴恩比和白里尼對節目是否滿意的好奇心都沒有。劇院裡，自從前任的經理離開後就沒得清閒過，因為李查下令在不影響表演進行下進行一些必要的工程。

第二天早晨，孟夏曼和李查在他們的信件中，發現了一封來自劇院之鬼的感謝卡，內容如下：

敬愛的經理：

謝謝！迷人的一晚。

精湛的戴伊。合聲需加強。卡兒羅塔還算差強人意。

接下來，你們該簽給我二十四萬法郎。正確數目是：二十三萬三千四百二十四法郎七毛。戴恩比和白里尼已經付過我今年年俸前十天的錢：六千五百七十五法耶三毛。他們的任期是到十日晚上為止。

劇院之鬼

另外有一封戴恩比和白里尼所寫的信。

先生們：

非常感謝您們善意的安排，不過您們必定了解，儘管再次欣賞《浮士德》的慾望，對老經理們是如此地溫馨，但還是無法使我們忘記，任何人都沒有權力佔用專屬於「他」的包廂。

「他」就是餞別宴和您們提及的那一位，我們還一起讀過「他」的責任規章。這一條規則明載在第六十五條增訂條款之中。

「哼！這兩個傢伙！這回他們可把我惹毛了！」李查憤怒地罵道，猛力將戴恩比及白里尼的來信捏得碎爛。

這一夜，二樓五號包廂出租了。第二天早晨，經理先生們一進辦公室，一篇來自監察員的報告書已等在桌上。是一份有關昨晚二樓五號包廂所發生的事件的報告。以下是這份報告的簡短摘要：

今夜我出於需要，共動用了二次警衛人員，前往二樓五號包廂將租用者驅逐出房。這兩次分別在第二幕的開始及演出中途。

租用者是在第二幕開場時抵達包廂的。他們隨即發出狂笑聲，行為蠻橫，令周遭其他觀眾相當不滿，發出噓聲來制止他們。當領席員趕來向我報告時，場內已一片抗議聲。

我趕到包廂，做了必要的觀察，發現他們似乎已完全喪失理智，說了一些愚蠢的話。我鄭重對他們提出警告：如果類似的醜態再次重演，我就必須將他們驅逐出去。

然而，我才剛離開，立刻又傳來他們的嬉笑聲及場內的抗議聲。於是，我帶著一名警衛回到五號包廂，將他們請出廂房。他們一邊笑，一邊宣稱如果我們不退回票錢，他們絕不離開。

好不容易他們安靜下來了，我答應讓他們重回包廂。可是進去沒多久，笑聲又再度傳來。這一次，我徹底將他們趕出劇院。

「把監察員叫來！」李查對他的祕書大吼。

祕書是第一個批改這份報告的人，還在一旁以藍筆作眉批。祕書雷米——年方二十四，蓄著小鬍子，有才幹，為人彬彬有禮——在這段時期，必須每天在經理面前機智且恪遵分際地聽候差遣。他一年二千四百法郎的薪俸，是直接由經理給付的。他的工作包羅萬象，如查閱報章、分發招待券、接待候客室的來賓、回覆信件、尋找替角、知會各部門首長等。不過，主要仍是充當經理室的門房。他隨時都有可能在毫無補償的情況下遭辭退，因為他並未被納入劇院人員正式編制。

雷米早已預料到這種情況，已提前派人將監察員找來。此時便請監察員進入辦公室。

監察員一進門，顯得有點心慌。

「告訴我們，到底是怎麼回事？」李查劈頭就問。

監察員嘟嘟噥噥，含糊地說了關於報告上所提的事。

「究竟這些傢伙為什麼會笑呢？」孟夏曼問道。

「經理先生，他們一定是吃飽了撐著，也沒打算欣賞音樂，存心來鬧場。他們剛到的時候，才走進包廂，又全體退了出來，還把領席員叫來問：『你看看！包廂裡沒有人，是不是？』領席員回答：『是沒有呀！』『可是，』他們振振有辭地說：『我們剛剛走進去，卻聽到有個聲音說，裡頭已經坐了人。』」

孟夏曼看了李查一眼，忍不住露出微笑。但李查可是一點也笑不出來！他自己做過太多這一類的荒謬事件，不覺得監察員口述的這件全天下最無稽的事，有何可笑之處！諸如此類的惡作劇，被捉弄者一開始或許尚覺有趣，時間一久，都只會惹來憤怒與不滿。

監察員見孟夏曼笑了，為表奉承，自覺也應該回應笑容。可惜這一笑倒楣透頂，換來的是李查嚴厲的眼光猛盯著自己。他立刻收起嘴角，換了張極度嚴肅的臉。

「說！這群人進包廂時，」神情有些猙獰的李查大聲斥問：「裡面究竟有沒有人？」

「沒有！先生，裡面連個人影也沒有。左邊和右邊的包廂也沒有人！我可以發誓。當時，我還提了燈籠檢查過。這根本是個惡作劇。」

「那領席員呢？她怎麼說？」

「噢！對領席員來說，事情非常簡單，她認為是劇院之鬼搞鬼。什麼論調嘛？」

監察員冷笑一聲。這一次，他立刻明白自己的笑又是個錯誤。因為他還沒說完「劇院之鬼」這四個字，李查原本陰沉的臉色已轉為怒容。

「派人去把那個領席員給我找來！」李查一聲令下：「現在就去把人給我帶來！我非把這群妖言惑眾的人趕出去不可！」

監察員本想表示點意見，李查那一臉「你給我閉嘴」的表情，讓他把話又吞了回去。然而，當他閉緊雙唇，決心不再開口時，經理卻又問話了，逼得他非答不可。

「劇院之鬼到底是什麼東西？」李查顯然打算用斥責的口吻問到底。

但是，此刻監察員卻一個字也答不上來。只好做個無奈的手勢，表示自己一無所知。不過，看起來卻更像在表示——他什麼也不想知道。

「你！你看過劇院之鬼嗎？」

監察員猛力搖頭，強烈地表示自己未曾見過。

「算你倒楣！」李查冷冷地說。

監察員兩眼睜得斗大，眼珠子都快跳出了。他完全不理解為什麼經理先生會說出這句嚇人的話——算你倒楣！

「因為，我正打算找那些沒見過劇院之鬼的人算帳！」李查說：「既然他無所不在，又怎麼會沒有人見過他？這根本不成理由！我想，你們的態度要更負責點！」

5 疑雲滿天

孟夏曼開始盤問五號包廂領席員紀瑞太太。他說：「你和劇院之鬼說過話嗎？」「就像我現在和你說話一樣。」紀瑞太太回答。

話說完後，李查再也沒有理會監察員，開始和剛進門的行政主任討論其它事務。監察員以為自己可以離開了，便不動聲色地往門口挪動。哦！天啊！這麼輕巧的舉動，還是讓李查一眼識破，一聲雷吼：「站住！」嚇得把他定在原位。透過雷米的安排，立刻派人找到了領席員——她就在離劇院兩步之遙的普洛旺斯路當門房。現在，她進了辦公室。

「你叫什麼名字？」經理問道。

「紀瑞太太。您該知道我的，經理先生。我就是小紀瑞——也就是小麥姬的母親！」

她的語氣直接而鄭重，一時懾住李查，他立即抬頭打量眼前這位「紀瑞太太」——黑色的帽子，褪色的披肩、塔芙綢的舊洋裝，踩著一雙破爛的鞋。顯而易見，以堂堂巴黎劇院經理的身分地位，根本不會記得什麼紀瑞太太，更別說會對什麼小紀瑞、小麥姬有任何印象！

但這位婦人的傲氣其來有自，在劇院裡，她可是最出名的領席員。當時劇院後台廣為流傳一句暗語：「紀瑞」。譬如某人責怪同伴說長道短、閒言閒語的行為，總是說：「這實在是太『紀瑞』了！」

因此，她總以為「紀瑞」的名氣應該是眾所皆知！

「不認識！」結果李查回了這麼一句：「不過，紀瑞夫人，我還是想要知道，昨晚究竟發生了什麼事，要讓你和監察員呼叫警衛……」

「我也正想向您說明此事呢！經理先生，希望您們別像戴恩比和白里尼先生那樣，遇上些倒楣事。他們一開始也是這樣，根本不聽我說……」

「我不是問你這些。我是問你，昨天晚上究竟是怎麼回事！」

這種輕蔑的語氣令紀瑞太太面紅耳赤，從來沒有人以這樣的口氣對她說過話。

她站起身，作勢準備離開，都已經揑起裙擺，驕傲地甩動黑色帽子上的羽毛了……忽然，她又改變主意，重新坐下來，用同樣的語氣回敬他：「就這麼回事，又有人找劇院之鬼的麻煩！」

此時此刻，眼見李查就快爆發怒火，孟夏曼趕緊插嘴把問話引開。

總之，紀瑞太太的結論是，在空無一人的包廂裡，聽見人聲作響根本不足為奇，她早已司空見慣，唯一的解釋是劇院之鬼從中作怪——劇院之鬼，從來沒有人見過他出現在包廂裡，但每個人卻都能聽到他的聲音。她就常常聽見他的聲音。她的話絕對可以信任，因為她從不說謊。這一點，可以去問戴恩比和白里尼以及所有認識她的人，還可以去問那個被劇院之鬼打斷一條腿的伊希鐸赫．沙亞克先生。

「是嗎？」孟夏曼打斷她的話：「劇院之鬼真的打斷可憐的伊希鐸赫．沙亞克一條腿？」

紀瑞太太睜大那雙充滿驚訝的眼睛，自己面對的居然是這等「無知」的人！最後，她覺得自己有必要教育一下這兩個無知的可憐人。

原來事情是發生在戴恩比和白里尼主事時期，仍然是在第五號包廂裡，同樣是在《浮士德》演出時。

紀瑞太太咳嗽一聲，清了清喉嚨，然後開腔，彷彿正要吟唱一段古諾的樂章。

「是這樣的，先生，那天晚上的包廂裡，第一排坐著馬尼哈先生及他的夫人——他們是馬卡多街上的寶石商，而坐在馬尼哈夫人身後的，則是他們的好友，伊希鐸赫．沙亞克先生。

「當台上的梅賈斯多菲烈唱起（紀瑞太太隨之哼起）『您施展著催眠術』，而傳入馬尼哈先生右耳的竟是：『哼！哼！可不是茱莉施展了催眠術。』（馬尼哈夫人正是叫茱莉）馬尼哈先生轉身左顧右盼，不知道是誰說了這句話。一個人也沒有！

「他搓著自己的右耳，對自己說：『莫非是我在作夢？』台上的梅賈斯多菲烈繼續唱著……喂！經理先生，你們是不是聽得很煩？」

「不會，不會，繼續說……」

「你們實在太好了！（紀瑞太太刻意戲弄一下）就這樣，梅賈斯多菲烈繼續唱著他的歌（紀瑞太太又唱）：『我所鐘愛的凱薩琳——為何拒絕——給你的愛人他所乞求——一個溫柔的吻？』

「接著馬尼哈先生又聽到——同樣是在他的右耳——一個聲音對他說：『哼！哼！茱莉可不會拒絕給伊希鐸赫她的吻。』他立刻轉過身，不過，這一次是朝他太太和伊希鐸赫的方向看，而他看到了什麼呢？伊希鐸赫從後面握住他太太的手，雙唇正吻著手套隙縫裡的手指……就像這樣，先生們！（紀瑞太太將雙唇貼在她粗絹手套下裸露出的白肉上）

「所以囉，您們想也知道事情的經過有多糟！啪！啪！又高又壯的馬尼哈先生，就像李查先生您一樣，當下就賞了伊希鐸赫兩個巴掌。伊希鐸赫可是長得又瘦又小，跟孟夏曼先生一樣。請別見怪哦！這實在是件天大的醜聞。劇場內有人喊著：『夠了！夠了！殺人了……』總算，伊希鐸赫就這樣落荒而逃……」

「這麼說，不是劇院之鬼把伊希鐸赫的腿弄斷的囉？」孟夏曼面有慍色地答腔，他沒想到自己的外形被紀瑞太太描述成這樣。

「是劇院之鬼弄斷的！先生。」紀瑞太太不假辭色地回答，她聽出了孟夏曼話中貶抑的意圖。「是他在大樓上弄斷伊希鐸赫的腿。他跑得太急，就那麼巧，我的天啊！可憐的他還來不及提起那條腿就……」

「是劇院之鬼告訴你，他在馬尼哈先生右耳邊說了那些話嗎？」一樣嚴肅的問話方式，孟夏曼以為自己正在扮演檢查官的角色。

「不是的，先生，是馬尼哈先生自己說的。所以……」

「那你呢？你和劇院之鬼說過話嗎？親愛的夫人。」

「就像我現在和你說話一樣，親愛的先生。」

「那他和你說話的時候，他都說些什麼？」

「是這樣的，他說要我替他拿張椅子。」

她說完這句話後，臉色變得愈來愈慘白，最後只剩下一點點紅色的血絲，就像是劇院樓梯上那些三色紅紋大理石。

這一次，李查、孟夏曼和雷米一起放聲大笑。

但是，監察員受過前兩次經驗的教訓，一點也笑不出來。他靠在牆上，焦躁不安地把弄著口袋裡的鑰匙，心裡直嘀咕這場鬧劇不知要怎樣收場。紀瑞太太的語氣愈是強硬，他愈是害怕經理又會大發雷霆。現在可好了！面對著經理們的鬨堂大笑，紀瑞太太居然還敢咄咄逼人！真的，咄咄逼人！

「與其在這邊取笑劇院之鬼。」紀瑞太太不屑地說：「你們不如學學白里尼先生的作法！他可是個過來人，知道……」

「知道什麼？嗯？」孟夏曼問，他覺得從來沒有過像現在這麼好玩的時刻。

「劇院之鬼……我跟你們說，聽好！（她迅速地鎮定下來，因為她認為時機嚴肅）聽好！我記得很清楚，就像是昨天才發生的一樣。

「那一次，演出的是《猶太女》。白里尼先生想要一個人在劇院之鬼的廂房欣賞表演。克勞思女士的演出受到瘋狂的歡迎。她正在唱，你們知道的，最有名的那一段（紀瑞太太低聲唱著）：

在我所愛的人身旁，
我願與他共生共死；
而連死亡本身，
也不能將我倆分開。

「好了！好了！我懂了……」孟夏曼帶著一臉不耐的笑容看著她。但是，紀瑞太太仍然繼續低聲唱著，黑色帽子上的羽毛顫晃不停。

走吧！走吧！在地下，在天上，
今後共同的命運正等待著我倆。

「夠了！夠了！我們知道了！」李查不耐煩地重複一遍。

「然後呢？然後呢？」

「然後呢，就在這個時候，男主角雷歐波爾會大叫：『我們逃吧！』不是嗎？而亞雷沙會攔住他們，問道：『你們要跑去那裡？』

「就在這個時候，我從旁邊空包廂的後面，看到白里尼先生筆直地站起來，像雕像般僵硬地走出去，我趕緊抓住機會像亞雷沙一樣問他：『您去那裡？』但是他沒有回答我，臉色比死人還要慘白！

「我看著他走下樓梯，這回他沒有摔斷腿……不過，他似乎夢遊似地在一場惡夢中走著，只是他找不到該走的路……而他應該是對劇院瞭若指掌的。」

紀瑞太太說完這段話，停下來端詳自己所製造的效果，白里尼的這段遭遇讓孟夏曼點了點頭。

「你說了半天還是沒有告訴我，劇院之鬼是在何種情況下，跟你要一張小矮凳？」他盯著紀瑞太太的眼睛，彼此四目相視，堅持立刻得到回答。

「是這樣的，那一晚之後，再也沒人敢去打擾劇院之鬼，也沒有人再去和他爭那個包廂，戴恩比先生和白里尼先生下令，以後每一場表演都得將包廂騰出來。所以，當劇院之鬼蒞臨時，他總是向我要一張凳子……」

「嗯？一個要求矮凳的鬼？所以，這個鬼是個女人囉！」孟夏曼問。

「不是，那個鬼是男的。」

「你怎麼知道？」

「他有著男人的嗓音。哦！一個溫柔異常的男聲！事情的經過是這樣的——

「他總是在第一幕中場時間到達劇院，他會在二樓五號包廂上清脆地敲三下，當我第一次聽到這三下敲門聲時，我很清楚包廂裡根本沒有人。各位可想而知，我有多好奇地進入包廂細看，還是沒人！

「這時候，我聽到：『吉勒家的（這是我死去丈夫的名字），麻煩您給我一張小凳！』不瞞您說，經理先生，當時我嚇得兩腿發軟……而那個聲音繼續傳來……

「『您別怕，吉勒家的，是我，劇院之鬼！』

「我朝著聲音的出處看去，他的聲音不只好聽，還非常有親和力，幾乎使我忘記害怕。這聲音，先生，就『坐在』第一行右邊第一張沙發上。儘管說椅子上沒有人，卻讓人以為上面坐了個人，正在說話，而且，還是個非常有禮貌的人，我發誓。」

「五號包廂右側的包廂有人嗎？」孟夏曼問。

「沒有，七號包廂就和三號包廂一樣，還沒有人坐進來。那時，表演才剛開始。」

「那你怎麼做呢？」

「我拿了一張小矮凳進去。顯然，他可不是為了自己要求這張小矮凳，是為了他的女伴！不過，她，我就從來沒聽過，也沒看過……」

「嗯？什麼！劇院之鬼居然還有個女人！」

孟夏曼和李查的目光從紀瑞太太的身上，延伸到站在她身後的監察員——他正揮動著手臂，蓄意吸引主管們的注意。然後，他用食指無奈地敲敲額頭，想讓經理們瞭解，紀瑞太太肯定是瘋了。他裝腔作勢的樣子，反倒讓李查決定，不再理會像他這種會將幻想症患者留在職務上的監察員。

這善良的女人還是繼續說下去，現在，她開始誇耀劇院之鬼的慷慨。

「每次表演結束的時候，他總是會留給我一個四十蘇的銅板當小費，有時候是一百蘇。有時候，當他很久沒來的時候，甚至還會留給我十法郎。只不過，自從有人又開始找他麻煩以後，他就再也沒有給我留下半點錢……」

「對不起，我的好女士……（面對早已熟悉的搶白，她黑帽子上的羽毛又抖了幾下）對不起！……但是，劇院之鬼怎麼把四十蘇的小費交給您呢？」孟夏曼好奇地問道。

「呵！他就把錢留在包廂裡的小茶几上，和我送過去的節目單擺在一塊兒。有幾個晚上，我還在包廂裡找到些花呢！是她的女伴捧花時掉落的一朵玫瑰……因為，對，他有時候是帶著女伴一起來的，有一天，他們還把扇子忘在那兒呢！」

「啊？劇院之鬼忘了一把扇子？你怎麼處理那把扇子？」

「是這樣的，下次演出時，我就給他送回去。」

此時，傳來監察員的聲音：「紀瑞女士，你沒有遵守工作規則，我要處你罰款。」

「給我閉嘴，笨蛋！」李查低沉的聲音斥喝著。

「你把扇子送回，然後呢？」

「然後，他們就取走了扇子，經理先生。我記得，節目結束以後扇子就不見了，原先的位置上放了一罐我最愛的英國糖。經理先生，這是劇院之鬼表示善意的方法之一。」

「很好，紀瑞女士，你可以走了。」

當紀瑞太太恭敬卻不失尊嚴地向經理告退後，這兩個人卻向監察員宣佈，他們決定要這個老瘋子停職。然後，他們也將監察員打發走。

當監察員一面強調自己對劇院的忠貞一面向外走時，經理們已通知行政主任清算監察員的薪水。

當房裡只剩下他們倆時，一個意念同時浮現在他們倆的腦海裡，那就是：到五號包廂探個究竟。

待會兒，我們也一起跟上去看看。

6 童年往事

突然，一陣強風刮起，將克莉絲汀的披巾吹入海中。她看見一個小男孩跑向海邊，連衣服也沒脫就跳入海裡，為她撿回披巾。小男孩就是韓晤．夏尼子爵。

克莉絲汀．戴伊——也就是稍後即將敘述的悲劇中的犧牲者——並沒有即時掌握告別晚會那著名的一夜所締造的名聲。儘管在此之後，她曾經一度在蘇黎世女爵家中，公開演唱幾段她最得意的作品。以下是當晚受邀賓客中某位著名樂評家的個人評論：

當我們聽到她所演唱的《哈姆雷特》時，不禁自問，是不是莎士比亞從天堂樂界降至凡間，指導她演唱「奧菲莉亞」一角。

當她頭戴星光閃耀的后冠時，莫札特真該從他永眠的墓塚裡走出來，聆聽她的聲音。

不對！根本不需勞他大駕，克莉絲汀．戴伊在《魔笛》中神乎其技的表現、高亢的歌聲，想必早已穿入雲端，不費吹灰之力地與他交會，一如她從史可特羅的小鎮毫不費力地走出來，登堂入室進入卡尼爾所建造的金石殿堂——巴黎歌劇院。

然而，自從蘇黎世女爵家的那一夜後，克莉絲汀再也不曾公開在眾人面前演唱。事實上，這段期間她拒絕了所有的邀請和演出。在未曾提出適當理由的情況下，她放棄了一場先前允諾的義演。她的行為讓人覺得，她彷彿再也不是自己命運的主宰，又彷彿是害怕再一次的成功。

她得知菲利浦伯爵為了取悅他的弟弟，一直積極地在李查面前為她遊說。於是她捎信給伯爵表示感激之意，並婉拒他的提議與幫忙，請他別再向經理提起演出的事。

究竟為了什麼，使她抱持著如此令人不解的態度呢？有人不屑地認為是她過度自負；有人卻稱許她的謙遜與淡泊名利。

事實上，真正的原因，我不知是否該用兩個字點破：恐懼。

是的，我一直深信，克莉絲汀是對自己的表現產生了恐懼。正如她周遭的所有人一般，她自己也被震懾住了。

震懾？是這樣的，我手邊有一封波斯人收集的克莉絲汀寫的信，正可以與這段時期的事件相對照。她是被自己的成就震懾住、嚇壞了。是的，被嚇壞了！她寫道：

演唱時的我，根本不是我自己！

這個可憐、純真又溫柔的女孩……

她不再露面，韓晤在她返家的途中等她，但徒勞無功。他寫信給她，請求登門造訪，見她一面。

一天早晨，他終於收到一封令他心碎的回函，克莉絲汀給他這樣一張短箋——

先生：

我從來不曾遺忘過那位跳入海中為我拾回披巾的小男孩。

我無法克制自己提筆告訴你這句話，今天我將啟程前往貝洛鎮，去完成一件神聖的任務。明天就是家父的忌日。你也認識他，他曾經那麼疼愛你。他就葬在那個小鎮，和他的小提琴長眠於山坡下那座小教堂邊的墓園裡。

在鎮上長大的我們，曾盡情嬉戲遊玩。也就是在那兒的小路上，我們彼此互道了最後一聲再見。

一接到克莉絲汀．戴伊的信，韓晤立刻找出火車時刻表，匆匆更衣，草草留下幾句留言，託小廝轉交他哥哥。然後跳上車子，趕到蒙帕那斯火車站，但已錯過了預定的早班火車。韓晤渾渾噩噩地渡過整個白天，直到傍晚，當他將自己在長程旅行的車廂裡安頓好之後，才恢復了意識。

整個旅程，他不斷重讀克莉絲汀的信，一次又一次嗅聞著信上的香氣，回味著他倆年少時那段甜蜜的記憶。在這段難熬的夜行火車中，自始至終，他一直沉浸在對克莉絲汀狂熱的夢境裡。

黎明初起，他在拉尼翁站下了火車，飛奔搭上往貝洛鎮的公共馬車，他是車上唯一的乘客。從馬車夫口中得知，前一天晚上曾經有一名巴黎人打扮的年輕女子搭車前往貝洛鎮，在落日客棧前下車。

那必定就是克莉絲汀，她是獨自前來的，韓晤鬆了一口大氣，他總算能夠單獨和克莉絲汀平平靜靜地交談。這個大男孩，雖然遊遍全世界，卻依然純情得像是從未離開母親身邊的小男生。

隨著馬蹄，他一步一步地接近克莉絲汀．戴伊。有關這名瑞典來的演唱家的往事，一波一波地湧入腦中，包括許多一直不為人知的細節——

從前，瑞典由布薩附近的一個小莊園裡，有一戶農家。農夫平日下地種田，星期天則在唱詩班裡唱聖歌。這個農夫有個小女兒，早在她識字唸書之前，他就先教會她解讀樂譜。

我們都稱這個農夫為戴伊爸爸。也許連他自己都不自知，他是一個偉大的音樂家。他擅長小提琴，被認為是斯堪地那維亞半島上最傑出的鄉村提琴手。他聲名遠播，不斷有人邀請他為婚禮和節慶伴奏。

戴伊殘廢的媽媽在克莉絲汀六歲那年過世了。之後，戴伊爸爸就變賣農場，帶著他最愛的女兒和音樂，一起到由布薩尋找生命中的榮耀。然而，他所找到的卻只有悲慘。

於是，他回到了鄉村，一個市集接著一個市集遊走，隨興拉奏斯堪地那維亞民謠，而一旁從未離身的女孩，則如痴如狂地沉醉其中或和著高歌。

有一天，在藍比的市集裡，范倫里斯教授聽到他們的表演，將他們帶到哥登堡。他認為戴伊爸爸是全世界最好的提琴手，而他的女兒則是塊可造的藝術之材，因此決定供給女孩最好的教育與訓練。

女孩所到之處，皆掀起一陣對她的美麗、善良以及善體人意的言行舉止的讚美。她進步得非常快。就在這時，范倫里斯夫婦必須遷居法國，他們決定攜戴伊父女同往。

范倫里斯媽媽對克莉絲汀視同親女，可是，日漸殘病的戴伊爸爸卻患了思鄉病。在巴黎，他足不出戶，日日浸淫在與提琴對話的夢境裡。他把克莉絲汀關在房裡，一關就是數個小時，之間只聽得到提琴的樂音和輕柔低迴的歌聲。有時，范倫里斯媽媽會來到門外聆聽音樂，然後長嘆口氣，拭著淚水悄然離開。她也同樣思念斯堪地那維亞的天空。

似乎只有在暑假，全家前往布列塔尼半島上的貝洛鎮渡假時，戴伊爸爸才會提起精神。在這個鮮為巴黎人所知的小鎮，環海的景緻令戴伊爸爸似乎找回了故鄉的風情。

他深愛這個海天一色的國度，常對著無限的大海奏出最動人的樂章，這時他總感到大海沉靜下來，正聆聽他的音樂。爾後，他再三懇求范倫里斯媽媽，以致她終於同意這位老提琴手的一個新想法。於是，在布列塔尼的朝聖慶典，在鄉鎮節慶舞蹈狂歡的年節時，戴伊爸爸就像昔日在故鄉時一樣，帶著提琴前往貝洛鎮，而克莉斯汀也被允諾與父親一道同行。

人們對他們的音樂百聽不厭，一年到頭，他們不斷地將和諧的樂章散播在每個小村莊，晚上則寄宿在農家的倉房裡。他們不願待在旅館的床上，而寧可彼此緊擁睡臥在草堆裡，就像回到從前在瑞典的那段窮困時光。然而，他們的穿著卻非常得體，拒收人們提供的一分一毫，也從不對觀眾募捐。周遭的人都無法理解這個提琴手的行徑，他帶著一個美麗的小女孩，一程趕過一程。女孩歌唱得極美妙，宛若天使的聲音。也有人追隨著他們的音符，一村走過一村。

有一天，城裡來的一個小男孩，拖著他的女管家，追隨他們走了好長的一段路。小男孩無法下決心離開這個小女孩——她的歌聲是如此地柔美、如此地清純，牢牢地套住他的心。於是，一行人就這樣走到一個叫泰斯塔島的小海灣。這時的海灣，只有藍天、大海和一片黃金沙岸。突然，一陣強風刮起，將克莉絲汀的披巾吹入海中。

克莉絲汀大叫一聲，緊抱著雙手，但披巾已隨波遠去。這時，克莉絲汀聽到一個聲音對她說：「您別動，小姐。我去海裡幫您把披巾撿回來。」

然後，她看見一個小男孩奮不顧身地跑向海邊，毫不理會身後黑衣女士的尖叫及迫切的勸說。小男孩連衣服也沒脫就跳入海裡，為她撿回披巾。

小男孩和披巾都安然無恙。黑衣女士還沒有平復情緒，但克莉絲汀已對男孩衷心一笑，擁抱住他。他就是韓晤．夏尼子爵。這段時間，他和姑媽一起住在拉尼翁。

夏天的時候，他們幾乎天天回到小海灣嬉戲。而戴伊爸爸應夏尼姑媽的要求，以及范倫里斯教授的撮合，同意教授小男孩拉提琴。因此，韓晤也開始學習喜愛那曾經使克莉絲汀的童年充滿樂趣的音樂。

他倆有著幾乎相同的性格——愛幻想、沉靜。他倆最喜歡布列塔尼的地方故事和歷史，主要的樂趣就是挨家挨戶像乞兒一樣地求討故事。

「好心的太太或先生，請問您們有沒有小故事可以說給我們聽？」

極少人會拒絕給他們這一點小小的施捨。有哪一個布列塔尼的老太太，一生中沒見過明月當空時在歐石楠木上跳舞的矮靈呢？不過，他倆所共渡的最快樂的時光是在黃昏時。當太陽已慵懶地沉睡在海裡，寧靜的夜幕開始籠罩著大地，戴伊爸爸和他們一起坐在路旁，低著嗓音說故事，彷彿害怕驚嚇到他口中那些溫馨又可怕的北國神話中的鬼魂。每當他停頓下來，孩子們立刻叫嚷著：「然後呢？」

其中有一個故事是這樣開始的：

有一個國王坐在一葉扁舟上，漂浮在深邃幽靜、細長宛如諾維京山澗般亮眼的河流上……

另一個故事是：

小蘿特想著一切，卻又什麼都不想，如同夏季的鳥兒，飛翔在太陽金色的光芒裡，金黃色的環項上戴著春天的皇冠。她的靈魂如此地清澈、如此地湛藍，正如同她的眼神。她總是溫柔地對待媽媽，專心地喜歡一個洋娃娃，細心地保護她的洋裝、她的紅鞋和她的小提琴。但是她最喜歡的，是聽著音樂天使的歌聲進入夢鄉。

當好老爸說著這些故事時，韓晤的眼光卻注視著克莉絲汀的藍眼睛和金色的長髮。克莉絲汀所想的則是：小蘿特聽著音樂天使的歌聲入睡時是多麼的幸福！

戴伊爸爸的故事裡，總是有音樂天使，孩子們總是不斷要求他解釋這個天使的一切——

所有偉大的音樂家、藝術家，在他們的一生中，至少看過一次音樂天使來訪。

有時候，這個天使會待在孩子的搖籃旁，就像小蘿特所聽到的一樣。這就是為何有些小孩天資異人，六歲就可以拉出比五十歲成人更好的提琴，令大家不得不承認，這樣的表現實在超乎常理。

有時候，天使會來得很遲，因為小孩不乖，而且不肯好好學習技巧，或者忽略音階的變化。有時候，天使永遠不來，因為小孩缺少純潔的心和平靜的領悟力。

天使是看不見的，但卻會讓上帝遴選的孩子聽到他的聲音。通常是在孩子們料想不到的時候，也許是他們悲傷或者失望之時，耳邊會突然聽到——剎那間，天地一片和諧寧靜之中——一個絕美的聲音，並且終其一生都會牢記著這個聲音。

那些有幸被天使一訪的人，一生都會保持著彷彿燃燒的激情，這股激情煽動著凡人不知的感動。而這種專有的特權使他們所撥動的每個音符、口中所唱出的每個曲調，都使其他的凡夫俗子為其樂音的美妙而自慚。那些人不知道音樂天使曾經造訪過，只是感嘆地以為他們是天才。

小克莉絲汀問她爸爸，是否聽過音樂天使的聲音。

可是戴伊爸爸悲傷地搖搖頭，然後，他看著女兒的眼神突然閃亮起來。他說：「我的孩子，有一天你會聽到的。當我升天以後，我一定送他到你身邊，我保證。」

這個時期，戴伊爸爸已開始咳嗽。

秋天來了，韓晤和戴伊得分開了。

三年後，再次重逢，兩人都已是少年。地點仍是在貝洛鎮。

那次重逢的情景，韓晤一生都在細細咀嚼著，無法忘卻。

范倫里斯教授已過世，但他夫人仍繼續留在法國，財產將她和戴伊父女都絆住了。父女兩人依舊唱歌、拉琴，將生命中的保姆范倫里斯媽媽也帶入他們和諧安詳的夢中。現在她似乎是只為音樂而活了。

少年碰巧來到貝洛鎮，同樣的巧合讓他走進昔日小女朋友居住的房子。首先映入眼簾的是戴伊老爸，他從搖椅上站起身，眼中充滿淚水，緊緊地擁抱著韓晤，對他說，他們一直都懷念著他。事實上，克莉絲汀沒有一天不惦記著韓晤。

老爸爸還在說話，房門卻開了，迷人殷勤的少女走進來，手上端著一個盛著一壺熱茶的茶盤。她認出韓晤，放下茶盤，一陣紅暈飛上迷人的臉蛋，有點不知所措，靜靜地站著。

老爸爸看了二人一眼。韓晤走向少女，擁吻她，她沒有避開。

她問候韓晤的近況，善盡女主人的義務，接著拿起茶盤離開房間。之後，她獨自坐在花園的長凳上，感受到自己年少的心從未有過的澎湃激動。

韓晤隨後來到她身旁，兩人在極度尷尬的氣氛中聊到晚上。他倆的外貌都已完全改變，再也認不出當年在彼此心目中曾相當重要的對方。他們交談的言語像是外交辭令，盡是一些無關心中情感的事。當他們兩人在路旁告別時，韓晤禮貌地親吻克莉絲汀顫抖的手，對她說：「小姐，我永遠不會忘記你。」然後帶著後悔離開。

他後悔不該說出這麼大膽的話，因為他非常清楚，克莉絲汀．戴伊永遠無法成為夏尼子爵夫人。至於克莉絲汀，回屋看到父親後，對他說：「你不覺得韓晤不像從前那麼親切了嗎？我再也不喜歡他了！」

而後，她試著不去想他，可是這件事實在太困難，她只好將自己的每一分每一秒，都專心地投入音樂之中。她的進步非常神速，聽過她演唱的人都預言，她將成為世界第一流的藝術家。然而，她的父親卻在這個時候過世。突然間，她好像不但失去父親，也失去了她的聲音、精神和天份——所剩的一點雖已夠她進入藝術學院，但也僅止於此而已。她完全無法打起精神，整天沒精打采地上課，得獎則只是為了取悅與她相依為命的范倫里斯老媽媽。

當韓晤第一次在巴黎歌劇院見到她時，為她的美貌和當年美好的記憶所吸引，但真正令他震驚的，卻是她歌藝的進步。

她似乎完全與世隔絕。他數度回來聽她唱歌，在走廊裡跟隨著她，在佈景後等她，嘗試引起她的注意。不只一次，他隨著她走到廂房門口，而她卻全然沒有察覺。她眼中似乎不存在任何人，漠視一切。

韓晤非常痛苦，她是那麼美麗，而自己卻又那麼膽怯，不敢承認愛她。

然後，就是餞別晚會那夜的一鳴驚人：天空撕裂開來，天使的聲音帶領著痴迷的人們，和她筋疲力竭的心一起遨遊大地。

然後，又是然後，是門後那個男人的聲音。

「一定得愛我。」但房內卻沒人。

為什麼當她睜開眼睛，他對她說：「我就是那個跳人海中為你撿回披巾的小男孩」時，她會一笑置之呢？為什麼她沒有認出他？而後，她又為什麼會捎信給他呢？

哦！路怎麼這麼長……三叉路口過了……現在是荒原，一片結冰的歐南石叢，白色的石叢下一片單調的景色。車窗叮噹響，刺痛著韓晤的耳膜。

這輛車怎麼這麼吵，又走得這麼慢！

韓晤還認得那些煙囪、那些圍牆、那些斜坡、路旁的那些樹……現在，是最後一個彎路，然後就是下坡……是大海……是貝洛鎮的大海灣。

那麼，她就是在落日客棧下車的。這裡也沒有別家旅店了。天哪！他終於到達了。想起從前，那兒總有人說些奇怪的故事。

他現在一顆心噗通噗通跳個不停，待會兒，克莉絲汀見到他時會說些什麼呢？

7 音樂天使

克莉絲汀莊嚴地說：「『音樂天使』每天在我的廂房裡教導我。」她的語氣既尖銳又詭異，令韓晤十分擔憂。

進到老客棧煙霧迷漫的廳房，韓晤第一眼看到的是提卡老媽。她認出韓晤，說了些恭維的話，問他是什麼風把他吹來。

韓晤一陣臉紅，說是到拉尼翁辦事，一時興起，上這兒來向老媽媽問個安。

老媽媽想為他準備午餐，但他推辭：

「待會兒吧！」

他似乎在等待某件事或某個人出現。

門開了，他站起身，果然沒錯，真的是克莉絲汀！

他想說話，卻欲言又止。她就站在眼前，帶著微笑，沒有半點驚訝，她的臉蛋清新紅潤，佛若暗夜裡一顆鮮嫩的草莓。

或許，女孩正為他披星戴月的趕路而感動著，鎖著那顆誠摯的心的胸口微微地起伏著。她的眼睛清澈如鏡，帶著遙遠北國夢幻湖泊的色彩，眨也不眨，平靜地反射出她童稚未泯的靈魂。微開的皮毛外衣顯露出她婉約的身段以及年輕姣好身軀的柔美線條。

韓晤和克莉絲汀相互注視了許久。提卡微微一笑，然後悄悄地避開。終於，克莉絲汀先開口了：

「你來了……不過我並不訝異。從彌撒回來時，我一直有預感，會在這裡，在這間旅店裡，再見到你。教堂裡已有人先告訴我，是的，有人先告訴我你會來。」

「是誰呢？」韓晤握住克莉絲汀纖細的小手，她並沒有抽回。

「就是我死去的爸爸。」

兩人陷入沉默之中。然後，韓晤接著說：

「你爸爸是否也告訴你，我愛你，克莉絲汀！而且，沒有你，我活不下去。」

克莉絲汀羞得耳根都紅了，轉開頭，顫抖著聲音說：

「我？朋友，你一定瘋了！」接著她放聲大笑，以掩飾自己的窘態。

「不要笑了，克莉絲汀，我是很認真的。」

而她也正色地回答：「我並不是想聽你這些話，才叫你來的。」

「你『叫』我來！克莉絲汀，你已經事先猜到，我不可能對你的信漠視不管！而且我還會趕到貝洛鎮！如果你不知道我愛你，你怎麼能夠想到這些呢？」

「我是想，你一定還記得童年時和我父親共渡的快樂時光。說實話，我也不太清楚自己到底在想什麼。也許我根本不該寫信給你。那天晚上，你突然出現在我的包廂裡，那麼突然，一下子將我推入又深又遠的過去。我之所以寫信給你，就像是個回到過去的小女孩，渴望在悲傷和孤獨的時候，能有小時候的同伴相隨……」

好長一段時間，他倆無言地相視著。克莉絲汀的態度讓韓晤覺得有點不自然，可是他無法明確地指出是哪裡不對。儘管如此，他倒不覺得克莉絲汀有任何敵意……一點也不！她眼中所流露的那股略帶悲傷的款款柔情，就足以證明這一點。

但是，愛情怎麼會是悲傷的？或許，這正是問題所在。而這樣的傷感卻激怒了韓晤。

「當你在廂房裡看見我時，可是你第一次注意到我，克莉絲汀？」

女孩不懂得說謊。她答道：

「不！有好幾次，我注意到你在令兄的包廂裡，然後，又有幾次，是在後台裡。」

「我很懷疑，」韓晤緊抿著雙唇，「那又為什麼會這樣？當你在廂房裡見到我跪在你膝前，想讓你記起我就是那個跳入海中撿回披巾的男孩時，為什麼你的回答像是從不認識我這個人，而且還笑我呢？」

這一串問題的語氣是這麼的粗暴，克莉絲汀驚愕地看著韓晤，一句話也不答。

而小伙子自己，也被這驟生的口角嚇住。他答應自己，要對克莉絲汀訴說充滿溫柔、愛與包容的話，現在，他竟然出言不遜。丈夫或情人，或許有權利以這種方式對待反抗他的妻子。可是現在，韓晤卻氣憤自己魯莽犯下大錯，他覺得自己簡直是個大笨蛋。在這種難堪的情況下，他除了痛下決心，放大膽子，一不做二不休，別無選擇。

「你不肯回答我！」他又憤怒又難過，「很好！那我就替你回答！因為廂房裡有一個人礙著你，克莉絲汀！你不願意讓這個人發現，除了他之外，你還對別人感興趣……」

「有人礙著我？」克莉絲汀冷冰冰地打斷他的話，「那天晚上，如果有人礙著我，那應該是你，因為是你被我趕出房門！」

「是，好跟另外那個人獨處……」

「這話什麼意思？」克莉絲汀喘息著，「你說的另外一個人是誰？」

「是那個你對著他說：『我只為您一個人而唱！今晚，我將自己的靈魂獻給了您，而我自己已經死亡！』的那個人！」

克莉絲汀緊緊抓住韓晤的手臂，令人難以相信如此脆弱的女孩會有這麼大的力量。

「這麼說，你在門外偷聽？」

「是的！因為我愛你……我什麼都聽到了……」

「你聽到什麼？」此刻的她又變得出奇地冷靜，放開了韓晤的雙手。

「他對你說：『你一定得愛我！』」

聽到這句話，死白閃過克莉絲汀的臉，她雙眼空洞地瞪著前方，身體搖搖晃晃，眼看就快暈倒了。

韓晤趕緊伸開雙臂迎向前去，不過，克莉絲汀很快就克服這剎那的暈眩，用極低的聲音奄奄一息地說：

「說！你再說下去！說出所有你聽到的！」

韓晤注視著她，猶豫著，不明白這究竟是怎麼一回事。

「你再說下去呀！你聽見了什麼？我快讓你逼死了！」

「我還聽到他的回答。當你對他說你獻出自己的靈魂時，他說：『你的靈魂太美了！親愛的孩子。謝謝你！世間任何帝王都不曾擁有如此美好的厚禮！天使都因你感動而泣。』」

克莉絲汀捂住胸口，用一種無法形容的感情定定看著韓晤。她的眼光是如此尖銳、如此專注，就像是精神異常者的眼神。

韓晤嚇壞了。不過，很快地，克莉絲汀的雙眼又已淚水盈眶，姣白的雙頰垂下兩行沉重的淚珠。

「克莉絲汀……」

「韓晤！」

年輕人想抱住她，但女孩卻避開他的雙臂，踉踉蹌蹌地跑開。

在克莉絲汀將自己鎖在房內的這段時間裡，韓唔一直自責自己的冒失妄為。但另一方面，嫉妒之火卻也在血管中沸騰。能使克莉絲汀得知有人察覺她的祕密後反應如此激烈的人，必定大有來頭！

當然，韓唔細思所聽到的一切，並不懷疑克莉絲汀的純潔。他知道，克莉絲汀一向以乖巧出名，而他自己也並非真的完全不懂人情世故——有時藝人無可避免地會收到愛的表白。她雖然肯定地回答說獻出自己的靈魂，但很顯然地，這話所指的無非是歌曲和音樂。

很顯然？那克莉絲汀剛才又為什麼會那麼激動呢？

老天！韓唔是多麼地難過！關於這個人、這個男人的聲音，他一定要問個明白。為什麼克莉絲汀要逃開？為什麼她還不下來呢？

韓唔拒絕午餐，感到格外懊惱。看著心愛的瑞典女孩遠遠地消逝，是他最大的煎熬。他曾經是如此渴望這溫柔的時刻，難道她不渴望和自己重遊這塊充滿共同記憶的土地？既然她似乎已經沒有必要再留在貝洛鎮——事實上，在這兒，她也的確什麼事都不做——為什麼她不立刻啟程回巴黎呢？

韓唔打聽到，今天早晨，克莉絲汀已經為戴伊爸爸的靈魂做過安息彌撒，而且，她也在小教堂旁的墓園待了好幾個小時，為父祈禱。悲傷、失望，韓唔沉重地走到教堂旁的墓園。

他推開門，獨自漫步在墓碑之間讀著碑文。當他經過教堂半圓後殿的牆沿時，看到不少沾滿露水的花朵散落在磚砌的石地上；有些則落在白皓皓的雪地裡，映著布列塔尼冬日裡的寒冰。奇蹟般豔紅的玫瑰，彷彿今晨才綻放在飄雪裡，帶給這個死人之家一點生命力。

這兒到處是死亡，它甚至充斥在佈滿屍體的大地上。許多骷髏頭被堆在牆上，只有一張薄薄的鐵絲網罩著，放眼望去，白骨嶙嶙。

死人的頭顱也像是一塊塊石磚，間縫填補著一根根白淨的人骨，彷彿是建造聖堂之牆的第一道基壁，聖堂之門就敞開在這堆骸骨中間。這是布列塔尼的老教堂常見的形式。

韓晤為老戴伊禱告，然後，悲哀地驚覺到骷髏頭的嘴角，竟帶著不朽的微笑。

他走出墓園，爬上小山丘，坐看這塊望海的土地。

風在海灘上狂吼，呼嘯在薄弱的日光底下。然後，日光漸退，隱落在地平線下，變成一道透明的光線，風就這樣停止了吼哮。

夜來了，韓晤被籠罩在冰冷的黑幕裡，可是他卻一點也感覺不到寒氣，所有的思緒皆漫遊在這塊傷心的荒原以及所有的記憶裡。

就是這裡，這個位置，他常常在黃昏時和克莉絲汀一起來這兒，等待月升那一刻看矮靈跳舞。他從來就不曾真正看見過，儘管他的眼力很好；相反地，克莉絲汀雖然有點近視，卻宣稱看到一大堆矮靈。

想到這兒，他嘴角閃過一絲微笑。

然而，突然間，他發起抖來。

有個東西，有個形體，在他不知不覺中靠近他身旁。在沒有任何前兆下，這個站立的形體說：「你認為矮靈們今晚會來嗎？」

是克莉絲汀。韓晤想應聲，卻被她帶著手套的手封住嘴巴。

「聽我說，韓晤，我決定告訴你一些非常、非常嚴重的事情。」她的聲音顫抖。

他等待著。

她困難地喘著氣，接著說：「你還記得嗎？韓晤，那個有關音樂天使的故事？」

「我記得一清二楚！」他說：「你父親第一次講這個故事，就是在這裡。」

「就在這裡，他對我說：『當我升天以後，我一定送他到你身邊。』好了，韓晤，我父親已經升天了，而我也等到音樂天使的來訪。」

「我不懷疑。」年輕人嚴肅地回答。因為他以為他瞭解，在如此虔誠的念頭裡，他的朋友將對父親的記憶，投入那一夜成功的光芒裡。

克莉絲汀顯得有些訝異，韓晤聽到音樂天使造訪之事，竟然如此平靜。

「你怎麼知道的？韓晤。」

克莉絲汀彎下頭，緊緊貼近韓晤的臉頰，令他誤以為克莉絲汀將給他一個親吻。但克莉絲汀只是想在黑暗中細讀他的眼睛。

「我知道。」韓晤回答：「一名凡間女子如果不是奇蹟出現，如果不是上天相助，絕無法唱出如你那一夜的歌聲。地上的老師絕無法教你唱出那樣的語調。你一定聽過音樂天使的聲音，克莉絲汀。」

「是的。」她莊嚴地說：「就在我的廂房裡，他在那兒教授我每天的課程。」

她說這些話的語調是如此尖銳、如此詭異，使韓晤擔憂地看著她，就像看著一個說話莫名其妙、一個堅持自己看到怪誕的異象或認定自己其有超能力的病患。

不過，她已漸漸平靜下來，不再像是夜裡紋風不動的黑影。

「在你的廂房？」他重複一遍，倒像是愚蠢的回答。

「是的，就是在那兒聽到的，而我不是唯一聽到的……」

「還有人聽到？克莉絲汀？」

「你，我的朋友。」

「我？我聽到音樂天使的聲音？」

「是的，那天晚上，你在我廂房外聽到的聲音就是他。是他對我說『你一定得愛我』。但是，我一直以為，自己是唯一能夠聽到他聲音的人。因此，你一定能理解，今天早晨，當我知道你也能聽到時，我有多驚訝，你竟然也……」

韓晤噗哧大笑。

就在此刻，夜幕自荒原中散去，月光籠罩著兩個年輕人。

克莉絲汀轉過頭，充滿敵意地看著韓晤。她的雙眼平時是如此溫柔，此刻卻射出兩道冰冷的光芒。

「你笑什麼？你真以為你聽到的是個男人的聲音？」

「倒楣！」年輕人應了一聲。面對克莉絲汀敵對的態度，萬般思緒在他腦中沸騰。

「你！韓晤！你竟然這樣對我說話！我小時候最好的同伴！我爸爸的好朋友！我簡直不認識你了。那你以為是什麼？我，我可是個正經的女子，夏尼子爵，而且，我不會將自己和男人一起關在房內。如果你那時把門打開，你會見到裡面一個人也沒有！」

「沒錯！你離開以後，我把門打開來看，裡面確實一個人也沒有。」

「你看吧！怎麼樣？」克莉絲汀得意洋洋。

韓晤鼓起最大的勇氣。

「怎麼樣？克莉絲汀，我想，有人在捉弄你！」

她尖叫一聲，轉頭跑開。

韓晤緊跟在後面追著，但她卻怒氣騰騰地推開他。

「你放我走！讓我走！」她就這樣消失了。

韓晤回到旅店，極度疲憊、極度失望、極度傷悲。

他得知克莉絲汀剛剛上樓回房，並且宣佈不下來用晚餐。

年輕人詢問她是否身體不適。好心的女店主用一種曖昧的方式回答說，如果克莉絲汀不是非常痛苦的話，身體應該沒什麼大礙。她心裡以為，小倆口一定是在賭氣。她離開的時候聳了聳肩，心裡暗想，這兩個年輕人竟然將上天恩賜予他們在凡間的寶貴時間，浪費在無謂的爭吵上，實在可惜。

韓晤孤單地在壁爐的角落進食，我們可以想見這是何等淒涼的光景。

吃完飯後，他回到房裡，讀點書，然後上床，試著入睡。

隔壁的房間沒有一點聲音。

克莉絲汀在做什麼？她睡了嗎？

而他自己呢？又是在想些什麼？他有勇氣說出心裡的話嗎？

克莉絲汀那一番詭異的談話不斷地困擾著他，想克莉絲汀反倒少於想她周遭的一切。有關她的一切，是如此地片段、如此模糊、難以捕捉，令他感到非常奇異又非常不安，甚至難堪。

時間就這樣難熬地流逝。

當他清楚地聽到隔壁房裡的腳步聲時，該是深夜十一點半了。

非常輕盈快速的腳步聲！

莫非克莉絲汀還沒入睡？

韓晤不假思索，急促地穿上衣服，留意著不出半點聲響。

一切就緒，他等待著。

等什麼？他自己知道嗎？

他的心揪緊著，全貝洛鎮都已歇息，克莉絲汀要上哪兒去呢？

他小心翼翼地打開一點門縫，看到微弱的月光下，克莉絲汀白色的身影，非常謹慎地潛入走廊。她走到樓梯口，輕聲走下樓，而他則倚在克莉絲汀上方的扶欄。

突然，他聽到有兩個聲音低聲飛快地對話著，有句話傳入他耳裡。

「別把鑰匙弄丟了！」是女店主的聲音。

樓下，對著港口的門被打開、又關上，然後一切恢復平靜。

韓晤即刻回到房裡，跑向窗口，打開窗。克莉絲汀白色的身影映在無人的堤道上。

客棧的二樓並不高，一棵護牆樹的樹枝，正好可以搆到韓晤不耐煩的雙手，恰可使他爬出去，而不讓店主察覺他的失蹤。

但這個老好人還是被嚇壞了，因為就在第二天清晨，有人送回這個年輕人，全身凍僵，奄奄一息。原來有人在小教堂裡主祭壇的台階上，發現他昏倒在地。

店主迅速地跑去告訴克莉絲汀這個消息。克莉絲汀趕忙下樓，在店主的幫助下，竭盡心力地照顧這個年輕人。

很快地，韓晤睜開眼睛，看見映在眼前的那一張迷人的臉，精神又完全恢復了過來。

這究竟是怎麼回事？

幾個星期後，當劇院的悲劇引來公家門調查時，米華警官曾詢問韓晤有關貝洛鎮這一夜的事。

以下就是調查報告書上所記載的過程。

問：戴伊小姐有沒有看見你用這種奇怪的方法離開房間？

答：沒有，先生，絕對沒有。不過，當我走到她身後時，卻忽略了放輕腳步聲。我所想的只有一件事，那就是讓她回頭、看見我、認出我。其實，我才剛告訴過自己，這樣的跟蹤行為是不對的，像個間諜似的，有辱我的身分。但是，她好像沒有察覺到我的存在。事實上，她的反應就像我根本不在那兒。她安步當車地走離堤道，然後，突然很快地爬上一條小路。教堂的鐘聲剛響過，差一刻就是子夜。我感覺到似乎是鐘聲催快了她的腳步。因為她幾乎是用跑的。就這樣，她來到墓園的門前。

問：墓園的門是開著的嗎？

答：是的，當時我非常驚訝，但戴伊小姐似乎一點都不覺得奇怪。

問：墓園裡沒有人嗎？

答：我沒有看見任何人。如果有人，我一定看得見，因為那晚的月光非常亮，覆蓋在地上的雪反射著月光，使得夜色更加地明亮清晰。

問：墳墓後面不可能躲人嗎？

答：不可能的，先生。這些可憐的墳墓早就被厚重的雪堆掩蓋住，露在外面的只有一排排十字架。地上只看見十字架和我們兩人的影子。教堂四周倒是雪亮得很，我從來不曾見過這種夜色，非常美，非常剔透，但也非常冰冷。我從來沒有在晚上到過教堂，而且，我不知道在那兒居然能見到這樣的夜色——輕飄如羽的夜色。

問：你迷信嗎？

答：不，先生。不過我信教。

問：當時你的精神狀況如何？

答：非常好，非常平靜，我發誓。當然，戴伊小姐莫名其妙的外出，一開始確實深深地打擊我。不過，當我發現她走進墓園，我猜想，她可能是到父親的墳前完成某樁心願，便覺得事情相當自然，心裡也就恢復平靜。我只是覺得很奇怪，我的雙腳將雪地踩得吱吱響，而她竟然完全沒有發覺。最後，我決定不要打擾她。於是當她走到父親的墳前時，我就留在離她幾步遠的地方。她跪在雪地上，在胸口畫了個十字架，然後開始禱告。

就在這個時候，子夜鐘聲響起，而當第十二下鐘響尚在我耳中迴響時，突然間，我看到她抬起頭，雙眼注視著天穹，雙手張開伸向夜空繁星，整個人似乎心醉神迷。當我奇怪著為何她會突然這麼專注地出神凝視天空時，自己卻也不由自主地抬起頭，幾近瘋狂地探視著四周——我整個人也被某種無形的力量吸引住，而這股無形的力量正在為我們演奏音樂！多麼悠美的樂聲！我們又是多麼熟悉呀！克莉絲汀和我小時候，已多次聽過這琴聲。然而，戴伊老爸的提琴從來不曾奏出這種天籟之音。此時此刻，除了回想起克莉絲汀對我提及的音樂天使之外，別無解釋。而且，這段永生難忘的琴聲，若不是來自天上，我想，在這片空曠墓園中，絕找不出它的出處。這兒既沒有樂器，更沒有拉動琴弦的那隻手。

啊！直到今日，我還深深地記得當時那令人激賞的琴音，正是小時候每當悲傷卻又必須堅強的日子裡，戴伊老爸為我們演奏的「拉薩復活」。如果克莉絲汀口中的音樂天使真的存在，恐怕也無法奏出那一夜的樂聲。耶穌的祈禱感召著地上的我們，我幾乎真的以為，克莉絲汀的父親即將從墳墓的石板裡升起。突然，一個念頭閃進腦海裡，戴伊老爸正是帶著他的提琴一起下葬的。而在這個陰氣沉沉卻又月光四射的時刻，在這個偏僻隱密的小墓園裡，在這堆齒顎之間似乎帶著笑意的骷髏頭旁，不！我已完全不知自己的思緒飄向何方，何時才會停止。

後來，音樂停了，我也重新恢復意識。這時，我彷彿聽見骷髏頭發出了聲音。

問：啊？你聽見骨堆裡有聲音？

答：是的，我彷彿聽見骷髏頭正格格地笑著，我忍不住打心裡顫慄起來。

問：難道你沒有想到，骨堆的後面可能躲著令你們傾倒的曠世音樂家？

答：正是如此，也就是因為這個想法，警官先生，以至於讓我忘記繼續跟蹤戴伊小姐——她已站起身，安詳地走回墓園的門口；她完全著了魔，絲毫沒有發現我的存在，這也不足為奇。而我，則一動也不動，兩眼直盯著骨堆，決心冒險到底，探個水落石出。

問：既是如此，你怎麼會在第二天早上，被人發現奄奄一息地倒在主祭壇的台階上呢？

答：哦，一切發生的這麼快……一顆人頭滾向我的腳邊，然後又一顆……又一顆……我就像是可怕滾球遊戲中的目標。我猜想，一定是某個錯誤的動作破壞了整個堆積的平衡，而躲在背後的音樂家就要被迫現身了！這個假設顯然相當合理，果真有個黑影，突然閃到教堂雪亮的牆邊。我衝上前去，黑影已經推開門，進入教堂。我看到衣角，黑影披著一件風衣。我迅速地捉住風衣的一角。這個時候，黑影和我，我們倆正站在主祭壇前，一片月光射過半圓後殿的彩繪玻璃，直直地灑落在我們的前方。因為我不肯鬆手，黑影便轉過身來，身上裹著的黑色風衣也半開著。我看到……法官先生，就像現在清楚的看到眼前的你一樣，一個恐怖的骷髏頭，向我射來二道燃燒著地獄之火的眼光。

我以為自己招惹上撒旦本人，面對這個地獄來的訪客，我的心儘管充滿勇氣，卻也休克了。之後我什麼都不記得，一直到第二天清晨，在落日客棧的小房間醒過來。

8 勘察第五號包廂

經理們翻動廂房裡的家具，拉開幕簾和座椅，還特別仔細地檢查「聲音」習慣坐的那張椅子。沒有任何發現！李查下了個結論：「星期六，咱們兩人就坐到二樓的五號包廂看表演！」

我們方才暫且將菲爾曼．李查與阿耳曼．孟夏曼擱下，當時，他們倆正打算至二樓的五號包廂一探究竟。

他們走下管理部待客室和舞台間的大樓梯，穿過舞台，從貴賓入口處進入劇場。然後，從左邊第一道走廊進入大廳，到達樂團和第一排座席之間，抬頭往上看第五號包廂。不過他們很難看清楚，因為包廂有將近一半籠罩在陰影裡，一大塊布幕正遮在絲絨的看台把手上。

此刻，他們是獨自待在空曠而陰森的大廳，一片死寂緊緊地包圍住他們。這個時間是工人們小酌之後的休息時間。

工人們離開時，已將舞台清理乾淨，只留下一個釘了一半的佈景，以及幾絲微弱的光線。一種蒼白陰幽彷若殘星的光芒不知從何處射出來，落在舞台上那座有著鋸齒圍牆的城堡佈景上。所有的事物在這個人造夜景，或者說，在這個欺人的白晝裡，扭曲變形。

樂團座椅覆蓋著一匹長布，看上去像是怒濤洶湧的大海，狂起的波瀾在暴風巨人——你我都熟悉的

「亞達主人」——的悄悄令下，驟然停止。孟夏曼和李查像是這片怒海中的海難者，緊緊地環抱著雙手，一步一步地緩緩向廂房走去，像是討海的船員放棄生存的舺板，正搜尋著陸地。

八大根光滑的大理石柱，在昏暗中像是龐大的支架，支撐著這一層層搖搖欲墜的空中樓閣。環形的樓層扶欄平行重疊，閃閃發光，一樓、二樓、三樓……直到最頂端，然後消失在勒拿佛製作的銅鑄天花板裡。

天花板裡的畫像，似乎正齜牙咧嘴地嘲笑孟夏曼和李查的憂慮。然而，這些畫像在平時卻都是一本正經的嚴肅相，其中的人物包括伊容斯、安菲提斯、亞貝、佛活爾、潘道爾、波塞薛、葉提斯、達夫奈、克里西、亞雷提斯。啊！對了！亞雷提斯和潘道爾都是大家熟悉的樣子。

歌劇院的兩位新官抬頭瞻望，終於找到一處暫可定心依靠的殘骸。從那兒，他倆靜靜地觀察二樓的五號包廂。

我說過，他倆憂心忡忡，這至少是我能下的註腳。因為，無論如何，孟夏曼於事後坦承，他對當時的一切的確印象深刻。

孟夏曼在回憶手稿中提到：

自從我們接任白里尼與戴恩比的職位後，終於有機會備受禮遇地一訪劇院之鬼的「空中鞦韆」。（形容得真妙！）

結果，或許真是我的想像機能失調，導致我不得不在視覺上承認「他」的存在。

（莫非是當時我們身處的四周景象特殊，且陷在一片難以置信的死寂中，才會如此令人驚異？莫非是當時廳內漆黑一片，陰影充斥著五號包廂，而使我們成為兩具被催眠的玩偶？）

因為，我和李查同時看到五號包廂有一個人影。而我們就這樣被嚇在那兒好幾分鐘，一動也不動。四隻眼睛就這樣盯著同一個定點，直到人影消失。

我們走出表演廳，在走廊互相交換剛剛看到的影像，當我們提到「人影」時，很不幸的，我所看到的樣子與李查看到的完全不同。我所看到的是一顆死人頭顱正靠在廂房的邊緣，而李查所發現的是一個老婦人的身影，像紀瑞女士。

我們立刻飛奔進到五號廂房裡，笑成一團，因為，這一次我們連個人影也沒瞧見。

現在，讓我們進入五號包廂裡面。

這是一個相當普通的劇院包廂，和二樓的其它包廂並沒什麼不同。事實上，設備及隔間都完全一模一樣。

孟夏曼和李查毫無掩飾地笑鬧著，互相取笑彼此的疑神疑鬼。他們翻動廂房的家具，拉開幕簾和座椅，還特別仔細地檢查「聲音」習慣坐的那張椅子。他們發現，這只不過是一張普通的椅子，沒什麼特別的機關。

總之，這是間「正常」的包廂——紅色的地毯、座椅、小飾毯及紅色絲絨的扶手欄杆。經理們非常謹慎地勘察而沒有任何發現後，他們來到樂團座位左側出口的一樓五號包廂——正對著二樓的五號包廂，也沒有發現任何值得注意的地方。

「這些人簡直拿我們尋開心！」菲爾曼．李查下了結論：「星期六演出《浮士德》，咱們兩人就坐到二樓的五號包廂看表演！」

9 最後通牒

當卡兒羅塔思考完種種有關她剛收到的恐嚇信的疑點後，她湊向窗口，首先看見的竟是輛靈車，使她相信今晚自己將置身於最大的險境中。

星期六早晨，兩位新官剛抵達辦公室，即發現兩封來自劇院之鬼的信函。

敬愛的經理：

真的打算開戰嗎？如果還想維持和平，這是我的最後通牒。以下有四個條件：

1.將廂房歸還給我。而且，從現在起，專供我自由使用。

2.今晚瑪格麗特一角由克莉絲汀演出。您不用管卡兒羅塔，她臥病在床。

3.我絕對堅持要紀瑞太太善良而忠實的服務，您們要立刻讓她復職。

4.寫一封信交給紀瑞太太轉交給我，向我保證，您們將如前任兩位經理，接受我在責任規章中所提的關於月費的一切條件。我會另行通知付款的方式。

如果不答應，今晚的《浮士德》將會在詛咒下演出。

識時務者為俊傑！

劇院之鬼

「什麼東西！真是煩人！我簡直被他煩透了！」李查吆喝著，握緊充滿怒氣的雙拳，又重又狠地對著辦公桌猛力一搥。

就在這個時候，行政主任麥荷西走進來。

「拉席拿希望見兩位先生任何一人。他好像有非常要緊的事，我看他相當侷促不安。」

「誰是拉席拿？」李查問道。

「是您的馴馬隊隊長。」

「什麼！我的馴馬隊隊長？」

「正是，先生。」麥荷西解釋：「歌劇院裡有幾位馴馬師，而拉席拿是他們的領隊。」

「這個馴馬師他是幹什麼的？」

「他是馬隊的總指揮。」

「哪個馬隊？」

「就是您的馬隊呀！先生，歌劇院馬隊。」

「歌劇院有馬隊？天呀！我居然毫不知情！馬匹都安頓在哪兒？」

「在地下室裡，靠侯頓街的那一側。這是個非常重要的部門，我們共有十二匹馬。」

「十二匹馬！我的天！拿牠們來幹什麼呢？」

「用來配合《猶太女》、《先知》等劇目中馬隊的演出，我們極需這些訓練有素、熟悉舞台的馬匹。這方面拉席拿很在行，他以前是法蘭可尼馬戲團的馬隊隊長。」

「很好，不過，他找我們有什麼事？」

「我不知道……我從來沒有看過他這個樣子。」

「叫他進來！」

拉席拿走進來，手上握著一根馬鞭，神情緊張地抽打著自己的長靴。

「您好，拉席拿先生。」李查看來似乎有點吃驚，「什麼事勞您大駕光臨？」

「經理先生，我來請求您清除馬廄。」

「什麼！你想要把我們的馬趕出去？」

「不是馬，是飼馬員。」

「您手下有幾位飼馬員？拉席拿先生！」

「六位！」

「六位飼馬員！那至少就多出了兩位！」

「都是些閒職，」麥荷西插話：「是藝術部次長強迫設立的。他們歸政府保護管轄，假如可以……」

「政府！我不管！」李查強而有力地重申：「我們只需要四個飼馬員來照顧十二匹馬。」

「十一匹！」馬隊隊長修正他。

「十二匹！」李查重複一遍。

「十一匹！」拉席拿重申一次。

「哦？但是行政主任告訴我，共有十二匹馬！」

「是有過十二匹馬，但是現在只有十一匹，有人偷了凱撒。」

拉席拿揮起馬鞭，重重地在他的長靴上又抽了一記。

「有人偷了凱撒！」行政主任頓了一下，「凱撒可是《預言家》戲中的那匹白馬？」

「還有第二隻凱撒嗎？」馬隊隊長冷冷地應聲：「我在法蘭可尼工作十年，什麼馬沒看過！就是沒看過第二隻凱撒！偏偏卻被人偷了。」

「怎麼會這樣？」

「嘿！我怎麼會知道！又沒有人知道！所以我才來請您把那些飼馬員全部趕出去。」

「您的飼馬員，他們怎麼解釋？」

「盡是堆廢話……有一部份人說是臨時演員幹的，另外一些人卻懷疑是行政部的守門人。」

「行政部的守門人？絕對不可能，我可以擔保！」麥荷西強烈地反擊。

「總之，隊長先生，」李查說：「您心裡也該有個底吧……」

「好吧！沒錯，我是有個底！我是有個底！」拉席拿先生突然蹦出話來：「讓我告訴您們，依我看，準是他沒錯。」隊長靠近兩位經理，在他們耳邊吐出這句話：「是劇院之鬼下的手！」

李查大吃一驚，霍地跳起。

「怎麼？你也這麼說！你也這麼說！」

「什麼我也這麼說？事情本來就是……」

「但怎麼會呢？拉席拿先生！怎麼會呢？隊長先生……」

「我只是說出我的想法而已，自從上次我看到……」

「你看到什麼？拉席拿先生？」

「清清楚楚地看到，有一個黑色的影子騎著一匹白馬，跟凱撒長得一模一樣！」

「那你有沒有追上去，看清楚這匹馬和那個黑影？」

「有，我追了，還不停地叫凱撒，經理先生，可是，他們用一種超出正常的神速逃跑，一下子就在迴廊裡消失了蹤跡……」

李查站起身。

「很好，拉席拿先生，你可以退下了……我們會控告劇院之鬼……」

「也會把飼馬員趕出去？」

「一定！再見，先生！」

拉席拿行禮後走了出去。

「你去把這個混球的薪水清算一下！」

「他可是政府特派員的朋友！」麥荷西提醒道。

「而且，他常在托托尼酒吧裡和拉可涅、史寇勒和貝杜塞這群獵獅高手喝酒。」孟夏曼附和說：「到時候，我們一定會招來全城的風言風語！他會到處宣傳劇院之鬼，那我們可就成了所有人的大笑柄。一旦成了笑柄，我們就死定了！」

「夠了，別再說下去……」李查表示讓步，心裡卻想起另一件事。

這時候門開了，這一次，那個平常老是兇惡無比的守門員想必沒有加以阻止，因為紀瑞太太大大方方地走進來，手上拿著一封信，急促地說：

「抱歉！對不起，先生們。今兒個一大早，我收到這封劇院之鬼的來信。他讓我過來找您們，說您們有東西讓我……」

她話還沒說完，就瞧見菲爾曼・李查的神情異常恐怖。

歌劇院高高在上的主管，此刻正瀕臨崩潰邊緣。滿腹怒氣雖然還未爆發，但已寫在他猙獰的臉上和炯炯閃動的眼光中。他一語不發，一句話也說不出口，但突然間一個動作——伸出左手，一把抓住表情怪誕的紀瑞太太，出其不意地將她扭轉半圈。

驟然被當成陀螺旋轉的紀瑞太太，無助地喊著救命，但接踵而來的，卻是一記右腳。高高在上的經理那一記右腳，正巧在紀瑞太太的黑綢裙上，烙下一隻深深的鞋印。顯然，她從來沒有被如此非禮過。

整個過程是如此地迅速，所以，當紀瑞太太發現自己身在迴廊裡時，卻還腦袋一片空白會意不過來。但是，她突然回過神來，歌劇院裡剎時迴盪起一陣喊冤的尖叫聲、一陣憤怒的抗議和以死相脅的詛咒。總共動用了三名小斷，才把她硬抬下一樓行政廳；另外，還動用了兩名警衛才把她拖出門外。

差不多同一時間，聖多挪里街小旅館裡的卡兒羅塔，聽到女僕的按鈴聲，接著，一封信送到她的床前。她發現信封內是張匿名的短箋。

如果今晚您參加演出，恐怕就在您演唱的當時，會發生極大的不幸……一個比死亡更加恐怖的悲劇。

這封恐嚇信以紅色墨水書寫，筆跡歪斜醜陋。

看過這封信後，卡兒羅塔倒盡胃口，不想午餐。她推開女傭特別準備的熱巧克力奶，悶不吭聲地坐在床上，陷入沉思。

這絕不是她第一次收到這類信函，但卻從來沒有受到如此嚴重的恐嚇。這些日子裡，她自認成為人人嫉妒的眾矢之的，嘴上老是掛著這些話——有個祕密敵人誓言要我一敗塗地，此人正暗中經營某種惡計陰謀，等著有一天摧毀我。但我鄭重聲明，我可不是個會輕易束手就縛、任人擺佈的弱女子。

事實上，如果真有陰謀進行著，那正是卡兒羅塔親自策劃來對付可憐的克莉絲汀的，克莉絲汀反而還不知情呢！卡兒羅塔完全不能諒解克莉絲汀，出其不意代自己上場，竟贏得如此大的讚譽。

當她得知一名臨時的替代者，居然受到非常的歡迎時，卡兒羅塔的初期支氣管炎以及和行政人員的賭氣立即停止，而且絲毫不表現出一點點離開工作崗位的意願。

自那之後，她竭盡全力「圍堵」對手，鼓動經理身旁有力的朋友，使他們不再給予克莉絲汀任何成功的機會。某些報紙原來開始讚揚克莉絲汀的才華，當下轉而只顧著突顯卡兒羅塔的成績。最後，就連在劇院裡，這位當紅的女演唱家，更是對克莉絲汀提出各種最不合理的要求，設法找她各種千奇百怪的麻煩。

卡兒羅塔的演唱既沒感情也沒靈魂，她不過是個演唱機器罷了！當然，是一部優越的機器。她的曲目涵蓋所有能夠引起偉大藝術家雄心的名曲，從德國的經典作品到義大利的、法國的都有。直到這天，從來都不曾聽過卡兒羅塔唱錯一個音，也從來沒有在詮釋哪一套龐大的曲目中的任何一段時缺少音量。總之，這是部用途極廣，能力超強，又準確得令人讚賞的機器。

但是，從來也不會有人對她說句羅西尼在克勞思女士用德文演唱〈黑森林〉後說的話。他說：「您用自己的靈魂在唱，我的女孩，您的靈魂是如此美好！」

哦！卡兒羅塔！當你在巴塞隆那的小酒吧裡跳舞時，你的靈魂在哪兒？後來，你站在巴黎音樂廣場悲哀的木塔舞台上演唱時，它又在哪兒？你的靈魂究竟在哪兒？

當你在某個情夫家中，面對著聚集的名家，振響那部馴良的機器，以同樣漠然的完美，演唱細膩的愛情和最低級的狂歡。哦！卡兒羅塔，如果你曾經有過靈魂，那你已失去它。

那麼，當你化身為茱麗葉，化身為愛薇兒、奧菲莉亞和瑪格麗特時，你該能重新拾回你的靈魂呀！因為其它才華天資遠遜於你的人，就藉著藝術中愛的助力，得到了淨化昇華。

事實上，每當我想起克莉絲汀在那段時期受到卡兒羅塔的輕蔑和欺辱，就壓抑不住心中的怒火，也難怪我會將所有的憤怒轉移到廣泛的藝術觀察，特別是有關演唱方面的。當然，那些卡兒羅塔的仰慕者絕對不會認同這一點。

話說回來，當卡兒羅塔思考完種種有關她剛收到的恐嚇信的疑點後，她站起身來。

「咱們走著瞧！」她說。接著又用西班牙文說了幾句話，表情相當堅決。

然而，當她湊向窗口，首先看見的竟是輛靈車。靈車加上恐嚇信，使她相信今晚自己將置身於最大的險境中。她立刻召集所有人馬，告知所有親朋好友，今晚的演出，她已受到克莉絲汀籌劃的陰謀恐嚇，並昭告大眾必須給這個小人一點顏色瞧瞧。屆時，劇院必須坐滿純粹支持她卡兒羅塔的仰慕者。

這個她可不缺，不是嘛？她希望他們能隨時準備面對各種突發狀況，並且遏止某些搗亂份子。如果情況正如她所害怕的，有人來鬧場的話。

這時，李查的專任祕書來訪，詢問女主角的健康狀況。回去時帶著卡兒羅塔的保證：她的狀況極佳，而且，就算「僅存一口氣」，今晚一定要演唱瑪格麗特一角。

祕書受到主人的指示，特別要求女主角，千萬不能犯下任何疏忽，開演前絕不可以出門，務必提防所有風吹草動。

他一離開，卡兒羅塔馬上將這些特別而又出人意外的要求，和信中的恐嚇詞聯想起來。五點鐘，她又收到另一封以同樣筆跡書寫的匿名信，信很短，只簡單地寫著：

您感冒了，如果您夠理智，應該明白今晚登台演唱，簡直是自毀前程！

卡兒羅塔哈哈大笑，聳聳她那柔軟的肩膀，高聲唱了二、三個音，肯定自己。

10 致命的詛咒

劇院內陷入前所未有的混亂，兩位經理重重地跌坐在椅子上，甚至不敢回頭，他們已喪失所有的力氣，劇院之鬼正在他們的頸邊冷笑著！

卡兒羅塔的支持者果然忠於承諾，當天晚上都依約蒞臨歌劇院。不過，當他們四處打量，尋找任務重點中務必揪出的打算鬧場的陰謀份子時，卻毫無斬獲。

環顧四周，如果撇除那些外行而老實的中產階級——一副呆滯的表情，只反應出希望聆聽不久前膾炙人口的演唱；全場就只剩下一些品味高尚、平和而正直的劇院常客。

唯一超乎尋常的是：李查和孟夏曼端坐在五號廂房。

卡兒羅塔的朋友以為，或許兩位經理早已風聞這件攪局的傳聞，所以特地親自坐鎮，一旦有任何風吹草動，即可採取行動制止。然而他們的假設錯了，因為正如諸位讀者所知，李查和孟夏曼除了心繫「劇院之鬼」外，別無它想。

無聲？我徒然在此狂燒的夜裡
求問自然之神，萬物之主。
然而，耳中卻不曾傳來隻字片語

不曾傳來一絲安慰！

有名的男中音卡洛勒．方達，正開始演唱浮士德醫生對地獄之神所發出的第一次呼喊。

李查坐在劇院之鬼的御座上——第一排右邊的椅子，靠向他的合夥人，心情愉快地說：「你呢？是否有一絲聲音滑入你耳中呢？」

「耐心點！別太猴急。」孟夏曼以同樣打趣的語調回答：「表演才剛開始，你知道的，劇院之鬼通常是在第一幕中場才入座的。」

第一幕順利演完，毫無意外。卡兒羅塔的朋友們倒不覺得驚訝，因為瑪格麗特並沒有在這一幕演唱。至於兩位經理，在落幕時相視而笑。

「第一幕結束了！」孟夏曼說。

「是呀！劇院之鬼遲到了！」李查答道。

孟夏曼依然開著玩笑接著說：

「大體看來，對一個被詛咒的劇院來說，今晚場內的組合倒是配合得不賴嘛！」

李查一笑，指著劇場中一個身穿黑衣又胖又庸俗的婦人，她坐在觀眾席正中央，兩側伴隨著兩名舉止粗魯的男子，身穿著粗呢的禮服。

「這一群是誰呀？」孟夏曼問。

「哪一群？老哥哥，是我家看門的婦人和她的兄弟。」

「是你給他們的票？」

「正是，我家那看門婦從來沒來過巴黎歌劇院，今天是第一次！而且，因為從今以後她必須每晚都來，我希望在她開始替別人安頓座位之前，能自己先好好坐一次。」

孟夏曼請他解釋清楚。於是李查告訴他，他決定短期之內，用這個自己最信任的婦女，來頂替紀瑞太太的位置。

「說起紀瑞太太，」孟夏曼接口：「你知道嗎？她想要控告你。」

「向誰控告！向劇院之鬼？」

劇院之鬼！孟夏曼早把他忘得一乾二淨。

再說，這個神祕人物尚未採取任何行動來喚起兩位經理的記憶。

突然，包廂的門驟然打開，門口站著惶恐的舞台監督。

「出了什麼事？」兩人同聲齊問。在這種時候、這個地點看到這個人，著實令他們驚愕。

「事情是這樣的，」舞台監督說：「克莉絲汀．戴伊的朋友設計要對付卡兒羅塔。她現在正在發火。」

「又在搞什麼玩意兒？」李查眉頭緊皺著。

但是此刻幕已拉起，凱梅將要上場。經理示意舞台監督退下。

舞台監督退出後，孟夏曼附在李查的耳朵上說話。

「戴伊真有朋友？」他問道。

「對，」李查說：「她是有朋友。」

「誰？」

李查的眼光瞄向二樓的一間廂房，裡頭只有兩位男士。

「菲利浦伯爵？」

「正是，他特別向我推薦她，非常熱絡，要不是我知道他是梭兒莉的密友，我──」

「喂！喂！」孟夏曼喃喃地說：「坐在他旁邊那個臉色蒼白的年輕人又是誰？」

「是他弟弟，韓晤子爵。」

「他最好早早回家上床休息，瞧他一臉的病容。」

這時，舞台上響起一陣愉快的歌聲——音樂中的酒醉，酒杯的勝仗。

葡萄酒或啤酒，

啤酒或葡萄酒，

請讓我的酒杯斟滿喲！

學生、中產階級、軍人、少女和少婦，在酒館前，在酒神巴克斯的引導之下團團起舞。西亞貝兒進場。

克莉絲汀・戴伊的扮相非常迷人。她清麗的年輕容顏以及憂鬱的神情，一眼就令人傾心。卡兒羅塔的同伴們立刻假設，克莉絲汀的朋友們勢必會對她報以熱烈的喝采，來對卡兒羅塔示威。但是，稀稀落落的喝采是有，卻異常地笨拙，幾乎等於沒有掌聲。

相反地，當瑪格麗特穿過舞台，唱出在這一幕僅有的兩句台詞——

不，先生，我不是名門小姐，我也不美麗，

我不需要任何人伸手相助！

一陣熱烈的喝采迎向卡兒羅塔，顯得如此出人意外而多餘，令那些不知情的人不禁互相猜疑著，而這一幕就如此安然無恙地結束。

所有的人都自言自語地說著：「顯然就在下一幕了。」

某一些自以為消息靈通的人，甚至認定「好戲」就在「杜勒王之歌」這一幕開始時。於是全都匆匆忙忙趕到演員入口處通知卡兒羅塔。

兩位經理利用這段中場換景的時間離開包廂，去實際了解舞台監督所提起的事。但不久他們就聳聳肩膀，一邊談論這件幼稚無聊的小事，一邊走回五號包廂。

剛進包廂，第一眼看見的是扶手欄板上的一罐英格蘭糖。

是誰拿來的？他們詢問領席員，可是卻沒人知道答案。

於是兩人又走回扶手旁，這一回，他們發現那罐英格蘭糖旁邊，有一只小望遠鏡。

他們互相對看，再也笑不出來了，紀瑞太太所說的一切重新回到腦中。然後……他們似乎感覺到，有一股奇怪的氣流籠罩著他們。

兩人默默地坐下來，著著實實地嚇住了。

舞台上是瑪格麗特的花園。克莉絲汀上場了。

給他我的承諾，
帶著我的祝福。

她手捧著玫瑰和紫丁香，唱著一開始的兩句台詞，一抬頭，便望見坐在包廂裡的韓晤子爵。從這一刻起，所有的人似乎都感覺到，她的聲音較平時少了些穩定，較不純淨、較不清澈。某種莫名的東西拉沉了她的歌聲，帶著點顫抖與恐懼。

「奇怪的女孩！」觀眾席中卡兒羅塔的一個朋友，幾乎是放高音量地打量著克莉絲汀。

「那天晚上她實在棒極了，但今天卻像頭小羊，怯生生地咩咩唱著。沒有經驗，沒有技巧！」

是你，我誠心信任的人，

代我伸言吧！

韓晤將頭埋在雙掌中飲泣著。伯爵坐在他身後，使勁地咬著鬍鬚，聳著肩膀，緊鎖眉頭。他平時總是內斂冷酷，此刻內心情感竟表露無遺，想必是真的動怒了。

沒錯，他的確非常生氣。他眼見自己的弟弟從一趟神祕的旅行歸來後，身體健康便每況愈下，所提出的解釋又似乎無法真的平息他的疑問。伯爵於是想約克莉絲汀．戴伊以深入了解。

但戴伊居然敢回拒說，她既不會接見他，也不會接見他弟弟。簡直是可惡透頂！他不僅不能原諒克莉絲汀帶給韓晤的折磨，尤其不能原諒韓晤，竟會為克莉絲汀痛苦。哼！他實在鑄下了大錯，居然會對這個莫名其妙一夜成名的小東西感興趣。

含在口中的玫瑰，

至少懂得獻上它

溫柔的吻。

「小奸女！哼！」伯爵怒罵。

然而，他還是自問，她到底要什麼？她能希冀些什麼？她是如此純潔，大家都說，她既沒有朋友，也沒有任何可以依靠庇佑之人。來自北國的天使，竟會如此狡猾奸詐！

韓晤的臉埋藏在雙掌中，彷彿是以幕簾掩去他童貞的淚。他心裡所想的，只有剛回到巴黎時收到的那封信，來自比他早一步回來的克莉絲汀。當時，她像小偷似地匆匆逃離貝洛鎮。

我親愛的老朋友，你該提起勇氣不再見我，不再與我說話。如果你真的對我有一點點的愛，就答應我這麼做，為了永遠不會忘記你的克莉絲汀，我親愛的韓晤，特別是不要再來我的廂房，切記這會要我的命，更會要你的命。你的小克莉絲汀。

一陣掌聲雷響，卡兒羅塔進場了。

花園一幕在慣例的高潮中進行著。

瑪格麗特唱完「杜勒王之歌」，贏得熱烈的喝采。接著又是同樣的喝采，她結束「寶石之歌」：

啊！我笑，因為看見自己

在這鏡中如此地美麗！

自此刻起，卡兒羅塔信心十足，也相信場內的朋友信任她的聲音和成功，不再有任何的恐懼。她完全投入演唱，帶著激情、滿著狂熱、帶著醉意。她所扮演的角色不再內斂、不再含蓄……再也不是瑪格麗特，而是卡門。群眾們只有報以更加熱烈的掌聲，她與浮士德的二重唱，似乎正為她預期著再一次的勝利。

驟然間，一件可怕的事發生了。

浮士德說著——

讓我，讓我仔細端詳你的臉，

在暗淡的月光下，
在夜的星辰裡，如置身雲中，
愛撫你的美麗。

瑪格麗特答道——

哦！寧靜！哦！幸福！筆墨難以形容的神祕！
醉人的憂鬱！
我聆聽著！而我懂得那孤獨的聲音
在我的心中低吟！

就在這個時候，發生了一件恐怖至極的事。

整個劇場的觀眾，以一致的動作站了起來！

在包廂裡的兩位經理，禁不住可怕地吶喊！

男男女女的觀眾互相對看，像是在尋求解釋來說明如此出人意外的現象。

卡兒羅塔的臉上出現極度的痛苦，她的眼神顯示她似乎正瀕臨瘋狂。

這可憐的女人試圖振作，張開的嘴巴最後卻只能發出「那孤獨的聲音在我的心中低吟」，然後，這張嘴巴再也不能唱，再也沒有一絲聲音。

這張為和諧之音而創造的嘴，這部從未失誤的伶俐樂器，完美的器官，最美好的樂音、最困難的合鳴、最婉轉的旋律、最激昂的節奏的創造者，堪稱是一部偉大的機器，但是，卻獨獨缺少來自天上的熱力，以達到超凡的境界。唯有這份熱力，能賦予真正的情感，才能昇華靈魂。

現在，從這張嘴中跳出了……一隻蛤蟆！

啊！恐怖、醜陋、凸起如鱗片的皺皮、毒液、白沫、四射的唾液、刺耳的蛤蟆！

牠從哪兒進去的？

怎麼會在卡兒羅塔的舌頭上？

那兩隻為了能跳得更高更遠而彎曲著的後腿，偷偷地、陰險地從喉嚨蹦出來，和著「呱」的一聲。

呱！呱！啊！這可怕的「呱」！

或許，您一直以為，提起蛤蟆是因為牠的外表。但是，此刻我們雖然看不見它，更可怕的是，卻聽得見它！

呱！

整個劇場就像是被牠的口沫玷汙了。從來沒有一隻兩棲動物，能在奏鳴齊響的池沼中，以一聲恐怖至極的「呱」劃破夜空。

當然，沒有人會料到這一幕，卡兒羅塔不敢相信自己的喉嚨、自己的耳朵，就算響雷打在她的腳底，都不如從她口中跳出的這隻呱呱鳴叫的蛤蟆令她驚愕！

然而，這一聲「呱」卻沒讓她的嘴巴蒙羞。儘管一名歌者，通常只要被察覺嘴中含有一隻蛤蟆，就會聲音全毀，有的人甚至因此而死。

我的天啊！有誰能夠相信呢？

她那麼平穩地唱著：「而我懂得那孤獨的聲音在我的心中低吟！」

她唱起來毫不費力，和平常一樣，輕而易舉地就像是說：「早安，女士，您好嗎？」

不可否認，的確有某些歌者，自不量力地鑄下大錯，狂傲地希望用上帝賦予的薄弱嗓音，達到某些特殊效果，唱出生來就不可能達到的高音。是以上帝為了懲戒他們，在他們不知不覺中，遣送了一隻蛤蟆到他們口中，一隻只會呱呱叫的蛤蟆！這是眾所皆知之事。

但誰能相信，在音域跨越兩個八度音的卡兒羅塔口中，居然也會有一隻蛤蟆！

沒有人能忘記她尖銳的高兩個八度音F，以及《魔笛》中空前絕後的斷奏音。更深深記得她在《唐璜》中扮演愛薇兒一角時，充滿震撼力的演出。有幾個晚上，她甚至唱出連濟安娜夫人都無法達到的B降半音。

然而此刻，在安穩平淡的小小一句「孤獨的聲音在我的心中低吟」的尾端，這一聲「呱」究竟代表著什麼？

這太超乎常理了！一定有人在搞鬼，而這隻蛤蟆的嫌疑最大。

可憐、悲慘、絕望、前功盡棄的卡兒羅塔！

劇場內剎時耳語四起。對卡兒羅塔而言，這又是另一個打擊、從未有過的體驗——台下的觀眾居然會雜聲四起嘲笑辱罵她！

其實，對她這樣一名眾所皆知十全十美的唱匠，觀眾的表現絲毫不是憤怒，而是驚愕與恐懼；正如同那些曾經親眼見到米羅的維納斯女神慘遭斷手的群眾，所承受的惶恐心情！

但是，那些人至少親眼目睹了那悲哀的一擊，並了解其中的原委。

然而，這一刻，這聲蛙鳴實在令人難解。

經過了好幾秒鐘，卡兒羅塔自問著，是否真的聽見了出自自己口中的那個音——這樣的聲音，還能稱作音樂嗎？甚至，還稱得上是聲音嗎？聲音至少還具有某種程度的音樂性，但它卻只是個可怕的噪音！一番自省後，她渴望說服自己，剛剛只是片刻間耳朵產生的幻覺，絕不是發聲器背叛了自己。她兩眼無助地四處張望，尋求一點庇護、一點安慰，或者應該說，尋求著什麼能賦予自己無辜的聲帶一點點及時的肯定。她的手指生硬地捏撫著喉嚨，像是企圖保護住自己。

不！不！這聲呱叫不是她！

而一旁的卡洛勒．方達似乎也正這麼想著。他用一種難以言喻的表情，充滿著孩童般的無知，目瞪口呆地看著她。

他自始自終一直在卡兒羅塔的身邊，寸步不離。或許他是唯一能夠解釋事情發生經過的人！然而，不！他也無法解釋！他雙眼直盯著卡兒羅塔的嘴巴，像是孩子們的眼睛聚精會神地注視著魔術師那一頂藏寶無數的帽子。這麼小的一張嘴，怎麼裝得下那麼大的一聲「呱」？

這一切，蛤蟆、呱聲、激動、恐懼、場內的耳語、台上的困惑、後台裡同事一張張錯愕的臉孔，我細細描寫的這一切，其實只有幾秒鐘的時間。

這短暫可怕的幾秒，對於五號包廂內臉色慘白的孟夏曼和李查，卻像是永無止境的折磨！這一段前所未有無從解釋的插曲，正好印證了他們心中因劇院之鬼而產生的恐懼感與神祕感。

方才，他們已感覺到「他」的氣息。

孟夏曼幾撮細髮在這股氣息之下顫抖著；而李查則不斷用手擦拭著前額的冷汗。

是的，「他」就在那兒！就在他們的四周，他們的背後，他們的身旁。

他們可以感覺到「他」的存在，卻看不見「他」！「他」的呼吸是那麼地靠近他們兩人！如果有人在身旁，是一定會有感覺的。是的，現在他們知道了！包廂裡的確有第三者！

他們發抖著，想要拔腿逃走，可是卻不敢輕易移動，不敢開口說話，害怕劇院之鬼會察覺到他們已經知道「他」的到來！

會發生什麼事？結果到底會怎麼樣？

結果是那一聲「呱」！

在劇院一片嘩然聲之中，同時傳來他們的驚叫。他們已感覺到來自劇院之鬼的一擊，錯愕地靠在扶欄上，彷彿再也認不出台上那名呱叫的歌者竟是卡兒羅塔！

這名中邪的女子，該是以那一聲「呱」預警著某種悲劇的來臨。

啊！悲劇，他們只有等著承受！劇院之鬼警告過的！劇院已經被詛咒！

兩位經理的胸膛在悲劇的重壓之下起伏喘息著。大家聽見李查窒息般的聲音對著卡兒羅塔大吼：

「幹什麼！繼續啊！」

不！卡兒羅塔沒有繼續。她勇敢地、壯烈地重新開始唱末尾出現蛙鳴的那一句致命的歌詞。

迫人的死寂掩去所有的喧嘩，唯有卡兒羅塔的聲音重新高亢地唱著——

我聆聽著

全劇場也隨之聆聽著——

而我了解那孤獨的聲音，呱！

呱……低吟在我的……呱……

蛙鳴也重新開始。

劇院內陷入前所未有的混亂。兩位經理重重地跌坐在椅子上，甚至不敢回頭，他們已喪失所有的力氣。劇院之鬼正在他們的頸邊冷笑著！

終於，他們的右耳清楚地聽到了「他」的聲音，一個不可能的聲音，一個沒有嘴巴的聲音，對他們說：「今晚，她乃為摘下吊燈而唱！」

兩人動作一致，抬起頭看向天花板，發出一聲恐怖的尖叫。

吊燈，光芒四射的巨物，應著他倆的尖叫，衝著他們而來，砰地落下。

劇場內高高掛著的吊燈粉碎在樂團之前，在千千萬萬的驚叫之中。場內剎那間一片混亂，人群四處竄跳。

各位讀者，作者的本意並非使這歷史性的一刻重現眼前，如果您真的感興趣，不妨查閱當時的報紙。此次事件共計多人受傷，一人死亡。

吊燈正巧摔碎在一名可憐婦人的頭上。這一夜，是她有生以來首次光臨巴黎歌劇院。她正是先前提及的，李查指派替換紀瑞太太擔任劇院之鬼包廂領席員的中年婦人。

她當場死亡。

次日，報紙頭版大標題出現這行字——

千斤重鼎壓死一婦人！

可算是她的祭悼詞。

11 神祕馬車

克莉絲汀失蹤後，有人看見她乘坐一輛小馬車，出現在法院後側，至於她的男伴，只是個隱藏在暗處的身影。韓唔悲傷地跑到現場守候。

悲劇性的那一夜對每個人都產生了不幸的影響：卡兒羅塔病倒了，而克莉絲汀．戴伊在表演結束後就失蹤了。整整十五天，沒有人在劇院裡再見到她，也不曾見她在劇院外其他地方露臉。

請不要將這次並未引起醜聞的失蹤，和不久後的劫持事件混為一談，後者是發生在無法解釋的悲劇性情況下。

對於克莉絲汀的失蹤，韓唔自然最不能理解。他寄信到范倫里斯媽媽家，但卻全無音訊。剛開始他並沒有特別訝異，因為他了解克莉絲汀目前的精神狀況和決定——她想要和韓唔斷絕所有的關係，又不讓韓唔猜出理由。韓唔愈來愈痛苦，他開始擔心，為何一直沒有見到克莉絲汀參與任何表演，連《浮士德》的演出也沒有她。

一天下午，大約五點左右，韓唔來到劇院，向主管單位詢問克莉絲汀．戴伊失蹤的原因。他發現經理們非常忙碌，甚至連他們的至親好友都無法理解原因何在。只見兩人失去以往的風趣活潑，低著頭在劇院裡走來走去，愁容滿面，雙頰蒼白，像是被某種可憎的煩惱緊緊地逼迫著，又像是為了緊扣著自身毫不鬆弛的惡運而痛苦不已。

吊燈的墜落當然引起責任的追究，但他們對此事件都緘口不言。墜燈案的調查結果歸咎於意外，起因是懸吊系統磨損。而且，前任和現任的經理都得負起疏於督導的責任。他們應該在引起慘劇之前，就已檢查出磨損並予以修護。

我必須說明的是，李查和孟夏曼在這段期間改變很大，變得那麼遙遠、那麼神祕、那麼令人難以了解，很多常客猜想，必定是某種比吊燈墜落更可怕的事件，改變了兩位經理的心理狀態。

在處理日常的人際關係方面，他們顯得相當不耐煩，只有對重新復職的紀瑞太太例外。當韓晤前來詢問克莉絲汀的消息時，他們接待的態度令人起疑。不斷迂迴地回答說她正在休假。而當韓晤問起假期將持續多久時，他們卻相當冷漠地回答說沒有期限，因為克莉絲汀．戴伊是因為健康的理由而請假。

「這麼說她病了？」韓晤叫著：「她怎麼了？」

「我們一無所知！」

「難道您們沒有派劇院的醫生去看她？」

「沒有！她沒有要求。而且我們一直很信任她，所以相信她所說的是真的。」

事情對韓晤而言顯然太不正常，他離開劇院，一邊苦思著曖昧不明的一切，一邊下定決心，不管會發生什麼事，一定要到范倫里斯媽媽家問個究竟。

他仍記得克莉絲汀在信中強烈的措辭，嚴禁他嘗試與她會面。然而，在貝洛鎮所見到的，在廂房所聽到的，以及在海灣旁的那番對話，讓他預感到某種陰謀——雖說不上邪惡，但至少也非常人之所為。

少女所懷的狂熱幻想、溫馴而單純的靈魂，以及童年的教育，使克莉絲汀年輕的生命纏繞著種種神話。對亡父的不斷思念，尤其是當音樂在特殊的情況下出現時，精神上顯出的醉心與迷惘——他自己面對著墓園裡的那一幕，不也是和她一樣嗎？凡此種種，和前面所提的，似乎恰好形成一種心理狀態，正適合某些神祕或不擇手段的人設計陷阱。

克莉絲汀到底是誰的犧牲者呢？這正是韓晤急速趕往范倫里斯媽媽家時苦思的問題。韓晤有著最正直的個性，所以，儘管他具有詩人般的性格，深愛著音樂中浪漫的曲調，以及這位來自北國的小仙女克莉絲汀．戴伊，然而這一切，並沒有讓他在宗教之外，盲目地相信任何有違常理的事物。即使是世界上最神奇的故事，也不會令他忘記類似二加二等於四這種再自然不過的事實。

在范倫里斯媽媽家能打聽到什麼？他顫抖地按下勝利之母路上一間小公寓的門鈴。女僕出來應門，正是那天晚上從克莉絲汀廂房裡走出來經過他眼前的那一位。

他詢問是否能會見范倫里斯夫人。她回答夫人身體不適，躺在床上無法見客。

「那請您轉交我的名片。」他說。

沒多久，女僕回來帶他進入一間相當陰暗的小客房，裡面的陳設相當簡單，范倫里斯教授和戴伊爸爸的畫像面對面掛著。

「夫人要我先向您致歉，」女僕說：「她只能在房間裡接待您，因為她的兩條腿無法站立。」

五分鐘後，韓晤被引入一間非常陰暗的房間，他在微光中辨認出呵護克莉絲汀的范倫里斯媽媽那慈祥的面容。如今范倫里斯媽媽的頭髮已全白，然而她的雙眼卻完全沒有老化。相反地，她的眼神從來不曾如此明亮、如此純潔、如此天真。

「夏尼先生，」她興奮地緊緊握住訪客的手，「啊！是上帝遣你來的嗎？我們可以好好地聊一聊克莉絲汀。」

最後一句話悲哀地在年輕人的耳朵裡迴響。

他隨即問道：「夫人，克莉絲汀在哪兒？」

老太太平靜地回答：「哦，她和她的『恩師』在一起！」

「什麼『恩師』？」可憐的韓晤問道。

「就是音樂天使呀！」

韓晤一怔，坐倒在一張椅子上。果然，克莉絲汀是和音樂天使在一起！

范倫里斯媽媽躺在床上對著他微笑，伸出一根手指放在嘴唇上要他保持安靜。她接著說：「可不要對任何人說哦！」

「您可以相信我……」

韓晤有點不知所云地回答。因為，此刻他放在克莉絲汀身上的所有思緒已全盤混淆，愈來愈顯得疑團重重，他似乎感覺到，一切都在旋轉著，繞著他、繞著這個房間、繞著這個出奇善良的老婦、繞著她的白髮、她那一雙淡藍色的眼睛，那一雙空洞如天的眼睛……

「您可以相信我……」

「我知道！我知道！」老婦人露出幸福的微笑，「那就坐近一點，像小時候那樣呀！伸出你的手，就像從前跑來向我報告戴伊老爸說小蘿特的故事那個樣子！我很喜歡你，你是知道的，韓晤先生。而且，克莉絲汀也很喜歡你！」

「她很喜歡我……」

年輕人嘆了一口氣，盡力理清自己紛亂雜陳的思緒，種種景象在他腦中交錯纏繞著……

范倫里斯媽媽口中的「恩師」；克莉絲汀提起的一個奇怪的天使；他自己在貝洛鎮教堂主祭壇台階上，彷彿置身在惡夢中交過手的骷髏頭；以及有天晚上，當他在後台徘徊時，無意中聽到技師們正在討論喬瑟夫．布葛離奇吊死前所提及的活死人——劇院之鬼！

他低聲地問：「為什麼您以為她喜歡我，夫人？」

「她每天都會提到你呀！」

「真的？那她都跟您提些什麼？」

「她跟我說，你曾經對她表示愛意！」

接著，慈祥的老太太開始咯咯地笑著，潔白整齊的牙齒笑成了一線。韓晤站起身，滿臉通紅，感到無比羞赧。

「噯？上哪兒去？可以再坐一會兒嗎？你要離開了嗎？你是因為我在笑，所以生氣囉！請原諒好嗎？總之，這一切也不是你的錯，你不會了解的，你還那麼年輕，還一直以為克莉絲汀仍是自由身。」

「克莉絲汀訂婚了？」韓晤痛苦地哽咽著。

「當然不是！當然不是！你應當了解克莉絲汀。儘管她想……也不能結婚！」

「什麼！怎麼我一點都不知情？而且，克莉絲汀為什麼不能結婚？」

「就是因為她的恩師嘛！」

「又是他！」

「是啊！他不允許她結婚！……」

「他不允許？她的恩師不允許她結婚？」

韓晤彎下身正對著范倫里斯媽媽，前傾的下頷像是要吞下她似的。他是想一口吞進老媽媽，他的眼光從來不曾像此刻這般可怕。某些時候，頭腦過度地單純反而顯得無知得令人痛恨。韓晤覺得范倫里斯媽媽簡直單純得可惡。

然而，一點也沒察覺逼近在眼前的那雙可怕眼睛，老媽媽神情泰然自若，繼續說道：「哦！他不允許。也不是不允許……他只是告訴克莉絲汀，如果她結婚的話，就再也聽不到他的聲音！如此而已。而且，他將會永遠離開克莉絲汀！所以囉！你知道，她不想要她的恩師離開，這是很自然的事。」

「是啊！是啊！」韓晤鼓著氣順著她的話說：「那是再自然不過的事。」

「不過，我一直以為她上次在貝洛鎮遇見你時，已經將所有的事情告訴你了呢！那一次，她的恩師是和她一道去的。」

「什麼？她是和她的恩師一道去貝洛鎮？」

「應該說，恩師和克莉絲汀相約在貝洛鎮墓園裡老戴伊的墓前！他答應克莉絲汀，在那兒用她爸爸的小提琴演奏〈拉薩復活〉！」

韓晤站起身，用強烈的命令語氣說出這句決定性的話：「夫人，告訴我他住在哪兒，這個恩師！」

對這個冒昧的問題，老太太似乎一點都不感到訝異。

她抬起眼睛回答：「在天上！」

這般出人意表的回答，頓時令韓晤無法接口，對一個每晚按時從天而降到巴黎歌劇院歌伶廂房裡的恩師，報以如此單純忠貞的信仰，真讓韓晤對這樣的反應為之氣結。現在，他終於了解到，在一名迷信的鄉村音樂家和充滿宗教幻想的老太太手中長大的小女孩，會有什麼樣的精神狀態。

「克莉絲汀她還是個貞潔的女孩嗎？」他忍不住唐突地問道。

「我以我在天堂的福份發誓，是的！」老太太驚呼，這一次，她顯然覺得被羞辱。「而且，如果你懷疑的話，先生，我就不懂你是來這兒幹什麼的！」

韓晤摘下手套。

「她和這個恩師認識多久了？」

「大約三個月！沒錯，他開始給克莉絲汀上課已經有三個月了。」

子爵用一種無限絕望地手勢攤開雙手，然後沉痛地任其垂下。

「給她上課！在哪兒呢？」

「現在克莉絲汀和他一塊兒出去，我也無法告訴你在哪兒。不過，差不多十五天以來，都是在克莉絲汀的廂房裡上課的。在這個小公寓裡是不可能的，整棟房子裡的人都會聽到，反倒是在劇院裡，清晨八點鐘的時候，一個人也沒有，他們才不會被打擾！你了解嗎？」

「我了解！我了解！」韓晤回應著，然後急急忙忙地和老媽媽告別。老媽媽暗地裡自問，子爵是不是太過痴心了？

經過客廳時，韓晤遇見女僕，剎時間他差點想衝口而出詢問她，但是，卻似乎在女僕的雙唇上看到一絲輕薄的笑容。他心中一悟，她可能正在嘲笑自己。

韓晤奪門而去。

難道他知道的還不夠多？他只是想要打探消息，除此之外他還能希冀什麼？

他踱步回到哥哥家，頹喪的樣子令人同情。

他真想鞭打自己，一頭撞牆死去！他竟然會相信她的無知、她的純潔！甚至有一段時間，還試著看在天真單純的心靈及無辜的童稚之情上，相信她說的一切！

音樂天使！現在終於看清楚他是誰了！不必再懷疑，就是某個陰險的男高音，那個以口代心的漂亮男子！

韓晤發覺，一切竟都如己所料地可笑、悲哀！哦！可悲、渺小、卑微而可恨的年輕人，就是你啊！夏尼子爵！韓晤憤恨地想著，而克莉絲汀，一個無恥、邪惡、狡詐的女人！

儘管如此，在路上走一走，對他還是好的，至少可稍微冷卻他熾熱沸騰的心。他走進房後，只想一頭栽進床上痛哭一場，可是，他的哥哥卻在那兒等著。

韓晤就像個無助的孩子，撲進大哥的懷裡，長兄如父，伯爵只是安慰他，並沒要求任何解釋。而韓晤也遲疑著不願全盤說出有關音樂天使的故事。因為，如果生命中有某些事是無法自我吹噓的，另外一些事則包含著太多的羞恥，令人難以啟齒抱怨。

伯爵邀請弟弟到夜總會吃飯，其實，帶著猶新的傷口，韓晤本來可能拒絕今天晚上所有的邀約。如果不是伯爵告訴他，前晚曾在森林大道上遇見他朝思暮想的姑娘，身旁伴著某位風流倜儻的男士，他是不會去的。

一開始，韓晤還頗難置信，可是伯爵繼續詳細描述所有的細節，令他無法不信。

其實，這不過是場最為平凡的豔史罷了！有人看見克莉絲汀坐在一輛四人座的小馬車裡，搖下窗子，似乎正盡情呼吸夜裡冰冷的空氣。夜色非常明亮，所以可以清楚地認出絕對是她。至於她的男伴，只能隱約看見一個突兀的身影，隱藏在黑暗之中。馬車以正常的速度走在法院後側一條無人的街上。

韓晤發了狂似地換好衣服，準備如人們常說的「縱情聲色犬馬中以忘卻悲傷」。唉！但他卻仍只是個憂傷的賓客，並且早早就離開了夜總會。

約在晚上十點左右，他駕著馬車，也來到法院後面。

天氣奇冷無比，路上早已人煙絕跡，只有明亮的月光照亮著大地。韓晤命令小廝在附近一條小路的轉角耐心地等著，並且盡可能地躲好。然後，他開始一個人來回踱步。

他像是在做健身運動似地踱了將近半個小時。突然，馬車的聲音從巴黎市區的方向傳來，從街角轉進他所在的馬路，馬蹄一步一步，緩慢地往他站立的方向行來。

他立刻想到克莉絲汀！一顆心又像躲在廂房外的那夜聽到男人的聲音時一樣，開始無聲卻有力地撞擊著。

我的天啊！他是多麼地愛克莉絲汀。

車子依然前進著。至於他，卻動也不動地站在路旁。

他在等！如果真是克莉絲汀，他決心一把扯住馬轡！一點一滴，他都要音樂天使解釋清楚！

只差幾步，馬車就要經過他身邊了。他不再懷疑是不是她，事實上，一個女人正把頭倚在車門外。

突然間，慘白的月光照到她的臉上。

「克莉絲汀！」

愛人神聖的名字從他的雙唇和他的心中湧出。他再也鎖不住這聲呼喚！他狂奔著，想追上馬車。射入夜空的這聲呼喚，就像給了不安的人群等待已久的口號，使他們從他的眼前飛奔而過，沒有留給他一點時間來實現原來的計畫。車門上的玻璃窗重新拉上，年輕女子的臉消失了。而他苦苦在後頭追著的馬車，也不過是雪白大街上的一個黑點。

他還在叫著：克莉絲汀……

沒有一聲回應，他一個人佇足在一片寂靜中。

他絕望地看著天空、望著星辰，憤恨地搥著燃燒的胸脯。他愛人卻沒有被愛。

他用無神的眼睛打量著這條憂傷冰冷的大街，這個蒼白死寂的夜晚，不，再也沒有什麼比他的心更冰冷、更死寂。他曾經愛過一個天使，而今，他卻痛恨這名女子！

韓晤啊！那個來自北國的天使，她是如何地玩弄你啊！不是嗎？何必眷戀那清純的雙頰，羞澀的面容，彷彿隨時準備蓋上一層矜持的紅暈，卻又在深夜裡坐著豪華馬車伴隨神祕情人的女子？虛偽與謊言難道不該有個極限嗎？這樣媚俗矯作的靈魂，還能有童年時那種明亮的眼神嗎？

她就這樣走過去了，完全不理會自己的呼喚！

那麼，他為什麼來到她行經的路上？

他有什麼權力突然間來到她面前？她已經說過要他遺忘這段感情，再也不願見到他！

「滾！消失吧！你算什麼東西！」

他真想去死，他才二十歲！

第二天，韓晤的僕人發現他坐在床上，連衣服都沒換。小廝看他這樣，心裡暗自害怕會發生什麼不幸，因為他的表情憔悴得可怕。

韓晤從小廝的手中，搶過一封他的來信。他立刻認出了這種信封、這種信紙和這種字跡。

克莉絲汀告訴他：

我的朋友，後天請您務必參加在大廳壁爐後方的小沙龍裡舉行的化妝舞會，請站在往侯頓街那個門的後方，千萬別將這個約會告訴任何人。

穿上白色有風帽的長大衣，完全地偽裝自己，別讓任何人認出你，我的生命握在你的手上。

克莉絲汀

12 化妝舞會

戴著骷髏頭、羽毛帽，身著猩紅衣服的男人，身後拖著一件紅絨大衣，紅如火焰堂堂皇皇地延燃到地面。大衣上繡著一行金色字體：「不要碰我！我是死亡之神！」

沾滿汙泥的信封上沒有貼郵票，只寫著「請轉交韓晤．夏尼子爵」，還有一行用鉛筆寫的住址。信必定是帶著一絲渺茫的希望被丟在街角，盼能有一位過客拾起它，將它帶給收件人。果真如此，信是在巴黎歌劇院廣場上被發現的。

韓晤熱切地重讀一遍。

很快地，希望又重新回到韓晤心中，原本一度成形的克莉絲汀忘恩負義的可恨影像，已被另一個無辜的、輕率的、過度敏感的犧牲者影像替代。

此時此刻，她究竟是怎麼樣的一個犧牲者？她究竟困在何種窘境中？韓晤心神不寧痛苦地自問著。但這樣的痛苦至少比相信克莉絲汀是個虛偽、說謊的人較能忍耐！

發生了什麼事？她被什麼壓迫著？什麼樣的魔鬼？用什麼樣的武器要脅她呢？

會是什麼武器？如果不是音樂……是的，沒錯！他愈想愈覺得，只有往這個方向思考，才能找到答案。

難道他忘了那天在貝洛鎮克莉絲汀提起的音樂天使的聲音？

克莉絲汀最近這段時間內所發生的事故，不是正可以幫助他看清目前掙扎的困境嗎？難道他忽略了在她父親死後，克莉絲汀所承受的絕望，以及對生命、對藝術的灰心？在學院的日子裡，她表現得就像是一部會唱歌的機器，失落了靈魂。而突然間，她甦醒了，像是受到神靈的感召，音樂天使來了！她演唱《浮士德》中瑪格麗特一角，成功了！

音樂天使！是誰？

是誰在她眼中扮演這個神奇的主宰？是誰知道老戴伊所講的那個傳說，甚至還如此利用它，讓克莉絲汀像是個毫無抵抗力的樂器，落入他手中，任他擺佈？

韓晤一再思考，這樣的奇遇並非特例。他想起發生在貝勒蒙特公主身上的一樁故事。

貝勒蒙特公主剛剛失去丈夫時，絕望令她喪失心智整整一個月。公主既不能說話，也不能哭泣。肉體以及精神上的癱瘓日益嚴重，心理上的脆弱一點一滴吞噬她的生命。

每天，她會被推到花園裡，然而她卻一點都不清楚自己身在何處。

拉佛是德國最偉大的演唱家，正巧來到那不勒斯，想要一訪公主家中著名的美麗花園。公主身旁的一名女僕，懇求偉大的歌者在公主躺臥的小樹林後演唱，但不要現身。

拉佛答應了，演唱的正是在公主新婚初期丈夫親口為她唱的小曲。

這首曲子非常生動感人，旋律、歌詞以及演唱家美妙的歌聲，成功地打動了公主的靈魂，淚水湧上她的眼睛。

她哭了！得救了！而且一直堅信，那天晚上她的丈夫從天而降，為她演唱昔日的情歌！

「是啊！那天晚上，一天晚上，」韓晤想著：「唯一的一天晚上……但是，這個美麗的幻覺在重複的經驗裡是不能持續的。」

充滿幻想和悲傷的貝勒蒙特公主，如果每天晚上都回到原地，整整三個月，最後還是會發現躲在樹林後的拉佛。

音樂天使，三個月來卻每天來給克莉絲汀授課。啊！多麼認真的老師！而現在，他帶著她在樹林裡散步！

韓晤的手指緊緊捏住胸膛裡那一顆妒嫉的心，撕裂著身上的肉，感到前所未有的痛苦。他悲憤地自問，下一次的化妝舞會裡，那位姑娘不知道又會對他耍什麼把戲？這種劇院女伶，到底會將善良男子純純的愛情玩弄到什麼程度？多麼可悲啊！

韓晤的思緒就在這兩種極端裡衝突著。他再也不知道，自己該同情克莉絲汀或是詛咒她，內心一次次地交雜著矛盾的情緒。然而，不知道為什麼，他還是穿上一件白色的化妝舞會長袍。

終於，約定的時間到了。

臉上覆蓋著一張用又長又厚的緞帶裁成的半截面罩，身上裹著一件白色長衣，韓晤自覺非常可笑，竟會有這一身浪漫舞會的裝扮。一個有頭有臉的人，是不會為了參加劇院舞會而刻意裝扮的。

他微微一笑，另一個念頭倒令他安慰不少：那就是，保證沒有任何人認得出是他！更何況，這副面罩和這身打扮，另外還有一點好處：韓晤可以獨自帶著靈魂上的矛盾和心中的悲傷，不受拘束地四處遊盪，再也不必為了掩飾自己而戴上另一層面具。他早已經戴上了！

這個舞會是個相當特別的節慶，在齋戒日前四天舉行，是為了紀念一名封面畫家的生日，他專門畫些已逝去的繁華。他也是著名的同行畫家加法赫尼的一大對手，加法赫尼曾經使短暫的榮盛化作永恆的不朽。

這個舞會也比平常的化妝舞會更活潑、更吵雜、更開放，有許多人和藝術家相約在此，身後跟著一票模特兒和小學徒。

大約在午夜時分，一群人開始狂歡作樂。

韓晤在十二點差五分時，爬上大廳的樓梯，環繞在他身旁五顏六色的奇裝異服，像是演戲似地依著大理石的台階，散落排開在全世界最豪華的場景裡。

但他無動於衷，不讓任何可笑的面具糾纏自己，不回應任何笑鬧，並且擺脫掉幾對已經玩瘋的情侶大膽親熱的畫面。走過擁擠的大廳，穿過一個舞群中間逃出來。

他終於見到克莉絲汀信上所指示的那間小沙龍——小小的一個房間，卻擠滿了瘋狂的人。這裡正是前往侯頓街吃東西和入室內喝一杯香檳的必經地點，這兒的騷動充滿著熱情與歡笑。

韓晤想，克莉絲汀之所以會為他倆的神祕約會選擇這樣嘈雜的地方，而不是在某個安靜的角落，必定是因為在這裡戴上面具，就是最為隱密的方式。

他靠在門邊等著，沒多久，一個身著黑色化妝舞會長袍的人走過來，迅速牽住他的手，他明白，就是她了！

他跟隨著。

「是你嗎？克莉絲汀？」他從齒間低低地問道。

黑色長袍突然轉過頭，將手指舉到雙唇的高度，示意他不要再重複她的名字。

韓晤繼續安靜地跟隨在後。

在如此詭異的情況下重逢，韓晤真害怕會再度失去她。對她，韓晤再也感覺不到一絲恨意，甚至不再認為她這般奇怪而難以理解的行徑，有什麼地方應該責備。他已準備好付出所有的寬容、所有的諒解和懦弱。因為他愛她，而且，待會兒她一定會解釋她離奇失蹤的原因。

黑色長袍不時回頭，看看白色外衣是否緊隨在身後。

當韓晤跟隨著她的牽引穿過公眾大廳時，他不由自主地注意到，在一群群吵雜的來賓中，有一群正瘋狂地放肆玩樂的男女，團團圍擠著一個人。這個人化了妝，相貌非常奇特，令人毛骨悚然，立刻引起現場一陣騷動。

他穿著一身猩紅，在他那一顆骷髏般的頭上戴了一頂特大的羽毛帽。啊！最完美的模仿，莫過於那顆骷髏頭了！一大群人簇擁著他，為他成功的裝扮喝采，問他是哪個師傅、在哪家店做的？是不是布綠頓常去的那一家，幫他描繪妝扮出這麼一張出色的骷髏面具？就連真正的死亡之神，恐怕也要佩服不已！

戴著骷髏頭、羽毛帽、身著猩紅衣服的男人，身後拖著一件紅絨大衣，紅如火焰堂堂皇皇地延燃到地面。

大衣上繡著一行金色字體，每個人讀過後都高聲地重複：「不要碰我！我是死亡之神！」

有個人動手想要摸他，但從紅色衣袖裡伸出的一隻骷髏手，霍地一把抓住那個冒失鬼的手腕，冒失鬼立刻感覺到被這隻枯骨扣住。死神像是再也不肯鬆手似地，憤怒地緊緊鉗住冒失鬼，令他不由自主地發出一聲痛苦又恐懼的尖叫。不過紅色死神終於還是還他自由，冒失鬼像發了瘋似地逃入嘲笑的人群中。

就在這個時候，韓晤與這個恐怖人物擦身而過，而他也正巧在這個時候，回過頭來看著韓晤。韓晤差一點就沒大叫出聲：「貝洛鎮的那顆骷髏頭！」

他認得出！他忘記了克莉絲汀的存在，想要追上去。

但一旁的黑色長袍似乎也受到了極大的震驚，一把抓住韓晤的手臂，拖著他走，拉著他離開大廳，離開紅色死神周圍的那群邪惡人潮。

每次黑色長袍轉過身來，總是令韓晤覺得，或許她又再次見到那個令她害怕的東西。因為她的腳步不斷地加快，而韓晤的也是，像是正被人追趕著。

就這樣，他們往上爬了兩層樓。在那兒，樓梯和走道幾乎都空無一人。

黑色長袍推開一間包廂的門，並且示意白色外衣隨她進入。克莉絲汀（沒錯，正是她，韓晤認得她的聲音）立刻掩上包廂的門，並且低聲要求他留在包廂內側，不要現身。

韓晤取下面具，克莉絲汀仍戴著。當韓晤正準備請求她摘掉面具時，卻驚訝地發現她緊貼在門板上，屏氣凝神地聽著外頭的動靜。然後，她微微打開門，從門縫中觀望走廊，低著嗓音說：「他應該已經上樓，到盲人包廂去了！」

突然間，她叫道：「他又下樓了！」

她想再把門關上，韓晤卻不肯，因為，他看見往樓上的台階最高處，出現了一隻紅色的鞋，然後是另外一隻……又一隻……然後，緩慢地、從容地，紅色死神猩紅的衣服拖曳而下，他又一次見到貝洛鎮的骷髏頭。

「是他！」他喊著：「這一次，我絕不放過『他』！」

但是克莉絲汀在韓晤正想衝出去的那一刻將門關上了，他極力想要將她推開。

「『他』是誰？」她的聲調大變，「你又不放過誰？」

韓晤粗暴地試著推開奮力阻擋的女孩，但她以一股意想不到的力量反擊。她明白了，或者說，她以為自己明白了，立刻變得非常憤怒。

「會是誰？」韓晤生氣地說：「除了『他』會有誰？一個躲藏在這張醜陋可憎的面具底下的男人！貝洛鎮墓園裡邪惡的神！紅色死神！總之，你的朋友，小姐！你的音樂天使！我會摘下他的面具，就像我摘掉自己的面具一樣！這一回，讓我和他真正地面對面，不要偽裝，不要謊言，讓我知道你愛的到底是誰，誰又真正愛你！」

接著他瘋狂地大笑，而克莉絲汀卻在面具底下痛苦地飲泣著。

她伸出雙手，做出悲劇性的手勢，伸出她白皙的手臂橫在門前，擋住韓晤的去路。

「看在我倆愛情的份上，韓晤，你不要過去！」

他怔住了，她剛剛說什麼？看在他倆愛情的份上？但她從來沒有……沒有告訴過自己，她愛他呀！然而，那樣的時機並非沒有過！她看過韓晤痛苦地在自己面前涕淚縱橫，懇求給他一點希望，希望卻不曾來到！

她不是曾經親眼見到他在經歷貝洛鎮墓園那一夜之後，幾乎因嚴寒和恐懼重病致死？而她可曾在他最需照顧時留在他身旁？沒有！沒有！她逃走了。

而此刻，她竟然敢說愛他！竟然敢說「看在我倆愛情的份上」？

算了吧！她只不過是想要藉此拖延幾分鐘，總該留點時間讓紅色死神從容離開吧！

他倆的愛？她騙誰！

因此，他以充滿稚氣和恨意的語調對克莉絲汀說：「你說謊！小姐！你不愛我，從來不曾愛過我！是哪一種可憐而悲哀的小男生，才會如此任人玩弄，任人羞辱？就是像我這樣！為什麼當我倆第一次在貝洛鎮相會時，你要用那種態度、那種美麗的眼神，含情脈脈地看我，讓我對這份愛充滿期盼！小姐，因為我是個堅貞的男人，而我一直也以為你是個堅貞的女人。而你的目的，竟然只是為了玩弄我！

哼！你玩弄了全世界的人！你甚至濫用你的監護人那顆善良無知的心。當你和紅色死神在劇院的舞會漫步時，她卻還繼續相信著你的誠實！我瞧不起你！」

說著說著他哭了！而克莉絲汀只是任他羞辱，她只有一個念頭——無論如何要將他擋住！

「有一天，你會求我原諒你這番惡毒的話，韓晤。而我，我會原諒你的！」

他猛烈地搖頭。

「不！不！你已將我逼瘋了！當我想到，有一度，我這一生唯一的目的，竟是將自己的姓冠在一個劇院歌女的身上……」

「韓晤！別這麼難過！」

「我會羞憤而死的！」

「好好地活著！朋友，」克莉絲汀顫抖卻沉重地道出：「永別了！」

「永別了！克莉絲汀！」

「永別了！韓晤！」

年輕人顛顛簸簸地向前，依舊以諷刺的音調說：「哦！你至少該讓我偶爾到劇院為你捧捧場吧！」

「我再也不會演唱了，韓晤。」

「是嗎？」韓晤更加諷刺地說：「他倒是為你設想得很周到嘛！真令我佩服……不過，我們總會有機會在森林大道上碰面吧！」

「不會在森林大道了，也不會在其他任何地方了，韓晤。你再也不會見到我！」

「可以知道你要回去的是什麼鬼地方嗎？此番要前去什麼樣的地獄？神祕的小姐。」

「我就是來告訴你這件事的，但是，現在我不會再跟你說什麼了。你再也不會相信我，韓晤，你對我已經失去了信心。一切都結束了！」

當她說出「一切都結束了」時，聲音竟是如此地絕望，以至於韓晤全身一震，為自己的殘酷開始內疚不安。

他吶喊著：「但是，你得告訴我這些話究竟意味著什麼？你是自由之身，大可以在城裡隨興走動，你也可以穿上黑色長袍在舞會裡穿梭自如，為什麼你不回家？這十五天來，你究竟在做什麼？你跟范倫里斯媽媽講音樂天使的故事是什麼意思？有人正在利用你的純真，在貝洛鎮那一夜，我可以作證。可是，你知道自己現在在做些什麼？我看你神智相當清楚，克莉絲汀！然而，范倫里斯媽媽卻相信你那一套說辭！你解釋啊！克莉絲汀，你也可能會受騙的！告訴我，這其中究竟在玩什麼把戲？」

克莉絲汀摘下面具，說：「這是個悲劇！朋友。」

韓晤終於看見了面具後的她，忍不住驚訝而惶恐地尖叫！

昔日清新可人的面容竟不復見，一層死灰的慘白，覆蓋在迷人溫柔得引人側目、時時映著嫻靜優雅的臉龐上。而今，這張臉顯得多麼抑鬱啊！備受煎熬的軌跡無情地深深刻下，那一雙傳說中像小蘿特的眼睛，如湖泊般清澈明亮的眼睛，此刻竟顯得如此昏暗、神祕、死寂而深沉，盡是異常悲哀的陰影。

「我的朋友！我的朋友！」韓晤顫抖地抓住她的雙臂，「你答應過要原諒我的。」

「或許吧！或許有一天。」她重新戴上面具，轉身離去，堅定地推開韓晤，不願他再跟過來。

韓晤想飛奔到她身邊，可是她卻回過頭，再次以一種懾人的眼光和手勢告別，令人望而卻步。

韓晤就這樣看著她遠離。他重回人群中，全然不知道自己究竟在做什麼。腦中一片空白，音樂節奏一陣陣敲著，此時他的心正無情地撕裂著，走到每一個角落，就問人是否看見紅色死神。

人們總是反問：「誰是紅色死神？」

他回答：「是一個戴著骷髏面具、穿著紅色大衣的先生。」

得到的答案是：四處都看到拖著大衣的紅色死神經過，可是韓晤偏偏都遇不見他。

大約在凌晨兩點鐘左右，他又回到舞台後方，走入克莉絲汀廂房所在的走道。

他拖著腳步，將自己帶回一切痛苦的肇始點。敲了敲門，無人應聲。韓晤於是像上次尋找男人聲音般闖了進去。廂房裡空空蕩蕩，一盞微弱的煤氣燈滋滋照著，書桌上擺著一疊信紙，他想給克莉絲汀寫封信。

這時，有陣聲音在迴廊裡響起，他僅有幾秒時間，躲入用簾幕與廂房隔開的小客廳裡。然後，有一隻手推開了廂房的門，是克莉絲汀！

韓晤摒住氣息，他多麼渴望見到她，多麼渴望解開所有的謎題！某種訊息告訴他，他將開始參與這個祕密的一部份，而且，或許一切將真相大白。

克莉絲汀走進房裡，疲憊而無奈地摘去面具丟在桌上，她將那張美麗的臉深深埋入雙掌裡，低聲飲泣著。

她在想什麼？是韓晤嗎？

不！因為韓晤親耳聽到她喃喃地說著：「可憐的艾瑞克！」

一開始，韓晤以為自己聽錯了。整個事件裡，他一直相信，如果有人值得同情，那該是他——痴情的韓晤。經過這樣一場折磨之後，有什麼比一聲「可憐的韓晤」更能自然貼切地成為一切悲劇的註腳呢！

她該是哭泣地喊著：「可憐的韓晤！」

但是，此刻她卻搖著頭繼續重複著：「可憐的艾瑞克！」

這個艾瑞克，為什麼會出現在克莉絲汀的哭泣裡？為什麼來自北國的小仙女，在韓晤如此悲哀的時刻，竟會為艾瑞克傷心？

克莉絲汀提筆開始寫信，她的臉龐沉著而冷靜，讓仍因剛才一番折磨而痛苦得無法平復的韓唔，油然生出一股莫名的怒氣。

「多麼冷血！」他對自己說。

而克莉絲汀不停地寫著，填滿二張、三張、四張信紙，突然間，她抬起頭，將那幾張信紙抱在胸前。她彷彿在聆聽些什麼。

韓唔也在聽著。從哪兒傳來這奇怪的聲音？遠遠的旋律……一首似乎由牆裡傳來的歌……是的，該說彷彿是牆壁在唱歌……

歌聲愈來愈近……歌詞愈來愈清楚……清楚地能辨識每一個音節……一個非常美妙、溫柔、吸引人的聲音。

可以確知的是，這個聲音不屬於女人。它一直接近……穿過了牆……到了房間……聲音來到了房間裡，在克莉絲汀的前方。

克莉絲汀站起身，對著聲音說話，就像是對著人說話一樣。

「我在這兒，艾瑞克。」她說：「我準備好了。是你遲到了，我的朋友。」

韓唔屏氣凝神地在幕簾後看著，但他簡直無法相信——自己竟然什麼也沒看見。

克莉絲汀的眼神亮了起來，一絲美好的笑意泛上毫無血色的雙唇，像是康復中的病人終於決定要迎擊病魔，而不願就此被帶走時露出的笑容。

無形的聲音再次唱起，韓唔從未聽過如此和諧的音色，掌握著每一個音符、每一個呼吸至幾乎完美的地步。寬廣雄偉而曼妙、高亢壯麗而婉約；激昂處不失細緻，細緻處又不掩激昂！充滿一股難以抗拒、令人折服的魅力！

這個聲音蘊涵集合了所有大師風格的唱腔，正切合演唱的目的：重視已故的偉大音樂創作者的詮釋。這個聲音代表了和諧而純真的泉源，所有音樂的忠實愛好者，盡可安心地狂飲，浸淫在音樂甘美的世界裡。於是，他們隨著音樂的境界攀昇到頂峰，就此昇華。

韓晤激動地聽著這個聲音，開始理解到克莉絲汀是如何能在那一夜，令所有的觀眾如痴如醉。而她的唱腔展現出來的前所未見的瑰麗，或許正是拜這位只聞其聲不見其人的大師之賜！

他終於明白，如此特別的聲音，儘管只是唱著泛泛之調，聽來依然令人震撼；就像用爛泥也能燒出光彩眩目的玻璃一樣。歌詞的平凡與曲調的庸俗，反倒更能襯托出這份唱腔不凡的功力。

在情感的羽翼裡被躍然提昇向天空高處，這個天使般的聲音，正能讓和平的頌歌聖化昇華。

這個聲音唱起《羅密歐與茱麗葉》中的〈結婚之夜〉。

韓晤看到克莉絲汀張開雙手迎向那個聲音，就像是那一夜在貝洛鎮的墓園裡，她迎向演奏著〈拉薩復活〉的提琴聲。

沒有任何聲音能比它更令人感動，
命運將你永無回頭地帶向我！

韓晤的心糾結絞痛著，抗拒著這股奪去他所有意志、令他在這個緊要關頭失去理智的魔力。他走向前，拉開遮掩自己的幕簾，向克莉絲汀走去。

克莉絲汀正走向廂房最裡面一面大鏡子形成的牆。鏡子映照著她的身影，但她卻看不見韓晤，因為韓晤在她的正後方，完全被她擋住。

命運將你永無回頭地帶向我！

克莉絲汀依然對著自己鏡中的影像走去，鏡中的影像倏地落下——兩個克莉絲汀，一個是身體，一個是影像，互相碰撞、互相重合……韓晤伸出手，想同時抓住這兩個克莉絲汀。

突如其來的一陣冷風襲上他的臉，韓晤被一種眩目的影像震撼著，突然間後退了好幾步。他不只看到了兩個克莉絲汀，而是四個、八個……輕飄飄地環繞著他，對他微笑，但是一瞬間就消逝無蹤，而他一個也沒抓住！

終於，一切靜止下來，他在鏡中看見自己，而克莉絲汀卻消失了。

他衝向鏡子，敲撞著所有的牆，沒有半個人！然而，廂房卻響起一陣幽遠動人的歌聲：

命運將你永無回頭地帶向我！

韓晤擦掉頭上豆大的汗珠，捏著清醒的身軀，在陰暗中疾行踱步，將煤氣燈開到最大，確定自己不是在作夢。此刻的他，正陷入一場結合精神與肉體的苦戰中，似乎正面對著一場危險的遊戲、一場或許即將吞噬自己的賭注。

突然間，他以為自己是個冒險的王子，因為愛情，無意中穿越過童話中的女神所設的界限，他彷彿聽到警告聲：不該再因為種種離奇現象感到好奇訝異了……

從哪裡呢？克莉絲汀是從哪兒離開的？

她會從哪兒回來呢？

她會回來嗎？唉！她不是斬釘截鐵地結束一切了嗎？

歌聲停止了！

命運將你永無回頭地帶向我！

我？帶向我？向誰？

韓晤筋疲力竭，像是打了場敗仗，心中一片茫然，他跌坐到克莉絲汀剛剛坐的位置，垂下頭埋在雙掌裡。當他一抬頭，兩行沉重的淚潸潸落在年輕的雙頰上，就像是善妒的孩子流著淚。但已不再是為了夢幻的理由，而是為了世間男女對愛情所共有的悲哀。

他高聲點出了這個名字：「誰是艾瑞克？」

13 那個聲音的名字

克莉絲汀說：「你必須忘記那個男人的聲音，永遠不要再想起他的名字，更不要嘗試去解開那男人的祕密。」

在眼睜睜看著克莉絲汀失蹤、甚至懷疑自己是否精神失常的第二天，韓晤來到范倫里斯媽媽家探問消息。然而，他卻看到一幕令他迷惑的景象。

坐在床上編織中的老婦人的枕邊，赫然是正在刺繡的克莉絲汀。韓晤從來不曾見過如此迷人的瓜子臉、如此清純的容顏、如此溫柔的眼光，真真實實地輝映著處子的光芒。鮮潤的膚色又回到了少女的雙頰，明亮的雙眼中曾有過的藍色憂鬱已經消逝。韓晤再也看不到昨晚那張悲劇的臉孔。如果不是她迷人的臉蛋上，倏地蒙上一層淺淺的憂鬱，在韓晤眼中看來，像是離奇悲劇遺留下來的最後一絲線索，他可能會以為克莉絲汀根本不是昨晚那個令人難解的女主角。

她站起身，面無表情走向來訪者，和他握手。但韓晤是如此地震驚，只是呆呆地站在那兒，一語不發，沒有任何反應。

「夏尼先生，」范倫里斯媽媽先開口，「您認不出克莉絲汀了嗎？她善良的恩師把她還給我們了！」

「媽！」少女打斷她的話，然而一陣暈紅染上她的雙頰，「媽，我想這個就不必再提了！您知道的，根本沒有什麼音樂天使。」

「我的女兒，但是，他不是給你上過整整三個月的課嗎？」

「媽，我答應過你，將來有一天，我會把一切對你解釋清楚。至少我是如此希望……但是，你不是已經答應我，在那一天來臨以前，保持沉默，不再追問了嗎？」

「好，但是，除非你也答應我，永遠不會離開我，你不是也這樣答應過嗎？克莉絲汀？」

「媽，這些事情，夏尼先生不會感興趣的……」

「你錯了，小姐。」年輕人打斷她的話，他雖然極力想表現得勇敢而堅定，聲音卻依然是顫抖的。「或許終有一天你能了解，我是如何地關心你周遭的一切。我不想對你掩飾，我此刻重新見到你隨侍在你養母的身旁，心中有多麼驚訝，又是多麼高興。經過了昨夜的一場磨難，從你對我說過的話，從我能臆測到的後果，都實在難以令人預料到，你會如此突然地回家。

「但或許我會更加欣慰，假使你願意毫無保留地說出一切祕密，一切可能會令你永無翻身之日的祕密……而且，長久以來，我一直是你的朋友，無法不為你擔心。你所面臨的一切，是多麼地危險！我和范倫里斯夫人怎能置身度外，眼睜睜看著你到最後變成犧牲品呢？克莉絲汀！」

聽到這段話，躺在床上的范倫里斯媽媽激動不已。

「你的話是什麼意思？」她問道：「這麼說，克莉絲汀有危險？」

「是的，夫人。」韓晤勇敢地回答，不管克莉絲汀在一旁做手勢阻止。

「我的天啊！」純樸而天真的老婦人喘息著，驚叫著：「你應該把全部的事情都告訴我啊！克莉絲汀！為什麼你只是一直安撫我呢？而且，是什麼樣的危險呢？韓晤！」

「有一個騙子正在利用她的善良。」

「音樂天使是個騙子？」

「她不是才親自告訴你，根本沒有什麼音樂天使！」

「啊！看在上帝的份上，告訴我，到底有還是沒有？」殘廢的老太太苦苦哀求：「你把我急死了！」

「有的，夫人，就在我們周圍，你的周圍，克莉絲汀的周圍，有一個比所有的天使，所有的魔鬼更令人害怕、更恐怖的神祕客！」

范倫里斯媽媽轉過一張嚇壞了的臉，看著克莉絲汀——她早已急急跑向養母，緊緊將她抱在懷裡。

「不要相信他！好媽媽，不要相信他。」她不斷地重複這句話，並且試著安慰老太太，老太太的哭泣與嘆息實在令人心碎。

「那麼，告訴我，你永遠不會離開我。」老太太懇求著。

克莉絲汀沉默不語。

韓晤接著說：「你必須答應這件事，克莉絲汀，因為唯有這樣，才能讓你的母親和我放心！我們也會答應你，絕不對過去的事情提出任何問題，假使你能夠答應，將來一直留在我們的保護之下……」

「我並沒有向你要求這樣的約定，而且，我也不會對你做出這樣的承諾！」少女倔傲地回答：「我有權自由地決定自己的行為，夏尼先生，你沒有任何權力限制我的行動。再說，我求求你，從今以後，省省你的力氣，這不干你的事！至於這十五天來，我做了些什麼事，我想，這個世界上，只有一個男人有資格要求我坦白：那就是我的丈夫！可是，我沒有丈夫，而且，我永遠不會結婚！」

她強悍地說完這段話，將一隻手指向韓晤，彷彿希望使自己的話更加嚴肅有力。韓晤臉色變得異常蒼白，不僅僅因為方才入耳的這段話，更是因為他察覺到克莉絲汀的手指上套著一枚金戒指。

「你沒有丈夫，可是卻戴著一枚結婚戒指！」

接著，他想要抓住她的手，但卻被克莉絲汀及時抽回。

「這只是個禮物！」她的臉更紅，欲蓋彌彰地想掩飾自己的窘態。

「克莉絲汀！既然你沒有丈夫，那麼，這隻戒指可能是一個希望成為你丈夫的人送的！為什麼又欺騙我們呢？為什麼又如此地折磨我呢？這隻戒指就是一個承諾！而這個承諾被接受了！」

「我已經這麼說過她了！」老太太說。

「她怎麼回答您呢？夫人！」

「那是我心甘情願的。」克莉絲汀怒氣沖沖地說：「先生，你難道不覺得這樣追問逼人太甚嗎？」

韓晤儘管情緒非常激動，卻害怕她會說出斷絕一切關係的狠話，便趕緊先打斷她。

「小姐，很抱歉對你這樣說話。你應該很清楚，是基於何等忠實的情感，我才會牽扯進這些事情，或許根本不干我的事！但是，讓我告訴你我所看到的——那比你能想像的還多，克莉絲汀——或者應該說，我以為我所看到的。因為它的經過實在太離奇，令人懷疑自己的雙眼是否能夠證明……」

「你看到什麼？或者以為看到什麼？」

「我看到你對那個聲音的歌聲如痴如醉，克莉絲汀，那個聲音從牆中傳來，或是從某間廂房傳來，或是從鄰街的公寓傳來，令你如痴如醉！就是這點令我為你感到害怕！你正深陷在那危險的吸引力中！然而，你似乎又明白這只是個騙局。因為今天你說，根本沒有音樂天使。

「既然如此，克莉絲汀，為什麼這一次你還會再上當呢？為什麼昨夜當你站起身時，神情是如此地明亮，彷彿真的聽到音樂天使的召喚呢？哦！那個聲音實在太危險了，克莉絲汀！就連我一聽到它，也是如此地痴迷，甚至當你在我的眼前消失，我還渾然不知你是從那裡離開的！

「克莉絲汀！克莉絲汀！看在老天的份上，看在曾經深愛你、寵愛我、卻已歸天的戴伊爸爸的份上，克莉絲汀！你一定得告訴我們，告訴你的恩人和我，那個聲音是誰？就算你不肯，我們也得設法救出你！說吧！克莉絲汀！這個男人的名字是什麼？這個男人竟然敢大膽地將戒指套上你的手指！」

「夏尼先生，」少女冷冷地回答：「你永遠不會知道的……」

話未說完，卻聽到范倫里斯媽媽的聲音。她看見自己的養女用如此敵對的態度和子爵說話，突然間站到克莉絲汀這一邊。

「如果她愛他，子爵先生，這個男人……」

「唉！夫人。」韓晤軟下口氣，再也忍不住眼眶中的淚珠。「唉！其實，我想克莉絲汀已是他的人了。一切都在向我證實這一點，但我的失望並不只是因為看破了這一點，而是因為我無法確定，夫人，那個被克莉絲汀愛著的男人，是否配得上這份愛？」

「這點該由我自己來判斷，先生！」克莉絲汀面對韓晤直視著他，露出一張怒氣逼人的臉。

「一個男人，」韓晤繼續說著：「為了追求一個女人，卯盡所有的精力，運用如此浪漫的方法……」

「這男人必定非常悲哀，而這女孩也必定非常愚蠢，是嗎？」

「克莉絲汀！」

「韓晤，為什麼你可以如此批判一個素未謀面、沒有任何人認識而你又對他一無所知的人？」

「不！克莉絲汀，不！我至少知道你一直企圖掩飾他的名字。小姐，你的音樂天使叫艾瑞克！」

克莉絲汀剎那間露出馬腳。這一次，她變得比祭壇上的白布更加慘白。

她結結巴巴：「是誰告訴你的？」

「正是你！」

「怎麼會呢？」

「昨夜，化妝舞會的那一夜，你呼喚著這個名字。一走進你的廂房，你不是說過：『可憐的艾瑞克！』那麼，克莉絲汀，在某個角落裡，就有一個可憐的韓晤聽見了。」

「這是你第二次躲在門外偷聽，夏尼先生！」

「我不是在門外面！我在你的廂房裡！在你的小客房裡，小姐。」

「真是可悲！」年輕女子顫抖著，露出一種無法形容的恐懼，「真是可悲！難道你真想自找死路？」

「或許吧！」

韓晤的語氣中包含著無數的愛意，無數的絕望，克莉絲汀再也忍不住泉湧的淚水。她牽起韓晤的雙手，盡她所能用的最純真的溫柔看著他。年輕人在如此的眼神下，感到自己的痛苦已被撫平。

「韓晤，」克莉絲汀說：「你必須忘記那個男人的聲音，永遠不要再想起他的名字，更不要嘗試去解開那男人的祕密。」

「這麼說，這個祕密很可怕囉？」

「在這世界上，再也沒有比這更恐怖的了。」接著一陣沉默。韓晤感到非常難過。「對我發誓，你不會為了追根究柢而做出任何事！」克莉絲汀堅持著，「快發誓，如果沒有我的允許，你永遠不再擅進我的廂房。」

「那你答應我，有時候還是讓我見見你，克莉絲汀。」

「我答應你。」

「什麼時候？」

「明天！」

「那麼，我發誓！」

他倆之間的談話就此結束。韓晤親吻她的雙手，然後一面咒詛艾瑞克一面自勉要有耐心，便離開了。

14 暗門

克莉絲汀使勁拉著韓晤，因為他固執地要待在暗門邊，那個黑洞吸引著他。暗門這時候突然關了起來，兩個人都怔住了。

第二天，韓晤在劇院裡重新見到克莉絲汀，她手上仍戴著那枚金戒指。她顯得溫柔而和善，和韓晤談論著他的未來及事業計畫。

韓晤告訴她，北極之航的船期已經提前三個星期，最晚在一個月之後，他就得離開法國。

克莉絲汀為韓晤感到興奮，將他這一次的旅行，當成開啟光榮前程的重大契機。但是韓晤回答她，沒有愛的榮耀，在他眼中不具絲毫魅力。她於是像對待一個鬧情緒的小孩般耐心溫柔地安撫他。

「克莉絲汀，你怎麼能夠用如此輕蔑的態度看待這樣嚴肅的事情？或許，我倆從此無法再相見了！我說不定就死在這趟航行中。」

「我也一樣！」她幽幽地說，臉上沒有一絲笑意。看起來不像在開玩笑。然後，她彷彿想到什麼異想天開的新主意，眼神突然為之一亮。

「你在想什麼？克莉絲汀？」

「我在想，我倆永遠也不會再相見了。」

「是這樣的念頭使你眼神如此發亮嗎？」

「而且，一個月以後，你我就必須訣別……永遠……」

「那麼，克莉絲汀，至少我們可以約定誓言，永遠地為彼此守候！」

克莉絲汀用手掩住他的嘴。

「住口，韓晤！我不是這個意思，你很清楚，我們是永遠不會結合的！聽清楚！」

突然間，她似乎掩不住心中的狂喜，像孩子般輕快地拍著手。韓晤看著她，心中擔憂，卻又不了解她何以如此反應。

「但是……但是……」她握著韓晤的手，或者說，是她給了韓晤她的雙手，像是突然間決定給他一份意外的驚喜。

「但是，如果我們不能結為夫妻廝守一生，我們可以……我們可以訂婚啊！除了我們之外，不會有任何人知道的。韓晤，既然可以有祕密婚姻，當然也可以有祕密訂婚！我的韓晤，我們訂一個月的婚吧！一個月以後，你將離去，而這一個月共有的回憶，將使我終生幸福！」

她為這個想法雀躍瘋狂，但隨即恢復嚴肅。

「這是……」她正色說道：「不會傷害任何人的唯一方式。」

韓晤懂了，贊同了這個靈感，希望能立即成真，他必恭必敬地向克莉絲汀深深一鞠躬。

「小姐，我有這個榮幸牽您的手，向您求婚嗎？」

「瞧，我親愛的未婚夫，您不就是已經握住我的雙手了！哦！韓晤，我倆就要成為幸福的一對了！我倆就要扮演未婚的小夫妻了。」

韓晤對自己說：粗心的小女人！從現在開始的這個月，我將會有充裕的時間，使你忘記那個男人的聲音，或者洞穿毀滅那個人的祕密。一個月後，克莉絲汀勢必會答應成為我正式的妻子，這段時間，讓一切拭目以待吧！

這場婚姻是全世界最美妙的一場遊戲，他們兩人就像年幼時那樣純情，忘情其中。啊！他們彼此訴說著最纏綿的情話、最天長地久的誓盟。但只要一想到這個月以後，就再也無法信守這些誓言，兩人又陷入迷亂，在笑與淚之中嘗盡苦澀的愛情。

兩人傳達著彼此的心意，就像其它人玩著球一樣，只不過他倆擲出的是自己的一顆心，所以必須非常非常地小心，不僅要接住，還一定不能讓它受苦。

有一天——遊戲的第八天，韓晤再也忍受不住內心的苦楚，於是唐突地說出了一句話，結束了這場遊戲。

他說：「我不要去北極了！」

在克莉絲汀單純的腦子裡，從沒想過會有這種可能。剎那間，她察覺這場遊戲的危險性，開始痛苦地自責。她沒有回答韓晤一個字，逕自回家去了。

這件事發生在下午，在克莉絲汀的廂房裡。她總是在那裡和他約會，二人像是扮家家酒一樣地玩樂著——三塊餅乾、二杯波多紅酒，和一束紫羅蘭。

當天晚上，她沒有演唱。他也沒有收到第八封信，儘管兩人已經互相承諾在這個月裡要每天交換一封信。

第二天早晨，他跑到范倫里斯媽媽家，老媽媽告訴他，克莉絲汀這兩天不會在家。她是昨天傍晚離家的，後天才會回來。

韓晤整個思緒都亂了。他不喜歡范倫里斯媽媽用這種令人反感的冷靜口氣傳達消息，他想設法從老媽媽口中套出一點消息。可是，很顯然地老媽媽對一切毫無所知，她只簡單地用一句話回答年輕人所有的急切問題：「那是克莉絲汀的祕密。」

講出這句話時，她舉起食指，刻意用一種強調的語氣，來突顯這件事的神祕感，同時也企圖安撫韓唔。

「哈！好極了！」韓唔狂叫著，像個瘋子般衝下樓去。「哈！真是好極了！范倫里斯媽媽將年輕的女孩守得真好！」

克莉絲汀究竟會在哪兒呢？兩天……如此一來，共有的短暫幸福又少了兩天！而這卻是他自己造成的！

難道他不是早就被再三叮嚀一定得離開嗎？而如果他真的下定決心不要離開，為什麼又要這麼早說出來呢？他責怪自己的輕率莽撞，在克莉絲汀再次出現前的四十八小時的等待裡，他是全世界最不幸的男人。

克莉絲汀在勝利中重現了！她終於重新找回告別晚會那晚空前的成就。

自從蛙鳴事件之後，卡兒羅塔無法再站上舞台，對那一聲「呱」的恐懼深佔心頭，奪去了她所有的才華。而那些曾親眼目睹這令人百思不解的失常的觀眾與同事，變得相當厭惡她。

卡兒羅塔設法解除了合約，克莉絲汀則順理成章地立刻受邀替代這個空缺，在《猶太女》中熱切地迎接戴伊風潮的來臨。

韓唔自然是這天晚上歡騰勝利聲中唯一感到痛苦的人，因為他看見克莉絲汀的手指上，仍戴著那枚金戒指。

遙遠地，有個聲音喃喃在他耳畔響著：「今晚，她仍然戴著金戒指，然而卻不是你送給她的。今晚她仍然獻出自己的靈魂，然而卻不是為你。」

聲音窮追不捨逼迫著韓晤：「如果她一點也不肯告訴你她這兩天的行蹤……如果她對你隱藏她的去處，那就只有去問艾瑞克！」

他跑到後台，擋住克莉絲汀的去路。而克莉絲汀一眼就看見他，因為她正不停地尋找他。克莉絲汀對他說：「快點！快點！跟我來！」於是，她拉著韓晤奔入包廂內。

在一旁等著為克莉絲汀道賀的賓客，只有對著緊閉的房門喃喃叫道：「這簡直是個天大的醜聞！」她韓晤剎那間跪在地上，發誓他一定會離開，並懇求她，今後不要再割捨任何允諾過的幸福時光。她流下眼淚，兩人緊緊相擁，像是一對歷盡苦難的兄妹，突然間被共同的喪親之痛所擊，相互擁抱，為親人的死亡痛哭。

突然，她推開年輕人溫柔而靦覥的擁抱，彷彿在聚精會神地聆聽著某種她不為人知的動靜。然後，俐落地將韓晤推到門口。

當韓晤走出門後，她壓低著音調，以致韓晤只能憑臆測聽到她的話。她說：「明天見，我親愛的未婚夫，要快快樂樂的，韓晤，今晚，我是為你一個人而唱的！」

次日，韓晤依約前來。

但是，唉！兩天的失蹤已奪去他倆相互傾訴愛意的動力。兩人待在廂房裡，一語未發，悲傷地看著對方。

韓晤按捺住心中的狂喊，不敢大叫出聲。

「我嫉妒！我嫉妒！」他心想。

然而，克莉絲汀卻聽不到這番心聲。

於是，她開口了：「我們出去走走透個氣吧！這會讓我們好過些的。」

韓晤以為，她會提議到某處鄉間，遠離這棟建築。他一直厭惡這棟猶如牢獄的劇院，總是令他感覺到獄卒就在牆裡走動，監視著一切。

是獄卒艾瑞克……

可是，此時克莉絲汀卻領著韓晤來到舞台上，讓他坐在噴泉森林的石井上，坐在為下一次表演搭起的第一座佈景間，一種寧靜與不真實的清新中。

一會兒，她帶著韓晤，牽著他的手，漫步在蔥籠茂密的森林大道裡，栩栩如生的植物是舞台設計家靈巧的雙手雕製成的。而真實的天空、真實的花草、完美的土地，彷彿永遠拒絕了她。她只能呼吸屬於劇院的空氣！

年輕人遲疑著，不敢提出任何疑問，因為此刻他已感覺到，克莉絲汀根本無法給他任何答案，既然這樣，又何必令她徒增苦惱呢？

偶爾會有一個安全人員，遠遠地觀察他倆溫柔如詩歌般的行為，然後識趣地走開。

有時她也大膽地試著自欺欺人，誇耀這份人類幻覺所營造的美感。她活潑的想像，總是讓眼前一切景象充滿著爆發力的色彩。她說，這是大自然無法比擬取代的。

她激動地談著自己的感受，韓晤則充滿愛憐地握緊那雙熾熱的手。

她告訴韓晤：「看啊！韓晤，這些牆瓦、這些樹木、這些綠廊和畫布上的這些景緻，這一切都蘊含著至高無上的愛情。因為，在這兒，它們是由遠遠超過凡人的偉大詩人所創造的。那麼，告訴我，我們的愛情也在這兒，親愛的。因為這份愛也是被創造出來的，因為它也只不過是……唉！只不過是一種幻覺罷了！」

如此的剖析令人悲痛！韓晤沒有答話。

克莉絲汀於是繼續說道：「在這個世界上，我們的愛實在太悲哀了。把它帶到天上去吧！你瞧！在這兒，一切是不是容易多了！」

於是，她領著韓晤爬上雲端，在佈景格架一片巧妙的紊亂中，克莉絲汀跑著，興奮地逗得韓晤頭暈目眩。遠遠地，兩人在斜掛的滑輪、絞盤、圓柱石堵的粗繩之間奔跑追逐，置身在一片桅桿及桁柱中、真實的空中叢林裡。

然後，一陣快樂幸福的追逐嬉戲之後，又重新回到結實的土地上。

他們走進後台的走廊，聽見一個嚴厲得令人哆嗦的聲音在喝斥著。

「放軟一點！小姐們，注意腳尖！」

一群小女孩正在上舞蹈課。她們才剛滿六歲或九歲的稚齡，卻都已換上低胸短上衣、輕飄飄的舞裙、白色緊身褲和粉紅色的舞鞋，賣力學著艱澀的動作與舞步，努力地用那一雙雙疼痛的小腳，學著成為劇團裡的四級演員、三級演員、主要配角、第一女主角，邁向或許星光燦爛的成名路，等待名氣與掌聲的榮耀。

克莉絲汀駐足看著她們，趁休息期間發些糖果，慰勞鼓勵這群小女孩。

另外一天，她邀韓晤來到她的皇宮裡的一間大廳。裡頭盡是各式各樣的裝飾品、騎士的上衣、方箭、盾牌及旗幟。當她經過這些道具時，彷彿看見所有靜止了的戰魂，覆蓋在一層灰塵裡。她輕聲細語地和他們說話，承諾他們終有一日能重見昔日彪炳的光芒，屆時他們將在熠熠的燈光下，排列在音樂的節奏裡，接受眾人的喝采。

她就這樣帶著韓晤走遍她的王國，一個寬廣無邊、完全由幕後工作人員精心搭建的佈景宮殿。

她像是個備受愛戴的女王，沿途鼓勵所有的工作人員，為那些面對著一大匹布、為主角們裁製戲服的師傅們加油打氣。

這個國度裡的人從事著形形色色的工作，從補鞋匠到金器匠都有。所有的人都喜歡克莉絲汀，因為她用心關懷每個人的苦悶與小嗜好。她知道在那個角落裡，住著不被人注意的老佣人，她會不時地前往問候探視。

克莉絲汀敲了敲他們的門，為他們介紹韓晤，一個像是剛向她求過婚的王子般的英俊年輕人。然後，兩人隨興地坐在一些蛀蝕了的家具上，聽著有關劇院的種種傳說與故事；正如同孩提時期，兩個人也曾如此聆聽著布列塔尼的老故事。

這些老人的記憶裡只有劇院，無數年前他們就一直待在這裡，歷代的劇院當局早忘了他們的存在，劇院屢經變動似乎也遺漏了他們。外面的世界和法國的歷史無聲無息地走過，這些老人一無所知。他們是與劇院之外的世界完全隔絕的老人。

寶貴的時光就這樣無情地流逝。

韓晤與克莉絲汀刻意地表現出對外界事物的高度興趣，拙劣地想對彼此隱藏心中揮之不去的不安。明顯地，克莉絲汀一直表現得極為堅強，但是突然間，她又會莫名其妙地變得緊張而激動。在他們漫遊的過程中，她會倏地跺腳快跑，不知為了什麼原因。或者是突然停住裹足不前，而她的那雙小手也一瞬間變得冰冷無比，緊緊地抓住韓晤。她的雙眼有時像要急切地追逐一些想像中的影子，大叫著：

「這邊！」

然後又是：「這邊！」

和著一聲聲急促的笑，最後經常是放聲大哭。

於是韓晤想開口質問她，不顧對她的承諾及約定。但是，就在他的問話尚未講完的同時，克莉絲汀已煩躁不耐地回答：

「沒事！沒事！我發誓，一切沒事！」

有一次，在舞台上，他倆經過地板上一道半開的暗門，這是舞台地板上的活板門。韓晤俯在上頭，說道：「你帶我走遍了你地面上的王國，克莉絲汀，可是，聽說地底下有一大堆的故事傳聞，你要不要帶我下去看看？」

一聽到這句話，她緊緊抱住韓晤，彷彿害怕他會消失在那個黑洞裡，然後用極低的聲調對韓晤說：「永遠不要！我永遠不會讓你去那裡的！而且，那裡不屬於我。地下的一切都是他的！」

韓晤看著她，粗暴地說：「也就是說，他就住在那底下囉！」

「我沒有跟你這麼說呀！是誰讓你這麼說的！走吧！韓晤！有些時候我總是自問，你是不是瘋了？你總是聽到一些不可能的事！走吧！我們走吧！」

然後，克莉絲汀便使勁拉著韓晤，因為他固執地要待在暗門邊。那個黑洞吸引著他。

暗門這時候突然關了起來，如此地迅速，以至於他們甚至沒有看見那一隻關上門的手。兩個人都怔住了。

「或許他在那兒？」韓晤先開口。

克莉絲汀聳聳肩，卻無法祛除恐懼。

「不是！不是的！是『關暗門員』。總得讓那些人作點事吧！他們一會兒開，一會兒關，沒什麼理由的。那些人總需要找點事來打發時間。」

「但如果真的是他……」韓晤接口道。

「不可能的！不可能的！他在閉關工作，他不會出來的！」

「啊！真的？他在工作？」

「是啊！他不可能又要控制這些暗門，又要工作。我們不會有事的。」

說完這段話，克莉絲汀不斷地顫抖。

「那麼，他在做些什麼？」

「哦！某種可怕的東西！再說，我們不會有事的！當他專心做這件事的時候，他幾乎廢寢忘食，聚精會神，也連續好幾夜不眠不休的工作，簡直像個活死人，他不會有時間和這些暗門攪和的！」

她仍在顫抖，緊靠在暗門上聆聽著。

韓晤站在她的身旁，一語不發，怕自己的聲音會令克莉絲汀發覺彼此的信心仍是那麼脆弱，進而想放棄一切。

克莉絲汀沒有離開他，仍然緊緊地擁抱著他。

這會兒換她悲傷地說：「如果真的是他……」

韓晤小心翼翼地問：「你怕他？」

她說：「不是的！不是的！」

年輕人不由自主地對她的反應感到同情，就像對待一個敏感且正為某種思緒困擾著的人一樣。他彷彿要說：「因為你知道我在這兒！」

他的姿勢幾乎是直覺地變得強悍起來，克莉絲汀驚訝地看著他，看著如此充滿道義與勇氣的面貌。然而，她腦中卻似乎在懷疑這種空洞而莽撞的俠士義行的真正價值。

她抱緊可憐的韓晤，就像是姊姊般極盡溫柔地撫慰著他，握緊一雙小拳頭，想要在困境中保護她的小兄弟。

韓晤感受到了，羞愧得滿臉通紅。他發現自己和她一樣脆弱。他對自己說：「她假裝自己一點也不害怕，但她卻顫抖地帶我遠遠地避開那道暗門。」

的確是如此，往後的日子，他們總是把這份奇妙而詭異的愛情安排在頂樓，而不去碰觸那道暗門。隨著時光一點一滴地流逝，克莉絲汀的情緒愈來愈焦躁。

終於，一天下午，她到得很晚，臉色慘白，雙眼佈滿了紅絲，顯然是過度悲傷所導致。韓晤決定用非常的辦法放手一搏，徹底解決他們之間的問題。他不顧一切地對克莉絲汀說，如果她說出「那個聲音」的祕密，他就決定不去北極。

「住口！看在老天的份上，不要再說了。萬一被他聽到……可憐的韓晤！」

克莉絲汀用慌亂的眼神張望著周圍。

「我會把你從他的控制當中救出來的，克莉絲汀，我發誓！而你，甚至再也不會想到他。這是最重要的。」

「有可能嗎？」

她讓這句問話成為懇求，帶著韓晤爬上劇院的頂樓，爬到最高處，那兒已經距離暗門非常遙遠了。

「我會把你藏在一處不為人知的地方。在那兒，他再也不可能找到你。你會得救的，但你要答應我永遠不結婚，我才能放心出發到北極。」

克莉絲汀投入韓晤的懷抱裡緊抱住他，帶著一種難以置信的感動。但是，不安的情緒又湧了上來，她回過頭。

「再高點！」她簡短說道：「還要再高一點！」

於是，她領著韓晤走向頂峰。

韓晤困難地跟隨在後。兩人一下子就來到屋簷下、樑柱中的迷宮裡。他們穿梭在圓拱架、方形柱、主支柱、牆架、斜牆和斜架之間。他們跑過一根又一根的柱子，就像昔日在森林裡一樣，一棵樹接著一棵樹跑過，追逐於其間。

然而，儘管克莉絲汀分分秒秒注意著後面，她還是沒有發現，有一個人影，就像是她自己的影子般尾隨在後，隨著她停下、隨著她重新出發，亦步亦趨。

韓晤則什麼也沒看見，因為有克莉絲汀在前方時，後面所發生的一切，都引不起他的注意。

15 脫胎換骨

「那個聲音」特別傳授克莉絲汀利用胸腔擴展音域的方法。他像靈感的聖火，燃起了克莉絲汀生命中狂熱，激盪而崇高的火焰。

就這樣，他們來到了屋頂。

克莉絲汀如飛燕般輕巧而熟練地躍上去，兩人的眼光瀏覽著三座圓形屋頂和三角楣之間那一片空蕩蕩的世界。她深深地吸了口氣，人煙沸騰的巴黎彷彿已沉落在谷底。她看著韓晤，信任地讓他靠在自己身旁，肩挨著肩走在白鐵鋅皮上。兩人的身影雙雙映在那一座又一座的屋頂蓄水池上，這兒正是舞蹈班的小男生夏天嬉戲學游泳的老地方。

而尾隨他倆身後的那一個影子，更是亦步亦趨地隨著他倆的腳步移動著。他縮著身子伏在屋瓦上，帶著黑色的羽翼匍匐前進，穿過鐵欄杆，繞過低窪的蓄水池，靜靜地匿身於圓頂之間。

那兩個可憐的少男少女終於放下心，在落日火紅的天空底下，安靜地坐在阿波羅銅像手臂高舉的七弦琴的保護裡，渾然不知那個影子就在身旁窺視一切。

春天燃燒著的夕陽籠罩著相戀的情侶，剛剛被落日染上金紅色的雲朵，輕緩無息地從年輕人的頭上拖曳而過。

克莉絲汀對韓晤說：「不久，我們就會比這些雲走得更快、更遠，一直到世界的盡頭。然後，你就會拋棄我，韓晤。可是，如果你要帶我私奔的時候到了，而我卻不再同意跟你走，那麼，韓晤，你還是得強迫我走！」

說這段話時，彷彿正有一股強烈的力量在撕裂克莉絲汀。她神經質地緊緊握著韓晤的手，韓晤大為震驚。

「難道你害怕自己會臨時變卦嗎？克莉絲汀！」

「我不知道，」她神情迷惑地搖著頭，「他是個魔鬼！」當下她整個人哆嗦起來，緊緊地縮成一團，不停地打顫。「現在，我真的好害怕回去，和他一起住在……那個地下世界！」

「有什麼事情可以強迫你回去呢？克莉絲汀！」

「假如我不回去他身邊，會發生大悲劇的！可是，我真的受不了！再也受不了了！我知道，應該同情那些過著不見天日生活的人，可是，他實在太恐怖了！更何況，時候快到了，我只剩下一天的時間！如果我不去的話，他就會用他的歌聲找到我，他會把我帶走，一起回到他那地底下的家，然後跪在我面前，用他那顆骷髏頭看著我！哦！他的眼淚！韓晤！含在骷髏頭上那兩個黑洞裡的淚水！我再也受不了看到他掉下眼淚的樣子！」

她痛苦地絞弄自己的雙臂，韓晤分擔著這份椎心的悲哀，將她摟入懷中。

「不！不！你再也不會聽到他對你說愛你！克莉絲汀！我們現在就逃吧！」

他扶起克莉絲汀，打算逃走。

然而，她制止住他。

「不，不，」她掙扎地搖搖頭，「不要現在，這太殘忍了……明天，讓他聽我最後一次的演唱吧！然後，我們再走，明晚子夜，你到廂房裡來找我。子夜整哦！那個時候，他應該正在湖畔的餐廳裡等我，我們不會被為難，那你就可以順利帶我走了！就算我拒絕走，你一定要發誓將我帶走！韓晤！因為我有預感，這一次，如果我回到那兒，或許再也永遠回不來了……」她繼續說：「你無法了解的……」然後，深深地嘆了一口氣。而她的身後似乎也傳來另一聲嘆息的回應。

「你聽到了嗎？」

她牙齒咯咯地顫抖著。

「沒有，」韓晤勸慰著她，「我什麼也沒聽到。」

「太可怕了，」她坦白地說：「時時刻刻都像現在這樣戰戰兢兢！更何況是在這裡，我們應該不會有任何危險，這兒是我的地盤，我們的地盤在天空之上，光天化日之下！太陽仍然照耀著，夜行的鳥兒是不喜歡見到太陽的！我從來沒有在陽光下看過他，那一定更加恐怖！」

她喃喃說著，一雙惶恐的眼睛轉向韓晤。

「啊！當我第一次看到他的時候，我以為他快死掉了！」

「為什麼？」韓晤有點被這突如其來又友善的信任感給嚇著。「為什麼你會以為他快死掉了？」

「因為我看到他了！」

突然，韓晤和克莉絲汀一起轉過頭。

「有人在這兒呻吟！」韓晤先開口：「也許是有人受了傷……你也聽到了吧？」

「我？我也沒辦法告訴你，」克莉絲汀坦白地說：「有時候，就算他不在那兒，耳朵裡也總會不停地迴響著他的嘆息。不過，如果連你也聽到了……」

他倆站起身，四處勘察。寬闊的屋頂上的確只有他們兩人。

他們重新坐下，韓晤問道：「你第一次是怎麼看見他的？」

「其實，說來已有三個月了，我只聽得到他的聲音。第一次聽到的時候，我也像你一樣，以為是有人在隔壁房裡唱歌。美妙的聲音吸引我走出房間，我試著尋找這個唱歌的人。

「你知道，我房間的位置相當僻靜，可是，我一出房間就聽不到歌聲，回房它卻又依然唱著。而且，它不僅唱歌，還對我說話，就像正常人的聲音一樣，回答我的問題。唯一的差別是，這個聲音就像天使的聲音般甜美。

「該怎麼解釋這麼奇異的現象呢？長久以來，我一直不斷地想著父親死前的允諾：要派遣一個音樂天使給我。我之所以敢向你坦白這麼孩子氣的想法，是因為你也認識我父親，他很喜歡你，小時候，你也和我一樣深信他所說的『音樂天使』。所以，你一定不會恥笑我的幼稚，儘管後來和范倫里斯媽媽同住，韓晤，我也一直沒有改變對小蘿特故事的信任，和這一份純潔的心靈。

「就這樣，我天真地捧著自己的純潔，獻給那個聲音，以為是獻給了天使。我的養母當然也必須負點責任，因為當我轉告她這個令人難解的現象時，她毫不考慮就回答：『一定是天使啦！反正你可以親口問問他。』於是，我就這麼問那個聲音。他果真回答，他就是我一直苦等的，父親從天上遣下來的天使。自那一刻起，我和他之間，就建立起非常親密的關係，我對他是絕對地信任。

「他對我說，他這一次下臨凡世，是為了讓我能夠淺嚐天國音樂藝術之美。所以，他請我接受他每天為我上一堂音樂課的提議。我既緊張又興奮地答應了他。每當劇院裡我所在的那個角落清靜無人時，他就會約我上課，我從頭到尾都未曾缺課。

「你一定在想，到底是上些什麼課。你雖然親耳聽過他的聲音，肯定也想不出是什麼。」

「沒錯！這點確實令我無從想像起。」年輕人同意地說：「你們是用什麼樂器伴奏？」

「用一種我不知名的樂器，就在牆後頭，音質非常準確。而且，應該說，那個聲音非常清楚父親臨死前留下的訓練工作，以及他所運用的基本方法。就這樣，我什麼都記起來了，或許應該說是我的聲帶記起了從前所受過的一切訓練。再加上這段時間所下的功夫，我有了奇蹟般地進步。

「而且，我的聲音原來相當纖細，低音的部份自然很難開發，而高音有些僵硬，中音又像舒展不開，我父親曾經一度幫我戰勝這些缺點，但那個聲音卻永遠地克服了這些缺點，一點一點地，我的音域擴展到過去自己從來不敢奢望的寬廣度。我學會了如何將呼吸技巧運用得宜、收放自如。那個聲音特別傳授我女高音利用胸腔擴展音域的方法。終於，他像靈感的聖火照亮了我，燃起了我生命中狂熱、激盪而崇高的火焰。更可貴的是那個聲音透過音樂的傳達，將我的功力提昇至與他結合昇華的境界。他的靈魂注入我的口中，奏出了和諧的樂章……

「最後的幾個星期，當我在演唱時，竟然再也不認識自己！甚至覺得非常恐怖……一度，我害怕地以為這之中存在著邪惡的陰謀，可是范倫里斯媽媽卻安撫我說，她知道我是個太單純的女孩，不可能給魔鬼任何機會的。

「我的進步就是因為這樣的指導而來的，但一直都只是范倫里斯媽媽、那個聲音和我之間的祕密。說來奇怪，一走出廂房，我唱出的聲音就和平時一模一樣，沒有人能察覺到我的變化。我完全依照那個聲音的希望去做。

「他告訴我：『耐心地等……你等著瞧吧！我們會讓全巴黎大吃一驚的！』於是，我就這麼等待著，生活在那個聲音控制的迷幻夢境裡。

「偶然地，有天晚上，我瞧見你也在大廳裡，我欣喜若狂，根本沒有想到稍加掩飾，就回到廂房裡。很不幸地，那個聲音已經在那兒，他從我的表情看出一定發生了什麼事。他問我怎麼了，我當時並不覺得告訴他我倆之間那段甜美的往事，並坦承你在我心中所佔的地位有什麼不妥，於是就全盤托出。

「就這樣，那個聲音停住了。我呼喚，他沒有回答，我懇求他，也沒有用。我害怕得發狂，怕他就此一去不回！哎！現在倒還希望是如此！

「那天晚上，我絕望地回到家裡，抱住范倫里斯媽媽，告訴她：『知道嗎？那個聲音走了！他或許再也不回來了……』她也像我一樣感到驚惶，讓我趕緊解釋給她聽。於是，我把事情原原本本地說了一遍。媽媽告訴我：『天啊！那個聲音是在吃醋啊！』這一點破，反倒讓我省悟到，原來我一直愛著你……」

說到這兒，克莉絲汀停頓了一下，將頭靠向韓晤。兩人就這樣依偎在彼此的懷抱中，沉靜了好一會兒，心中的情感激盪著。以至於兩人根本沒有看到或者該說，沒有感覺到在離他倆幾步遠的地方，那個揚著兩扇黑翼屈著身的黑影，正沿著屋頂，向他倆慢慢靠近……愈來愈近……近得幾乎只要張開黑翼，就可以將這兩人包住，悶死他們！

克莉絲汀深深地嘆一口氣，繼續說：「我滿懷心事地回到廂房，那個聲音已經在那兒了，哦！朋友！他用一種極度悲傷的口吻和我說話。他說，如果我真得將這顆心留在凡塵世間，那麼他也只有回到天上去了。他說話的語調，強烈地帶著凡夫俗子才有的痛苦，直到那個時候，我才開始明白，自己早該有所警惕，不要莫名其妙地讓自己成為濫用情感的犧牲品。

「可是，對這個聲音所產生的信任感，已完全溶入我對父親那一份最親密的思念裡。我害怕再也聽不到他的聲音，而另一方面，我細思對你所存的情感，覺得這只是個無謂的冒險，我甚至不知道你是否還記得我。更何況，以你的身分，我根本不敢奢望能夠與你堂而皇之地結合。

「所以，我對他發誓，你之於我，不過是兄妹之情，不可能會有進一步的發展。這也就是為何每當你試圖在後台或迴廊裡吸引我的注意時，我總是將眼光移開，假裝不曾相識，視而不見！

「這一段時期，我和那個聲音上課的情況，幾乎已達到完美的境界，我從來不曾有過如此優美的音色。終於，他對我說：『現在去吧！克莉絲汀．戴伊，你可以為人們帶來一點天國之音了！』

「那天晚上——也就是餞別晚會那天，卡兒羅塔是如何不能到劇院演唱，而我又怎麼會被叫上場代替她，我完全不知道，但我還是唱了……以一種前所未有的感動演唱著，全身感到輕飄飄的，彷彿有人給了我一對翅膀。一度，我還以為燃燒著的靈魂已脫離了我的軀殼！」

「哦！克莉絲汀！」韓晤的雙眼因回憶而濕潤了。

「那天晚上，我的心隨著你歌聲的節奏而顫抖著。我看著兩行清淚流下你蒼白的臉龐，也跟著一起流淚，你怎麼能和著淚水一起唱歌呢？」

「那時我的力氣已經用盡了，」克莉絲汀說：「我閉上了眼睛。當我再睜開雙眼時，你已經在我的身邊！可是那個聲音也在那兒呀！韓晤！我替你感到害怕，這一次，我不想與你相認。所以，當你說，你就是那個從海裡為我撿回披巾的小男孩時，我笑了出來……

「然而，到底還是瞞不了那個聲音！他呀！早把你認出來了，所以更加地妒嫉！接下來的兩天，他跟我大吵大鬧……

「他說：『你愛他！如果你不愛他，就不會躲著他！他是個老朋友，你應該會像對待其他人一樣和他握握手才是。如果你不是愛著他，就不會害怕讓他與我獨處一室！如果你不是愛著他，就不會急著把他趕走！』

「『夠了！』我大怒地對那個聲音說：『明天我要去貝洛鎮祭我父親的墳。我會讓韓晤．夏尼陪我一起去的。』

「『隨你便！』他回答說：『可是，別忘了我也會在貝洛鎮，因為我會無所不在地跟著你，克莉絲汀！如果你尊重我，沒有對我說謊，子夜鐘響時，我會在你父親的墳前，用那把陪葬的提琴演奏〈拉薩復活〉。』

「就這樣，朋友，我動手寫了那封信，引你到貝洛鎮。我怎麼會被愚弄到這種地步？又怎麼會面對著那個聲音的種種安排，而全然不自覺其中的陰謀呢？唉！我是身不由己！我不過是他的掌中玩物罷了！憑他所運用的手段，輕而易舉地就能把像我這樣單純的女孩騙上手！」

「但是，畢竟……」韓晤不忍地看著克莉絲汀用淚水剖析自己毫無心機、太過單純的心態，「畢竟不久之後，你就知道真相了啊！你怎麼會沒有儘早抽身，走出惡夢呢？」

「知道真相？走出惡夢？很不幸的是，在我知道真相的那一刻，惡夢才真正開始！算了！我不想再說了！就當我什麼也沒告訴你。我們現在就回去接受命運的安排。韓晤，怨我吧！你怨我吧！

「有一天晚上，一個命中注定的夜晚……對……一個注定發生許多悲劇的夜晚，這一晚，卡兒羅塔在舞台上變成一隻噁心的蛤蟆，像是隻本來就住在沼澤裡的怪蟲般亂叫……這一晚，大廳裡突然天昏地暗，吊燈一聲巨響撞碎在地板上……這一晚，劇場裡有許多人受傷、死亡，四處是哀嚎的聲音。

「就在悲劇爆發的那一刻，韓晤，我第一個想到的，是你和那個聲音，因為在那個時期，你們兩個在我心中佔著同等重要的地位。關於你，我立刻就放心了。因為我看到你和你哥哥一起在包廂裡，沒有任何危險。

「至於那個聲音，他曾經對我表示會來欣賞當晚的表演，我非常替他擔心。是的，真正的擔心，就像他只是個也會死去的普通人一樣。我對自己說：『老天啊！也許吊燈壓死了那個聲音。』當時我正在舞台上，心焦如焚，於是決定跑去傷患和死者群裡，找找看有沒有那個聲音。

「後來念頭一轉，如果他不是在跟我生氣，這會兒應該已經在我的廂房裡，急著向我報平安。我飛快地奔回廂房，那個聲音不在那兒。我把自己關在房裡，含著眼淚，懇求他，如果他還活著，就說說話讓我知道。那個聲音沒回答我。但突然間，一陣熟悉悠長的低吟——是拉薩的呻吟，當耶穌召喚他時，他張開眼皮看見第一道日光時的呻吟——那是我父親的提琴在低泣，我認得那戴伊式的奏法，韓晤，就跟當年從此在貝洛鎮街道絕跡的琴音一模一樣！就跟墓園那一夜所聽到的一模一樣！

「於是，那看不見卻扣人心弦的樂器，又再一次呼喊出生命的節奏，那個聲音終於出聲了，他開始唱出這句懾服人心的歌詞：

來吧！並請相信我！信我的將獲重生！前進吧！信我的人永不死亡！

「我不知道該如何向你說明我的心情，當我聽到這段音樂竟在我們的周遭，在那些不幸被厄運的吊燈壓死的人們的周遭詠唱著永生，著實令人感傷。而且，似乎命令著我也向他走去，引領著我的靈魂，一步一步邁向他。

「他漸遠去，我跟隨著他。

來吧！並且相信我！

「我相信他，我來了，我來了……而奇怪的事情發生了：我的廂房在我的腳步底下，似乎一直延長著……無止盡地延長著……當然，這其實是因為鏡子的作用，我眼前就是那面長鏡。而剎那間，不知怎麼回事，我發現自己竟然已經在廂房外面……」

16 真相

「那個聲音，那個就算戴上千層面具也無法隱瞞的聲音，竟會是一個——男人！那一刻，我幾乎忘了自己所面臨的險境，我哭了起來。」克莉絲汀說。

韓晤打斷克莉絲汀的話。

「什麼！不知道怎麼回事？克莉絲汀！克莉絲汀！你該試著別再作夢了！」

「唉！可憐的朋友，我沒有作夢！我發現自己到了廂房外面，卻不知是怎麼回事！你也曾親眼看到，有一天晚上我從廂房裡消失，朋友，或許你能為我解釋事情的經過，而我自己卻沒有辦法了解！

「我只能告訴你一件事，那就是，當我站在鏡子前面時，突然間，鏡子我從眼前消失了，我轉過身想找鏡子，可是鏡子和廂房都沒有了，我是在一條黑暗的通道裡……我很害怕，大聲尖叫！

「我的周遭一片漆黑，遠遠有一道微弱的紅光照亮著牆角，是一個叉路口。我不停地尖叫著，牆壁間孤伶伶地迴響著我的聲音。因為，此刻歌聲和提琴聲都已停止。

「就在這個時候，黑暗中突然探出一隻手，抓住了我的手……或者應該說，是一種冰冷的、人骨般的東西扣住了我的手腕，緊握不放。我大叫，有一隻手臂抱住我的腰，把我整個人抬了起來。

「我在恐懼中掙扎著，手指劃過冰冷潮濕的石頭，卻勾不住它們。然後，我不動了，以為自己就要害怕而死，我被帶向那道微弱的紅光。走進光線裡，才發現自己是躺在一個全身披覆著黑色大衣的人手裡，他戴了一張面具，蓋住整張臉。我使出了最後的力氣，但卻四肢僵硬，嘴巴還張開著，想要尖叫出心中的恐懼，可是一隻手壓住了我的雙唇，我強烈地感覺到那一隻手！感覺到死亡！我昏了過去。

「我到底毫無知覺地昏迷了多久，我也說不上來。總之，當我睜開眼睛，黑衣人和我仍然在一片黑暗中，一只暈黃的燈籠擺在地上，映照著一道噴泉，水噗噗從牆上流下來，幾乎立刻就消失在我躺著的那塊土地上。我的頭枕在黑衣男子的膝上，他仍然戴著面具，沉默地用涼水抹著我的太陽穴。可是，這份專注及細膩的照顧，卻比剛剛挾持的魯莽更令人難以忍受。他的雙手儘管那麼輕柔，卻還是脫不去死亡的感覺。我無力地將他的手推開，氣如游絲地問道：『你是誰？那個聲音在哪兒？』只有一聲低嘆回答我。突然，一股熱氣拂過臉龐，我霍然發現，在這片黑暗之中，黑衣男子的身旁有一個白色的東西。就在這時，一陣嘶啼聲撞擊著我的耳朵，我怔住了，呢喃喊出：『凱薩！』那動物抖了一下。

「朋友，當時我竟然半躺在馬鞍上，而且竟是那匹《先知》劇中曾經深受我寵愛的白馬。可是，不久前的一天晚上，劇院裡謠傳著這匹馬已經失蹤，而且是被劇院之鬼偷走了。

「而我！我一直相信音樂天使的存在，卻從不相信有鬼，然而，此刻我不由自主顫抖地自問，是否我已成為劇院之鬼的俘虜！我在心裡暗暗地呼喚著『那個聲音』，祈禱他來救我，因為我永遠無法想像，『那個聲音』和劇院之鬼會是同一個人！你曾經聽說過劇院之鬼的事嗎？韓晤？」

「嗯！」年輕人答道：「可是，克莉絲汀，還是先告訴我，當你坐在《先知》劇中的那匹白馬背上時，發生些什麼事？」

「我動也不動，任憑牠載著我……漸漸地，這番詭異的遭遇帶給我的擔憂與恐懼，被一種昏眩的感覺替代。黑衣人扶著我，而我竟也不再抵抗。一股莫名的平靜感覆蓋著我，我想是受了某種鎮靜劑的影響。可是，我的知覺還是非常清醒，雙眼不停地觀察著這個昏暗的地獄，其實，四處散落著的短暫光芒正一閃一閃地亮著。我判斷，我們應該是在一個狹窄的走道裡，而且可以想像，這條走道正環繞著劇院底下那片永無盡頭的天地。曾經有一次，朋友，唯一的一次，我曾經走進這些不為人知的地下層，可是，我在地下三樓停住腳步，再也不敢深入地底下，那時，我感覺到我的腳下，至少還有兩層寬得足以容納整個城市的地下樓。可是，某些奇怪的東西出現了，嚇得我拔腿就跑，那是魔鬼，黑漆漆地站在暖爐前，揮動著手中的刺矛、鐵耙，挑動著炭火，燃起火焰，恐嚇你，如果敢接近一步，就用火舌吞噬你！

「而此刻，當凱薩靜靜地在這個惡夢裡負載著我時，我卻突然發現，在很遠很遠的地方，有一群很小很小、就像近視眼鏡倒過來看那麼小的黑色魔鬼，站在暖爐紅色的炭火前。一會兒出現……一會兒消失……又奇怪地隨著我們的腳步出現……終於，他們完全消失了。黑衣人仍然扶著我，凱薩兀自走著，腳步卻很平穩。我也說不上來我們到底走了多久，但黑夜仍持續著。我唯一的感覺是，我們在旋轉！我們在旋轉！我們依著固定的螺旋輪一直往下走著，直到萬物俱滅的地心裡。

「然而，難道是我自己的頭在轉？總之，我想不是的。不！當時我清醒無比。凱薩突然揚起鼻頭，嗅一嗅空氣，然後加快腳步。我感覺到空氣中的濕氣，然後凱薩停了下來，一片藍光環繞著我們，夜被照亮了。我觀察了一下我們的位置。我們是在一個湖畔，靜止的水遠遠地消失在黑暗的另一端，而藍色的光芒卻照亮了這片河面，我看到一艘小木筏繫在一個鐵環上，靠在岸旁！當然，我很清楚，這一切都是真實地存在著的，而這座湖以及這艘小木筏，也沒有什麼好奇怪的。可是，想想看，在當時那種特殊的情況下，來到河岸邊，就算是死人的靈魂靠近冥河時，應該也不會再感到煩憂，卡諾必然不會比那個將我帶到此地的黑衣人更陰鬱、更沉默。難道忘魂水失效了？還是這兒的清冷，正足以喚回我所有的意識？總之，昏眩感消失了，我的動作告訴自己，那份恐懼又重新開始了。身旁詭異的同伴應該也注意到了，因為他一個快動作，揮揮凱薩，讓牠隨即在昏暗的走道中消失，只留下馬蹄躂躂地敲響樓梯的聲音。然後，黑衣人跳上木筏，解開鐵環上的繩索，一槳一槳，強勁而規律地划動著。他的眼睛隱藏在面具底下，一刻也不曾離開過我。我清楚地感覺到那兩顆黑色眼珠沉重的壓迫感。

「我們划過了剛才說過的藍光，又進入了黑夜，然後靠岸。木筏撞上一塊堅硬的東西，我重新被抱起。此刻，尖叫的力氣回來了，我大聲喊著。突然間，我停止叫喊，被一道光線吸引住。是的，一道強烈的光線，而我，正是被放置在那道光線底下。我倏地站起身，精神又恢復了。是一間客廳，只用鮮花擺設佈置的客廳，那些花鮮麗卻笨拙地用絲帶綁成一束束的，就像大街上四處擺著賣的花束，太過通俗，和每一次女主角演出完畢後仰慕者送的花束一樣。在這一片非常巴黎的花香中間，戴著面具的黑衣人站在那兒，雙臂交叉在胸前，他說話了。『放心吧！克莉絲汀！』他說：『你不會有危險的。』

「是那個聲音！我的憤怒更甚於驚訝。我撲向那個面具，想摘下它，想看看那個聲音的臉。黑衣人又對我說：『你不會有危險的，假如你不碰這個面具一下！』同時，他輕輕地握住我的手腕讓我坐下。然後，他跪在我面前，沒再說什麼！這個友善的動作給了我幾分勇氣，光線照亮了周遭的一切，使我重新感受到真實的世界。這場奇遇開始得雖然詭異，但此刻，有了這些我看得見、摸得到的世俗的東西：牆上掛著的壁毯、家具、蠟燭、花瓶，這些我幾乎可以由它們鍍金的框架看出是在哪裡買的、值多少錢的東西，這一切，都將我的想像力侷限在一間非常普通的、隨處都可見的客廳裡。

「可是別的這種客廳至少有一個長處：並不會深陷在劇院地下。也許，我招惹上某位隱居在地窖裡的異人了，他可能如其他在劇院生活的人一樣，出於本身的需要，再加上行政單位的默許，在這兒安身立命。像是居住在巴別塔頂樓裡的人們一樣，用著各自不同的方言歌唱生活，安度一生。

「然而，那個聲音，那個就算戴上千層面具也無法隱瞞我的聲音，竟會是一個——男人！

「那一刻，我幾乎忘了自己所面臨的險境，忘記自己的命運將會如何，甚至忘記追問他，為何可以用這種手段將我帶到這間客廳，將我如囚犯般監禁，如同對待深鎖在後宮的妻奴！是什麼樣獨斷而冷酷的理由讓他這麼做！不！不！我只是不斷地告訴自己；那個聲音，竟然就是這個人——一個男人！我哭了起來。這個男人仍舊跪著，或許了解了我落淚的原因，因為他說：『是的，克莉絲汀！我不是天使，不是精靈，不是鬼……我是艾瑞克！』」

這時，克莉絲汀的故事又一次被打斷，兩個年輕人彷彿聽到身後有個回音重複著：艾瑞克！是回音？他倆轉過頭，卻發現夜已來臨。韓晤準備站起身，可是克莉絲汀把他拉到身旁。

「留下來！你一定得在這兒聽完所有的事，就在這兒！」

「為什麼非得在這兒呢？克莉絲汀，我怕天晚了你會受涼。」

「在這兒，我們就不必害怕那些暗門。朋友，這兒是暗門世界的末端。而且，我根本沒有權力在劇院以外的地方和你碰面。現在不是和他作對的時候，不要引起他的懷疑……」

「克莉絲汀！克莉絲汀！某種預感告訴我，我們不該等到明天晚上，我們應該現在就逃走！」

「我告訴你，如果明晚他沒有聽到我的演唱，對他會是一種永無止盡的痛苦。」

「可是，實在很難又要不造成艾瑞克的痛苦，又要永遠地逃離他……」

「你說得一點也沒錯，韓晤，因為，他必然會因為我的逃走而死去……」女孩聲音乾澀地繼續說：

「不過，這兩種代價是一樣的，因為我們也冒了被他殺死的危險。」

「這麼說，他真的很愛你？」

「甚至不惜殺人！」

「不過，既然他的住處不是找不到，我們可以去那裡找他。艾瑞克既然不是鬼，我們可以找他談談，甚至逼他答應！」

克莉絲汀搖搖頭。

「不！不！我們沒辦法和他對抗的！我們只能逃走！」

「既然能夠逃走，那你怎麼會回到他那兒呢？」

「因為我必須這麼做。等你聽完我是怎麼從他那兒出來的，你就會了解！」

「哦！我真恨他！」韓晤說：「那你呢？克莉絲汀。告訴我，我需要你告訴我這一點，才有辦法繼續聽這個奇怪的愛情故事。那你，你恨他嗎？」

「不！」克莉絲汀僅吐出這個字。

「哈！那又何必說這番話！你當然是愛他的！你的害怕，你的恐懼，這一切都包含著愛，最特別的愛！你只是不肯承認罷了！」韓晤帶著醋意地說：「一份只要想到就令你顫抖的愛……想想看，那是個住在地下皇宮的男人！」他繼續嘲諷著。

「你是真的想要我回到那兒？」女孩突然制止他的話，「聽好，韓晤，我已經告訴過你，我一去就不會再回來了！」

一陣恐怖的沉默散佈在三人之間——兩個正在談話的人，和一個正在背後偷聽的。

「在回答之前，」韓晤終於用和緩的語氣接口：「我希望先知道，你對他究竟是一份什麼樣的感情，為何你不恨他？」

「恐懼！」克莉絲汀說。

當她吐出這個字時，用了相當大的力氣，以至於淹沒了黑暗中的另一聲嘆息聲。她繼續說道：「可怕的是，在一股與日俱增的狂熱裡，他令我感到恐怖，而我卻不討厭他。怎麼恨他呢，韓晤？看著艾瑞克跪在我的腳下，在地底下湖畔的房間裡，他指責自己、詛咒自己，不斷地請求我的諒解！

「他承認他的計謀。可是他愛我呀！他把一份深刻而悲哀的愛獻在我的腳底下！他挾持我，是為了愛！他將我和自己封閉在地底下，也是為了愛！可是，他敬重我，他奉承我，他悲嘆著，哭泣著！

「而當我站起身，韓晤，當我告訴他，如果他不當場立刻還我自由，我只會瞧不起他時，他抓住我，令人難以相信的事情是，他願意還我自由！我只要離開就行了。而且他已準備告訴我一條祕密通道。只是……只是當他自己也站起身時，我也不由自主地想起，就算他不是鬼，不是精靈，不是天使，他依然是那個聲音，因為他已唱起歌來！聆聽著他的聲音……我留下了！

「這天晚上，我倆沒有再交談。他拿起一把豎琴，開始為我歌唱，他的聲音有如天使，唱著黛絲德羅的羅曼史。想到自己曾經和他一起合唱過，真令我感到可恥。

「朋友，音樂中隱藏著一種魔力：除了敲動著心靈的音符以外，其他事物都不再存在。我這番詭異的遭遇，也在音樂中被遺忘了。只有歌聲存活著，而我隨它沉浸在和諧的樂章裡。

「我和他一起唱了起來！他將我帶入悲哀、帶入歡欣、帶入苦難、帶入絕望、帶入喜悅、帶入死亡……我聆聽著……也一直唱著……他為我唱了一些不知名的曲子，而且讓我聽一首新的曲子，這首曲子引發我一種溫柔、纏綿而安詳的奇怪感覺。這段音樂在引發我高亢的情緒之後，又安撫了我，漸漸地將我引到夢境的門前，我睡著了。

「當我醒過來時，發現自己單獨躺在一張長椅上。這間佈置簡單的房裡，擺著一張極普通的柚木床，牆壁上貼著花色平凡的壁紙，一張路易．菲利浦時代的老舊大理石櫃上擺了盞燈，照亮了房間。

「這又是什麼地方呢？我用手拍了拍額頭，像是想趕走這場夢魘。唉！沒多久，我就發現這不是個夢！我變成了囚犯，而且，除了隔壁那一間隨時供應冷熱水、設備非常舒適的浴室外，我根本不可能走出這個房間。我注意到大理石櫃上，有一張用紅色墨水書寫的短箋，明白地點出我悲哀的處境，頓時打散我對真實狀況還僅存的一點疑心。紙上如此寫著——

我親愛的克莉絲汀：

對你目前的處境，請不用擔心。在這個世界上，你找不到像我這麼好、這麼尊重你的朋友。現在，你暫且獨自待在這個屬於你的房間。我出去購物，為你買些可能需要的盥洗衣物。

「『果然沒錯！』我驚嘆一聲。我落入了一個瘋子的手裡！我會變成怎樣呢？而這個可憐蟲，打算把我關在這個地下監獄多久呢？我在那個小套房裡像隻無頭蒼蠅一樣跑來跑去，想找到那個怎麼也找不到的出口。我苦惱地痛責自己的迷信，嘲諷自己是用何等的無知，透過牆壁迎接音樂天使的聲音。當一個人愚蠢到像我這般田地時，就該預料到會發生最大、最前所未有的悲劇，而這一切都是罪有應得的！我真想摑自己幾個巴掌，對這份無知大笑，為這般境遇痛哭。就是在這種情況下，艾瑞克回來了。

「他輕脆地在牆上敲了三下，輕鬆地從一道我根本無從發現的門走進來，並讓門敞開著。他手上拿著幾個紙箱和包裹，不慌不忙地將它們擺在我的床上。此刻，我決心對他表示心中的不滿，並且表示只要他意圖不良，我就狠狠地撕下那張面具。

「他非常嚴肅地回答我：『你永遠也不會看到艾瑞克的臉。』他並且指責我怎麼還沒梳洗完畢。他提醒我，當時已經是下午兩點了，他再給我半個鐘頭的時間準備，一邊說一邊細心地幫我的錶上發條核對時間。總之，他請我前往餐廳。他對我宣佈說，那兒有一頓豐盛的午餐等著我們。

「我也實在餓了，一把將他趕出門外，然後進了浴室。我洗了澡，並且先將一把剪刀放在浴盆旁，打算艾瑞克如果有像瘋了一樣的舉止，又不維持君子風度的話，我就拿刀自殺。

「清涼的沖澡果然讓人清醒不少，當我再度出現在艾瑞克面前時，已做了一個理智的決定：不管發生什麼事，絕不冒犯他，激怒他；為了能夠立刻獲得釋放，只有逢迎他。

「一開始，他先開口談到他對我的計畫，並且詳細地逐一說明，想要讓我放心。他說，他太高興有我和他作伴，想改變前晚因我的憤怒而一度達成的默契，不想讓我立刻離開。現在我應該知道，有他在身旁，其實根本沒什麼好恐懼的，他愛我，可是他只會在我的允許下對我表白，其餘的時間都將在音樂中度過。

「『其餘的時間，你預估是多長？』我問他。而他態度堅決地回答我：『五天。』『五天後，我就自由了？』

「『你就自由了，克莉絲汀，因為這五天過後，你將已學會不再怕我，而且，你也會偶爾回到這兒，看看可憐的艾瑞克。』他說最後那幾個字的語氣，深深地打動了我。我似乎發現了一種真實卻又令人同情的絕望，使我不禁抬起頭，溫柔地看著他的面具。我無法看到面具後的那雙眼睛，因此無法減低面對那張黑絲方形神祕面具時，所產生的奇怪而窘迫的感覺。然而，黑絲底下，在面具最外側的鬍鬚上，沾著一滴、二滴、三滴、四滴淚水……

「默默地，他比了比他對面——位於房間正中央一張小圓桌旁的位置。昨晚，在那兒，他為我演奏豎琴，而我顫抖地坐在那兒。儘管如此，我的食慾卻很好，吃了幾片蝦仁、一隻淋了托開酒的雞翅膀。

「他告訴我，這酒還是特地從肯尼斯堡街上的酒坊裡買回來的。至於他，他既不吃，也不喝。我問他原來的國籍是那裡，因為艾瑞克這個名字，應該是源自斯堪地納維亞半島。他回答我，他沒有名字，也沒有祖國，艾瑞克這個名字純粹是偶然得來的。我問他，既然他愛我，為什麼不用其他方法讓我知道，反而挾持我，把我和他一起關在地底下。『在這種墳墓裡，』我對他說，『令人不太舒服。』他語調詭異地回答：『我們只能在這種情況下約會。』」

17 柔腸百轉

「從他看我的狂野眼神，以及在我毫無抵抗能力下對我的尊重，我覺得他擁有天使和魔鬼的雙重性格。但是，他那張如怪物般的臉，又令我萬分恐懼。」克莉絲汀對韓晤說。

克莉絲汀繼續說著：「然後，他抬起頭，握住我的手。他說，他想請我參觀他的房子。但是我卻尖叫一聲，迅速地將手抽回來。因為這次我摸到的，是隻又濕又嶙峋的骷髏手，使我想起他的手所傳達的死亡訊息。

「『哦！對不起！』他嘆了口氣，然後在我前面打開一扇門。『這就是我的房間，』他說：『讓你參觀好像滿奇怪的。不過，假如你想看的話，請進。』我毫不遲疑地走進去，因為他的態度、語氣、神情都讓我覺得放心。然後，我發現自己其實不應該再害怕。

「我走了進去，感覺上，彷彿是走進一間死人的喪房。牆上貼著黑色的壁紙，不過，這兒沒有用來搭配死亡氣息的白色帳幕，取而代之的是一個奇大無比的樂譜架，上面擺著『死神』的譜子。房間的最中央，有個圓拱形的帳架，吊著腥紅色的緞帳，而在帳架底下，是一口打開的棺材。

「一瞥見棺材，我倒退了好幾步。『我就睡在那裡頭。』艾瑞克說：『生命中的一切都得去適應，甚至死亡也一樣。』我掉過頭去，受夠了這令人毛骨悚然的氣氛。我的眼光於是落在一架管風琴上，它佔了整整一面牆，譜架上有一本冊子，用紅色的墨水塗寫著。我請他讓我看看冊子，而映入眼簾的第一頁上寫著：〈勝利的唐璜〉。

「『是的，』他對我說：『有時候我也作作曲。這首曲子我已經寫了二十年了。有一天，當它完成時，我會帶著它躺進這口棺材裡，再也不會醒來。』

「『應該盡可能少寫才對。』我說。

「『有時候，我會不眠不休地連續工作十五天，那個時候除了音樂外，什麼都看不見。然後，我會休息個幾年。』

「『你可以彈點你的〈勝利的唐璜〉來聽聽嗎？』我問他，以為這樣能討他歡心，同時也能幫助我克服待在那間死人房間裡的嫌惡感。

「『千萬別這樣要求我。』他回答我，聲音顯得很陰鬱。『我的唐璜可不是描寫那些風流子弟，整天醇酒、美人、罪惡，然後再向上帝懺悔。我寫的可不是這些華麗浮辭。如果你真的想聽音樂，我倒可以彈點莫札特的作品，保證你會感動得落淚，並得到些正面的啟示。至於我的唐璜，只會燒痛你的心，儘管它並非來自天上的雷霹烈火。』

「講話的當兒，我們已經走回原來那間客廳。我注意到整個屋子裡沒有一面鏡子。我想照照鏡子，可是艾瑞克已在鋼琴前坐下。他對我說：『知道嗎？克莉絲汀，有一種音樂，它是如此地可怕，足以溶蝕所有接近它的人。你還沒達到這種音樂的境界。也幸虧如此，否則你會失去原本清新的風采，而當你再回到巴黎時，人們再也認不出是你，還是以歌劇院的方法唱歌吧！克莉絲汀．戴伊。』

「這句『還是以歌劇院的方法唱歌吧』彷彿像是對我的侮辱。可是，我還來不及對這番話沉下臉來生氣，我們已開始《奧塞羅》雙人重唱，而悲劇的陰影也在此刻逐漸籠罩在我們的上空。

「這一次，他讓我演唱黛絲德莫娜一角，我以一種前所未有的恐懼絕望，真實地高歌著。面對身旁這麼一個對唱者，我非但沒有讓他吞噬了自己的意識，反而更真切地感受到一種充滿奇幻的恐懼感。我所遇到的種種困境，在此刻反倒讓我更加詭異地貼近原作詩人的想法，我領悟到常被普通音樂家所漠視的唱腔。至於他，他的聲音非常洪亮，那令人震懾的靈魂，結合在每一個音符裡，驚人地不斷提高力量。愛情、嫉妒、仇恨，在我們的周圍嘶吼、破碎著，艾瑞克黑色的面具，令我不由自主地聯想起〈威尼斯之月〉中的面具。他就是奧塞羅的化身。我以為他就要上前毆打我，而我，就要在他拳頭裡倒下……

「然而，我卻沒有移動腳步逃開，像害羞的黛絲德莫娜逃避他的憤怒一樣，相反地，我一步一步向他走近，深深地被吸引著、迷眩著，我發現，在如此的激情中，死亡竟有著一股難以抗拒的魅力。然而，在死亡之前，我想知道，不朽的藝術之火是如何化身在他的面容上，我要在閉眼長眠之前，看著他偉大的樣子，我想看清那個聲音的臉。突然間，我再也控制不住自己，一個不由自主的動作，我的手指迅速地摘下那張面具——哦！可怕極了！可怕極了……」

克莉絲汀停下來，眼前的她彷彿回到了當時，驚嚇得張開顫抖的手臂。而夜裡的回音，就如同方才響著艾瑞克的名字一樣，同樣地不斷驚叫著。

「可怕極了！可怕極了！可怕極了！」

兩人因為故事可怕的發展，愈發不由自主地將彼此緊緊相擁。抬起頭，滿天的星斗正照亮著一片靜謐而潔淨的天空。韓晤說：「真奇怪，克莉絲汀，像這麼一個柔和平靜的夜，竟也充滿著嘆息，彷彿也與我們同聲悲哀似的。」

「現在，你就要知道這整個祕密了，你的耳朵也將和我的一樣充滿悲哀。」

克莉絲汀緊緊握住韓晤的雙手，全身隱隱顫抖，繼續說道：「哦！是的，就算是活到百歲，我的雙耳，還是會永遠迴響著他所發出的那種充滿痛苦、憤怒、非比尋常的尖叫聲。那個可怕的怪物，就這麼逼近在眼前，而我，就這麼張目結舌，久久無法發出一點聲音。

「哦！韓晤，那個東西！要怎麼樣才能再也不要看見那個東西？如果我的耳朵注定永遠迴響著他的尖叫聲，那麼，我的眼睛也注定永遠無法忘掉他那張臉！那個面貌！怎麼會記不住？又該怎麼形容呢？

「韓晤，你看過那種已經風乾好幾百年的骷髏頭嗎？如果你不是作了個惡夢，那麼，在貝洛鎮深夜所看到的，可能就是他的頭。還有，在上一次的化妝舞會，你也看見了一個閒逛的紅色死神。

「只不過，真正的骷髏頭都是靜止的。如果你能，請想像死神的那張面具突然間活過來了，用眼睛、鼻子、嘴巴的四個黑洞，爆發出極度的憤怒，以及魔鬼般咄咄逼人的怒氣。可是，兩個凹洞內的眼睛看不到任何眼神——因為，稍後我才知道，只有在最黑、最深的暗夜裡，才能看見他如炭火般的眼神……這讓我整個人癱靠在牆上，原來，恐怖本身的影像就是醜陋！

「於是，他向我靠近，沒有嘴唇的牙齒陰森地咯咯顫抖著，當我不支地跪倒在地上，他充滿恨意地對我嘶吼著沒頭沒尾的字句，痛苦的詛咒……我不知道會這樣啊！我怎麼知道！

他靠在我的身上說：『看啊！』他叫罵著：『你不是想看？那就看啊！抬起你的眼睛，讓我這該死的醜陋面容滿足你的好奇啊！看著艾瑞克的臉！現在，你知道那個聲音的長相了吧！哼！只聽我的聲音還是無法滿足你，是嗎？您想看看我長什麼樣子！你是這麼地好奇！你們這些女人！』然後，他開始大笑，重複著：『你太好奇了！你們這些女人！』他的笑聲充滿怒氣、諷刺、哽咽……詭異的苦笑！他不停地說著類似的話——『你滿意了吧！我很帥，是吧？當一個女人像你一樣看見了我的臉，她就是我的了！她會永遠愛著我！我！我就是唐璜那類型的男人！』

「然後，他挺直腰桿，拳頭握在腰間，肩膀上搖晃著那一顆醜陋的東西——他的頭！他大聲地喊著：『看著我！我是勝利的唐璜！』我別過頭，懇求他的原諒。他卻一把將我的頭扭轉回來，用他那骷髏般的手指，陷入我的髮中，掐著我的頭皮……」

「夠了！夠了！」韓晤悲憤地打斷她的話，「我要殺了他！我要殺了他！看在蒼天的份上，克莉絲汀，告訴我，那間湖畔餐廳在哪兒？我要親手殺了他！」

「唉！如果你還想知道下文，就先聽我說完！」

「啊！沒錯，我是想知道，你又如何能夠平安無事地歸來！這才是真正的祕密。克莉絲汀，你仔仔細細地告訴我！沒什麼比這件事更重要的！不過，無論如何，我一定會殺了他！」

「哦！我的韓晤！聽好！既然你想知道，就仔細聽好！他扯著我的頭髮，然後……然後……哦！實在太可怕了……」

「那就快說！立刻說出來！」韓晤憤怒地大吼：「快告訴我！」

「然後，他咬著牙說：『什麼？我令你害怕？有可能！你以為我還戴著另一個面具，嗯？而這個！這個！我的頭是個面具？那麼，哼！』他開始大吼大叫：『扯掉它呀！就像扯掉剛剛那一張那樣呀！來呀！過來呀！再來一次呀！我要你這麼做！你的手！給我你的手！如果你的手還不夠用，我的也借你！我們兩個一起把面具扯下來！』我整個人跪在他的腳底下，可是他卻緊捉著我的雙手。韓晤，他抓著我的手，扯著他臉上的肉，死人般恐怖的肉！

「『你弄清楚！弄清楚了吧！』他從膨脹得像青蛙般的喉嚨裡吼叫著。『你弄清楚了吧！我就是死人構成的軀殼！從頭到腳！就是這個死屍，愛你、欣賞你，永遠永遠都不會離開你！我會把那具棺材擴大的，克莉絲汀！不久以後，當我們已經走到愛的盡頭時。看著我！我沒有笑！我是在哭！為你而哭！克莉絲汀！你摘了我的面具，你再也不能離開我了！因為，只要你還以為我的長相英俊，克莉絲汀！你就會回來看我！我知道你會回來看我！可是現在，你看見了我的醜陋，你會永遠地逃開我——但我會把你留住的！你為什麼想看我的長相呢？連我的父親都不想看我！而我的母親，為了不看見我的樣子，哭著送給我一份禮物——我的第一個面具！』

「他總算鬆手放開了我！一個人獨自在湖畔的甲板上踱步，發出一聲聲恐怖的抽噎。然後，他像是個畏縮的罪人般，悄悄地滑動腳步，走出客房，鑽進他的房裡，房門自動關上。

「於是，我一個人獨自待在那兒，面對自己的悲傷及悔恨。不過，至少暫時從可怕的景象中鬆了一口氣。周圍出奇地寧靜，方才那陣風暴，被墳墓中可怕的寂靜取代。我終於能好好地反省，摘下面具的動作造成了何等可怕的後果。

「那個怪物的最後幾句話，已經說得夠明白了。是我讓自己被永遠地監禁，我的好奇心正是所有不幸的起因。他已經警告過我很多次了！他不是一再提醒我，只要我不碰他的面具，我就不會有危險！可是，我還是碰了！我咒罵著自己的粗心大意，接著心頭一顫，發現那怪物的推理沒有錯。是的，如果我不曾看到他的臉，我一定會再回來，面具底下那幾滴淚水已深深感動了我，引起我的注意與同情，使我無法不重視他的懇求。畢竟，我不是一個無情無義的人，而儘管他的作為超乎常理，卻無法使我忘記，他就是『那個聲音』。是他用自己的才情照亮了我。我一定會再回來看他！可是現在，只要一走出他的墓穴，我永遠也不會再回來的！沒有人會願意再回到墳墓裡，和一具愛你的死屍關在一起！

「從他在這場風暴中表現出來的瘋狂樣子，以及看我的眼神——其實該說是用兩個沒有眼睛的黑洞貼近我的樣子，我可以感覺到他感情的野性。但他卻能夠在我毫無抵抗力的情況之下，不粗暴地強擁我、侵犯我，他應該是結合了魔鬼與天使的雙重性格。話說回來，他畢竟是我的音樂天使，假使上帝賜予他的，不是那張腐爛的外皮，而是張清秀的面容，或許，他會是個完完全全的天使！

「想到自己即將面臨的悲慘命運，令我瀕臨瘋狂。再想到，擺著棺材的房間的門一打開，我又得面對恐懼，面對那張沒有面具的怪物的臉……我悄悄躲入自己的房間。當我拿起剪刀，準備為自己可悲的命運做個了斷時，管風琴的聲音響了起來。

「於是，韓晤，我開始了解到，為何艾瑞克會用那種令人訝異的睥睨態度，來看待『劇場裡的音樂』。此刻我所聽到的，是從前曾經吸引我的那些樂章無法比擬的。他的〈勝利的唐璜〉（我想，毫無疑問的，他是想藉自己的傑作，來遺忘此刻的痛苦）一開始傳入我耳中的，是一聲深長、悲哀、卻動人的嗚咽。可憐的艾瑞克，將自己受盡詛咒的不幸，全然傾吐在音樂之中。

「我彷彿看見了那本紅色墨汁寫成的樂譜，這才省悟，這首曲子竟是他用鮮血寫成的。音樂將我帶入他所受的磨難的每一個細節，使我深入到絕望的每個角落。在滅絕中掙扎的，正是一名醜陋的男子。音樂也告訴了我，艾瑞克是如何在這個地獄般的墓穴裡，痛苦地撞擊著自己那顆可憐而醜陋的頭顱，藉此避開人們異樣的眼光，也避免驚嚇到他們。

「我坐在那兒，忘了自己的悲傷，因這首由於痛苦而淨化成的偉大、和諧的樂章終於誕生而感動萬分。接著，自滅絕中升起的音符，突然間凝聚成一股充滿征服力、奇蹟般的旋風，一步一步升上天空，像是隻孤鷹衝向太陽。然後，一陣勝利的交響樂章，擁抱住全世界。我於是明白了，這部作品終於完成了。醜陋終因愛情的羽翼而昇華，終能勇敢地面對美好！我像是醉了一樣！那一扇將艾瑞克與我分隔的房門，在我用力之下打開了。他一聽到我的聲音，立刻站起身，卻不敢回頭。

「『艾瑞克，』我喚住他，『讓我看你的臉，不要害怕。我發誓，你是所有人類中，最痛苦卻最偉大的一個。如果從今以後，克莉絲汀看你時仍會顫抖，那是因為她想到你崇高的才華！』

「於是，艾瑞克轉過頭來，他相信了我的話，而我，唉！也相信了自己。他不知所措地伸出雙手，跪在我的膝前，說了幾句情話。情話自他那張骷髏嘴中說出，而歌聲卻停止了。他抱住我洋裝的下擺，卻沒看見我緊閉著雙眼。

「我還能對你說什麼呢？韓晤！現在，你已知道這是場什麼樣的悲劇！整整十五天，他重複地這麼做。整整十五天，我一次又一次地欺騙了他。我的謊言和迫使我說謊的怪物一樣可怕，然而，這卻是我爭取自由必須付出的代價。

「我燒了他的面具，偽裝得那麼成功，以至於他甚至在不唱歌的時候，也敢偷偷瞄我一眼，窺探我的眼神，就像是一隻害羞的小狗，纏繞在主人的四周嗚嗚地鳴叫。而他，也像是忠實的奴隸般，細心溫順地服侍著我。漸漸地，他對我感到非常信任，甚至敢帶我到亞維那湖的小河旁散步，領著我乘船遊湖。被監禁的最後幾天，他帶著我，就著夜色，穿過史基柏街下水道的鐵柵欄，登上一輛早已等在那兒的馬車，到郊外的森林散步。

「你我相逢的那一夜，差點造成悲劇，因為他是那麼地嫉妒你。而我，只能冉三否認，向他保證你不久便會遠離法國。終於，在經歷了長達十五天的恐怖監禁之後，我逐漸耗盡了所有的同情、熱誠、恐懼與絕望。而他卻還相信著我所說的話：『我會回來！』」

「而你確實是回去了，克莉絲汀！」韓晤嘆息地說。

「是的，韓晤。但我必須告訴你，我回去，並不是因為他在我還自由時所說的惡毒威脅，才使我信守諾言。是因為他在墓穴門口的聲聲呼喚，聲聲嗚咽！」

「是的，是他聲聲的嗚咽，」克莉絲汀反覆地說著，沉痛地搖頭，「在分別的那一刻，出乎我意料的，將我與他連結在一起。可憐的艾瑞克！可憐的艾瑞克！」

「克莉絲汀，」韓晤站起身，「你說你愛我，可是，在你才剛剛獲得自由，才剛剛與他分開的短短幾個小時之後，你卻又回到他身邊！你還記得化妝舞會那一夜吧！」

「的確是如此。但請你想想，那幾個小時，我都是和你一起度過的！韓晤！我冒著玉石俱焚的危險……」

「在那幾個小時裡，我甚至懷疑你是不是真的愛我。」

「那現在你還懷疑嗎？韓晤？每一次回到艾瑞克的身邊，只有徒增我對他的恐懼。因為我的回去，非但沒能如我所願地平息他心中的火焰，反而更使他為愛瘋狂！令我好害怕！好害怕！」

「你害怕……可是，你真的愛我嗎？如果艾瑞克是個美男子，你還會愛我嗎？克莉絲汀？」

「太可悲了！為什麼要去揣測命運？為什麼要問我這個一直被我當成罪惡掩藏在心底的問題？」她站起身，顫抖著那雙美麗的手臂，環抱著韓晤，對他說：「哦！我只剩一日的未婚夫！如果我不愛你，就不會為你獻上我的雙唇。這是第一次，也是最後一次。給你吧！」

韓晤吻住了她的雙唇。可是，夜色是如此地陰鬱，使他們不得不像躲避暴風雨般快速奔跑。然而，他倆那四隻流露著對艾瑞克千般驚懼的眼睛，即將從屋頂叢林消失之前，卻突然看見——在高處，有一隻巨大的夜鳥，用炭火般的眼睛，像是高掛在阿波羅琴弦上的兩顆星星一般，窺視著他們。

18 離奇失蹤

克莉絲汀高舉雙手，唱著——將我的靈魂帶入天界……剎那間，劇院內一片黑暗。燈光再度亮起時，她不見了！

韓晤和克莉絲汀跑著跑著，從屋頂上逃下來，逃離黑夜裡那雙炭火般巨眼的窺視，使勁地往下跑，一直跑到第八層樓才稍事喘息。

這天晚上，劇院沒有表演，偌大的長廊空無一人。突然，一個詭異的身影出現在年輕情侶的面前，擋住他們的去路。

「不！不是從這邊！」

那個身影向他們比了另外一條走道，從那兒可以直接通到後台。

韓晤想停下來問個明白。

「走！快走！」突然出現的這個人影命令著。說完之後，他寬大的衣袖及尖頂的圓帽又逐漸遠去。

克莉絲汀緊拉著韓晤，迫使他愈跑愈快！

「他是誰？剛剛那個人是誰？」年輕人問道。

克莉絲汀答道：「是波斯人。」

「他在這兒做什麼？」

「誰知道呢？他老待在劇院裡！」

「克莉絲汀，你要我做的簡直就是懦夫的行為。」韓晤情緒顯得相當激動，「你居然害我逃走，這是我這一輩子第一次這麼做。」

「哈！」克莉絲汀顯然已逐漸平靜，恢復理智。「我一直以為，我們在躲的是想像中的陰影呢！」

「如果我們看見的真是艾瑞克，我真該把他釘死在阿波羅的琴弦上，就像在布列塔尼的農莊裡，人們把貓頭鷹釘在牆壁上一樣。這麼一來，就什麼問題也沒有了。」

「我的好韓晤，首先，你得能爬上阿波羅的弦上，那可不是這麼容易就上得去的！」

「可是，那一雙炭火般的眼睛，不就是在那上頭！」

「哼！怎麼？這會兒你也跟我一樣，不論在哪兒都以為看見了他。可是，現在仔細回想看看，你就會告訴自己：或許那是兩顆穿過琴弦窺視大地的星星，被我們錯看成兩個炭火般的眼睛。」

克莉絲汀又趕下一層樓，韓晤緊跟在後，他說：「克莉絲汀，既然你已經決心和我一起逃走，我還是覺得最好現在馬上走。為什麼一定要等到明天呢？說不定我們今天晚上說的話，他全聽到了！」

「不可能！不可能！他正在專心工作中，我再說一次，他正在寫他的〈勝利的唐璜〉，根本不會理我們的！」

「你若是真的這麼肯定的話，你就不會老往我們的後頭看了。」

「走！到我的廂房去。」

「還是約在劇院外頭見面吧！」

「不行！直到我們真的逃走以前都不行。不守諾言，只會為我們帶來災難。我已經答應過他，只在劇院裡與你會面。」

「那我還真得感謝他，能如此慷慨地讓我們在劇院裡會面，是嗎？」韓晤的口氣充滿醋意。「你和我玩這種訂婚遊戲，難道不覺得自己太大膽？」

「怎麼會呢？親愛的他也知情啊！他對我說『我對你有信心，克莉絲汀！韓晤・夏尼先生愛你，可是又必須離開。離開之前，他一定是和我一樣可憐！』」

「噯！這句話是什麼意思？」

「我才想問問你呢！朋友，當我們愛一個人時，我們是不是會變得很可憐？」

「是的，克莉絲汀，特別是當我們愛一個人，可是又不確定自己是否為他所愛。」

「你是替艾瑞克說這句話嗎？」

「為艾瑞克，也為我自己。」年輕人滿臉沉思與傷感地搖著頭。

兩人邊談邊來到克莉絲汀的廂房。

「你怎麼會認為在你的廂房裡，比在劇院的其他地方更安全呢？」韓晤問：「既然你可以透過牆聽到他的聲音，他也一定聽得到我們的聲音。」

「不！他答應過我，再也不會躲在房間的牆壁外，我相信他的承諾！我的廂房和我在湖濱小居裡的房間，都是專屬於我個人的，對他而言，是神聖而不可侵犯的。」

「你是怎麼從這間房間被轉移到陰暗的走道呢？克莉絲汀？咱們再來試試看，好不好？」

「太危險了，朋友。這面鏡子或許會真的又將我帶進那條陰暗的走道，屆時非但不能逃走，最後也只有繼續走完那條通道，一直走到湖畔，在那兒呼叫艾瑞克。」

「他聽得到嗎？」

「不論我在什麼地方呼叫艾瑞克，他都能聽得見……這是他親口告訴我的。他是個鬼才，千萬別把他看成避居在地底下的普通人。韓晤，他能做出其他人無法完成的東西，而且，他知道一些人類尚一無所知的事！」

「講話當心點，克莉絲汀，你簡直把他形容成一個無所不能的魔鬼。」

「不，他不是魔鬼，他只是一半神性，一半人性，如此而已。」

「一半神性，一半人性，如此而已？你可真會形容他！總之，你還是決心和我一起逃走嗎？」

「是的，明天。」

「你想知道我為什麼希望今晚就走嗎？」

「說吧！朋友。」

「因為，明天你再也不會有像現在這樣的決心！」

「那麼，韓晤，你就把我劫走！聽清楚了嗎？」

「那麼，明天晚上這兒見吧！子夜一時，我到你廂房來。」年輕人的神色有幾許擔憂。

「無論發生什麼狀況，我都會堅守我的承諾。你說表演結束以後，他會在湖濱的餐廳裡等你是嗎？」

「其實，是他約我在那兒見面。」

「如果你不從廂房裡的鏡子走，怎麼去他住的地方？」

「直接走到湖邊去就可以了。」

「通過地下工作室，從技工和服務生走的通道及樓梯走下去嗎？這樣走你怎麼有辦法掩人耳目呢？每個人一定會跟在克莉絲汀．戴伊後頭探個究竟。等你走到湖邊的時候，可就不只你一人，而是一大群人了！」

克莉絲汀一言不發，轉過身，從盒子裡取出一把特大號鑰匙，拿給韓晤看。

「這是什麼？」他問。

「這是史基柏街下水道鐵柵的鑰匙。」

「我懂了，克莉絲汀。這個柵欄口直通到湖邊。給我這把鑰匙，可以嗎？」

「不可能。」她激動地拒絕，「那就等於背叛了他！」

突然間，韓晤看見克莉絲汀臉色大變，一片陰霾的死灰蒙上了她的臉。

「哦！天啊！」她大叫：「艾瑞克！艾瑞克！原諒我吧！」

「住口！」年輕人命令道：「你不是說他聽得到你的呼叫嗎？」

可是，女歌伶的態度變得愈來愈令人不解。她不停地搓著每根手指頭，神情恍惚地重複著：「哦！我的天啊！哦！我的天啊！」

「到底是怎麼回事？怎麼了？」韓晤問道。

「戒指。」

「什麼戒指？克莉絲汀！我求求你，冷靜點！」

「他給我的金戒指。」

「啊？金戒指是艾瑞克給你的？」

「你早知道的，韓晤！可是，你不知道的是，他給我戒指的時候曾經對我說：『我還你自由，克莉絲汀。不過，有個條件就是，戒指絕不能離開你的手指。只要你好好保存它，你就不會有任何危險，艾瑞克還是你的朋友。可是，如果你的人和戒指分開了，那就是你的天大不幸，克莉絲汀，因為艾瑞克將開始報復！』朋友！朋友！戒指不在我手指上了……我們就要遭到報復了！」

他倆徒勞無功地四處尋找著，一點蹤跡也沒有。

女孩再也按捺不住焦急的情緒。

「一定是在阿波羅的琴弦底下，我答應讓你吻我的同時，」她哆嗦地試著理清思緒，「戒指就這樣滑落到底下的街道上了！現在怎麼找得回來呢？韓晤，天大的厄運正逼近你我啊！如今，我們只有逃走、逃走……」

「而且是現在！」韓晤再次強調。

她遲疑了，韓晤以為答案將會是肯定的「好」。

然而，她顫抖著明亮的眼珠，說：「不！還是明天！」

然後，她背轉身子走開，不再理會韓晤，情緒仍完全處在惶恐之中，手指不停地互相搓揉著，無疑地仍希望戒指會突然間就這麼變回手指上。

至於韓晤，他回到家中，仍為今晚所聽到的一切憂心忡忡。

「如果我沒有辦法從那個大騙子的手中把她救出來，」他在房裡大聲喊著，然後躺到床上，「她也就完了！無論如何，我一定得救她出來。」

他熄了燈，可是卻覺得在這一片黑暗中，應該再罵艾瑞克幾句。

他大吼三聲：「大騙子！大騙子！大騙子！」

突然間，他撐著手肘坐起身，一陣陣冷汗滑過他的太陽穴。

兩隻如炭火般燃燒著的眼睛，悄悄地在他的床沿亮了起來，定定地看著韓晤，用恐怖的眼神，在這一片漆黑的夜裡。

韓晤一向很勇敢，可是這一刻他卻在發抖。他伸出手，哆嗦地、遲疑地、不安地摸索著黑暗中的桌子。總算找到了火柴盒，他擦亮火柴。

那一雙眼睛消失了。

他不放心地想著：「她跟我說過，艾瑞克的眼睛只有在黑暗中才看得見。所以，那雙眼睛會隨著亮光而消失，可是，他可能還在這裡。」

於是他站起身，仔細地翻遍每個角落尋找著。他像個孩子似地蹲下身，探視著床底。然後又覺得自己實在太可笑，他大聲對自己說：「該相信什麼？仙女的神話難道就可信嗎？真實的終結在哪兒？而幻覺的開端又在哪兒？她看到什麼？而她又以為看到什麼？」

他顫抖著繼續說：「而我自己呢？我看到什麼？方才我不是看到那兩隻炭火般的眼睛嗎？難道這只是我自己的幻覺？現在，我真的什麼都不敢肯定了！而且，最好也別去管那是什麼眼睛了。」

他重新睡下，再一次進入黑暗中。

那雙眼睛又出現了。

「噢！」韓晤驚呼！

這一次，他集中精神，竭盡所能地盯著那雙眼睛。一陣沉默之後，鼓起最大的勇氣，突然間大叫：「是你嗎？艾瑞克？是人？是精靈？還是鬼？是你嗎？」

他思考著：「如果是他……那他應該在陽台上！」

於是他起身走向一個小櫃子，拿出一把手槍，將子彈上膛，然後打開門窗。

今晚特別冷，只穿了件薄衣的韓晤，只能從房裡往空盪的陽台窺視，很快又重新將門關上，躲進房裡。他冷得渾身發抖，趕緊又躺了下來。上了子彈的手槍便擺在伸手可及的床几上。

他重新吹熄蠟燭。

那雙眼睛仍在那兒，在床的尾端。

它們究竟是在床和落地窗之間，或是在落地窗後的陽台上？

這正是韓晤想知道的。不過，他更想知道，那雙眼睛究竟是不是屬於活人的……他全部都想知道！於是，他按捺下性子，冷靜地、絲毫不驚動夜裡冷凝的空氣，他拿起手槍，仔細瞄準。他瞄準那兩顆用異常詭譎而死沉的光芒注視著他的閃亮星星。

瞄準那兩顆星星的中央偏上方。沒錯！如果這兩顆星星真的是對眼睛，那麼，兩顆眼睛中央的上方，應該是額頭。如果他不大意疏忽……

子彈轟地射出，可怕的一聲巨響，打碎了房子沉睡中的平靜。

當走廊傳來陣陣急促的腳步聲時，韓晤卻仍然聚精會神，挺直著雙臂，隨時準備射擊。他目不轉睛地盯著前方……

這一回，那兩顆眼睛消失了。

一陣光亮，一群人跟著菲利浦伯爵驚惶憂心地衝進來。

「怎麼回事，韓晤？」

「就這麼回事，我以為自己在作夢。」年輕人答道：「我開槍射了兩顆擾我睡眠的星星。」

「你不是在胡說吧？你病了！求求你，韓晤，這究竟怎麼回事？」伯爵取下他手中的槍枝。

「不，不，我沒有胡說……反正，咱們看看就知道……」

韓晤走下床，披上睡袍，穿上軟鞋，從僕人手中取過一盞燈，打開落地窗，轉入陽台。

伯爵注意到窗子在一個男人的高度處，有被子彈打穿的缺口。韓晤靠在陽台上，用燭光四處照著。

「噢！噢！」他叫道：「……血……血……這兒……那兒……還有血！很好！一個會流血的鬼……至少比較不危險！」

他哈哈大笑。

「韓晤！韓晤！韓晤！」

伯爵搖著他，彷彿想將他從一場可怕夢境的夢遊中喚醒。

「等等，大哥，我不是在夢遊！」韓晤不耐煩地反抗。「你看看，這血和正常人的沒有兩樣。我以為自己在作夢，夢見兩顆星星，但那真的是艾瑞克的眼睛，而這就是他的血！」他繼續說著，可是語氣卻在剎那間變得充滿憂慮。「話說回來，也許我不該開槍的，克莉絲汀一定不會原諒我！這一切都是可以避免的，如果我睡前注意到把窗簾放下就好了。」

「韓晤！你怎麼突然間瘋掉了呢？醒醒！」

「又來了！大哥，你最好幫我找找艾瑞克，因為，一個會流血的鬼，肯定是個有形可尋的人……」

伯爵的小廝說：「是真的，先生，陽台上果真有血跡。」

一個家僕拿了另一盞光度強得足以照亮陽台周圍的燈，四處察看著。血跡沿著陽台扶欄滴到與陽台相連的排水管，然後繼續沿水管而上。

「兄弟！」菲利浦伯爵說：「你射的是一隻貓！」

「可憐的東西！」韓晤又一次咯咯大笑著。

這一聲聲接近瘋狂的笑聲，聽得伯爵心痛不已。

「這不無可能！和艾瑞克交手，永遠什麼都不知道。究竟是艾瑞克？是貓？是鬼？還是肉體或者影子？不！不！和艾瑞克交手，永遠什麼都不知道！」

韓晤抱持的這種奇怪的想法，正緊密而合乎邏輯地與他原來的猜測相符，也證明了克莉絲汀所吐露的祕密，表面上超乎常理其實卻字字屬實。但這些想法，卻反而被用來證明他的精神狀況有問題。伯爵本人這麼認為，不久以後，首席檢查官也毫無疑問地這麼下結論。

「誰是艾瑞克？」伯爵握住韓晤的手問道。

「是我的情敵。如果他還沒有死，算他走運。」

伯爵揮手示意僕人退下。兩兄弟於是在房裡單獨交談。

僕人們並沒有很快地就從走道裡退開。子爵房裡的小廝，聽到韓晤清楚而有力地說：「今晚，我要帶克莉絲汀私奔。」

這句話事後曾傳到法爾法官耳中，可是，沒有人清楚地知道伯爵兄弟實際的談話內容。僕人們供稱，那晚並不是兩兄弟第一次關起門吵架。透過牆壁，可以聽到尖叫聲，而問題總是個圍繞在一個叫克莉絲汀・戴伊的女伶身上。

午餐時——伯爵早餐是在自己的辦公室裡用的——菲利浦伯爵請韓晤子爵下來與他共餐。韓晤來時，臉色慘淡而沉默。

伯爵說：「看看這個。」

他拿了一份《時代新聞》給他弟弟，用手指比了比其中一則。子爵雙唇無聲地唸著——

市區焦點新聞：傳歌劇名伶克莉絲汀・戴伊和韓晤・夏尼子爵之間，有婚姻之約。如果幕後傳言屬實，菲利浦伯爵勢必將迫使夏尼家族有史以來第一次失信於人。然而，愛情——特別是在巴黎劇院裡——是股難以抗拒的力量，令人不禁疑惑，菲利浦伯爵要採取何種方式，來阻止他的子爵弟弟將「新瑪格麗特」帶進禮堂。據說，這兩兄弟彼此一直相當友愛，可是這回，伯爵顯然莫名其妙的濫用這份親情，彷彿是希望兄弟之情能戰勝短暫的愛情！

伯爵傷心地說：「你看看，韓晤，你讓我們變成大家的笑柄了！小女孩那一套裝神弄鬼的故事把你搞昏頭了！」原來子爵已經把克莉絲汀的故事說給他大哥聽了。

子爵說：「永別了，大哥。」

伯爵說：「非得如此嗎？你今晚就走？」

子爵沒有答話。

「和她一起？你不會做這種傻事吧？」

子爵依然沉默。

「我知道該怎麼阻止你的！」

子爵只說：「永別了，大哥！」隨即便離開了。

這一幕事後由伯爵本人敘述給法官聽。自這番談話後，他一直沒有見到韓晤，直到當晚在劇院裡，克莉絲汀失蹤前的幾分鐘。

事實上，這一整天，韓晤完全在準備私奔的一切事宜。馬、馬車、車夫、食糧、行李、旅費、地圖——目的是避開火車路線，以掩劇院之鬼的耳目，這一切，讓他一直忙到晚上九點。

九點整，侯頓街上出現了一輛簾幕低垂、車門緊鎖的馬車，馬車前面，是兩匹精良的馬和一個裹著大圍巾、長相難辨的馬車夫。在這輛車之前，是三輛大馬車。事後調查結果證實，這三輛車分別屬於突然回到巴黎的卡兒羅塔、首席芭蕾舞伶梭兒莉以及菲利浦·夏尼伯爵三人。

神祕馬車裡沒人走下車，馬車夫也留在位子上；而最前面三輛大車的車夫，也留在自己的車上。

一個披著黑色風衣、戴著黑色軟氈帽的影子，從侯頓街的人行道和車隊中間走過，好像特別注意那輛不知屬於誰的馬車。他走近馬匹，走近車夫，然後離開，自始至終不曾開口說話。

事後的調查結果認為，這個黑影子即是夏尼子爵，但我卻不這麼認為。這一晚的韓晤和其他時候並無兩樣，依然戴著一頂高帽，而這頂高帽後來也被人尋獲。我想，這個黑影應該是劇院之鬼，他對當時一切狀況瞭若指掌，這一點稍後大家就會明白。

上演《浮士德》彷彿是個奇妙的巧合。

劇院大廳裡名人雲集，市區裡的大人物都巧妙地各派代表出席。

在那個年代，劇院的訂戶從不出讓、出租、再出租，或將他們的包廂給遠親、商人或陌生人分享。不像今日，一個仍保有侯爵封號的廂房，其實乃是因為合約之故，封號保持。可是，懶洋洋坐在其中的，卻可能是某個臘肉商人和他的家人——這是他們的權利，因為包廂租用費是由他們負擔的。

在從前，像這樣階級混雜的觀念幾乎不存在。劇院裡的包廂，是人們遇見或聽見公眾大人物消息的主要場所，而當時的人們多少還是深愛音樂的。

這一班華麗的人群彼此都認識，但不一定就有交往。不過，所有人的頭銜、名號大家都知道，而菲利浦伯爵的長相，也是人人都認識的。

這天早晨《時代新聞》的花邊消息應該起了些作用了，因為，所有的眼光都轉投在菲利浦伯爵的包廂，儘管他表面上裝得毫不在乎，神色自若地獨坐在包廂裡。人群中的女性觀眾，對他格外感興趣，而韓晤子爵的缺席，更引起搖扇後一陣陣嗡嗡耳語。

克莉絲汀的出場受到相當的冷落。這群特別的觀眾絲毫無法原諒她的自抬身價。

女主唱很快感受到人部份觀眾的惡意，顯得相當驚惶。

一些自認為清楚子爵戀情的常客，更毫不掩飾地在瑪格麗特．角演唱時吃吃笑著。也因此，當克莉絲汀唱著——

我想知道那個年輕人是誰，是否是個貴族，而且應該怎麼稱呼他。

他們惡意地將眼光投向菲利浦伯爵的包廂。

一手撐著下巴的伯爵，顯得毫不在意這些惡意的眼光，他注視著舞台，然而，他真是在看克莉絲汀嗎？他的心思似乎飄得好遠……

漸漸地，克莉絲汀愈來愈沒信心。她顫抖著，幾乎出錯……

同台的卡洛勒．方達心裡懷疑著，不知她是否病了，能不能支撐到最後一幕「花園」。

觀眾廳裡，大家則回想起卡兒羅塔在最後那一幕所發生的悲劇，歷史性的「呱」中止了她在巴黎的事業。

正因為如此，當卡兒羅塔大搖大擺坐入正對舞台的包廂時，可憐的克莉絲汀抬起眼睛，正好看見這個引起騷動的人物。她認出自己的對手，彷彿看到她在那兒哈哈取笑著。

這麼一想，反倒救了她。她忘了一切，全心追求另一次的勝利。

從這一刻起，她全心演唱著，試著超越從前的一切。

她做到了。

到了最後一幕，當她開始召喚天使、開始從地面升起時，她將全場悸動不已的觀眾，帶入另一個全新的音樂領域中。每個人都以為自己也有了翅膀。

應著這一聲聲天上之音的召喚，在圓弧的坐席裡，一名男子站起身，直挺挺地面對著女主唱，彷彿此刻他也隨之飄離了人間。他正是韓晤。

純潔的天使！萬能的天使！

純潔的天使！萬能的天使！

克莉絲汀高舉著雙手，伸長著頸項，在散落於裸露肩上的那些金色髮絲光芒裡，高唱出奇蹟的呼喚。

將我的靈魂帶入天界！

剎那間，劇院陷入一片黑暗中。一切發生的如此之快，觀眾還沒來得及發出驚訝的尖叫，燈光又重新照亮了舞台。

然而，克莉絲汀．戴伊卻已不在了！

她怎麼了？這又是個什麼樣的奇蹟？

人人面面相覷卻理不出頭緒，觀眾的情緒沸騰到了極點。

這時，舞台上的混亂並不亞於觀眾席間的騷動。大家從後台飛奔到方才克莉絲汀演唱的位置，表演在一片前所未有的混亂中暫停了。

克莉絲汀到哪兒去了？什麼樣的技巧能把她從千萬觀眾聚精會神的目光中，以及卡洛勒．方達的雙手中劫走？事實上，甚至有人不禁懷疑，是否她熱切的祈禱打動了天使，真的將她的軀體和靈魂一起「帶入天界」？

依然站在觀眾席中的韓晤，發出了一聲尖叫。菲利浦伯爵則坐倒在包廂裡。

大家看著舞台，看著伯爵，看著韓晤，猜想著眼前的離奇失蹤，是否與早上報紙登的花邊新聞有關。

可是韓晤匆匆忙忙地離開了，伯爵也從席位上消失。

舞台落幕後，所有常客湧向後台入口，群眾在難以形容的喧嘩聲中等待消息的公佈。每個人都在說話，自以為是地解釋著事情的經過。

有些人說：「她掉進一個暗門裡。」

有些人說：「她被吊到橫欄帷幕裡了，這個小可憐可能是新官搞新把戲下的犧牲品。」

另外又有人說：「這根本是個圈套，失蹤和黑暗同時發生正足以說明。」

終於，幕緩緩地重新升起，卡洛勒．方達走到樂團指揮的前方，聲音嚴肅而悲傷地說：「各位女士先生，一個令我們大家深感惶恐、前所未有的事件剛剛發生了。我們的同事克莉絲汀．戴伊，在眾目睽睽下失蹤了，而我們卻不知道為什麼！」

19 別針風波

雷米道：「我試著想告訴他，劇院裡發生了前所未有的怪事，但他只顧著喊：『別針！立刻給我一支別針！』」

後台裡，一片無以名狀的混亂。藝人、技師、舞伶、配角、臨時演員、合聲團員和常客們，一人一張嘴，詢問聲，尖叫聲，沒有一刻停息。

「她究竟怎麼了？」

「她被擄走了！」

「是夏尼子爵劫走的！」

「不，是伯爵！」

「啊！肯定是卡兒羅塔！準是她幹的！」

「不！是劇院之鬼！」

有些人甚至開始放肆地笑鬧。特別是在暗門和地板被仔細檢查過，劇院已正式否認是意外之後。

在這群嘈雜的群眾裡，有三個人正低著嗓門沮喪地交談著。他們是合唱團團長蓋比瑞、行政主任麥荷西和祕書雷米。三人躲在舞台和舞蹈室走廊間的小門房裡，躲在一大片佈景道具的後頭，竊竊私語。

「我敲了門了！可是沒人回答，他們很有可能已經不在辦公室。不過，無論如何，是不可能知道的，因為他們連鑰匙也帶走了！」雷米祕書這麼說著。

毫無疑問的，這不可能是經理們交付的託辭。因為在最後一次中場休息時，他們曾下令，無論任何理由都不得打擾他們，他們不見任何人。

「可是話說回來，」蓋比瑞說：「在眾目睽睽的舞台上劫走一名歌伶，這可不是天天都有的事！」

「你有沒有在外頭把事情喊給他們聽？」麥荷西問道。

「我這就去！」雷米轉身跑開。

就在這時候，舞台監督走了進來。

「嗯，麥荷西先生，請過來一下好嗎？你們兩個待在這兒幹什麼？我需要你幫忙，行政主任。」

「在警方來之前，我什麼也不想做，什麼也不想知道。」麥荷西聲明道：「我已經派人通知米華警官。等他一到，咱們再看著辦。」

「我告訴你，先到燈光控制室去看一看！」

「警方沒到之前，我不去！」

「可是，我已經去看過了。」

「嗯，你看到什麼？」

「哼！我什麼人也沒看到，聽清楚，一個人也沒有！」

「你到底想要我怎麼樣？」舞台監督氣沖沖地握緊拳頭。

「當然不可能怎麼樣，可是，如果燈控室有人在，這個人或許可以解釋，那一刻突然的黑暗是怎麼回事。然而，莫克列人卻不在那兒，你懂了嗎？」

莫克列是燈控組組長，巴黎歌劇院舞台日夜的照明，全由他一人負責。

「莫克列不在那兒，」麥荷西顯然有點動搖，「那麼，他的助手們呢？」

「莫克列不在，助手們也不在！我告訴你，燈控室裡沒半個人，你想想，」舞台監督吼叫著：「那個小可憐不會自己消失！你要知道，這肯定是預謀。吔！經理們不在嗎？我已禁止所有人進入燈控室，同時派了一個警衛在燈控室門口把守，我做的不對嗎？」

「對！對！你做得對極了！那現在就只等警方來了。」

舞台監督聳聳肩離開，滿肚子怒火，口裡喃喃辱罵這群「死雞仔」——全劇院上上下下已鬧得雞飛狗跳，他們卻還動也不動地坐在一旁休息。休息？蓋比瑞和麥荷西可一點都不覺得。只是，他倆必須遵守一道令他們動彈不得的指令：無論是任何理由，都不准打擾兩位經理。方才雷米違背了這個禁令，碰了一鼻子灰。雷米再度跑回來時，臉色出奇地慘白。

「怎樣？你跟他們說了嗎？」麥荷西問。

雷米答道：「孟夏曼總算把門打開，兩隻眼睛睜得斗大，眼珠子差點跳出來。我還以為他會揍我一頓，但是，我還沒來得及說一個字，你們知道他對我說了什麼嗎？『你有沒有一支別針？沒有就給我滾！』我想告訴他，劇院裡發生了怪事，但他只顧著喊：『別針！立刻給我一支別針！』他的叫聲震耳欲聾，一個小廝聽見了，趕緊去找根別針來給他。一拿到，孟夏曼就狠狠把門摔上！事情的經過就是這樣！」

「難道你沒有告訴他，克莉絲汀……」

「哼！真希望你也當場看見那一幕！他口沫橫飛地喊著，一心只顧著那支別針。我想，如果不是已經有人拿給他，他可能會氣得暈倒！顯然這一切都太不尋常，我們的經理可能已經瘋了！」雷米祕書所有的憤怒與不滿，全都明顯地寫在臉上。「不能再這樣繼續下去了！我沒興趣伺候這群怪人！」

突然間，蓋比瑞低聲道：「又是劇院之鬼幹的！」

雷米一聽，放聲大笑，麥荷西卻嘆了一口氣，看來正準備吐露一樁不為人知的祕密……可是一旁的蓋比瑞示意他閉嘴，於是他還是決定保持緘默。然而，隨著時間一分一秒地過去，這些經理們卻依然不肯露面。

麥荷西感到自己的責任愈來愈沉重，再也沉不住氣：「喂！我自己告訴他們去。」他決定了。

蓋比瑞頓時憂愁滿面，擋住了他。

「想想看，這是在幹嘛？麥荷西！如果他們還待在辦公室裡不肯見人，或許也是出於不得已，劇院之鬼的把戲還多著呢！」

可是麥荷西卻搖搖頭。

「算了，我還是得去！如果他們當初肯聽我說，早就一五一十都說給警方聽了！」

於是他轉身離去。

「說什麼？」雷米立刻追問：「有什麼要說給警方聽？你不說？蓋比瑞！你也知道祕密！我看你最好也老實告訴我，不然，我就當眾破口大罵你們是神經病！沒錯，你們根本就是瘋子！」

蓋比瑞兩眼平和卻呆滯地回看著雷米，好像根本不明白祕書先生為何要用這種不合情理的激將法。

「什麼祕密？」他低聲說著：「我不知道你在說些什麼。」

這句無關痛癢的話，真讓雷米氣急敗壞。

「今天晚上，就在這兒，在中場休息的時候，李查和孟夏曼的動作，就是神經病的證明！」

「我沒注意到。」蓋比瑞沒好氣地嘟噥一句。

「那你可是唯一的一個！你以為我沒看見他們那個樣子？難道中央信託的經理帕哈比斯先生也會沒

有注意到嗎？而且，彼得里大使的眼睛，難道是長在口袋裡的嗎？不是的，合唱團團長先生，所有的貴賓都豎起食指，對我們的經理們指指點點！」

「那你說，他們到底做了什麼？」蓋比瑞神情茫然地問道。

「他們做了什麼？你應該比誰都清楚他們做了什麼！你也在那兒！你們就在一旁觀察，你！還有麥荷西！而且，你們是所有旁觀者中，唯一沒有大笑的……」

「我不懂！」蓋比瑞極度冷漠、極度沉默地攤開雙手，放下來，明顯表示對這些問題不感興趣。

雷米卻自顧自說道：「這又是哪門子的新把戲呢？現在，他們又不准別人靠近他們！」

「什麼，他們不讓別人接近？」

「更不准任何人碰到他們的身子！」

「沒錯！你注意的沒錯！他們的確是不准別人碰他們，這一點確實很奇怪。」

「你同意的不算太晚！而且，他們竟然還倒著走路呢！」

「倒著走路！你注意到我們的經理們倒著走路！我還以為只有螃蟹才會倒著走路。」

「不要笑，蓋比瑞！不要笑！」

「我沒有笑！」蓋比瑞連忙反駁，他此時的表情比教宗還嚴肅。

「請你解釋一切，求求你，蓋比瑞！你是經理的好友，你或許能告訴我，為什麼在『花園』那一幕的中場休息時，當我在休息室裡，伸出手走向李查先生時，卻聽到孟夏曼先生低著嗓門，急急忙忙地跟我說：『你走開！走開！尤其是別碰經理先生！』難道我是個瘟疫病人？」

「這點確實令人難以置信！」

「而且，過沒多久，當彼得里大使走向李查先生時，你難道沒看到孟夏曼擋在兩人中間，而且，你難道沒有聽到他說：『大使先生，煩請您遠離經理先生！』」

「太驚人了！那個時候，李查先生在做什麼？」

「他在做什麼？你看得一清二楚！他轉半圈，向前行個禮，可是，他前面沒有人啊！然後，就開始倒著走，往後退。」

「倒著走？」

「而孟夏曼就站在李查的後面，也轉了半圈。也就是說，他隨李查一起也轉了半圈，然後一樣跟著倒退回去！他倆就這麼一直退到行政廳的樓梯口，倒著走……倒著走……總之，如果他們不是瘋了的話，你倒解釋看看，這是什麼意思？」

「他們或許在練習某種芭蕾舞步！」蓋比瑞不以為意地說。

在這個悲劇性的時刻，開這種無聊的玩笑，雷米祕書覺得他簡直太無分寸。他瞪著眼睛，抿著嘴，貼在蓋比瑞的耳朵上。

「不要裝蒜！蓋比瑞。這兒發生的事，你和麥荷西都該負一部份責任。」

「什麼責任？」蓋比瑞問。

「克莉絲汀根本不是今晚唯一失蹤的人！」

「哈！哼！」

「沒有什麼好哼哈的。你告訴我，為什麼剛才紀瑞太太下去休息時，麥荷西一把抓住她的手，一步一步拖著她走？」

「哦？」蓋比瑞答道：「我沒注意到！」

「你非常仔細地注意到了，蓋比瑞，因為你就跟在後面，一直跟到麥荷西的辦公室。從這一刻起，就只有見到你和麥荷西，卻再也不曾見到紀瑞太太……」

「所以你認為我們把她吃掉了？」

「不！可是你們卻用兩把鎖把她關在辦公室裡。而且，當有人從辦公室門口經過時，你知道他聽到了什麼嗎？他聽到有人在喊：『啊！這幫土匪！這幫土匪！』」

就在這番詭異的對話進行到一半時，麥荷西氣喘噓噓地回來了。

「好啦！」他有氣無力地說：「這次太過份了……我在外頭喊：『事情不好了！開門！是我，麥荷西。』我聽到腳步聲傳來，門開了，孟夏曼先生出現了。他的臉色異常慘白，問我：『你有什麼事？』我回答他：『克莉絲汀．戴伊被劫走了！』你們知道他怎麼回答嗎？『算她走運！』然後他一邊把門關上，一邊把這個東西塞在我的手上。」

麥荷西打開手掌，雷米和蓋比瑞湊上前去。

「別針！」雷米大叫。

「太詭異了！太詭異了！」蓋比瑞低聲驚嘆，身體不由自主的哆嗦起來。

突然間，有個聲音讓三人同時轉過頭來。

「對不起，先生，請告訴我克莉絲汀．戴伊究竟在哪兒好嗎？」

儘管氣氛凝重，這樣的發問實在令他們三人想笑。如果不是因為他們看見那張焦急沉痛的臉，如果不是因為油然而生的惻隱之心……

這個問話的人，正是韓晤．夏尼子爵！

20 情人的眼淚

苦澀的淚水灼痛著年輕人的雙眼，卻又瞥見一旁他美麗未婚妻的衣物，這是為了逃亡那一刻而準備的！啊！她為何不肯早一點逃走呢？

克莉絲汀離奇失蹤之後，第一閃個進韓晤腦中的念頭是——一定是艾瑞克的傑作！他不再懷疑艾瑞克擁有超自然能力，因為在巴黎歌劇院中，有他親手營造的魔幻城堡。

於是，墜落於失落愛情的絕望與痛苦深淵中的韓晤，盲目地在舞台上奔走，不停地喚著：「克莉絲汀！克莉絲汀！」

他如此沉痛地哀嚎著，彷彿能感受到此刻的她，在魔鬼看守監禁的黑洞裡，也使盡全力顫抖著那原本美妙的聲音，以及那一身獻給天使的白紗禮服，呼喚著她的韓晤。

「克莉絲汀！克莉絲汀！」

韓晤不斷地呼喚著……他彷彿也聽到女聲樂家的聲音，正透過一下子就令他倆永遠分離的微薄地板傳了上來。他伏在地板上聆聽著！接著，又像個瘋子般，在舞台上又跑又跳。

下去！啊！讓我下去！如何才能下到那座所有入口皆已封閉的地獄！

啊！這道脆弱的障礙！平時總是輕易地敞開著暗門，引誘著人們。

這些腳底下嘎嘎作響的木板，總隨著他重量的移動，敲響著地下那片詭異的空間。可是此刻，它們變得如此堅固，似乎不可能移動……更像從不曾被移動過。所有原本能通往舞台下方的樓梯，全部都被封死了！

「克莉絲汀！克莉絲汀！」

大家哈哈大笑，將他推開，取笑著他……以為他只是個頭腦不清、失戀可憐的未婚夫！

在那些神祕黑暗的地道裡，艾瑞克是不是就這樣，將這麼一個純潔的女孩粗暴地推進地獄之門，把她監禁在那個路易·菲力普式的可怕牢房裡？

「克莉絲汀！克莉絲汀！你為何不回答我！告訴我，你是不是活著？克莉絲汀，你該不會在魔鬼吐出的怒氣下，在那樣分秒致命的恐懼裡，嚥下你最後一口氣……」

這些可怕的想法，像是晴天霹靂般，刺痛著韓晤充滿疑惑的心。

很顯然地，艾瑞克必定偷聽到了他倆的祕密，知道克莉絲汀背叛了他！他會展開何等可怕的報復行動呢？

從尊貴的高處跌落的音樂天使，有什麼事做不出來呢？克莉絲汀落入他的手裡，只有死路一條！

韓晤聯想起昨晚的意外，陽台上那對星星般的火眼！他不是曾試過用手槍驅走它們！

對了！有一種特殊人類的眼睛，會在黑暗中跳動閃爍如天上的星星或夜貓的眼睛！某些白子的眼睛，在白晝會宛如白兔的紅眼，在夜晚則酷似貓的眼睛，這是眾所皆知的常識！

對！對！韓晤射中的正是艾瑞克！但那一槍為何沒有殺死他？魔鬼一定是沿著水管，像夜貓或逃犯一樣——這也是眾所皆知的——靠著一根水管順利爬上屋頂。

或許，昨晚的艾瑞克，正打算以某種致命的方法來對付年輕人，可是他卻先受了傷；於是他逃了回去，轉而對付可憐的克莉絲汀。

傷心的韓晤想到這些殘忍的事，情不自禁地奔向克莉絲汀的廂房。

「克莉絲汀！克莉絲汀！」

苦澀的淚水灼痛著年經人的雙眼，卻又瞥見一旁散落在家具上他美麗未婚妻的衣物，這是為了逃亡那一刻而準備的！啊！她為何不肯早一點逃走呢？為何要拖延這麼久？為何要以這麼危險的悲劇下賭注呢？為何要和魔鬼一搏呢？為什麼最後一刻，還對魔鬼唱出如此絕美的詩句呢？

純潔的天使！萬能的天使！

將我的靈魂帶入天界！

太可悲了！

韓晤哽咽著淚水，哽咽著誓言與詛咒，雙手粗莽地捶打著那面鏡子——曾經有那麼一夜，它自動開啟，將克莉絲汀帶入地下的煉獄裡。他又捶又撞又推……

可是，鏡子似乎只聽艾瑞克的指揮。或許，對付這樣的魔鏡，所有的動作皆枉然？或許，只要說出暗語即可？小時候不是聽過這樣的故事嗎？突然間，韓晤靈機一動記起一件事。

「對著史基柏街的鐵柵門……有個地道可以從湖濱一直通到史基柏街。」

對了！克莉絲汀這麼說過！

然而，找了好一會兒，唉！那把大鑰匙已經不在箱子裡了，於是他不顧一切，直奔史基柏街。

來到劇院外的史基柏街，他顫抖著雙手，摸索著巨石堆砌的牆垣，敲撞著每個鐵柵。

入口是這裡？還是那裡？或者，這些都只是氣窗？

他無助地看著其中一道柵欄，裡頭一片黑暗。他仔細聆聽著，卻只有一片死寂！

他轉向劇院的方向走去。啊！看啊！這道巨大的柵欄！每根鐵柱都是那麼地雄偉！他不知不覺來到行政廳的大門。韓晤奔向警衛室。

「對不起！先生！請問您能否告訴我，有一道鐵門，一道柵欄做成的鐵門，對著史基柏街，可以通到湖底！您知道的，一個湖！對！有一個湖！就在劇院底下！地底下！」

「先生！我知道劇院底下有一個湖，可是我不知道能從那兒進去，我從來沒去過！」

「那史基柏街呢？史基柏街！難道你也從來沒去過史基柏街？」

警衛先是輕輕一笑，接著哈哈大笑！

韓晤羞憤交加，大吼大叫地跑開，大步跨上劇院的階梯，又跳下另一道樓梯，穿過了整個辦公室，重新回到後台的燈光下。他停下腳步，一顆心在喘息起伏的胸膛底下噗通跳著。

會不會有人見到克莉絲汀．戴伊呢？這兒有群人，問問看。

「對不起，先生！您們有沒有人看見克莉絲汀．戴伊？」

然而，大家卻只是鬨堂大笑！

就在此時，舞台響起了另外一陣耳語。一群身著黑衣的人，圍著一名男子比手劃腳。這名男子顯得相當沉著冷靜，但外表神色卻很和善。他的面頰紅潤，有一頭灰色的鬈髮，一雙藍色眼睛散發出誠摯的親和力。

行政主任麥荷西對韓晤子爵指了指眼前這個人，然後說：「就是他！先生，從今以後，您的問題都該請教他！讓我來為您介紹，他正是米華警官。」

「啊！韓晤子爵！幸會幸會！」警官說：「麻煩您跟我走一趟！現在經理們在那裡？經理們人呢？」

既然行政主任悶不吭聲，雷米祕書只好自己告訴警官說，經理們把自己關在辦公室裡，而且對於失蹤事件尚一無所知。

「怎麼可能？走！到他們辦公室去！」

於是米華警官領頭走向經理室，後頭則緊跟著一群愈聚愈多的人。

麥荷西趁著這一場混亂，悄悄將鑰匙遞到蓋比瑞手中。

「情況不妙！」他低聲說：「快去把紀瑞太太放出來。」

蓋比瑞轉身離去。

沒多久，一行人已來到經理室前。麥荷西先在外頭大聲知會，但顯然沒有用，門依舊深鎖。

「奉法律之名，快打開門！」

米華警官的聲音清亮，卻帶了點擔憂。

終於，門打開了。一行人尾隨著米華警官的腳步湧入辦公室。

韓晤是最後一個走進去的。當他正準備跟著群眾往內移動時，一隻手按住了他的肩膀。他聽到身邊有個聲音說：「艾瑞克的祕密不干他們的事！」

他轉過身，險些驚叫的嘴巴卻被一把堵住——那隻原先擺在他肩膀上的手，如今正堵在他的雙唇上。手的主人臉色棕黑，雙眼翠綠，頭上戴了頂羔皮小帽。

是波斯人！

陌生人比了個手勢，要他保密。

而正當滿臉錯愕的子爵，準備問他為何如此神祕地介入這件事時，他卻行了個禮，消失了！

21 紀瑞太太與劇院之鬼

「紀瑞太太，我們想要知道，為了什麼特殊的理由，你會這麼死心塌地地跟著這個劇院之鬼，而不是其他人。」

在隨著米華警官進入經理辦公室之前，請先容我向諸位讀者說明幾件特殊事件。兩位經理自閉的緣由讀者尚未明瞭，而敘事者的責任——也就是史學者所務必提供的——便是為讀者掌握一切實事求是的機會與權利。我已經告訴過各位讀者，這段日子以來，經理們的情緒轉變得十分不悅。而且我也透露，這個轉變並不只是單純因為吊燈墜落的事——這個事件的經過大家都知道。

我想說的是——儘管經理們強烈地希望這個事件永遠被隱瞞——事實上，劇院之鬼已順利地拿走兩萬法郎！啊！這實在令他倆難受至極，而且咬牙切齒！然而，事情的經過卻再簡單不過了。有天早上，經理們在他倆的辦公桌上，發現一個已準備妥當的信封。封套上寫著「致劇院之鬼先生親啟」，而且，還附有劇院之鬼本人所寫的小字條。

執行責任規章中之約定的時候到了，煩將二十張千元法郎鈔票放入信封內，再用您的印信封緘，然後交給紀瑞太太，她知道該怎麼做。

經理們這回沒等劇院之鬼下第二次通告，也沒浪費一點時間來思考，在他們每天都謹慎地將房門上鎖的情況下，這個邪惡的指令究竟是如何進入他們辦公室的？他們認為，這是揪出神祕的幕後主使人的大好機會。

於是，在極度保密的情況下，與蓋比瑞和麥荷西商量後，他倆將二十張千元大鈔放入信封內，然後交給復職的紀瑞太太，並且沒有要求她作任何解釋。

而紀瑞太太也沒有顯出驚異的表情。我想，不用說，她肯定受到了經理們的監視！總之，她立刻走到劇院之鬼的包廂，將那個珍貴的信封放在扶手的小平台上。

兩位經理、蓋比瑞及麥荷西躲藏在一旁，不讓那個信封在整個過程中從自己眼前消失。甚至因為信封一直沒有動，一旁監視的他們也不敢行動。劇院裡空盪盪的，紀瑞太太也離開了。然而兩位經理、蓋比瑞和麥荷西卻仍然留在那兒。

終於，他們等得不耐煩了，在觀察過信封上的封緘依舊完整之後，決定打開信封。

看了第一眼，李查和孟夏曼斷定鈔票還在裡頭。可是，看了第二眼後卻發現，不是原先的那些錢。二十張真正的鈔票飛了，替換在裡頭的，是二十張玩具紙鈔！這個發現讓他們憤怒，但繼之而起的，卻是不寒而慄的恐怖。

「這簡直比偵探小說更玄！」蓋比瑞驚叫。

「沒錯，」李查接著說：「而且，代價更高！」

孟夏曼想報警，李查卻反對。他另有一套看法。他說：「別可笑了！全巴黎會笑話劇院之鬼贏了第一回合，並且肯定會再贏第二回合。」顯然地，他已經想到下個月的月費。

儘管他們掩飾得極為完美，可是接下來的這幾個星期，還是無法克服心裡的煎熬。這一點，我認為是相當可以理解的。

不要忘記，當初之所以沒有報警，是因為經理們仍抱持著一種想法：這麼離奇的事件，極可能只是前任經理們搞的可恨玩笑，在謎底尚未揭曉前，他們不希望打草驚蛇。

另一方面，孟夏曼有時也懷疑李查，因為李查某些時候也會有些突發奇想的鬼主意。

總之，他們就這樣萬事俱備地等待著事情繼續發展，並暗地裡觀察一切，也監視紀瑞太太，李查要求什麼事都別讓她知道。

「如果她也是共犯，」他說：「那些鈔票早就不見蹤跡了。不過，依我看，她不過是個大笨蛋！」

「這個事件裡，有一大堆笨蛋！」孟夏曼若有所思地回答。

「難不成我們還互相懷疑？」李查感慨地說：「不過，不用擔心，下一次，我會有萬全準備的。」

就這樣，下一次終於來了，恰巧就是克莉絲汀失蹤的那一天。

這天早晨，劇院之鬼的留言提醒了他倆時候已到。

劇院之鬼和善地告訴他們：

像上次那樣，上一回做得非常好。再把您們裝好二十張千元法郎大鈔的信封，交給能幹的紀瑞太太。

而且，留言旁依然附著慣用的信封。經理們的工作，就只有依照指令將信封填滿了。

這次交款得在當晚開演前半小時完成。所以，也就是在這場有名的《浮士德》啟幕演出前的半小時，我將帶領讀者潛入經理統御指揮的禁地一探究竟。

李查將信封拿給孟夏曼審查，然後當著他的面數了二十張千元鈔票，如數放進信封裡，不過並沒有封緘。

「現在，」他說：「叫紀瑞太太過來。」

老婦人來了。她走進來，行了個漂亮的見面禮。她依然穿著印有一圈圈水仙的黑色塔芙綢洋裝，戴著她那頂黑色羽毛帽。她顯得很開心，立刻開口說：

「早安，先生們！該又是為了信封的事吧？」

「是的，紀瑞女士，」李查極為友好地說：「是為了信封的事，也是為了另一件事。」

「悉聽吩咐，經理先生，一切聽您指示！另外一件事是什麼？請說！」

「首先，紀瑞太太，我想請教你一個小小的問題。」

「請說，經理先生，我願意回答您。」

「你和劇院之鬼之間一直相處融洽？」

「再融洽也不過了，經理先生，再沒有比我們更融洽的了。」

「哈！你的回答令我們非常滿意。這麼說，紀瑞太太，」李查用種極度機密的語氣，緩緩說著：「這是我們私底下說的，坦白告訴你……你果然不是個傻瓜。」

「什麼？經理先生！」領席員驚呼一聲，定住黑色帽子上友善擺動著的那兩根羽毛。「請您相信，沒有任何人懷疑過這一點的！」

「我們絕對同意，而且，我們還要好好合作。劇院之鬼的故事只是個有趣的玩笑，不是嗎？當然，這只是咱們私底下講講，這玩笑開得也夠久了。」

紀瑞太太瞪著兩位經理，好像他們說的是外星球的語言。她走近李查的辦公桌，憂心忡忡地說：

「您是什麼意思？我都搞糊塗了！」

「哼！你非常清楚我們的意思。總之，不管如何，你一定很清楚我們的意思。那麼，首先，你告訴我們，他叫什麼名字。」

「誰啊？」

「與你共謀的那一個人，紀瑞太太！」

「我是劇院之鬼的共謀？我？共謀什麼？」

「你為他做了他想做的一切事情。」

「噢！他又不是什麼令人討厭的傢伙，您們知道的。」

「而且，他總是會給你小費！」

「這點我不否認！」

「拿這個信封去，他會給你多少小費？」

「十法郎。」

「好傢伙！這麼便宜！」

「為什麼呢？」

「待會兒再告訴你，紀瑞太太。現在，我們想要知道，為了什麼特殊的理由，你會這麼死心塌地地跟著這個劇院之鬼，而不是其他人。我想，不是四法郎或十法郎，就能買到紀瑞太太的友情和忠心。」

「這嘛，倒是真的！我的天！這個理由嘛……我可以告訴你，經理先生，當然不是什麼見不得人的原因！而且恰恰相反。」

「我們不會懷疑的，紀瑞太太。」

「那麼，是這樣的……劇院之鬼不喜歡我把他的事說出去。」

「哈！哈！」李查大笑。

「可是，這件事，可和我沒有關係！」老婦人繼續說：「嗯，就發生在五號包廂裡。有一天晚上，我發現裡頭有一封給我的信，一張用紅色墨水寫的紙條。這張紙條，經理先生，我不用拿出來唸給您們聽，我全背在心裡，而且永遠也不會忘記，就算活到一百歲也一樣！」

然後，紀瑞太太昂首正色，感性而流暢地念出這封信的內容——

夫人：一八二五年，曼那堤小姐，第三級舞伶，成為庫西侯爵夫人。一八三二年，瑪麗．泰格里歐尼，舞伶，成為瓦桑的吉勒貝公爵夫人。一八四六年，梭塔，舞伶，嫁給西班牙國王之胞弟。一八四七年，蘿拉．曼德，舞伶，以平民身分嫁給名維亞的路易國王，並受封為蘭斯菲女伯爵。一八四八，瑪麗亞小姐，舞伶，成為亞赫蒙城的男爵夫人。一八七〇年，泰芮絲．亞斯雷，女伶，嫁給唐．佛朗度，葡萄牙國王之兄弟……

李查和孟夏曼耐心地聽著老婦人的敘述。隨著這些逐步揭露的光榮婚姻的奇妙數字，漸漸地，紀瑞太太變得愈來愈激動興奮。終於，她大膽地、像是女預言家從水晶球中得到了靈感似的，充滿驕傲地大聲朗誦出這封預言信的最後一句：一八八五年，麥姬．紀瑞，女皇！

用盡了最後而且最大的力氣，領席員坐倒在椅子上，然後說：「先生們，底下的署名是：『劇院之鬼！』我曾經聽說過鬼，但總是半信半疑。自從他對我宣佈，我的小麥姬、我的心肝寶貝、我懷胎十月的結晶，將會成為女王的那一天起，我就完全相信他了。」

事實上，根本不必仔細觀察紀瑞太太漸趨憤怒的表情，就可以想像出，當其他人把「鬼和女王」兩個字聯想一起時，會有何等有趣的反應。

然而，究竟是誰在幕後操縱這個古怪的傀儡呢？誰？

「你從來沒有見過他，他只跟你說話，你就相信他所說的一切？」孟夏曼問。

「是的。第一，我的小麥姬能當上第三級舞伶，就是全靠他的幫忙，我跟劇院之鬼說過：『為了能讓她在一八八五當上女王，您不能再浪費時間了。一定要讓她馬上升上第三級。』他回答我：『知道了。』而他只對白里尼先生提了一下，事情就成了……」

「你看吧！白里尼先生見過他！」

「跟我一樣，他只是聽過他說話：劇院之鬼在他的耳朵旁說了句話，您們也知道的！就是他臉色蒼白地從五號包廂跑出來的那天晚上！」

孟夏曼嘆了口氣。

「這究竟是怎麼一回事？」他感慨地說。

「啊！」紀瑞太太應聲道：「從前，我一直以為劇院之鬼和白里尼先生之間有什麼祕密。只要是劇院之鬼要求的事，白里尼先生全部同意，因為他從來沒有拒絕過劇院之鬼。」

「你聽到了吧！李查，白里尼從來沒有拒絕過劇院之鬼。」

「對，對，我聽得很清楚！」李查大聲地說：「白里尼先生是劇院之鬼的朋友！而既然紀瑞太太你是白里尼先生的朋友，我們總算有結論了。」

他加重語氣，粗暴地說：「不過，白里尼先生我管不著，我……只有一個人的命運我最感興趣，我也不必隱瞞了，就是你，紀瑞太太！紀瑞太太，你知道這個信封裡頭裝了什麼嗎？」

「不知道！」她說。

「那麼，看看！」

紀瑞太太怯生生地往信封裡瞧了一眼，雙眼馬上為之一亮。

「千元大鈔！」她大叫。

「是的，紀瑞太太！是千元大鈔！而且，你早就知道得一清二楚！」

「我？經理先生，我？我發誓……」

「不必發誓，紀瑞太太！現在，我告訴你叫你來的另一個原因。紀瑞女士！我要請求將你逮捕。」

黑色帽子上的那兩根羽毛，平時總像是比劃著兩個問號，而此刻當下轉成驚嘆號。至於帽子本身則來回地擺動著，倒像是暴風雨來時重壓壓的一大片烏雲。

驚愕、恥辱、憤怒加恐懼，凝聚在小麥姬的母親臉上，她像隻被激怒的老母雞，豎起羽毛，蹦地跳到李查的鼻尖前，害他一時支撐不住，後退了好幾步。

「把我逮捕？」說這句話時，彷彿差點要把還算堅固的三顆門牙，噴吐到李查的臉上。

李查這回表現英勇，不再退縮。咄咄逼人的食指，已宛如法官般指向五號包廂的領席員。

「我要請求將你逮捕，紀瑞太太，以偷竊的罪名！」

「再說一遍！」

這回輪到紀瑞女士！她在孟夏曼還沒來得及插手之前，對著李查揮來一巴掌。女性的復仇！不過，甩在經理臉上的，不是怒氣沖沖的老婦人那隻無情的手，而是那個信封。

由於整個事件悲劇性的發展，未封緘的神祕信封突然開了，裡頭的鈔票散落出來，像是二十隻巨大的蝴蝶，奇妙地在屋裡飛揚、旋轉。

兩個經理尖叫一聲，相同的想法令他們倆同時跪到地上，急切地撿起並認真地一一檢查這些珍貴的紙張。

「還是真的嗎？」孟夏曼問。

「還是真的嗎？」李查說。

「都還是真的！」

就在他倆好不容易放下心的時候，紀瑞太太正狠狠地磨著那三顆門牙，像是又準備好另一次醜惡的報復。不過，暫且還看不出任何端倪，除了這句話：

「我？偷竊？偷竊？我？」她為之氣結，大叫著：「簡直氣死我了！」

突然間，她又一股腦兒衝到李查的鼻尖前。

「不過，反正，」她尖聲叫道：「李查先生，你應該比我更清楚這二十張鈔票的去處！」

「我？」李查錯愕地反問：「我怎麼會知道呢？」

這時，嚴肅而憂心的孟夏曼，要老婦人解釋清楚。

「這話什麼意思？」他問：「為什麼紀瑞太太你會認為，李查應該比你更清楚那些鈔票的去處？」

至於李查，在孟夏曼的注視下面紅耳赤，一把抓住紀瑞太太的手臂，猛力地搖撼著她。他的聲音彷若雷鳴，轟轟響著、逼近著、敲擊著：「為什麼我應該比你更清楚那些鈔票的去處？為什麼？」

「因為它們全跑到你口袋裡去了！」老婦人一口氣把話說完，一邊像是看見惡魔似地盯著李查。

這下子輪到李查遭到晴天霹靂了！剛開始是因為這始料未及的反擊，接著是因為孟夏曼愈來愈懷疑的眼光。剎那間，他失去了這個關鍵時刻所急需的勇氣，來對抗如此惡意地誣控。

就像所有無辜的人一樣，原本平靜的心靈突然被打亂了，突來的打擊令他們的臉一陣紅一陣白或驚慌、或憤怒、或自暴自棄、或極力爭辯、或者在應當表白的時候卻悶不吭聲、或者不該多說卻又開口、或在該軟化時態度堅持、在該堅強時卻又哭哭啼啼。總之，突然間，他們就像是被揭發的罪犯。

孟夏曼及時阻止無辜的李查，向前對紀瑞太太施加報復。他趕忙迎向前去，用極為溫和的語氣迫切地追問老婦人。

「你怎麼能懷疑我的同事，把錢放到自己的口袋裡呢？」

「我可沒這麼說！」紀瑞太太辯白道：「是我親手把錢放進李查先生的口袋的。」

而且，她還低聲地加了幾句：「算了！都說了！劇院之鬼啊！您可得原諒我！」

李查接著又開始大吼大叫，孟夏曼立刻用專制的語氣命令他閉嘴。

「抱歉！抱歉！讓這個女人繼續說下去！讓我來審問她！」

然後，孟夏曼繼續說：「實在很奇怪，你何必用這種語氣跟她說話！現在，真相就要大白了，你反倒生氣！你錯了！我倒覺得正有趣。」

紀瑞太太像殉道者般，抬起一張堅信自己無辜的臉。

「你說我放到李查先生口袋的信封裡，有二十張千元大鈔。我再說一次，我事先並不知情，而且李查先生也不知道。」

「哼！哼！」李查剎那間又表現出睥睨的樣子，頗令孟夏曼不悅。

「我毫不知情？你放了兩萬法郎在我口袋，而我卻毫不知情？那我未免也太大意了吧！紀瑞太太。」

「是的！」這恐怖的女人竟然表示同意，「沒錯！我們倆誰也不知道！可是你，你最後也應該會發現才對。」

如果不是孟夏曼在那兒，李查真會撕爛她的嘴！

可是孟夏曼保護著她，他趕忙追問下去：「你放進李查先生口袋的，是什麼樣的信封？應該不是我們交給你，然後你當著我們的面放到五號包廂裡的那一個吧！可是，也只有那一個裡頭，才有兩萬法郎啊！」

「對不起！我放進經理先生口袋的，正是您們交給我的那個。」紀瑞太太解釋：「至於我放進劇院之鬼包廂的那一個，是另外一個一模一樣的信封，老早就藏在我的袖子裡，而且，那還是劇院之鬼交給我的！」

紀瑞太太邊說邊從口袋裡拿出另一個一模一樣的信封。經理們一把搶過來，仔仔細細地檢查。發現封口上蓋的，正是經理的專用印信。他倆將信打開，裡頭裝的，果真是一個月前曾令他們目瞪口呆的玩具紙鈔。

「就這麼簡單？」李查說。

「就這麼簡單！」孟夏曼用前所未有的嚴厲複述他的話。

「看似高明的手段，」李查回答：「其實總是用最簡單的方法。」

「只要找個共犯。」孟夏曼的語氣出奇地淡漠。

然後，他兩眼盯著紀瑞女士，像是想將她催眠般，繼續問：「果真是劇院之鬼交給你這個信封，而且，果真是他，叫你用來和我們給你的信封對調？果真是他，讓你把裝了錢的信封放進李查先生的口袋嗎？」

「噢！真的就是他！」

「那麼，你可以為我們示範，你是如何利用小聰明來搞這套把戲嗎？哪！這是信封，假裝我們什麼都不知道。」

「遵您吩咐！先生。」

紀瑞太太拿起裝了二十張大鈔的信封，走向門口，準備走出去。兩位經理一個箭步擋住她。

「喂！不是這樣！喂！不是這樣！不是要真的再來一次！我們受夠了！才不想再來一次呢！」

「對不起，先生，」老婦人道歉：「對不起。可是，你不是說，假裝你們什麼都不知道嗎？那麼，如果你們什麼都不知道，我當然帶著你們的信封走囉！」

「我們的意思是說，你是怎麼把信封放進我的口袋裡？」李查提高音量。

一旁的孟夏曼則用左眼目不轉睛地盯著他，右眼忙著監視紀瑞太太——滿吃力的，不過，孟夏曼已打定主意，勢必查出真相。

「我應該是選擇你最不注意的時候，將鈔票放進你口袋裡，經理先生。你知道的，晚上我都會到後台轉一轉，盡我身為母親的義務，送女兒到舞蹈室去，有時也會在中場休息的時候，給她送點飯或小點心一類的。總之，我來去自如。貴賓們也會來……還有您們，經理先生……一大群人……我趁機溜到您身後，然後把信封放進您衣服的口袋裡，這也不是什麼妖法！」

「不是什麼妖法？」李查瞪著那雙如邱比特般狡黠的眼睛，「不是什麼妖法？可是，我卻要將你以謊報現行犯逮捕，老妖婦！」

這聲辱罵對可敬的紀瑞太太的打擊，顯然比不上不信任她所說的一切。紀瑞太太暴跳起來，張大嘴巴，三顆大牙像是快一口氣噴出來似的。

「為什麼？」

「因為那天晚上，我一直在監視五號包廂和你放進去的那個假信封。我根本沒有到過舞蹈室，一秒鐘都沒有！」

「我告訴你，經理先生，我根本不是在那天晚上把信封放進你口袋的！而是在後來演出的時候。聽好，那一天晚上，藝術部副祕書長先生……」

聽到這幾個字，李查突然制止紀瑞太太。

「吔！沒錯，」他若有所思地說：「我想起來……現在我想起來了！藝術部副祕書長來過後台，特別召我過去，我的確到過舞蹈室一會兒。當時我就站在室前的階梯上，藝術部副祕書長還有他的首席助理就在舞蹈室內。突然間我回過頭，就是你，從我背後走過。紀瑞太太，你好像撞了我一下。我後頭只有你一個人。哦！我還記得你的樣子！我還記得一清二楚！」

「那麼，沒錯，就是這樣子！經理先生，事情就是這樣！你看到我時，我剛剛完成我的小任務！那個口袋，經理先生，還真是恰恰好呢！」

紀瑞太太邊說邊演練一遍。她走到李查的身後，倏地將信封放入李查上衣的一個口袋當中，令一旁目不轉睛監視著的孟夏曼驚愕不已。

「果真如此！」李查的臉色有幾分蒼白，若有所悟地說：「這正是劇院之鬼非常厲害的地方。對他來說，問題的重點是在：消滅提供兩萬法郎者和取款者之間的所有危險中介者！他只要趁我不注意時，靠近我的口袋取款就成了。因為我甚至連鈔票就在我口袋裡也不知道……這可不是妙招？」

「哈！妙招！或許吧！」孟夏曼應和著：「只不過，你忘記了，李查，兩萬法郎裡我也出了一萬，可是卻什麼也沒進我口袋裡。」

22 憑空消失的鈔票

「這裡只有你和我，如果這些鈔票還是在你我無能為力的情況下消失，不是你，也不是我就只能相信有鬼……有鬼……」李查壓低聲音，「是劇院之鬼！」

孟夏曼最後的這句話，清楚地表示出他對他的合夥人所抱持的懷疑態度。在一場火爆的爭執後，最後的結論是，李查得完全聽任孟夏曼的擺佈，以便協助他找出戲弄他們的那個可惡的傢伙。

因此，我們才會有「花園」一幕中場休息時間的那一場戲外戲，也就是雷米祕書絲毫不漏又充滿好奇地觀察經理們怪異行徑的那一幕。不過，現在我們很容易就可以看出來，為什麼會有這些出人意料的發展，以及經理們不合常理的表現背後的理由。

李查和孟夏曼的行動，是完全依照紀瑞太太所告知的情形來進行。

首先，李查按照第一次兩萬法郎不翼而飛當時的一切安排，再作一次同樣的佈局；而孟夏曼則目不轉睛，盯著李查身上紀瑞太太將放入第二次付款信封的那個口袋。

就在上一回李查和藝術部副祕書長打招呼的地點，李查站定位置，孟夏曼則站在他背後幾步遠的地方。紀瑞太太走過來，碰了李查一下，把兩萬法郎放入經理燕尾禮服的口袋裡，然後消失……

或者說，是被迫消失。因為麥荷西在戲重新上演前，完成幾分鐘前孟夏曼交代他的任務——將這個老女人關進行政主任辦公室，如此一來，她便無法和她的「鬼」朋友聯繫。

紀瑞太太任憑處置，因為，此刻她不過是隻鬥敗的雞，倉惶恐懼，張著錯亂雞冠下一雙呆滯的眼睛，耳中彷彿已傳來經理們用來恐嚇她的警察的腳步聲，口中發出令無情樓梯石柱也不禁與之同悲的哀嘆。就在這段時間，李查彎下腰，行禮，道安，倒退著走，彷彿他的眼前真有位高權重的官員——藝術部副祕書長。

只不過，這種禮貌性的舉動，如果是在面前的確有副祕書長的情況下，便不會引起爭議。然而，此刻這種狀似自然實則令人費解的動作，也難怪會引起旁觀者的詫異與猜疑，因為他的前方並沒有人啊！

李查對著空盪的前方道安，向著虛無行禮，然後後退，倒著走，面對空洞。而就在沒幾步遠的地方，孟夏曼也做著相同的動作，而且還忙著推開雷米，請求波得里大使和中央信託總裁「遠離經理先生」。

孟夏曼的想法是，不願意聽到待會兒李查回頭告訴他兩萬法郎不見了而胡亂猜測：「可能是大使先生或總裁先生，甚至雷米祕書。」

根據李查對上次狀況的敘述，紀瑞太太碰了他一下以後，他就沒有在這個角落遇上其他人。那怎麼能——我請諸位讀者想想——既然要完全依照上次的動作重複一次，這一次又怎麼能遇上任何人呢？

先倒退著走，行禮之後，李查繼續小心翼翼地用這種方式走著，一直走到行政廳的走道。他的背後依然有孟夏曼監視著，而他自己，則監視所有自前方接近的人。再說一次，堂堂巴黎歌劇院的經理，居然採取這種全新的方法在走廊裡散步，當然不可能不引人側目，所有的人都注意到了。

不過，對李查和孟夏曼來說，不幸中的大幸是，在這一幕奇觀上演時，小學員們差不多已全部回到頂樓去了。若非如此，兩位經理在這群年輕少女心中，恐怕要熱門一時了。

但此時此刻，他倆一心所繫的只有那兩萬法郎。

終於來到行政廳內微暗的走道，李查低聲對孟夏曼說：「我確定沒人碰過我。現在，你到離我稍微遠一點的地方，躲到暗處的角落監視我，一直看我走到辦公室的門口。千萬不要驚動任何人，我們好好看看，會發生什麼狀況。」

可是孟夏曼卻回絕他：「不行！李查！不行！走到我前面去，我隨時跟在你後頭！一步也不離開你！」

「可是，」李查叫道：「這樣做，我們的兩萬法郎永遠也沒辦法被偷走！」

「我倒希望如此！」孟夏曼明白地說。

「那我們所做的一切，不是太無稽了！」

「我們是完全按照上一次的情形做的。上一次，你走出後台以後，我就在這個地方和你碰頭，然後一直跟在你背後！」

「這倒是真的！」李查無奈地搖搖頭嘆口氣說，然後被動地遵照孟夏曼的話做。

兩分鐘以後，兩位經理已將自己鎖進經理辦公室裡。鑰匙則保管在孟夏曼的口袋中。

「上一次，我們就是這樣把自己關在這裡，」孟夏曼說：「一直到你離開劇院回家。」

「沒錯！而且沒有人過來打擾我們？」

「沒有半個人！」

「那麼，」李查竭力組合著自己的記憶問道：「那麼，我應該是在從劇院回家的途中被偷……」

「不對！」孟夏曼的語氣前所未有的冷酷，「不對！不可能！是我用我的馬車送你回家的。兩萬法郎是在你家裡消失的，我想，這一點該不只是個空洞的臆測而已。」

孟夏曼此刻所抱持的正是這個想法。

「這一點太令人難以置信了！」李查反駁道：「我很相信我的家僕！而且，如果真有人這麼做，他老早就遠走高飛了。」

孟夏曼聳聳肩，對這些細節不感興趣。李查立刻察覺到，孟夏曼正用一種無禮的態度和他說話。

「孟夏曼，我受夠了！」

「李查，你玩得太過火了！」

「你敢懷疑我？」

「正是，一個可恨的玩笑！」

「沒人會拿兩萬法郎開玩笑！」

「這正是我的看法！」孟夏曼翻開報紙，不屑地看著裡頭的文章。

「你在幹什麼？」李查問：「現在還在看報紙！」

「不錯，李查，一直等到我該載你回家的時候。」

「像上一次那樣？」

「像上一次那樣！」

李查一把從孟夏曼手中奪去報紙。孟夏曼跳起來，憤怒無比，盯著氣急敗壞的李查，雙臂叉在胸前——一種開天闢地以來就有的敵對動作。

「告訴你，」李查說：「我想到一點，我想我也可以這麼假設，如果就像上回一樣，在和你這麼面對面度過一晚以後，你送我回家，而如果，就在我們要分開的時候，我發現兩萬法郎從我的口袋裡消失了……就像上一次那樣。」

「你想假設什麼？」孟夏曼面紅耳赤地大吼。

「我可以這麼假設，既然你寸步不離地跟著我，而且，根據你的意願，你是唯一像上次那樣接近過我的人，我可以這麼假設，兩萬法郎不在我的口袋裡，很有可能就是跑進你的口袋裡！」

孟夏曼一聽到這個假設，蹦地跳起。

「哼！」他叫道：「拿個別針來！」

「你要別針幹什麼？」

「別在你身上！拿個別針來！拿個別針來！」

「你想用個別針把我別起來？」

「沒錯！把你和兩萬法郎一起別起來！這麼一來，不管是在這兒，或者是在回家途中，一有人用手抽動你的口袋，你立刻就會察覺，然後，你再看看是不是我的手，李查！哼！沒想到現在是你懷疑我……拿個別針來！」

也就是在這個時候，孟夏曼打開房門，大叫著：「拿個別針來！誰給我拿個別針來？」

我們都知道，當時沒有別針的雷米祕書，是受到經理的何種接待。不過，辦公室裡的一個小廝，還是幫他們拿來了那枚十萬火急的別針。以下是事情發展的經過——

孟夏曼關上門後，跟在李查的背後。

「我希望……」他說：「兩萬法郎還在。」

「我也是。」李查說。

「是真鈔嗎？」孟夏曼問道。這回他下定決心，一定不能再被耍了。

「你自己看！我可不想碰它們一下。」李查表態地說。

孟夏曼從李查的口袋抽出信封，然後顫抖地取出鈔票。這一回，為了能隨時監視鈔票，信封既沒有封緘，也沒有封印。一一檢查完鈔票後，他放心了，它們全數在信封裡，而且是百分之百的真鈔。他仔仔細細地將鈔票、信封和燕尾服的口袋別在一起。

然後，他就坐在燕尾服的後面，目不轉睛地盯著李查。而李查則坐在辦公桌前，動也不敢動一下。

「耐心點，李查，」孟夏曼命令著：「再過幾分鐘就行了。吊鐘馬上就要敲子夜十二響了。上回就是在敲過十二響後，咱們才離開的。」

「哈！我耐心十足！」

時鐘緩慢、沉重、神祕而令人窒息地走著。李查試著想開玩笑。

「到最後，我可能還是得相信，」他說：「劇院之鬼是萬能的。特別是在這個時候，你不覺得房裡有一種——我不知道怎麼說——令人擔憂、令人束手無策、令人害怕的氣氛嗎？」

「真的，」孟夏曼也承認：「的確令人心慌。」

「劇院之鬼！」李查壓低聲音，彷彿怕被一雙看不見的耳朵竊聽。

「劇院之鬼！也許，不久前，在這張辦公桌敲了那三聲我們都聽得一清二楚的脆響；把神奇的信封放到桌上；在五號包廂裡說話；殺了喬瑟夫．布葛；讓吊燈墜落，而且偷了我們的錢的……真是個鬼！因為，終究……終究這裡只有你和我！如果這些鈔票還是在你我無能為力的情況下消失，不是你，也不是我……那就只能相信有鬼……有鬼……」

這時，火爐上的鐘擺動了，子夜的第一響敲起。兩位經理哆嗦起來，一種他倆也說不上原因的擔憂蒙上心頭，怎麼也驅不走。冷汗自額頭滴滴滑下，第十二下鐘響詭異地在他倆的耳中迴響著。

當鐘響停止，他倆深深地吐了口氣，站起身。

「我想，我們可以走了。」孟夏曼說。

「我也這麼想。」李查順從地說。

「離開之前，你可以讓我再看看你的口袋嗎？」

「幹嘛這麼說？孟夏曼！本來就應該這麼做！」

「怎麼樣？」李查問摸著口袋的孟夏曼。

「嗯，別針還在。」

「當然，就像你所說的，不可能在我毫無知覺的情況下被偷走的。」

然而，孟夏曼的手雖然依舊摸著口袋，嘴裡卻已大叫：

「別針還在，可是我卻感覺不到鈔票！」

「別這樣！不要開玩笑啊！孟夏曼！這可不是開玩笑的時候！」

「要不然，你自個兒摸摸看。」

李查迅速脫下外套。兩個經理急急忙忙扯開口袋……口袋是空的！更奇怪的是，別針還是別在原來的地方。李查和孟夏曼一下子青了臉。沒什麼好懷疑的，肯定是魔法。

「劇院之鬼……」孟夏曼喃喃唸著。

可是，李查卻突然撲到他同夥身上。

「只有你碰過我的口袋！還我兩萬法郎！把我的兩萬法郎還來！」

「我用我的性命……」孟夏曼呻吟著，幾乎就快昏厥，「發誓我沒拿……」

此刻又有人敲門，孟夏曼毫無知覺不自主地走去開門，似乎絲毫認不出行政主任麥荷西。他和麥荷西說了幾句話，卻完全聽不懂對方在說什麼。然後，下意識地，將那支再也派不上用場的別針，放入早已目瞪口呆的麥荷西手中。

23 謎團

米華警官疑惑地問道：「一個鬼在同一個晚上，劫走一名歌女，又偷走兩萬法郎，他可真是個勞碌鬼！」

米華警官走進經理辦公室，劈頭第一句話就先問失蹤女演唱家的消息。

「克莉絲汀．戴伊在不在這兒？」

他後頭——就如我先前說過的——跟了密密麻麻一群人。

「克莉絲汀．戴伊？沒有。」李查答道：「怎麼了？」

至於孟夏曼，連說話的力氣都沒了……他所受的驚嚇程度遠比李查嚴重得多。李查至少還能自圓其說地懷疑孟夏曼，而孟夏曼面對的，卻是個不折不扣的難題，一個在他有生之年，永遠無法解答的疑問——神祕的未知！李查又開口了，環繞著經理們和警官的群眾顯得異常寂靜。

「為什麼問我克莉絲汀在不在這兒呢？警官先生？」

「因為我們必須找到她，經理先生。」米華警官畢恭畢敬地說明。

「什麼？必須找到她？這麼說，她失蹤了？」

「就在演出的同時！」

「就在演出的同時？太奇怪了！」

「可不是嗎？還有另外一件奇怪的事，那就是，她的失蹤居然是由我來告訴你！」

「其實……」李查把臉埋在雙手裡，喃喃說著：「這又是什麼意外？哼！這下又有理由辭職了！」他幾乎是毫無意識地抓下幾根鬍子。「那麼，就像一場夢般，她從演出中消失了？」

「是的，她是在監獄那幕，對天使請求幫助時遭人擄走的。不過我懷疑她可不是被什天使帶走的。」

「這一點我可以確定。」大家轉過頭。一個年輕人臉色蒼白、情緒激動地重複一次：「我確定。」

「你確定什麼？」米華警官問他。

「克莉絲汀．戴伊是被一個天使帶走的，警官先生，而且，我還可以告訴你他的名字……」

「啊啊！韓晤子爵先生以為克莉絲汀．戴伊小姐是被一個天使帶走的，或許還是劇院裡的天使吧？」

韓晤環顧四周。很明顯是在尋找某個人。對他而言，此刻求助警方來營救他的未婚妻是勢在必行，所以，若能重新見到方才要求他守口如瓶的神祕陌生人，倒不會引起他的不快。但是，他根本找不到那個人的蹤影，算了！他一定得說出來……然而，他畢竟無法在充滿好奇眼光的群眾面前解釋一切。

「是的，先生，是個劇院裡的天使。」他回答：「等有機會單獨在一起，我再告訴你他的住處。」

「你說得沒錯，先生。」

然後，警官一邊示意韓晤在自己身旁坐下，一邊把所有人支開，當然，兩位經理除外。他倆儘管沒有表示任何異議，但卻似乎對所有意外漫不經心。

「警官先生，這個天使叫做艾瑞克，他就住在劇院裡，也就是音樂天使！」

「音樂天使！原來如此！這實在太奇怪了！音樂天使！」然後，米華警官轉過頭看著兩位經理，問道：「先生們，你們這兒是不是有個音樂天使？」

李查和孟夏曼面無表情地搖搖頭。

「哦！」子爵說：「兩位先生總應該聽說過劇院之鬼吧！那麼，我可以肯定地告訴你們，劇院之鬼和音樂天使根本就是同一個人，他真正的名字叫做艾瑞克。」

「對不起，先生，你是不是在拿司法開玩笑？」米華警官站起身，認真地盯著韓晤看。

「我？」韓晤辯駁一聲，心裡卻沉痛地想：「又是一個不想聽我說的人。」

「那麼，你和我扯劇院之鬼是什麼意思？」

「我是說，兩位先生應該聽說過劇院之鬼。」

「先生們，你們似乎認識劇院之鬼？」

李查站起身，幾根抓落的鬍子還留在手掌中。

「不！警官先生，不！我們不認識他！可是，我們倒想看看他是誰！因為，正巧就在今天晚上，他偷走了我們的兩萬法郎！」

然後，李查轉過頭看著孟夏曼，凌厲的眼光彷彿在說：「還我兩萬法郎，否則我就要說出一切。」

孟夏曼非常理解他的意思，做了個無所謂的手勢：「哈！全說出來！全說出來！」

至於米華警官，疑惑地看著經理們和韓晤，心中自問這些人是否得了精神病。然後，他將五指嵌入頭髮中，按著頭皮問道：「一個鬼在同一個晚上，劫走一名歌女，又偷走兩萬法郎，他可真是個勞碌鬼！如果您們願意，我們先弄清楚幾個問題。從歌女的事開始，然後再談兩萬法郎的事！聽好，韓晤子爵，務必得正經地說清楚。你認為克莉絲汀是被一個名叫艾瑞克的人劫走的。這麼說，你認識這個人？你見過他？」

「是的，警官先生。」

「在哪兒呢？」

「在墓園裡。」

「那當然！通常都是在那兒遇見鬼的。你去那個墓園做什麼？」

韓唔說道：「先生，我很清楚我的回答很奇怪，也明白會引起你什麼樣的反應，可是，請你相信我，我的神智很清楚，這關係到我最愛的人和我大哥兩人的信譽。我想用簡短的幾句話來說服你，因為時間緊迫，每分鐘都不能浪費。不幸的是，如果我不從頭開始說這個最最怪異的故事，你不可能會相信我的。我要告訴你，警官先生，所有我知道有關劇院之鬼的事。唉！警官先生，可惜我實在所知不多……」

「還是說啊！還是說啊！」李查和孟夏曼催促著，突然間變得非常感興趣。

很不幸地，他們一開始滿懷希望地期待能從中找到一點蛛絲馬跡，不久就察覺一個可悲的事實——韓唔．夏尼根本就是神志不清，所有有關貝洛鎮的事、骷髏頭、魔音提琴，都只是這個被愛情沖昏了的大腦所編出來的故事。米華警官似乎也抱著同樣的想法。若不是接下來發生的狀況，打斷了韓唔這些語無倫次的證詞，米華警官便要請他住口了。

門被打開了，進來一個打扮怪異的人，穿著寬大的黑色風衣，戴著一頂低得幾乎壓扁雙耳的平滑光亮的高帽。他走到米華警官身旁，低聲和他交談。無疑地他應是安全部門的人員，前來通報緊急消息。

就在兩人交頭接耳的同時，米華警官的眼睛動也不動地盯著韓唔，最後，他終於開口說道：「子爵，有關劇院之鬼的部份就暫且到此，如果方便的話，麻煩你先談談今晚原來的計畫。你打算帶克莉絲汀．戴伊私奔，是不是？」

「是的，警官先生。」

「就在劇院的出口？」

「是的，警官先生。」

「你所安排的一切，都是為了這件事？」

「是的，警官先生。」

「你所帶來的馬車，應該會將你們兩人載走。馬夫已交待過了，該走的路線也預先打點過了，一切安排妥當！每一站都換新馬匹……」

「沒錯，警官先生。」

「然而，你的馬車還在那兒，在侯頓街等你的吩咐，不是嗎？」

「是的，警官先生。」

「你知道在你的馬車旁邊，還有其他三輛馬車嗎？」

「我一點也沒有注意到……」

「一輛是梭兒莉的，她沒有在前庭找到車位，另外兩輛是卡兒羅塔和你大哥菲利浦伯爵的。」

「這是很有可能的……」

「這是肯定的。而且你的馬車、梭兒莉的和卡兒羅塔的，都還在原地，只有伯爵的車不見了……」

「這之間沒有關聯，警官先生。」

「對不起！伯爵先生是不是反對你和克莉絲汀之間的婚事？」

「這完全只是家務事。」

「你的意思是他反對，而且，也就是因為這樣，你才要和克莉絲汀私奔，遠遠逃開你大哥可能的干涉。那麼，夏尼先生，讓我告訴你，令兄動作比你快！是他劫走了克莉絲汀，戴伊！」

「哦！」韓晤硬咽著，雙手按住胸口，「不可能……你確定嗎？」

「女演唱家失蹤之後——可能還有共犯，我們會追查——他立刻進入馬車裡，快速穿過巴黎市。」

「穿過巴黎市？」可憐的韓晤笑著：「你說穿過巴黎市是什麼意思？」

「出巴黎呀！」

「出巴黎？走那條路？」

「布魯塞爾大道。」

「哦！」可憐的年輕人口中傳來一聲哽咽的驚叫：「我發誓，一定要追上他們。」

轉身一個箭步，韓晤飛奔而去。

「記得把她帶回來，」米華愉快地高聲叫著：「嗯？她可是音樂天使的寶貝！」接著他轉過身，對一旁錯愕不已的觀眾，發表了一場誠懇卻嚴肅的簡短演說：「本人絲毫無法肯定，是否真是菲利浦伯爵劫走了克莉絲汀．戴伊，但我需要有力的佐證。我不認為在此迷惑當頭，韓晤子爵願意給我解答。他的倉皇離去正說明了一切。無疑地，他是幫我明朗案情的一大助手！各位先生，大家認為最複雜困難的辦案藝術，其實極為簡單，訣竅只在於：利用非警方人員來出面協助調查！」

不過，如果米華警官得知他的快報員韓晤才剛跑出走廊，來到原本擠滿群眾而今卻空空盪盪的入口，就立刻被人攔了下來，他可能就不會這麼志得意滿了。

走廊空無一人。然而，韓晤卻看到一個高大的黑影擋在路中間。

「跑這麼快上哪兒去？夏尼先生？」

韓晤滿心不耐地抬起頭，立刻認出是方才那頂羔皮帽，他停下腳步。

「又是你！」他激動地大叫一聲：「你知道艾瑞克的祕密，卻不願意告訴我。你，你到底是誰？」

「你知道的！我就是波斯人！」黑影平靜地說。

24 相見恨晚

「我怎能不信任你呢？全世界只有你相信我的話，只有你聽到艾瑞克的名字，不會感到可笑！」韓晤說著說著，激動得握住波斯人的手。

韓晤突然回想起來了，某個欣賞演出的晚上，他哥哥曾經提過這個特立獨行的人物。關於他的生平，人們一無所知，只知道他來自波斯，現在住在里佛利街上的一間舊公寓裡。

這個膚色黝黑、眼珠碧綠、戴頂羔皮帽的怪人搭著韓晤的肩膀說：「夏尼先生，我希望你沒有洩漏艾瑞克的祕密。」

「為什麼我必須對那個怪物的事有所保留呢？先生？」韓晤不屑地說，充分表現出對艾瑞克的厭惡。「難道他是你的朋友？」

「我希望你剛才沒有提到艾瑞克，先生。因為，艾瑞克的祕密也就是克莉絲汀．戴伊的祕密！只要說到其一，就等於供出另一個！」

「哈！先生！」韓晤愈來愈不耐煩，「你似乎對所有事都瞭若指掌，不過，我可沒時間聽你閒扯！」

「又來了！夏尼先生，這回你趕著去哪兒呢？」

「你猜不出來嗎？去救克莉絲汀．戴伊。」

「那麼，先生，你最好是留在這兒，因為克莉絲汀就在這兒！」

「和艾瑞克一塊兒？」

「和艾瑞克一塊兒。」

「你怎麼知道？」

「剛才我也在演出的現場。全世界只有艾瑞克一人，有能力創造出這樣的擄人方式！唉！」他沉重地嘆口氣，「我認得出那個怪物的手法！」

「這麼說，你認識他囉？」

波斯人沒有答腔，韓晤只聽見另一聲深深的嘆息。

「先生！」韓晤說：「我不知道你到底有何意圖，可是，你可以幫幫我的忙嗎？我是說，幫幫克莉絲汀．戴伊的忙？」

「我想可以的，夏尼先生！因此我才會攔住你。」

「你能怎麼幫我？」

「試著帶你找到克莉絲汀，也找到艾瑞克！」

「我試了一整個晚上，都徒勞無功。可是，如果你真能幫我這個忙，我會用自己的性命來報答你的！先生，另外有件事：警方剛剛告訴我，克莉絲汀．戴伊是被我哥哥菲利浦伯爵劫走的。」

「哦？菲利浦伯爵？我不相信。」

「不可能的，是不是？」

「我不知道是否可能，不過以劫人的方式看來，我所知道的伯爵是不可能用這套幻覺手法的！」

「真是一語驚醒夢中人，我真的是急瘋了！哦！先生！我們快走吧！快點！我全聽你的吩咐！我怎能不信任你呢？全世界只有你相信我的話，只有你聽到艾瑞克的名字，不會感到可笑！」

說著說著韓晤激動得伸出熾熱的雙手，握住波斯人的手，然而，這雙手竟是冰冷的。

「安靜點！」波斯人停頓了一下，然後豎起耳朵，仔細聽著劇場裡遠遠傳來的吵雜聲，以及牆壁和隔壁暗廊裡輕微的窸窣聲。「不要再說那個名字。說『他』！這樣我們才能儘量不引起他的注意。」

「你是說，他就在我們附近？」

「在哪兒都有可能！假如他現在不是和他的囚犯待在湖濱小居的話。」

「啊！你也知道？你也知道湖濱小居？」

「如果他不是在那兒，他就有可能在這道牆、這塊地板、或這塊天花板裡！誰知道？也許他的眼睛正對著這個鑰匙孔，耳朵正貼著這面壁紙呢！」

波斯人要求韓晤放輕腳步，帶他走入了一條連克莉絲汀帶他漫遊這座迷宮時也沒到過的迴廊。

「但願戴喜已經到了！」他說。

「誰是戴喜？」年輕人又加快腳步。

「戴喜是我的僕人。」

此時，他倆已來到一間非常寬大空盪、但僅以昏黃小燈照明的房間。

「你剛剛跟警官說了些什麼？」波斯人拉住韓晤，用低得幾乎聽不到的聲音問道。

「我告訴他，擄走克莉絲汀的人，是音樂天使，也叫做劇院之鬼，而他真正的名字是……」

「噓！警方相信你的話嗎？」

「沒有。」

「他有沒有特別重視你所說的話？」

「一點也沒有！」

「他有點把你當成瘋子？」

「是的。」

「幸好如此！」波斯人嘆了口氣。

然後，他們又繼續上路。在上上下下爬過幾道韓晤完全陌生的樓梯後，兩人來到一扇門口。波斯人從西裝背心口袋中取出一把萬能鑰匙，打開門。他和韓晤一樣，也穿著一身禮服。只不過韓晤戴的是高禮帽，而波斯人則戴了頂羔皮帽。高禮帽是展現個人優雅風采及氣度所不可或缺的表徵，但是在法國，當然允許外國人隨心所欲：像英國人旅行用的鴨舌帽、回教地區的羔皮小帽等，皆隨處可見。

「先生，」波斯人說：「你的高禮帽，會在我們要經過的路上帶來麻煩，你最好把它留在廂房裡。」

「哪個廂房？」韓晤問。

「當然是克莉絲汀的！」

波斯人讓韓晤穿過方才打開的那扇門，比了比他的前方——克莉絲汀的廂房。韓晤並不知道除了平常走的路之外，竟有另外的途徑通到她的房間。此刻，他正站在走廊盡頭那道敲過無數次的房門前。

「噢！先生，你很熟悉歌劇院！」

「比『他』差多了！」波斯人謙虛地回答，說著把韓晤推進房裡。

房間還是維持不久前韓晤離開時的樣子。波斯人把門關上，走向一道隔開廂房和更衣套房的牆板，聆聽了一下，然後重重地咳嗽。立刻就聽到更衣套房裡有了動靜。幾秒鐘後，有人敲廂房的門。

「進來！」波斯人說。

一個男人走進來，頭上也戴著一頂羔皮小帽，身上則穿著連身大長袍。行過禮後，他從大衣底下取出一個雕刻非常精美的盒子，將盒子放在梳妝台上，又行了個禮，然後轉身走到門邊。

「有沒有人看到你進來，戴喜？」

「沒有，主人。」

「別讓人看到你走出去。」

僕人探頭看了走廊一眼，然後迅速地消失了。韓晤說：「我想到一件事。我們待在這兒，很可能會被人撞見，而且必然會惹來麻煩。我想，警方肯定不會延遲太久，隨時都可能有人來檢查這個房間。」

「哼！該怕的不是警方！」波斯人打開盒子，裡頭裝著兩把長手槍，一把刻著圖案，另一把則鑲飾得非常精緻。「克莉絲汀一失蹤，我就派了我的僕人回去拿來這些武器。先生，這兩把槍我用很久了，再也沒比它們更準確的槍了。」

「你想和他作戰？」韓晤問道，看到這些武器，令他感到非常訝異。

「事實上，我們所要面對的正是一場戰爭。」波斯人一面說一面檢查彈藥。

「唉！一場苦戰！」然後他拿起一把手槍交給韓晤，繼續說：「在這場戰鬥中，我們雖然是二對一，可是一定得有萬全的準備。不瞞你說，我們所要面對的，是遠比你所能想像到的更恐怖的敵人。然而，你深愛克莉絲汀，不是嗎？」

「是的，我深愛她，先生！可是，你呢？你又不愛她，告訴我，為什麼你願意為她冒生命的危險呢？難道你也痛恨艾瑞克？」

「不！」波斯人悲哀地說：「我不恨他。如果恨他，他老早就不能再做這些害人的事了。」

「他傷害了你嗎？」

「他對我的傷害，我早就原諒他了。」

「這實在太奇怪了！」年輕人接著說：「聽你這麼說，應該是把他當成怪物。可是，你談起他的罪行和他傷害你時的語氣，卻讓我感覺到，你對他有無限的同情，就跟克莉絲汀一樣！這讓我好無力！」

波斯人沒有回答。他取來一把凳子，擺在那面佔了整面牆的穿衣鏡對面的牆邊。然後站到凳子上，鼻間頂著貼了壁紙的牆，好像在找什麼東西。

「喂！先生！」韓晤心焦如焚，「我正在等你，走吧！」

「去哪兒？」波斯人連頭也沒回。

「去面對那個怪物呀！到地底下去呀！你不是告訴我，你有辦法嗎？」

「我正在找。」波斯人的鼻子還在一大面牆上搜索。「哈！」羔皮帽底下的嘴巴突然叫了一聲：「在這兒！」然後轉過身跳下凳子。「再過半分鐘，」他說：「我們就在往他家的路上了。」接著，他穿過整個廂房，開始輕敲大鏡子。

「不！還不動……」他喃喃自語。

「啊！我們要從這面鏡子出去，」韓晤道：「像克莉絲汀一樣……」

「這麼說，你早就知道，克莉絲汀是從這面鏡子出去的囉？」

「而且還是當著我的面，先生！我就躲在那邊，盥洗室的簾幕後頭，親眼看見她消失，不是從鏡子前消失，而是消失在鏡子裡！」

「當時你如何反應？」

「我以為是自己的知覺錯亂了！瘋了！或在作夢！」

「還是以為鬼在玩新把戲？」波斯人笑著，還是用手摸著鏡子，「但願我們面對的是個鬼！那麼，或許我們便用不著這兩把手槍了。把你的禮帽摘下來，拜託你，放在那兒。現在，把衣服拉到最緊，最貼身，像我這樣，把外套的翻領壓低，襯衫的領口拉高，儘可能掩飾自己。」一陣短暫的沉默之後，他一邊壓鏡子一邊繼續說：「想啟動槓桿，如果是從房間這頭對彈簧施壓，作用會比較慢些。不像從牆後面，只要直接操作槓桿就可以。那樣的話鏡子會剎那間轉開，速度非常驚人。」

「什麼槓桿呀？」韓晤問。

「嗯……就是從支軸上拉起一整面牆！你想，牆總不會自己移動，像變魔術一樣吧？」波斯人伸出一隻手，示意韓晤靠近他拿著手槍的那隻手，自己仍用力推著鏡子。「待會兒，如果你仔細看，你會看到鏡子先微微抬起幾公釐，然後，再自左向右旋轉幾公釐，那就表示它已經在支軸上了，而且馬上就會轉動。槓桿原理的運用實在千變萬化、無所不能！一個小孩子能夠用一隻手指轉動一棟房子，至於一道牆，儘管非常重，只要被擺到槓桿的支軸上，保持平衡，會變得像個小陀螺那麼輕。」

「它不轉呀！」韓晤又不耐煩了。

「喂！慢慢等吧！先生！你有很多時間不耐煩！機關顯然是被卡住了，或者是彈簧壞了。」波斯人皺著眉表示憂慮。「否則就是……」他說：「還有另一個原因。」

「什麼原因？」

「或許是槓桿的繩子被割斷了，因此整套系統不能動了。」

「怎麼會？他不知道我們會從這兒下去啊？」

「或許是他起了疑心，因為他知道我懂得這套系統。」

「是他教你的嗎？」

「不！是我跟在他後頭，在他每次神祕失蹤後摸索出來的。哼！這是所有暗門結構中最簡單的一套系統！是種老式的機關，像德貝古城聖宮❶裡的百門陣、亞克巴坦❷的皇冠室、戴爾菲❸的三角室。」

「還是不動！那克莉絲汀……先生！克莉絲汀……」

波斯人冷冷地應著：「我們只能盡人事，可是，他卻能一開始就擋住我們！」

「難道他是這些牆壁的主人？」

「他操作這些牆壁、這些門、這些機關。在我們家鄉，我們給他一個名字，意思是：機關專家。」

「克莉絲汀和我談到他時也是這麼說。充滿神祕氣氛，她認定他具有某種超能力！可是，這一切在我看來，是這麼的莫名其妙！為什麼這些牆壁獨獨受他控制？難不成都是他建的？」

「正是如此，先生。」

韓晤看著他，怔住了。波斯人示意他閉嘴，然後用手指著鏡子，反射的影像一陣顫動，兩人的影像如水波般抖動著，然後，一切又恢復靜止。

「你看，先生！還是不動！找另一條路吧！」

「今晚已經不可能有其他的出路！」波斯人乾脆把話說明白，口氣卻格外地陰鬱。

「現在，注意囉！準備好隨時射擊的姿勢！」

他將手槍對準鏡子，韓晤也學著做。波斯人用空著的另一隻手拉近韓晤，直到貼緊自己。

然後，突然間，鏡子轉動了，就像飯店大廳的旋轉門般，轉動了……這一轉，以不可抗拒的力量將韓晤和波斯人一起帶著轉動，瞬間將他倆從燈火通明的房裡，推進一個黑暗的淵洞。

❶ 德貝是古埃及的首都，在開羅南方。

❷ 亞克巴坦是古波斯的首都，即今日伊朗的哈馬丹。

❸ 戴爾菲是古希臘的城市。

25 劇院迷宮

他們往下走，再往下走……現在已經來到地下第三層。突然間，頭頂上一個洪亮的聲音，定住了他們的腳步。

「手舉高，準備射擊！」

韓晤的同伴急促地反覆說著這句話。在他們身後，牆繼續轉動著。轉過一大圈，自動關上。這兩個大男人有好長一段時間靜止不動，空氣中只聽見急促的呼吸聲。

在一片陰森黑暗之中，寂靜像張結實的網，籠罩著一切，難以突破。

終於，波斯人首先採取行動。韓晤聽到他蹲下身子，摸黑在地上找東西。突然間，韓晤前方的黑暗，被一盞昏紅的燈籠倏地照亮了。韓晤下意識地後退一步，像是想躲開暗處的敵人出其不意的一擊。不過他馬上就明白，這是波斯人弄出來的。他隨著波斯人的手勢觀察四周。小小的紅色光圈，上上下下地照著這條甬道的板壁，以及兩人的周遭。

甬道的右側是一道牆，左側是木板隔牆，上面及下面都是樓板。

韓晤對自己說，那天克莉絲汀隨音樂天使經過的，正是這兒。艾瑞克應該是習慣利用這條甬道，透過牆壁，博取克莉絲汀的信任，並欺騙她的純真。

韓晤想起波斯人說的話，訝異著這條路竟是由劇院之鬼自己精心祕密營造而成。

然而，不久之後他就知道，其實艾瑞克只是發現了這些早已建造完成的通道，而且他也是唯一知道它們存在的人。這些祕道建於巴黎公社時期，是為了使獄卒能直接將犯人押解進地窖裡的黑牢。因為自一七九一年三月十八日武裝起義之後，公社戰士立刻就佔據了整棟歌劇院，上層是戰士們受命至各省宣揚戰火的出發點；下層則是國家監獄。

波斯人蹲下身，將燈籠擺在地上，似乎忙著在地板上佈置什麼。突然間，他掩熄燈籠。韓晤聽到「咔」的一聲，發現甬道的地板灑進一道非常昏暗的方形光線，就像突然打開一扇從燈火通明的地下室往上開的窗。然而韓晤卻看不見波斯人，不過，突然間又感覺到他來到身旁，聽得到他呼吸的聲音。

「跟著我。還有，照著我的動作做。」

韓晤被領著走向那塊有亮光的方格。他看見波斯人雙腳跪地，雙手攀在方格上，順勢滑進地下室，手槍則咬在嘴巴裡。奇怪的是，韓晤竟然對波斯人百分之百地信任。儘管他對這人一無所知，而他的提議，大部份也只是更加深這次冒險的詭異性，但韓晤都深信不疑。在這關鍵時刻，波斯人是站在他這一方，與他一起對抗艾瑞克的。因為，當他談起「怪物」時的情緒反應，在韓晤眼中看來非常誠懇；而他所舉出的理由亦無疑點。總而言之，如果波斯人懷有任何企圖想打擊韓晤，他就不會親手幫韓晤武裝。

撇開這一切，韓晤不是不計任何代價，都要找到克莉絲汀嗎？他別無選擇。在這種情況下，即使是因為懷疑波斯人的企圖而猶疑不決，他也會將自己視為全世界最懦弱的人。

輪到韓晤跪在地上，用雙手攀扶著暗門。

「鬆手！」

一聽到信號，他手一鬆，掉進發號司令命他跳下的波斯人的雙臂裡，並立即趴下。波斯人很快關上暗門。韓晤甚至來不及看清楚他所用的手法，他已趴在韓晤的身邊了。韓晤想開口問問題，卻被波斯人伸手摀住嘴巴。同一時間，他聽到前方傳來人聲，正是方才審問他的米華警官。

韓晤和波斯人兩人，當時是在一道將他們完全隱匿住的木板隔牆後方。附近有道狹窄的樓梯，通往上方的一間小房間，警官應該就是在這間房間中踱步。因為，此刻不僅聽得到他說話的聲音，還聽得到他的腳步聲。周圍的光線非常薄弱，然而因為剛從完全黑暗的祕道中出來，韓晤毫不費力就分辨出一片灰濛中眼前物體的樣子。

突然，他忍不住暗叫一聲。因為，眼前有三具屍體橫陳著。

第一具屍體就在傳來警官聲音那道門前方的樓梯平台上；另外兩具則蜷縮在樓梯底下，雙手橫抱在胸前。韓晤的手指只要伸過遮掩他的那道板牆，就會碰觸到其中一名受害者。

「安靜點！」波斯人說，自己卻也用力喘著氣。他當然也看見了這些屍體，但卻只用一個字來解釋所有的情況：「他！」

米華警官的聲音愈來愈大。他正在要求舞台監督解釋燈光系統。這麼說，警官應該是在「鍵盤控制室」裡或者相關的地方。

「鍵盤控制室」其實與顧名思義的定義完全相反，特別是在歌劇院的劇場裡，更是和音樂一點關係也沒有。因為在那個年代，電力只特定用在某些罕見的特殊舞台和音效上。整棟劇院和舞台，都還只是利用煤氣照明，而且是用加氫煤氣來控制舞台上的燈光效果。其操控的複雜程度，足以和大型管風琴的鍵盤相比，所以才會以「鍵盤控制」稱之，意思其實是「燈光控制」。在提詞員凹室的旁邊另有一間凹室，是特別為燈控組組長保留的。他就在那兒發號司令，並監視執行的效果。莫克列正是在這個凹洞裡監控每場演出的燈效。然而，莫克列現在並不在那兒，他的組員也都不在自己的崗位上。

「莫克列！莫克列！」

舞台監督的聲音此刻正如洪鐘般響亮，可是卻沒聽到莫克列答腔。

剛剛我們已經提過，通往地下二樓的樓梯上有道門。米華警官推了推門，卻無法打開。

「嘿！嘿！」他冷笑兩聲：「你瞧，監督先生，我沒辦法打開這扇門。它總是這麼難開嗎？」

舞台監督用肩膀奮力一頂，門開了。這才猛然發現自己頂開的不只是門，還有具屍體，禁不住失控地大叫。他立刻就認出這具屍體是誰。

「莫克列！」

所有跟在警官身後檢查鍵盤控制室的人，全憂心地擠上前來。

「可憐的人！他死了！」舞台監督沉痛地說。

然而，什麼場面也嚇不倒經驗老到的米華警官，他已經屈下身檢查屍體。

「不，」他說：「他是醉死了！不是真的死亡了。」

「這可是頭一遭發生這種事。」舞台監督答。

「那麼，就是有人給他下了迷藥，這也不無可能。」

米華警官站起身，下了幾步台階，叫了一聲：「你們看！」

在昏紅燈光下，另外還有兩具屍體橫陳在樓梯底部，舞台監督認出那是莫克列的助手。警官走下去檢查。

「他們睡得可真沉！」他說：「事情真有點詭異！毫無疑問的，一定是有人侵入燈光控制室！而且，他的企圖顯然是為了綁架行動！可是，怎麼會有在舞台上綁架女演員的念頭呢？這簡直是在故佈疑雲！令人想不通為何要如此做！還是先去把駐診醫生找來吧！」米華警官不由自主地又反覆念著：「詭異！太詭異了！」然後，他轉過身，對著幾個韓晤與波斯人兩人看不清面貌的人說話。「先生們，您們對這些怎麼解釋？」他問道：「只有您們還沒說出看法。不過，您們總該有點小意見吧！」

於是，在階梯平台上，韓晤和波斯人看見神情驚慌的兩位舞台經理走向前來──平台上只有他們兩個人。韓晤和波斯人聽見孟夏曼用激動的聲音說：「警官先生，這兒發生的事情，我們也不知道該如何解釋。」

他倆的身影隨即又消失了。

「謝謝您們的指教，先生們。」米華警官不滿地嘟囔著。

然而，一旁的舞台監督──正用右手掌撐著下巴，一副沉思的姿勢──接口說：

「這不是莫克列第一次在劇場裡睡著。我記得有天晚上也發現他在凹室裡打呼，菸斗還掉落在一旁。」

「這事很久了嗎？」

米華警官邊問邊小心翼翼地擦拭著眼鏡片。他有近視眼，此刻雙眼有些迷濛，倒顯得格外迷人。

「天啊！」舞台監督說：「不！沒有多久……對了！就是那天晚上……天啊！沒錯！就是在卡兒羅塔，您知道的，發出著名的那一聲『呱』的晚上！」

「真的？就在卡兒羅塔發出著名的『呱』聲的晚上？」米華警官重新將透明的鏡片架上鼻樑，非常專注地凝視著舞台監督，彷彿想要洞穿他的心思。「這麼說，莫克列抽菸囉？」

「正是，警官先生，哪！在地板上的就是他的菸斗。哦！他可是個老菸槍。」

「我也是！」米華警官把菸斗放進口袋裡。

韓晤和波斯人就這樣在無人察覺他倆存在的情況下，看著工人們把這三個人抬上去。

米華警官跟在工人身後，會同跟在他後面的群眾走上樓梯。過一會，就傳來他們走入後台的聲音。

韓晤和波斯人總算清靜了。波斯人示意韓晤站起來。他照著做了。不過，此刻他已忘記該把手抬到與眼齊高準備射擊的位置。但波斯人完全沒有疏忽這一點。他要求韓晤重新擺好動作，而且，無論發生什麼狀況，都不能把手移開。

「可是，這只是白費氣力罷了！」韓晤嘟嚷著：「等到我該射擊的時候，手可能已經不聽使喚了！」

「那就換手吧！」波斯人讓步地說。

「我不會用左手射擊啊！」

波斯人以下這番奇怪的說明，顯然還是很難釐清年輕人混亂的思緒：「這無關用左手或右手。重要的是，一定要屈著一隻手臂，將手掌擺在眼睛前方，裝成隨時扣扳機的樣子。至於手槍本身都無所謂，你想把它丟進口袋裡不管也成。」他說：「這一點你可得給我聽清楚，要不然我不會再回答你的任何疑問！要知道，這可是生死攸關的問題。現在，安靜點，跟我走！」

於是他們來到地下第二層。

在這兒，韓晤只能藉著幾盞被胡亂固定的燭火，透過玻璃框罩所散發出的光芒，窺見這個詭異深淵的一角。精緻、魔幻、逗趣得像是頑童的百寶箱，卻又可怕得像是在墓陵裡，這正是巴黎歌劇院舞台正下方的景觀——

五個複雜得唯妙唯肖的舞台佈景，同樣的機關及活板門。只不過佈景槽換成了滑輪道，機關、活門是用橫木架支撐著，直立的支柱則安頓在鐵墩或石墩、沙槽或是「帽形槽」裡。中間有一條可安置其他道具的通道。依演出的需要，這些道具會用鐵釘接在一起，以加強它們的穩定性。

在這間地下室裡，轉盤、絞輪和槓桿，被廣泛地運用來製作大型佈景，執行視覺上的特殊效果，或者幫助某些人物魔術般的消失。一群不知名的人，在卡爾尼設計的雄偉劇院的地下室裡，從事這麼一份有趣的工作：把懦夫變成鬥士，把醜陋的老巫婆變成年輕貌美的仙女；撒旦由此出現，也從這裡消失；

地獄的火光由此放出，魔鬼的和聲自此傳出……

而鬼魂也在此遊盪，如同在自己的地盤……

韓晤跟在波斯人後面，遵照他所說的每一個字去做，完全不想了解他為何下這些命令。只是一再對自己說，波斯人是自己僅存的希望。

在這麼恐怖的迷宮裡，少了同伴，他該怎麼辦呢？他可能每走一步，就會被這些複雜交錯的樑柱和繩索絆住，永遠地陷在這片佈景叢林裡，再也出不去。

就算他能夠順利地穿過繩網，也難保不會掉進這些總是瞬間在腳底下打開而且深不見底的黑洞中！

他們往下走，再往下走……現在已經來到地下第三層。

依然是藉由遠處的燭光照亮著腳步。

愈往下走，波斯人就愈顯得小心謹慎。他不斷地轉頭看韓晤，叮嚀他務必照著自己的動作做，並向他表示，儘管此刻他自己手中沒有槍，卻還是要保持射擊的動作，彷彿手槍仍在掌握之中。

突然間，一個洪亮的聲音定住了他們的腳步。在他們的上方，有人高喊著：「所有的關門員都到後台集合！是警官下的命令！」

雜亂的腳步聲響起，潛行的兩道人影倏地避入暗處。

波斯人將韓晤拉到一根樑柱後面。他們看見，就在他們上方附近，有一些因歲月和沉重的劇場工作而彎腰駝背的老人們走過，其中有些人甚至已是步履蹣跚，另外一些人則習慣性地彎著腰，雙手前伸，像是搜尋著那些該關的門。

他們正是所謂的「關門員」。

一群年老力衰的老工人，因為某位仁厚的主管對他們的同情，於是被編派在劇院樓上及地下樓從事關門的工作❶。他們必須不停地奔波在舞台上下，將敞開的門關上。

在當時——因為我認為，到了我們這個年代，他們應該已全部過世了——他們也被稱作「趕穿堂風的」，穿堂風對歌者的聲音會有不良的影響。

波斯人和韓晤暗自慶幸，這一場小意外反倒替他們解了圍。

因為有一些關門員，無事可做又無家可歸，一方面出於懶散，另一方面也是出於需要，就留在劇院裡過夜。這麼一來，隨時都很有可能碰上他們，吵醒他們，惹來一番詢問。米華警官的詢問，倒及時使我們的兩個主人翁倖免於與他們碰頭。

然而，這番竊喜不消多久又被粉碎了，另一群人此刻正循著剛剛關門員離開的途徑走了下來。他們每個人的前方都有一盞小燈籠不停地晃著，忽上忽下，檢查著周圍的一切，看來好像是在找東西或找人。

「見鬼了！」波斯人嘟囔著：「我不知道他們在找些什麼，可是很有可能會發現我們。我們先逃吧！快點！擺好。先生，隨時準備射擊！手臂屈好，再屈一點，就這樣！手掌在眼睛的高度，就像你正在和人決鬥，就只等一聲令下開槍。把你的手槍放進口袋算了！快！往下跑！（他把韓晤帶往地下四樓）放在眼睛的高度，這可是攸關生死的問題。那兒，從這邊，這個樓梯！（他們來到地下四樓了）啊！這算那門子的苦戰！先生！什麼苦戰呀！」

波斯人到達了地下第五層，氣喘如牛。不過，臉上的神情卻流露出方才在地下第三層時不曾出現的些許安心，但他手臂的姿勢卻不曾鬆懈！

韓晤終於有了片刻的時間思考——儘管他沒有再發出任何異議，事實上，現在也不是廢話的時刻——他暗自訝異波斯人奇特的個人防禦觀念。

這個觀念是，把手槍放在口袋裡，而手卻舉在與眼同高準備射擊的位置，彷彿手中仍握著一把槍。

那正是那個時代的決鬥中，隨時準備開火的姿勢。

想到這兒，韓晤又聯想起：「我還清楚地記得他說過：『這是我最信任的兩把槍。』」這一推理，似乎讓他得出一個充滿疑問的結論：「信任一把他覺得毫無用處的手槍，對他有什麼意義？」

然而，波斯人把他從這一連串飄浮的思緒中拉回現實。波斯人示意他留在原處，自己則爬上方才他們走下來的樓梯，他停留了一會兒，然後又回到韓晤身邊。

「我們太笨了，」他小聲地說：「一會兒就能擺脫這群提燈的人影了。他們是救火員❷，在做例行的巡視工作。」

兩個人於是就這樣保持防禦的姿勢，靜靜地待在那兒至少有五分鐘之久。

然後，波斯人重新帶著韓晤，爬上方才走下的那座樓梯。

❶後來的劇院經理蓋拉赫先生曾對作者說過，他因為不想把一些年邁的工人趕出劇院，而設置了關門員的職務。

❷當年救火員在出任務時間之外，還負責巡視巴黎歌劇院的安全，可是後來這項任務已被取消。我曾請教蓋拉赫先生取消的理由，他回答說：「怕他們對下地層的狀況毫無經驗，反倒引起火災。」

26 深入虎穴

韓晤揮手摸著反射的光束。「啊！」他叫了一聲：「這面牆，是面鏡子！」「對！是面鏡子！」波斯人一邊拭去額前的冷汗一邊說：「我們掉進了極刑室！」

突然間，波斯人急促地命令韓晤靜止不動。在他們眼前的黑暗中波動著……

「趴下！」波斯人輕聲說。

兩人相繼撲倒在地。

剩下的，只是時間的問題。有個人影，沒有帶燈籠，穿過黑暗……從兩人伸手可及的前方走過。他倆感覺到臉上拂過一陣大衣的熱氣。他們能清楚地辨視出，這人身穿一件從頭覆至腳踝的長大衣，頭上戴了一頂軟皮帽。

「呼！」波斯人鬆了一大口氣，「我們漂亮地躲過了。這個人影認識我，還兩次把我捉到經理辦公室。」

「他是劇院安全部的人嗎？」

「比這還糟！」波斯人沒有再多作解釋❶。

「不會是……他吧？」

「他？如果他不是從後方出現，那我們一定會先看到他那一雙金色的眼睛！這點倒可算是我們在黑暗中的武器。只不過，他也有可能從後面突襲，無聲無息地……那時候，如果我們沒有隨時把手抬得與眼同高，做出準備射擊的動作，咱們就死定了！」

波斯人還沒重新說完整套防禦方式，兩人眼前出現了一張詭異的臉。一張完完整整的臉，不是只有一雙火眼。是整張閃亮的臉……整張著火的臉！

是的，正是一張著火的臉，以與人同高的高度前進著，然而卻沒有身體！這張臉被火苗扭曲著。在黑暗中，看起來就像是一個人臉上正冒著火焰。

「啊！」波斯人咬著牙，「我第一次看到這怪東西：救火隊長沒瘋，他真的看見這東西！這團火到底是什麼？這不是『他』呀！可是，有可能是『他』派來的！注意！手的位置放好，拜託！放好！」

火臉看似來自地獄的魔鬼臉孔，帶著奸惡的火焰，以與人同高的高度前進著，逐漸逼向兩人。

「也許真是『他』派來的，先從前方進攻，他再從後面或旁邊攻擊，和他鬥，永遠都摸不清他的招術！他的手段我知道很多，可是這一套……我還沒見識過呢！逃吧！小心點！小心點！手放好。」

然後，沿著前方展開的綿長地道，兩人一起奔逃，才跑了幾秒鐘，兩人都覺得彷彿已跑過了長長的好幾分鐘。他們停下腳步。

「不過，」波斯人說：「『他』很少到這邊來啊！這邊不是他的地盤，這邊也不是通到湖濱的路！可是，也許他已經發現我們在追蹤他，儘管說我曾經答應他，從此之後，不再打擾他，干涉他的事。」

說著他轉過頭去，韓晤也跟著轉過頭。然而，他們發現那張火臉依然跟在他們後頭，它居然在跟蹤他們！而且，它也一定正加速快跑，或者跑得比他們更快，因為它看來離他們兩人更近了。

這時，兩人清楚地聽到一種無法辨識的雜音，可以感覺到這個雜音正隨著那張火臉移動著。

那是一種磨擦聲，或是尖銳的嘎吱聲，就像是千萬隻指甲刮著黑板，恐怖得令人難以忍受，有時也像是粉筆裡夾帶的小石子劃過黑板的聲音。

他倆繼續跑著，可是火臉也跟著前進，趕上了他們。此刻，兩人已可清楚地辨識出它的五官；眼睛又大又圓，鼻子有點扁平，大嘴巴上吊著兩片半圓形的嘴唇，像是紅色的滿月。這輪紅色的月亮，怎麼會滾進黑暗的地底下，而且還以齊人的高度，在毫無支撐——表面看來是沒有身體——的情況下前進呢？又怎麼能走這麼快、眼神這麼堅定呢？而跟在他後頭的磨擦聲、碎裂聲、嘎嘎吱吱的，又出自哪裡呢？

此刻，波斯人和韓晤沒法子再跑了。兩人緊貼在牆壁上，不知自己的命運會因這個令人費解的火臉變成什麼樣子。特別是現在，雜音愈來愈密集、愈雜亂、愈大聲，震耳欲聾。這個雜音想必是由數百個小雜音所組成。它們在火臉底下，在黑暗中流動著。

它前進著，火臉……到了！跟著的雜音……也到了！

兩個人緊貼著牆壁，感覺到毛髮因恐怖的感覺而豎立起來，因為他們終於知道，這千萬個嘎吱聲來自那裡。

牠們成群結隊，像是無數細流在黑暗中滾過，速度比漲潮的水流更快。在火紅的月亮底下，在火臉底下，滾滾流過。這些細流從他們的腳下穿過，無可避免地爬上他們的小腿。

波斯人和韓晤再也忍不住了，兩人開始恐怖、恐懼、痛苦地尖叫。他倆再也沒辦法繼續保持備戰的手勢——手與眼同高的決鬥姿勢。他們的手全移到小腿，驅趕那些發亮細流所夾帶的尖東西。

細流滾滾前進，裡面充滿尖腳、爪子、刺毛和利齒。

是的，是的，韓晤和波斯人就要昏厥過去了，就像巴邦消防隊長一樣。

然而，火臉突然轉過頭對著尖叫的他們，說話了：

「不要動！不要動！尤其不要跟著我！我就是捕鼠人❷。讓我和我的老鼠們過去！」

突然間，火臉消失了，消失在一片黑暗中，然而，在它前方的甬道卻亮了起來。這是捕鼠人動的手腳。剛才為了避免嚇到他前方的老鼠，他把燭光轉向自己，照亮自己的頭。現在為了加速追趕，他又轉而照亮前方走道。他帶走了所有的鼠潮，爬著的、吱吱叫著的，千千萬萬隻的老鼠……

波斯人和韓晤鬆了一口氣，儘管身體仍在顫抖著。

「剛剛我就應該想到的。艾瑞克曾經向我提過捕鼠人的事，只是，他從沒說過會是這樣的景象。而且，更奇怪的是，以前我居然從沒碰到過。」

從此以後，巴黎歌劇院再也沒有老鼠。劇院當局以為，這名捕鼠人發明了一種神祕香料，可以引來所有的老鼠，然後再將老鼠們引到水槽中，任沉醉中的老鼠在裡頭溺死。

「哈！我還以為是那個怪物使出的招術呢！」

波斯人嘆口氣說：

「當然不會是他，他從不到這附近來的！」

「這麼說，我們離湖邊還很遠？」韓晤問：「我們什麼時候才會到呢？先生？走！到湖邊去！走！等我們一到湖邊，我們可以大叫，搖撞那些牆，叫他們的名字！克莉絲汀一定會聽得見！而他也可以聽見！然後，既然你認識他，我們可以和他談談！」

「小朋友！」波斯人說：「我們不可能從湖邊進入他的湖濱小居的。」

「為什麼？」

「因為那兒是他防備得最周全的地方，就連我自己，也從來沒有成功地由湖岸渡船進入小居過。首先說渡船，他可是有萬全的防備！老守門員中，恐怕不只一個人曾試圖渡湖，卻一去不返！很可怕！就連我，如果那怪物沒有立刻認出是我，也只有一命嗚呼！給你一個忠告，千萬別靠近那個湖。特別是當你聽到湖底傳出歌聲，水中精靈正在唱歌時，要趕緊將耳朵塞起來！」

「那麼，」韓晤又生氣又不耐煩地回答：「我們到這兒幹什麼？如果你沒有辦法救克莉絲汀，那就至少讓我一個人去為她死。」

波斯人試著安撫年輕人的情緒。

「我們只有一個辦法能救克莉絲汀，相信我！那就是，在那個魔鬼不知不覺中潛入湖濱小居。」

「這點有辦法做到嗎？先生？」

「如果我連這一點把握都沒有，就不會跑來找你了！」

「從哪兒能不經過湖就進入湖濱小居？」

「從我們剛才倒楣地被趕下來的地下三樓。現在我們正要走回去。先生，我告訴你……」

波斯人突然顯得有些遲疑。

「我告訴你正確的位置……就在『拉瓦爾王』的舊佈景和建築道具之間，正好就在……正好就在喬瑟夫，布葛死掉的地方。」

「啊？你是說，被人發現上吊死掉的那個機械組組長？」

「正是，先生。」波斯人的語調顯得十分奇怪，「而且沒有找到上吊用的繩子！走吧！勇敢點！不過，我們現在是在哪兒呢？」

波斯人重新點上燈籠，走向兩條深邃無邊的寬大地道的交叉口。那兒有座噴泉。

「我們應該是在……」波斯人說：「水源特殊保留區，我完全看不到暖氣爐的火光。」

他走在韓晤之前探路。每當懷疑可能有水利工程師經過時便停下腳步，然後躲到剛熄火的地下冶煉爐的火光中。站在那兒，韓晤彷彿看到了克莉絲汀第一次被擄的途中，所見到的那些鬼怪精靈。

就這樣，他們慢慢地回到了舞台底下的地下樓。

他們所站的地方，應該是一座非常深的凹槽底部。

要知道，當初建劇院時，曾經在這個地區鑿了比地下層更低十五公尺的深度，而且還曾將所有的地下水抽光。

當時用幫浦抽出的水是那麼的多，足以填滿一座面積等於羅浮宮中庭、高度是聖母院高塔一點五倍的蓄水槽。儘管如此，地底下還是保留了一座湖。

這時，波斯人摸著一塊石壁說：「如果我沒記錯，這道牆正是環繞湖濱小居的牆之一。」

於是，他敲了敲槽底的石壁。

在此，先和各位讀者談談槽底和槽壁是如何建造成的，或許對了解地底下的環境不無助益。

當年，顧及劇場內的機械裝置、樑柱結構、鎖匙及染繪的佈景，皆必須保持乾燥，為了避免讓水源直接與支撐這些設施的牆壁接觸，建築師認為有必要建造雙層護牆。

雙層護牆的建造費時一年。而波斯人與韓晤談及湖濱小居時，所敲的正是內部的第一道護牆。

對一個懂得劇院建築的人而言，波斯人的舉動似乎意指艾瑞克的神祕小居是建在第二層護牆裡。

第二層護牆是由建成堤防狀的厚牆構成，然後再加上一道紅磚牆、一大層厚水泥和另外一層幾公尺厚的牆。

一聽到波斯人所說的話，韓晤情不自禁地走上前，緊貼著石壁，充滿渴望地聆聽著。

可是他什麼也聽不見，除了遠遠地從劇場高處地板所傳來的腳步聲外，什麼也聽不到。

波斯人再次將燈籠吹熄。

「注意囉！」他說：「手擺好！現在起要保持安靜！因為我們又要開始試著闖入他的地盤了。」

然後便帶著韓唔走向方才走下來的樓梯。他們爬了幾步就停了下來，窺探著偶爾出現的人影和靜止不動的道具或佈景。

就這樣，終於來到了地下三樓。

波斯人做了個手勢，要韓唔跪在地上，用膝蓋和一隻手爬行，另一隻手仍放在備戰的位置，他們就這樣爬到底端的牆壁前。

這道牆壁前，有一座棄置的大型佈景，正是「拉瓦爾王」的。

就在這座佈景旁，有一根大柱子。佈景和大柱子間，剛好容得下一個人。

有一天，就是在這兒發現了上吊的……喬瑟夫．布葛的屍體。

波斯人仍舊跪爬在地。他突然停下來，似乎在聆聽著。

他有點遲疑地看著韓唔好一會兒。

然後，他抬起雙眼，注視著頭上的地下二樓。那兒有一道微弱的燈光穿過兩塊地板的夾縫透射下來。

顯然這道光礙著了波斯人。

終於，他點了點頭，做了決定。

他滑進大柱和「拉瓦爾王」的佈景中間。

韓唔緊貼著他的腳後跟。

波斯人用空著的那隻手敲敲牆壁。韓唔看見他用力推了牆壁一下，就像他推克莉絲汀廂房裡的鏡子一樣。

接著，有一塊石頭動了。

此刻牆上已出現一個洞。

這一次，波斯人取出手槍，指示韓晤也照著做。他把子彈上了膛。

然後，依然是跪行的姿勢，堅定地爬進石頭啟開後出現的壁洞內。

韓晤原本想打前鋒，不過，他應該慶幸自己是跟在波斯人後頭。

因為這個壁洞非常狹窄，波斯人幾乎是一鑽進去就立刻止住腳步。韓晤聽見他敲打四周的石壁，然後取出燈籠，趴在地面，探視腳底下的東西，接著立刻又將燈籠熄滅。

韓晤聽見他像吹氣般說：

「我們必須滑落好幾公尺，不能出聲。把你的靴子脫掉。」波斯人自己先這麼做，然後將靴子交給韓晤。「把它們擺在牆邊，」他說：「出來的時候才找得到。」

說著波斯人又前進了一點，然後整個人轉過來，依然維持著跪姿。這一轉頭，恰巧頭頂著韓晤。波斯人說：

「現在，我要用雙手抓住石壁的邊緣，然後滑進他的屋子裡。你也按照我的方式做。不要怕，我會接住你。」

波斯人先下去了。

不久，韓晤聽到底下傳來一聲沉沉的撞擊聲，顯然是因波斯人的滑落而產生的。韓晤害怕這聲音會洩漏他們的行蹤，不禁打了一個寒顫。

然而，比那一聲更令韓晤擔心害怕的卻是——全然沒有任何的回響。

怎麼會呢？根據波斯人的說法，他們潛進去的地方，正是湖濱小居的牆壁內，怎麼會聽不到克莉絲汀的聲音呢？

沒有尖叫！沒有求救！沒有哀嚎！天啊！難道他們來遲了一步？

韓晤爬進壁洞內，緊張的手指抓著石壁邊緣，輪到他往下滑了。

立刻，他感到一股阻力。

「是我！」波斯人說：「安靜！」

然後，兩個人沉默地靜止不動。

他們的周圍，從來沒有過這麼漆黑的暗夜，從來沒有過像此刻這般沉重、可怕的寂靜：

韓晤用手指揑住自己的雙唇，怕自己忍不住大叫：「克莉絲汀！是我……如果你還活著，快回答我啊！克莉絲汀！」

終於，燈籠又亮了。波斯人將燈光引向他頭頂的上方，挨著石壁，尋找方才進來的那個石洞，可是卻找不到了。

「噢！」他說：「石頭自己關上了。」

燈籠的小光束沿著牆往下移動，一直移到地板上。

波斯人蹲下身，拾起某種繩狀的東西，仔細地檢查一會兒，然後驚惶地將它丟開。

「邦加繩套！」他喃喃地說。

「什麼東西？」韓晤問。

波斯人顫抖著：

「應該就是大家四下尋找的喬瑟夫用來上吊的繩子！」剎那間，新的憂慮湧上心頭，他舉著燈籠照遍周圍的牆壁。

他照到一片奇怪的景觀，有一棵樹，枝葉彷彿還是活生生的……樹枝沿著牆壁攀升著……消失在天花板中。

燈籠小小的光束有限，一開始很難看清那是什麼東西。

首先看到的是樹枝一角，然後是一片葉子，然後是另一片。再旁邊就什麼也沒看到……什麼也沒有，只有小小的光束，彷彿在反射著自己的光芒。

韓晤揮手摸著這片空白，摸著反射的光束。

「啊！」他叫了一聲：「這面牆，是面鏡子！」

「對！是面鏡子！」波斯人應道，語氣極為激動。

他一邊用持著手槍的那隻手拭去額前的冷汗，一邊說：「我們掉進了極刑室！」

❶ 作者本人或波斯人，都不可能對這個人影的出現多加解釋。既然在這個歷史性的故事裡，總會出現一些難以解釋又古怪的事件，作者也無法明白地對讀者們說明，波斯人說的「比這還糟！」（比劇院安全人員還糟）這四個字中，想表達的是什麼意思，讀者們只好自己揣測。

作者曾答應蓋拉赫先生，絕不洩漏這個十分有趣又有用的人物的身分，這個長袍遊魂志願生活在劇院底下，專為那些活在地底下、偶爾冒險出現在上層的人們服務。我所說的服務，可是和政府有關的工作。除此之外，我無法再多說，這是我的承諾。

❷ 蓋拉赫克先生告訴作者，劇院地下層曾被老鼠大肆侵虐，後來劇院行政當局決定高價聘請某位滅鼠專家，每十五天到劇院清理一次。

27 機關專家——波斯人記事之一

「機關專家」艾瑞克最大的喜好，莫過於自己設計的奇妙機關贏得眾人的驚嘆，好讓他一再證明自己擁有超凡的才智。

波斯人曾親口對我說過那天晚上的事——

他如何幾番嘗試想進入湖濱小居而未能成功；他又如何發現了地下室三樓的入口；而最後，又是如何與韓晤子爵掉入極刑室，陷入劇院之鬼所設計的陰狠圈套之中。

以下就是他留給我們的「記事」，我隻字未改原封不動地刊出。至於這份重要資料是在什麼情況留下的，稍後再敘。

我認為，波斯人在與韓晤共同前往地下冒險之前，一個人探測湖濱小居的種種境遇，不該沉寂埋沒。因此，倘若這段記事的開頭，使讀者感到有點偏離極刑室的情節，請相信這樣的安排，正是要提供讀者所有關鍵性的線索，並藉此機會使讀者更深刻了解波斯人在整個事件中某些看來怪異的態度與方法，以便順利銜接以下的情節。

這是我第一次進入湖濱小居，從前我曾經請求過「機關專家」——在我的故鄉波斯，大家都這麼稱呼艾瑞克——為我打開所有的祕門，然而他總是拒絕我。

我是受雇到此探求更多他的祕密和竅門的，可是卻屢試不成，最後只有放膽硬闖。

自從我在艾瑞克選擇定居的歌劇院裡找到他之後，我曾經不斷地監視他的行動。有時在劇院樓上的走廊裡、有時在地下樓的甬道裡、有時甚至就在地下湖畔，趁他自以為只有獨自一人，放心地登上小舟，渡到對岸的牆壁停泊時，躲在暗中窺察。然而，籠罩在湖泊周圍的是一片漆黑，我根本無法看出他究竟是在什麼地方轉開牆中之門。

一方面出於好奇，另一方面也是因為對那怪物的了解，我有了硬闖的念頭。

有一天，我自以為湖濱只有我一人，便決定跳上小舟，駛向曾看見過艾瑞克消失在其中的那面牆。也正是因為這樣，我才會招惹上守護堤岸的水中精靈，也差點讓我喪命。

以下是那時發生的詳細情形。

當時，我沒有及早離開湖面，卻在划行之中，不知不覺被某種吟唱的歌聲吸引。這歌聲揉合了呼吸聲及音樂聲，柔緩地自湖水中升起，緊緊跟隨著我移動，非常迷人，一點也不令人害怕。反而勾起我一股慾望，想要接近這迷人而溫柔的歌聲源頭。於是，我半吊在船邊，屈身貼向水面，因為對我而言，它無疑地是來自水中。此刻，我已來到湖中央，小船上只有我一個人。那個歌聲——此時我已能分辨出，的確是人的歌聲——就在我的身旁，靠近湖面。

我屈下身，再屈下身⋯⋯湖水非常平靜，月光透過史基柏街上的氣窗灑落進來，然而，平滑的湖面卻沒有反射出一點光芒，反而如墨一般地漆黑。我抓了抓耳朵，想要驅走這陣或許只是耳鳴的歌聲。可是，我應該早就明白，沒有一種耳鳴會像此刻這陣優美的歌聲，尾隨著我，吸引住我。

如果我是個迷信或者精神脆弱的人，此刻必定會聯想到，自己勢必是遇上了守護湖濱小居、負責驅走侵入小居之旅行者的水中精靈。然而，感謝上帝！我是生長在一個過度熱愛幻想的國度，不可能認不清幻覺的本質。更何況，從前我也曾深入地研究過，只要利用最簡單的東西，懂得門道的人，就能充份利用人類可憐的幻想力。

於是，我發現，無疑我是落入了艾瑞克新發明的機關裡。而且，這一次的新發明又是絕對成功。因為，我依然半吊在小舟上，但不是為了想要找出水裡的精靈，只是單純地陶醉在歌聲的魅力中。

我將身子放得更低……更低……幾乎翻了船。

突然間，從水中央伸出了兩隻怪手，緊掐著我的脖子，用一股無法抗拒的力量將我拖進黑水中。如果我沒有及時尖叫一聲，使艾瑞克認出是我，想必我早就魂歸上帝了。

因為，那雙怪手正是他！

於是，他改變原本想溺死我的初衷，帶著我游向岸邊，溫柔地將我放上岸。

「看看你自己！這麼不小心！」他一邊對我說話，一邊從那湖地獄之水中躍出，濕答答地站在我面前。「為什麼想闖進我的住處呢？我並沒有邀請你。我不需要你，也不需要天下所有的人！難道你當年救了我，就是為了讓我覺得這份人情難以忍受嗎？不管這份恩情多大，或許艾瑞克終究會忘記。而且，你知道的，沒有任何東西能夠控制艾瑞克，甚至是艾瑞克自己！」

他滔滔說著。可是此刻我卻只有一個慾望，就是知道我稱之為「水中精靈」的那東西的祕密。恰好他也想滿足我的好奇心。因為，艾瑞克這個十足的怪物——這是我偶然有機會見識到他在波斯的工作之後，所下的結論——就某些方面而言，還是個十足傲慢、虛榮的大孩子。他最大的喜好，莫過於贏得眾人的驚嘆，以便再一次證明自己擁有的，是何等超凡的才智。

他放聲大笑，然後拿出一支長麥管。

「再簡單不過！」他對我說：「像這樣，不就可以輕鬆地待在水裡呼吸唱歌了嗎？這是我向東京灣的海盜們學來的，有了它，可以待在水裡好幾個小時。」

我鄭重地告訴他：「可是它卻差點殺了我！而且，還有可能要了其他人的命！」

他沒有答腔，反倒帶著一股我相當熟悉的蠻橫稚氣站在我面前。我沒有屈服在這種「淫威」下，只是清楚地提醒他：「你知道，你曾經答應過我的，艾瑞克！不再犯案！」

「我難道真的犯案了嗎？」他換了一張和善的嘴臉。

「太不幸了！」我嚴厲地說：「難道你忘了在波斯皇宮佈置機關的那段日子了嗎？」

「是的。」他答道，突然間變得憂傷起來。「我很願意忘記，可是，我的確曾讓蘇丹的小王妃玩得很開心。」

「這一切，」我直截了當地說：「都過去了。可是，你還有現在。而且這個現在，是我給你的。因為，當初如果不是我，現在這一刻根本就不會存在！記清楚這一點，艾瑞克！我救過你一命！」

這一回輪到我佔上風，因為我說出了長久以來不斷盤踞心頭的一件事。

「艾瑞克！」我要求著：「艾瑞克！對我發誓……」

「什麼？」他說：「你知道的，我從來就不會信守誓言。誓言只能用來控制傻瓜。」

「告訴我，你怎麼能對我說這種話？對我？」

「怎麼樣？」

「怎麼樣？吊燈……吊燈呢？艾瑞克！」

「什麼吊燈？」

「你知道我想說的是什麼！」

「哈！」他哈哈大笑。

「那個吊燈啊……我坦白告訴你，吊燈不是我弄的！它原本就已經很舊了。」艾瑞克一笑就顯得更加恐怖。他跳上小舟，仍然以一種非常恐怖的方式大笑著，令我毛骨悚然。「非常老舊了，親愛的大洛加❶！非常非常老舊，那吊燈是自己脫落的……砰的一聲！現在給你一個建議，大洛加，趕緊去把自己弄乾，免得腦袋瓜感冒！而且，不要再踏上我的小舟一步，更不要想闖進我的屋子，我不是隨時都在那兒。大洛加！要我為你獻上我的送葬彌撒曲，我會難過的！」

這番說笑完後，他已站在小舟上，划動著槳離去。他那雙金色的眼睛，看上去真像是湍流中致命的尖石。然後，很快地，我只能看得見他那雙眼睛，接著，他終於完全消失在黑暗中。

從這一天起，我決心放棄從湖畔進入他住處的念頭。顯然地，這個入口的守備太嚴密了，尤其是在他得知我已經認得這處入口之後。可是，我認為一定會有另一處入口，因為我不只一次看見他從地下三樓消失，我雖然暗中觀察過，卻無法想像出他是怎麼辦到的。

我不想複述那些事件，可是，自從我發現他遷居到巴黎歌劇院之後，我就長久地生活在他可怕魔法的夢魘裡。當然不是為了我自身，而是為其他人擔憂❷。每一回有某個意外、某個致命的事件發生時，我無法不告訴自己：「這可能是艾瑞克做的！」而周遭的人卻不斷地說著：「是劇院之鬼做的！」

不只一次，我聽到人們嬉皮笑臉地說著這句話！可憐的人啊！如果他們知道，這個鬼是有血有肉地存在著，而且比他們想像中空洞的鬼影更加恐怖，我發誓他們一定會笑不出來的！

要是他們了解到艾瑞克是如何神通廣大，特別是在巴黎劇院裡……如果他們了解我心中所害怕的一切……想到這些對我而言，真是生不如死！

儘管艾瑞克已鄭重地對我聲明過，他已經改變自己，成為全世界最有節制的男人，因為他已找到真正愛他的人！這句話頓時令我茫然得不知所措。

想到這怪物，真令人不寒而慄，他的醜陋，恐怖、獨特，令人望之卻步，將他推到人性的邊緣。而且，我常常覺得，因為他的與眾不同，他並不認為自己必須負擔起身為人類的任何責任。而此刻，他談及愛情的方式，只有更加深我的疑慮。因為，當他用那種我早已熟悉的自大口吻敘述這件事時，我已預見到，一樁比其餘的一切更加恐怖的悲劇即將發生。

我知道艾瑞克的痛苦，會升高到何等可怕的地步；而他此刻所說的一切，就像是突然間預言了一樁最恐怖的悲劇。這個念頭不斷地盤據在我的思緒中。

另一方面，我發現那個怪物和克莉絲汀之間，建立了一種奇怪的關係。

我曾躲進年輕女高音廂房旁的一間雜物間裡，多次聽到絕美的音樂。很顯然地，克莉絲汀已完全迷眩在他美好的歌聲中。然而，儘管如此，我一點也不認為他的歌聲——響亮如洪鐘，溫柔如天使——能使克莉絲汀忘卻他的醜陋。

後來我明白了，因為我發現，克莉絲汀根本還沒看過他的真面目！

有一次，我潛進她的廂房，回想艾瑞克從前教我的機關使用法，毫無困難地就找出支撐鏡子使牆轉動的那個機關，同時也發現到他是如何透過中空磚和傳音磚，使克莉絲汀聽到他的聲音，並彷彿感覺到他就在身旁。在那裡，我也發現了一條通往噴泉和黑牢——巴黎公社時期的黑牢——的祕道，以及一道可以使艾瑞克直達舞台地下室的祕道。

幾天之後，大出我所料，我親眼看見、親耳聽到——克莉絲汀和艾瑞克相見了。

在巴黎公社的祕道裡，我撞見艾瑞克，彎著身子在洄流的小噴泉上，為昏迷的克莉絲汀冷敷額頭。在他們身旁，有一匹馬溫馴地站在那兒，牠正是《先知》劇中的那匹馬，不久前才從劇院地下樓的馬廄消失。我現身在他們面前。當時的情況非常可怕，我看見金色的眼睛裡迸出了火花，還沒來得及開口說話，額頭就遭到重重一擊，艾瑞克、克莉絲汀和那匹馬都已消失無蹤。毫無疑問的，不幸的女子已成為湖濱小居的囚客。

我毫不遲疑地回到湖畔，也不管這樣的行動會給自己帶來多大的危機。整整二十四個小時，我躲藏在黑色湖水附近，等候著那個怪物出現。我深信他一定會出來，他必定得出門採購。

說到這兒，我必須附帶說明一點，當他到巴黎市區或是在公共場合露面時，他必定會在鼻子可怕的凹洞上，戴上一個黏了鬍子的石膏鼻。這麼做，當然無法完全掩蓋住他慘白的臉色，每當他經過時，背後總會有人指指點點地說：「瞧！那個活死人走過去了！」不過，至少使他差不多——我的意思是：勉勉強強——還能見人。

於是，我就這麼等在亞維那湖湖畔——他多次在我面前如此稱呼那座湖，耐心因長久的等待漸漸消磨殆盡。

正當我對自己說，或許他已經從地下三樓的那個出口離開時，我聽見了黑色的湖面上傳來一聲「嗶」，那二顆金色的眼睛如探照燈般向我照來。

一會兒，船靠岸了，艾瑞克跳上岸邊，向我走來。

「你在這兒已經二十四個小時了！」他對我說：「真夠煩人！我警告你，如果你再這樣繼續下去，後果不堪設想！到時可是你自找的！我對你已經夠有耐心了！你以為自己在跟蹤我？大傻瓜，是我在跟蹤你！而且我也明白你知道我的那些事。昨天在公社祕道裡，我放過你一馬，可是，我老實告訴你，我不想再看見你出現在那兒！你的行動實在太冒失了，該死的！你到底……真聽懂我的話沒有？」

他正在盛怒之中，一時之間，我沒有打所他的話。他用力地喘了幾口怒氣，才細說出另一個可怕的想法——正與我所擔憂的不謀而合。

「沒錯，你最好趁早放明白一些！我告訴你，你的冒失，已經兩次害你被戴著軟皮帽的那個人逮著。他不知道你為什麼到地下樓來，還把你送到經理室去。還好經理們只把你當成喜好佈景魔術和劇場甬道的痴人。當時我也在場……是的，我也在經理室裡，你知道，我是無所不在的！

「我告訴你，你的冒失，最後終會引起疑問，大家都會想知道，你到這兒來是為了找些什麼。而最後，大家就會發現，你是在找艾瑞克。然後，所有的人都會跟你一樣，想找出艾瑞克。然後，湖濱小居會被發現。這麼一來，那就活該了！老兄，那就活該了！後果我再也不負責了！」

他又喘了幾口大氣。

「什麼也不負責！如果艾瑞克的祕密不再只屬於艾瑞克，那許多人就活該要倒楣！我該對你說的都說完了，但願你不是個大傻瓜，我這麼一說，你就能明白。也但願你清楚，我這番話是什麼意思。」

他坐進小船後半部，用鞋跟踢著船板，等我回應他這一番話。

「我到這兒來，不是想找艾瑞克！」

「那是找誰？」

「你清楚的很！是找克莉絲汀！」

他冷冷地應道：「我有權在自己家裡約會，我是真正被愛的。」

「這不是真的。」我說：「你強擄了她，而且把她當成你的禁臠。」

「聽好！」他對我說：「如果我能證明，我是真正被愛的，你可以答應不再插手我的事嗎？」

「好，我答應你。」我毫不遲疑地回答。因為我深深認為，對這麼一個怪物而言，這個證明不可能辦得到。

「好，就這樣！非常簡單！克莉絲汀可以自由地離開這兒，然後她還會回來！對的，她還會回來！因為她喜歡這兒！她會自動回來，因為她是真的愛我！」

「我很懷疑她還會回來！不過，你有義務放她走。」

「義務？大傻瓜！是我的意願！我願意放她走，而她一定會再回來，因為她愛我！我告訴你，結局會是一場婚禮，在瑪德蓮大教堂舉行的盛大婚禮！大傻瓜！你不信，是嗎？那麼，我再告訴你，我的結婚彌撒曲已經寫好了，你會聽到這首……主啊！請您憐憫我們……」

他的鞋跟敲打著小木漿，像是在打著拍子，應和他低聲的吟唱：「主啊！請您憐憫我們！仁慈的主啊……你等著看這場彌撒吧！」

「聽著，」我總結地說：「等我親眼看見克莉絲汀離開湖濱小居之後又主動回來，我就相信你。」

「而且不再插手管我的事？那麼，今晚你就等著看吧！到化妝舞會來，我和克莉絲汀會到那兒轉一圈，然後你躲到小貯藏室裡頭去。你會看到克莉絲汀回到廂房，迫不及待地想走回公社時期的祕道。」

「就這麼決定！」

事實上，如果真讓我看到那一幕，我也只有認輸。因為，一名美麗的女子，還是有權利愛一個可怕的怪物。特別是當這個怪物具備了音樂上的誘惑力，而這女子又碰巧是一名非常傑出的女歌唱家時。

「現在你可以走了，因為我還得出去購物呢！」

於是我離開湖畔，雖然仍為克莉絲汀的事感到憂心，但是艾瑞克一針見血地揭發出我冒失的行動，又重新引起我心底的恐懼。

我自問著：「這一切會怎麼結束呢？」

儘管我基本上相當宿命，但還是無法擺脫那股無以名之的憂慮。因為，曾經有那麼一天，我決心放這怪物一條生路，結果，今天他成了許多人類的一大威脅，我該負起何等的責任！

❶ 大洛加，在波斯意指御林軍的總指揮官。

❷ 在此，其實波斯人必須承認，艾瑞克的命運也與他自己息息相關。他並沒有忘記，正是因為德黑蘭政府尚不知艾瑞克仍然活著，他才能保有一份微薄的薪俸在巴黎生活。然而，必須加以說明的是，波斯人有著一顆高貴而仁慈的心。不容置疑的，那些悲劇事件一直強烈地困擾著他。而且，他在這樁事件中的態度，已足以說明他的為人的確值得讚美。

28 救援行動——波斯人記事之二

連我自己都很難想像，在一個有超乎常人才智的魔術大師運用特異能力製造的致命幻覺圈套中，我如何能具有防禦能力？

出乎我意料之外，事情完全如艾瑞克所說的發生了。

克莉絲汀出入湖濱小居許多次，而且從表面上看來，她並沒有受到任何脅迫。

於是我一直試圖忘卻這段神祕的戀情。然而，太困難了。特別是對我而言，某種特別的恐懼，使我無法不想到艾瑞克。不過，為了謹慎起見，我決定不再前往湖邊，也不再走公社時期的祕道。然而，對於地下三樓祕門的假設，我卻從來沒有放棄過。

我不止一次直接下去那兒，利用白天沒人的時候，躲在「拉瓦爾王」佈景的後面。我不知道為什麼不常上演的「拉瓦爾王」的佈景，會被擺在那兒無所事事地苦等著。

耐心的等待終究還是會有回報的。

有一天，我看到那個怪物跪爬在地上，對著我的方向爬來。

我確定他一定不會看見我。果然，他毫無察覺地爬到佈景和一根樑柱之間，緊挨在牆邊，他推動彈簧，並帶動整塊壁石轉動，從牆壁中開出了一條通道。他爬進這條通道，隨後壁石又自動關上。

這一切，我從遠處看得一清二楚。我終發現了那個怪物的祕密，這祕密可以隨時帶我潛入湖濱小居。為了放心起見，我至少等了半個鐘頭才動手試那道彈簧門。一切非常順利。可是，我並不想在艾瑞克在家時闖進去。想到自己很有可能就在這兒碰上艾瑞克，突然我回想到喬瑟夫・布葛之死，我可不想犯下同樣的錯誤。於是，我決定將壁石謹慎小心地恢復原狀，然後離開劇院地下樓。

你們一定認為，我還是會留意克莉絲汀與艾瑞克之間的發展。沒錯，但絕不是出於病態的好奇心，而是因為——如我方才說過——那份恐懼仍盤據在我心頭。我想，如果艾瑞克發現自己並非真正被愛，我們就只有等著看悲劇發生。而且，在不斷謹慎遊走劇院各處之後，我探知了那個怪物悲慘戀情的真相。他雖然用恫嚇控制了克莉絲汀，然而，少女柔情的心，卻完完全全歸屬於韓晤子爵。

當這對小兒女在劇院樓上，自以為避開那個怪物，扮演著無知的訂婚遊戲時，根本沒有想到，有個人正在監視著他倆的一舉一動。

於是我下定決心，如果有必要，就殺掉那個魔鬼，然後再到警局說明一切。然而艾瑞克卻一直沒有出現，這一點令我頗為不安。在此，我必須告知各位我的全盤計畫。

我以為，那個怪物會因妒火橫生而從湖濱小居跑出來，如此一來，我就可以毫無顧忌地潛進去。如果能詳細了解內部的一切，對我，對大家，都有好處！

有一天，我實在等得不耐煩了，便轉動壁石，打開通道。立刻，我聽到底下傳來一陣美妙的樂聲。那個怪物將所有門戶全部打開，正在創作他的〈勝利的唐璜〉。

我知道這部作品幾乎等於他的生命，所以保持不動留在暗洞裡。

他演奏了一會兒，突然停止，開始瘋狂地在屋裡踱步。然後高聲大吼：「一定得提前把它結束掉！完全結束掉！」

這句話只有令我更加憂心。而當音樂再度揚起，我輕輕地將壁石重新關上。

然而，儘管隔著石壁，我還是可以聽見悠遠的音樂聲波波傳來，正如同我曾經聽過的水中精靈之歌，自湖底飄漾而上一樣。這又使我回想到技工們曾經打趣地說，當喬瑟夫．布葛死亡時，「上吊屍體的周圍，彷彿纏繞著死亡之歌。」

克莉絲汀被劫的那一天，我很晚才到歌劇院，立刻就聽到這個不幸的消息，令我驚顫不已。這一整天我實在痛苦不堪，自從看見早報揭露克莉絲汀和韓晤的婚事後，我就不斷自問，是否該不顧一切，揭發那個怪物的祕密。可是冷靜一想，採取那樣的方式，恐怕只有加速悲劇的發生。來到劇院的那一刻，我訝異地看著這座雄偉的殿堂，它居然還好好地矗立著！

然而，我就像所有善良的東方人一樣，有點宿命。所以我還是走了進去，準備面對任何消息。克莉絲汀在「監獄」一幕被劫，令所有人感到驚愕，但我卻覺得這一切早有安排。想當然耳，艾瑞克早就將一切幻術準備妥當。我想，這一次克莉絲汀一定完了，所有的人可能也都完了！

有好長一段時間，我不斷自問，是否應該勸所有還待在劇院裡的人趕緊逃走。可是，揭發那個怪物的想法還是不可行，可以確定的是，我的行動只可能被當成一個瘋子。但是，如果以其他方式，比如說大喊一聲：「著火了！」那我反倒會成為另一場悲劇的肇因者。因為蜂湧而出的人潮勢必會引起窒息、互相踐踏、粗野地互相推擠，這比原來的悲劇更加可怕。

總之，我決定單獨行動，不再拖延。而且，看來現在應該是最好的時機，因為此刻艾瑞克心之所繫，唯有他的俘虜，令我勝算大增。所以一定要掌握時機，趁現在自地下三樓潛入他的住處。

我想到讓可憐絕望的子爵加入這個計畫。他一聽到我的計畫，立刻一口答應，表現出對我完全的信任，深深地感動了我。

在這之前，我已先派遣家僕戴喜，返家取來我的手槍，並囑附他直接將裝槍的木盒送到克莉絲汀的廂房。我將其中一把交給子爵，並提醒他得像我一樣，做好射擊的準備動作。因為，無論如何，艾瑞克還是有可能就等在牆壁之後；而且，我們仍得經由公社時期的祕道及暗門，才能下到地下三樓。

子爵看到手槍時問我，我們是否將要面對一場戰鬥？

當然！我還告訴他：是一場苦戰！但是，我當時根本沒有時間多加解釋。子爵雖然勇敢，畢竟還是對他的敵人一無所知！不過，也多虧如此！

與最可怕的劍擊手決戰，怎麼能和與最天才的魔術家對抗相提並論呢？連我自己都很難想像，當周遭的一切都晦暗不明時，我如何能與一個神出鬼沒卻對一切瞭若指掌的魔鬼相抗衡？又如何能在一個有超乎常人才智的魔術大師，運用特異能力製造的致命幻覺圈套中，具有防禦能力？

而且，這場戰鬥竟是發生在劇院地下樓——一個幻術無所不在的國度裡！想到這點，怎能不叫人望而卻步、膽顫心驚呢？試問，如果將可怕又「可笑」的侯伯．巫丹（此人堪稱十九世紀法國最偉大的幻術魔術家）關進地下五層、地上二十五層的巴黎劇院裡，面對這樣一個時而憤世嫉俗、時而大施魔法、時而自嘲、時而以殺人自娛的恐怖份子，劇院內的人將如何自處？

您能想像和一名神通廣大的機關專家對抗嗎？天啊！他曾經在我的國家所有的宮殿裡，製造出令人嘆為觀止的暗門機關。

如今，我卻得在這樣一個充滿暗門機關的國度裡，與如此高深莫測的勁敵決一死戰！

我心中禱告著，希望他將昏厥的克莉絲汀送往湖濱小居之後，就不再離開她半步。

但是我更恐懼的是，他已備妥邦加繩套，就在黑暗中的某處等著我們。

沒有人比他更懂得如何拋使邦加繩套。他是魔術之王，也是繩套絞人術之王。

在波斯皇宮佈置機關的那段日子，他將蘇丹小王妃逗得樂不可支。小王妃親自問他，還有什麼魔術可將人嚇得驚顫害怕，於是他想到了邦加繩套。

艾瑞克曾經在印度待過一段日子，結果帶回來這套可怕的絞人術。

他把自己關在天井裡，讓旁人帶來配有長矛利劍的戰士——通常是死刑犯，而艾瑞克本人則只帶著他的繩套。每當戰士自以為漂亮地擊中艾瑞克時，繩套就會咻地拋出，艾瑞克手腕一扯，細繩已勒緊敵人的脖子。然後，他立刻拖著敵人，來到站在窗前觀賞的小王妃及她的女伴們面前，接受她們的掌聲喝采。小王妃自己也學會了這套繩法，還因此殺死了許多女伴以及來訪的朋友。

說到這裡，我想，該停止有關波斯皇宮恐怖機關的話題了。

我之所以會提起這件事，是為了想讓各位了解，為什麼一進入劇院地下樓，我就必須先教子爵防衛的姿勢，以便對抗絞人的繩套。

是的！一進入地下樓，我的手槍就變得一無是處。因為我深信，如果艾瑞克沒在我們進入祕道的那一刻動手出擊，那麼他就不可能會再現身，然而他還是可以勒死我們。

只是，當時我實在沒有時間對子爵解釋，就算是有時間，我也不曉得如何向他解釋：暗處裡藏有一種致命的邦加繩套，正等著我們。實在沒有必要將情勢弄得更加複雜，所以我只是不斷地告誡子爵，務必屈起手臂，手掌與眼同高，保持決鬥時射擊的位置。

用這樣的姿勢，就算是最狡猾的絞繩手也不可能成功完成邦加套繩絞人術。因為當繩子套上脖子的同時，勢必也會套住手掌或手臂。如此一來，繩套就能輕易地被解開，完全沒有攻擊效果。

子爵和我避開警方人員、幾名關門員、救火員、首次遇見的捕鼠人，以及戴著軟皮帽的男人後，終於順利地來到地下三樓的樑柱和「拉瓦爾王」佈景之間。我很快地轉動了石頭，和韓晤先後跳進艾瑞克的住處——它的位置，正好在劇院護牆的第二層裡，這兒可說是全世界最靜僻的角落。艾瑞克曾經是巴黎歌劇院建築師查理．卡尼爾建造劇院之初的助手。卡尼爾後來在劇院工程因普法戰爭巴黎淪陷及巴黎公社成立而正式停工時，仍獨力而祕密地在此繼續工作。

我很清楚艾瑞克的個性，也很能理解，當他重新發現這些從前所創造出來的東西時，是如何地自傲。所以，跳進他的住處時，我一點自信也沒有。

我知道，他建造了許多類似波斯皇宮的恐怖宮殿。他能將一座全世界最單純的建築迅速地改造成魔屋——在那裡面，只要說出任何一個字，就會因回音而被監聽。這曾經造成何等駭人的悲劇啊！而那個怪物背負在身上、設定在機關上的，是何等血腥的陰謀！他曾將許多宮殿改造成迷宮，人們進去之後就再也出不來。

他發明了太多可怕的東西，其中當然以「極刑室」最為恐怖。除了小王妃有幾次關了些小中產階級，折磨他們以資娛樂外，就只有死刑犯才會被送進去。依我看來，這是所有嚇人的機關中最最可怕的發明。當被關進「極刑室」的「訪客」覺得已忍無可忍時，艾瑞克總會在鐵樹底下，為那個人準備一條邦加繩套，允許那個人自盡。

所以，當我們潛入那個怪物的住處，發現縱身跳入的房間，竟就是與當年波斯皇宮內完全相同的「極刑室」時，我的情緒是多麼地激動不安啊！

我擔心害怕了一整夜的邦加繩套，此刻就在我們的腳底下。我相信，「它」已經為喬瑟夫．布葛服務過一次了。這名機械組組長，應該是和我一樣，在某一天晚上，碰巧看見艾瑞克在地下三樓打開牆壁中的一塊石頭。然後，由於好奇，他趁石壁尚未關上之前，爬進滑道，掉入了這間極刑室，最後只有在此上吊。

我可以清楚地想像出，艾瑞克為了處理屍體，是如何將他拖到「拉瓦爾王」的佈景旁，將他吊上佈景。艾瑞克的目的，無非是想殺一儆百，或是擴大迷信的恐懼，以幫助他守衛巢穴的入口！

然而，經過一番思考後，艾瑞克還是決定取回邦加繩套。因為邦加繩套的材質非常特殊，是以貓腸製成，這一點勢必會引起警方的注意。這也是為何後來上吊的繩子會無故失蹤的原因。

此刻，輪到我來到「極刑室」裡，發現擺在我們腳底下的邦加繩套……

我不是懦夫，然而，冷汗卻涔涔而下，淹濕了我的臉。

燈籠紅色的光束游移在這間太有名的刑房裡，而我的手卻不停地顫抖著。

「怎麼回事，先生？」子爵發現我的手在顫抖，於是問道。

我狠狠地用一個動作要他閉嘴。因為，此刻我至少還有一個渺茫的希望，那就是，但願那個怪物尚不知道我們已進入了「極刑室」！

然而，就連這麼小的希望，甚至也不太樂觀。

我可以明白地想見，「極刑室」既然是被設計在地下三樓的入口下，用來守護湖濱小居，那麼，機關可能已自動開啟。

是的，極刑即將自動開始。

有誰能告訴我，等著我們的，是什麼樣的酷刑呢？

我要求韓晤不可以移動。

沉重的死寂壓迫著我們。

而我的燈籠，仍繼續探照著這間「極刑室」。我認得的邦加繩套……我認得的「極刑室」……

29 極刑室——波斯人記事之三

「我的房間裡只有兩扇門，一扇是艾瑞克進出的門，另一扇，是最最危險的一扇門——死刑之門！」「我們正是在那扇門裡頭！」

我們所在的位置，是一間正六角形的小房間，六面牆全都鑲著鏡子，由上至下沒有任何間隙。但是，在一個角落裡，可以清楚地看到鏡子裝有機關——是用來旋轉的小轉盤。沒錯！沒錯！這些我都認得！我還認得，在其中一個小轉盤的深處，那一棵鐵樹……鐵做成的樹、鐵做成的樹枝……正是用來上吊的。

我緊緊拉住子爵的手臂。他激動地顫抖著，隨時都有可能爆發出尖叫，向他的未婚妻呼叫救援已到，我真不知道他還能支持多久！

突然間，我們聽見左邊有聲音，一道門打開又關上。

接著，隔壁房間傳來飲泣聲。我更加使勁地拉住子爵，然後，我們兩人清楚地聽到這幾句話：

「要或不要！婚禮的彌撒曲或喪禮的彌撒曲！」

我認得出是那個怪物的聲音。飲泣聲持續著。接著是長長的靜默。

此刻。我已經能確定，那個怪物還不知道我們的到來。否則，他會佈置得讓我們什麼都聽不見，這只須將原本供死刑執行者觀視的隱密小窗關緊即可。

而且，我相信，如果他知道我們到了，酷刑應該早就開始了。

如此看來，我們至少還佔了一項優勢：我們已在他身旁，而他仍不知道。

此刻，最重要的是，千萬別讓他察覺。而且，我不得不提防子爵，他可能會衝動地撞牆，好奔向他的未婚妻。因為，我們又聽見她斷斷續續傳來的飲泣聲。

「喪禮彌撒曲可不好玩哦！」艾瑞克的聲音再次傳來：「至於婚禮彌撒曲，這個嘛，可就美妙極了！反正總得有個解決！總得知道自己想要什麼，我不可能再像這樣活下去！活在地底下，活在洞穴裡，像老鼠一樣！〈勝利的唐璜〉已經完成，從現在起，我要活得和其他人一樣。

「我要像他們一樣有一個妻子，星期天一起出去散步。我已經發明了一個面具，戴上去和所有的人看起來一樣正常。甚至根本不會有人轉頭注意我。你將會是全世界最幸福的女人。我們將終日為自己歌唱，直到老死。你哭了！你怕我！可是，我一點也不兇惡啊！愛我！然後你就會知道，我現在只欠被愛！如果你愛我，我會像綿羊一樣柔順，我會為你做一切你想要的事！」

不久，伴隨著如此充滿愛意的絮語，飲泣聲竟愈來愈大。我從來不曾聽過如此絕望的告白。最後，子爵和我辨識出這番驚天動地的哀嚎，竟是來自艾瑞克本身。

至於克莉絲汀，她應該是瑟縮在某個角落裡，或許就在靠近我們的這面牆邊，再也沒有力量哭泣、嘶吼，沉默地面對恐懼，面對跪在自己面前的怪物。

哀嚎聲愈來愈響亮，像是大海的哭泣，沉重而悲哀。艾瑞克的喉嚨，彷彿巨大的海潮，高浪撲上，聲聲痛吟。

「你不愛我！你不愛我！你不愛我……」然後，他緩和下語氣：「你為什麼哭了呢？你知道我看了會有多心痛嗎？」

一陣沉默。每一段沉默都燃起我們一點希望，令我猜想著：「或許他已離開，把克莉絲汀單獨留在牆後。」

此刻我們唯一想到的就是，如何通知克莉絲汀我們到了，而不讓艾瑞克知道。

現在，除非克莉絲汀為我們開門，否則我們不可能出得去。

而且，除非她先救我們，否則我們也別想救她。因為，我們連周圍的六道鏡牆那一面才是門都不知道。突然間，一陣電鈴聲打破了寂靜。

隔牆傳來有人跳起的聲音。艾瑞克洪亮的聲音說著：「鈴響了！想進來？等著受罪吧！」

一陣陰沉的笑聲。

「還有誰會來打擾我們呢？在這兒等我一下，我去叫水中精靈出來。」

接著，腳步聲漸遠，門關上了。

我沒有時間想到另一樁悲劇即將發生，也忘記了那個怪物出去，很可能是為了另一次謀殺。此刻我唯一意識到的是，克莉絲汀終於單獨一個人在牆後頭了！

韓晤子爵已迫不及待地開始叫喚她。

「克莉絲汀！克莉絲汀！」

我們靜候隔壁房間傳來的回答。

然而，好一會兒，仍然什麼也沒聽到。

沒有理由聽不到子爵的呼喚啊！子爵只得一再重複他的叫喚。

終於。一個微弱的聲音傳入我們耳中。

「我在作夢嗎？」克莉絲汀說。

「克莉絲汀！克莉絲汀！是我，韓晤！」

一片沉默。

「回答我啊！克莉絲汀！如果你現在是單獨一人，看在蒼天的份上，回答我呀！」

於是，我們聽到克莉絲汀的聲音，喃喃唸著韓晤的名字。

「對！對！是我！這不是夢！克莉絲汀，相信我！我們來救你了！但卻不能有疏忽！如果你聽見那個怪物的聲音，要立刻通知我們。」

「韓晤……韓晤！」

她連續重複叫喚了好幾次，才證明這不是個夢。她的韓晤已隨著一位知道艾瑞克祕密的忠貞同伴，來到她的身旁。

然而，這份短暫的喜悅，隨即被更大的恐懼取代。

她要求韓晤立刻離開，她害怕在這種情況之下，如果艾瑞克發現他躲在一旁，會毫不猶豫地殺了他。

她迅速簡短地告訴我們，艾瑞克已因愛而瘋狂。他揚言，如果克莉絲汀不同意在市政府和瑪德蓮大教堂的主教面前成為他的妻子，他決定與全世界同歸於盡。他讓她考慮到明晚十一點，那也是最後的期限。她必須如他所言，選擇婚禮彌撒或死亡彌撒。

而且，艾瑞克還說了一句克莉絲汀不太明白的話：「要或不要？如果不要，全世界都得死，都得被埋葬！」

然而，我卻十分明白這句話的意思，因為這正符合我所懷疑的一件事。

「您可以告訴我艾瑞克在哪兒嗎？」我問道。

克莉絲汀回答說，應該走出湖濱小居了。

「您能確定嗎？」

「不！我被綁住了，沒辦法移動。」

聽到這句話，子爵和我不禁尖叫一聲。我們三個人的命運，全仰賴在她一人的自由上。

「噢！放開她！我要救她！」

「可是，你們到底在哪兒呢？」克莉絲汀問道：「我的房間，也就是路易．菲利浦式的房間裡，只有兩扇門！韓晤，我曾經和你提過的，一扇是艾瑞克進出的門；另一扇，他從來不曾在我面前打開過，而且永遠禁止我進去。因為，他說那是最最危險的一扇門——死刑之門！」

「克莉絲汀！我們正是在那扇門裡頭！」

「你們在極刑室裡？」

「是的，可是我們找不到門。」

「啊！如果我能爬到那兒就好了！我可以敲一敲門，那你們就能知道那一扇是門了。」

「那是一扇有鑰匙孔的門嗎？」

「對，有鑰匙孔。」

我推斷，這扇門的另一邊，是以鑰匙打開的，而我們這一邊，則得利用彈簧和槓桿原理。這麼一來，想打開門，必定非常困難。

「小姐！」我說：「您務必替我們打開這扇門。」

「可是，怎麼辦？」可憐的她焦急地回答。

我們聽見她的身體在掙扎，顯然是試圖想要解脫綑綁在身上的繩子。

「我們只有施點小計，才有辦法脫逃。」我說：「你一定得拿到鑰匙。」

「我知道鑰匙在那兒。」克莉絲汀答道。

她彷彿已用盡方才僅存的一點力氣。

「可是，我被綁死了！可惡！」

接著，一陣痛哭。

「鑰匙在那兒？」我問道，同時命令子爵閉嘴，讓我來處理這件事情。因為我們不能再浪費時間了。

「在管風琴旁邊的那間房間裡，和另一隻銅製的小鑰匙放在一塊兒。他不准我碰。他把它們放在一個皮製的小袋子，叫作『生死袋』……韓晤！韓晤！逃走吧！這兒的一切都太神祕、太可怕了！而且，艾瑞克會愈愛愈瘋狂，而你們又被關在極刑室！快從你們來的地方逃走吧！這個房間會被這麼稱呼，一定有它的道理！」

「克莉絲汀！」子爵呼喊著：「我們一起出去，要不，就一起死在這兒！」

「能不能安然無恙地逃出這裡，全看我們自己。」我小聲地說：「可是，首先得冷靜下來。小姐，為什麼他要綁住你呢？你根本不可能逃得出他的手掌心！這點他清楚得很！」

「因為我想要自殺！今天晚上，當他將我在半昏迷狀態下帶到這兒之後，他就離開了。他好像是去找他的金主，他是這麼告訴過我的。當他回來時，發現我滿身都是血，我想要自殺！撞牆自盡！」

「克莉絲汀！」韓晤忍不住痛哭。

「就這樣，他把我綁了起來。他說，得等到明晚十一點，我才有權利去死！」

透過牆壁的這番對話，遠比我所能描述的更加斷斷續續，更加謹慎。常常一個句子才說到一半就被迫終止，只因為我們似乎聽到一聲「咔」、一聲腳步聲、一點隱約的動靜……

克莉絲汀則一再告訴我們：「不！不！不是他！他出去了！他真的出去了！我剛剛聽到湖邊牆壁關上的聲音。」

「小姐！」我鄭重地說：「解鈴還需繫鈴人，是那個怪物綁住了你，也只有他才能解開你。你只須演點戲就成了！別忘了，他是愛著你的。」

「太悲哀了！」我們聽見她說：「我怎麼可能會忘記這一點呢？」

「記住，對他微笑，請求他，告訴他，身上的繩子弄痛你了！」

「噓！我聽到湖邊牆壁有動靜！是他！快走吧！快走吧！」

「就算我們想走，也走不了了！」我加重語氣打動她。「我們沒辦法離開了，我們被困在極刑室裡。」

「不要出聲了。」克莉絲汀小聲地說。

我們三個人全安靜下來。

沉重的腳步在牆的另一邊拖著，暫停了一下子，然後再繼續踩響地板。

接著是克莉絲汀一陣絕妙的哀嚎，伴隨著一聲可怕的尖叫。

然後，我們聽見了艾瑞克的聲音。

「請你原諒我讓你看見這麼一張臉，我看起來滿好的，不是嗎？都是另外那個人的錯！為什麼他要按鈴？我有讓他來提醒我時間嗎？他再也不會到處問時間了，都是水中精靈的錯。」

接著，又一聲更有力、更深刻的哀嚎，自一顆破碎的心底發出。

「克莉絲汀，你為什麼叫呢？」

「因為我好痛！艾瑞克！」

「我還以為我讓你害怕呢！」

「艾瑞克，解開我身上的繩子吧！我不是已經成為你的俘虜了嗎？」

「你又會想自殺。」

「你給我的最後期限是明晚十一點，艾瑞克。」

沉重的腳步繼續在地板上拖著。

「反正無論如何，我們都得死在一塊兒。而且我比你還急呢！是的，我也想死，我受夠了這樣的生活，你知道嗎？等一下，你不要動，讓我鬆開你的繩子，你只要說出一個字『不』，那麼，一切都將結束，全世界都將結束！

「你說得對，你說得對極了！為什麼要等到明天晚上十一點呢？哦！對，因為那樣會更壯麗！我的弱點就是太熱衷儀式，太喜歡壯觀，簡直是幼稚。生命中只應該想到自己！想到自己的死……其他的，都只是過眼雲煙。

「你是不是在想，我怎麼全身濕透了？哦！親愛的，那是因為我實在不該出門，外頭的天氣壞極了！另外，克莉絲汀，我想，我得了幻想症了，你知道剛剛是誰按了水中精靈的門鈴嗎？如果他再按，你可以去湖邊看看。嗯！他看起來好像是……

「哪……你轉一下身……現在你滿意了嗎？你自由了！天啊！你的手腕，克莉絲汀！我把它們弄痛了是嗎？就憑這一點，我就該死！說到死，我該去為剛剛那個人唱首死亡彌撒！」

聽到這句可怕的話，一種恐怖的預感湧上我心頭。我自己不也曾經不知不覺觸動了警鈴？直到現在我還記憶猶新——白墨汁般黑稠的湖水中伸出的那兩隻手！

是誰又成為湖中的冤魂呢？

一想到這個不幸的人，我幾乎忘了為克莉絲汀的計策喝采。然而，韓晤卻已在我身邊輕吐出這個神奇的字眼：自由了！

到底是誰呢？另外那一個人到底是誰？此刻傳來的死亡彌撒曲，究竟是為誰演奏的？啊！莊嚴而盛大的歌曲！整個湖濱小居為之震撼，地下的一石一磚皆為之顫動。

我們的雙耳緊貼在牆壁上，希望能聽到克莉絲汀為了幫助我們獲得自由所採取的一舉一動。可是，傳入耳中的，卻仍只是死亡的彌撒。這首曲子，與其說是亡者的彌撒，不如說是受詛咒者的哀鳴，自地心傳來的魔鬼的怒吼。

落筆寫字的這一刻，我仍能清楚地聽見艾瑞克的歌聲，如狂風暴雨般地籠罩著我們。是的，就如雷電交加打在我們四周。

當然，從前我也聽過他唱歌，他甚至曾經唱得使波斯皇宮牆壁上的人面牛身像都為之震動。然而，唱得像此刻這般高亢的情形，我卻從未曾聽過！從來沒有！

此刻，他簡直像雷電之神在引吭高歌。

突然間，歌聲和琴聲嘎然而止。

事出突然，韓晤子爵和我後退了幾步，隨即又被一陣憤怒、字字咬牙切齒的聲音吸引住。

「你——拿——我——的——袋——子——做——什——麼？」

30 死亡遊戲——波斯人記事之四

突然間，四周一片光亮，環繞著我們的牆壁後面亮起燈光，就像烤箱的四壁忽然點上了火，韓晤子爵驚嚇得踉蹌後退好幾步。

那個聲音憤怒地重複一次：「你拿我的袋子做什麼？」

克莉絲汀此刻應該比我們更驚慌顫抖。

「你要我解開你，就是為了拿我的袋子，是嗎？」

我們聽到急促的腳步聲向我們的方向前來。克莉絲汀跑回路易．菲利浦式的房間裡，她彷彿要來到我們被困的這面牆前面，尋求一點庇護。

「你為什麼逃？」憤怒的聲音緊跟在後。「把我的袋子還來！難道你不知道它是我的生死袋嗎？」

「聽我說，艾瑞克！」女孩的聲音哀求著：「既然從此以後，我們必須永遠生活在一起，給我又怎麼樣？你所有的東西不是也都將屬於我嗎？」

這番話的語氣戰戰兢兢，令人同情。小女孩該是用盡了僅存的一點力量，企圖對抗恐懼。但是，這種時候，不是顫抖著牙齒說出這番幼稚嬌嗔的話，就能打動那個怪物。

「你知道的，那裡頭只有兩把鑰匙！你拿它們幹什麼？」艾瑞克問。

「我想要……」她說：「看看那個我從沒見過、你又禁止我進去的房間，這只不過是女人的好奇心而已！」

最後加上去的這句話，原是想放鬆氣氛，豈知弄巧成拙適得其反，更加深艾瑞克的戒心。

「我不喜歡好奇心重的女人！」他答道：「從藍鬍子的故事中，你就應該得到教訓了！過來！把袋子還我！把鑰匙放進去！好奇的小女人！」

然後他放聲大笑，而克莉絲汀卻發出痛苦的尖叫……艾瑞克已奪回他的袋子。就在這個時候，子爵再也忍不住了，口中發出憤怒卻無力的吼聲。我在一旁措手不及，沒能及時堵住他的雙唇。

「哈！哼！」怪物睥睨地笑著：「那是什麼聲音？克莉絲汀？」

「沒有！沒有！」可憐的小女人答道：「我什麼也沒有聽見！」

「我好像聽見有人大叫一聲！」

「大叫？你瘋了是不是，艾瑞克？你以為在這深處地底的房子裡，還會有人大叫？是我在大叫，因為你弄痛我了！我……我什麼也沒聽到！」

「你雖然這麼說，可是你全身發抖！你心虛！你說謊！有人尖叫！有人尖叫！極刑室裡有人！啊！現在我懂了！」

「裡頭沒人！艾瑞克……」

「我懂了！」

「沒人！」

「或許是……你的未婚夫……」

「哼！我沒有未婚夫，你知道的！」

又是一陣冷冷的笑聲。

「反正，要知道裡頭有沒有人，容易得很！我的小克莉絲汀！我的愛人！我們根本不需要打開門，就可以知道極刑室裡的動靜。你想看嗎？你想看嗎？裡頭如果有人，如果真的有人，你可以從靠近天花板的隱形窗戶，看到裡頭正亮起來……只要你拉開黑色布簾，關掉這邊的燈……就成了！關燈吧！有你的丈夫陪著你，你總該不會怕黑吧！」

然後，我們聽到克莉絲汀虛弱的聲音。

「不！我怕黑！我告訴你，我怕黑！這個房間我不感興趣了，是你每次都像嚇唬孩子一樣，用這間極刑室嚇唬我，所以我才會害怕。我剛剛很好奇沒錯，可是現在我一點也不感興趣了！一點也不！」

但是，我所害怕發生的事情終於自動開始了。突然間，四周一片光亮。環繞著我們的牆壁後面亮起燈光，就像烤箱的四壁忽然點上了火。夏尼子爵完全沒有預料到會如此，驚嚇得踉蹌後退好幾步。

而艾瑞克的聲音正在外頭怒吼著：「我說過了，裡頭有人！現在，你看那邊，那扇窗子……它不是亮了嗎？那上頭！你看！牆裡頭的人是看不到那扇窗的。你，你現在爬到那個雙層梯上看看。你不是常問我，這梯子有什麼用途嗎？現在你知道了！它就是用來從小窗子看極刑室的。好奇的小女人！」

「什麼極刑？裡頭會有什麼極刑？艾瑞克！艾瑞克！告訴我吧！別嚇我！如果你真的愛我的話，就告訴我！艾瑞克，裡頭沒有什麼極刑對不對？那只是用來騙小孩子的故事，對不對？」

「上去看看啊！親愛的，爬上去看啊！」

我不知道身旁的子爵，此時此刻是否還聽得見女孩奄奄一息的聲音，他已經被周遭突來的景觀嚇得目瞪口呆。至於我，早在波斯皇宮時，就對這些手法司空見慣，所以可以全神貫注在鄰房的對話上，設法找出解決的辦法還擊。

「上去看，上去小窗口那兒看看！然後再告訴我……告訴我，那個人的鼻子長得怎麼樣！」我們聽見推動梯子和梯子靠上牆壁的聲音。

「上去啊！不要？不要，那我就自己上去囉？親愛的！」

「不！我是說好！我自己上去看……讓我上去！」

「哈！我的小親親！我的小親親！你簡直太可愛了……還顧念到我這把年紀，幫我省去這個麻煩，真是對我太好了！你可得告訴我他的鼻子長什麼樣子。因為，如果人們有了自己的鼻子，還懷疑自己不幸福，那他們真應該到極刑室裡來散步！」

就在這個時候，我們清楚地聽到頭頂上傳來這幾句話：「可是，裡頭沒有人啊！」

「沒人？你確定裡頭沒有人？」

「我發誓！沒有……裡頭沒有人……」

「那麼，很好！你怎麼了，克莉絲汀？嗯？你不會覺得不舒服吧！既然裡頭沒有人，那就下來吧！平靜點！既然裡頭沒人……你覺得裡頭的景觀怎麼樣？」

「哦！很好啊！」

「看吧！好多了吧！不是好多了嗎？太好了，情況好多了！不再衝動了！這真是個奇怪的房子，不是嗎？居然還能看到這種景觀！」

「是啊！我還以為是在克文博物館❶裡呢！可是，艾瑞克，告訴我，裡頭沒有什麼酷刑吧？你知道嗎？你嚇壞我了！」

「為什麼？裡頭又沒有人。」

「是你造了這個房間嗎？艾瑞克？你知道嗎？真的好美！你真是個偉大的藝術家，艾瑞克！」

「沒錯，屬於『我那一類型』的偉大藝術家！」

「可是，艾瑞克，告訴我，為什麼你稱這個房間是極刑室？」

「哈！很簡單。首先，你看到了什麼？」

「我看到一座森林！」

「森林裡頭有什麼？」

「樹木啊！」

「那樹裡頭有什麼？」

「有鳥！」

「你看到小鳥……」

「不！我沒有看見小鳥。」

「那麼，你看到什麼？找找看！你會看到樹枝！那樹枝裡頭有什麼？」

可怕的聲音逼迫著：

「有一個斜絞刑架！這就是我把我的森林小屋叫做極刑室的原因。你看，這只是一種稱呼方式而已，只是用來說笑罷了！我可從來不用和別人相同的方式來表達，我不做和別人一樣的事。可是，我做得好累！好累……你知道嗎？我受夠了房子裡的森林，還有那個極刑室，受夠了住在這麼個暗無天日的地牢裡！我受夠了！

「我想要有一間寧靜的公寓，有著普通的窗子，普通的門，還要有一個忠貞的妻子，一起住在裡頭，就像所有人一樣。克莉絲汀，你應該了解的，我沒有必要每次都從頭到尾向你重複一遍……可是，我要像所有的人一樣，有一個妻子，有一個我深愛的妻子，有一個在星期天可以帶著她散步、每天都逗得她開開心心的妻子！

「啊！和我在一起，你不會無聊的！我的口袋裡不只會變出一種把戲而已，更別說撲克牌魔術！對！你要不要我變撲克牌給你看？這可以消磨掉一些等待明天十一點來臨前的時間。

「我的小克莉絲汀！我的小親親！你在聽我說話嗎？你不再拒絕我了，是嗎？你愛我！不，你不愛我！可是，沒有關係，你終究會愛我的。從前，你根本不敢看我的面具一眼，因為你知道它的背後是……可是，現在，你看著它，你忘了它的背後是什麼，而且，你不再拒絕我了！只要有心，一切都可以習慣的！有很多人婚前並不相愛，婚後卻非常恩愛……

「哦！我已經不曉得自己在說些什麼了。可是，跟我在一起，你會很快樂的，全世界沒有人可以像我一樣，嗯，比如說，這一點，我可以對即將為我們證婚的上帝發誓，全世界沒有一個人，可以像我這樣用腹語說話。我是世界第一的腹語專家！你笑了！或許你不信……可是，你聽著！」

可憐的人（其實，他的確是世界第一的腹語專家）！這麼奮力地說話，想要轉移克莉絲汀對極刑室的注意力（這一點我清楚得很）。痴心妄想！克莉絲汀所想的只有我們！她不斷地用自己最溫柔的聲音，大膽地請求他。

「關掉小窗裡的燈吧！艾瑞克！關掉小窗裡的燈！」

因為她深信，這裡的燈光會突然亮起，而艾瑞克又以如此威脅的口吻提起，極刑室一定有它存在的道理。此刻，唯一能令她放下心中大石的事，就是看見我們兩人，安然無恙地站在牆壁後的燈光裡！可是，如果燈光能夠熄掉，她當然會更放心一點！

艾瑞克已開始表演腹語。他說：「看！我把面具拉起來一點點，哦！只有一點點……你看到我的嘴唇了嗎？它們沒有動……我的嘴巴是緊閉的……我是說，我那個像嘴巴的地方……可是，你卻聽得到我的聲音！我用我的腹部在說話……很自然……這叫做腹語，很出名的！

「聽著我的聲音，你想要它在哪兒呢？在你的左耳？在你的右耳？在桌子裡？在壁爐旁的小鳥木盒裡？哈！嚇一跳了吧！我的聲音就在壁爐旁的小木盒裡！你想要它遠一點？還是近一點？洪亮一點？還是尖細一點？還是鼻音呢？我的聲音到處遊走著……到處……

「聽好哦！親愛的！聽聽壁爐右邊的小盒子怎麼說：該轉動蠍子嗎？現在，哈！聽聽左邊的小木盒怎麼說：該轉動蚱蜢嗎？再咔！現在，在小皮袋裡……它在說什麼呢？『我就是小小的生死袋！』好，再咔！

「現在，在卡兒羅塔的金嗓子裡，在她晶瑩透澈的喉嚨裡，相信我！她說什麼來著？她說：『是我，蛤蟆先生！是我在唱：我聽見孤獨的聲音……呱！低吟在我的……呱！……』現在，聽！它來到劇院之鬼的椅子上……然後它說：『卡兒羅塔女士今晚將摘下星光……』

「那現在，再聽：哈！哈！哈！艾瑞克的聲音在哪裡呢？聽好哦，克莉絲汀，我的小親親！聽好！它就在極刑室之門的背後！聽我說！是我在極刑室裡！那我該說什麼呢？我說：『有幸擁有鼻子的人不幸了！到極刑室一遊的人不幸了！哈！哈！哈！』」

該死的腹語，它無所不在，無所不在！它穿過看不見的小窗……穿過牆壁……跑到我們四周……我們之間……艾瑞克就在這裡！

他在跟我們說話！我們探出雙手，像是想捉住他。可是艾瑞克的聲音比洪亮的回音更快、更難以捕捉，剎時又已穿過厚牆，回到牆的另一頭。又過了一會兒，突然間，什麼都聽不見了。克莉絲汀的聲音傳了過來。

「艾瑞克！艾瑞克！你的聲音把我弄得好累。安靜點，艾瑞克，你不覺得這兒變得好熱嗎？」

「哦！沒錯！」艾瑞克的聲音答道：「熱氣變得令人難以忍受。」

接著，又是克莉絲汀憂心而無力的聲音。

「這是怎麼回事啊？牆好熱……好燙哦！」

「讓我告訴你吧！親愛的克莉絲汀，那是因為牆壁的『森林』！」

「啊？什麼意思？森林？」

「難道你沒有看見裡頭是一座剛果熱帶森林？」

接著，那個怪物的笑聲恐怖地響起，使得我們再也無法分辨出克莉絲汀苦苦的哀求。

而韓晤子爵儼然已經崩潰，像個瘋子似地狂叫，撞擊著牆壁，我再也沒法子按捺住他。傳入耳中的，仍然只有那個怪物如雷貫耳的笑聲。至於那個怪物本人，應該也只能聽得見自己的笑聲……

然後，傳來一陣打鬥聲，有人摔倒在地，被拖著走……門砰地關上。

然後，一切靜止！我們周遭只剩下一片平靜，一片熱帶的熾熱——在非洲叢林的中心。

❶ 克文博物館是巴黎市內的蠟像館，建於一八八二年。

31 「酒桶！酒桶！」──波斯人記事之五

我的動作停頓下來，手放在桶塞上。韓晤子爵也聽到了，他對我說：「真奇怪，倒像酒桶自己在唱歌呢！」

先前我已經說明過，韓晤子爵和我所在的地方，是一間鑲滿鏡子的正六角形房間。大體上說來，類似這一類精心設計過的房間，現在已可以在某些展覽中見到，通常被稱為「幻象之屋」或「迷幻宮」。然而，它們的發明卻完全是出自艾瑞克之手。

在波斯，我曾親眼看著艾瑞克建造第一間這類型的迷宮。他只需在房間的角落安置某種裝飾物，例如一根柱子，房間立刻就會變成一座有千萬根支柱的宮殿。由於鏡子的作用，使得原本真實的房間，幻化成一間正六角形的房間，然後不斷加倍，直到無限大。

當年，為了取悅蘇丹小王妃，他創造出這種迷幻宮殿。然而，小王妃很快地就對如此簡單的幻覺感到厭煩，於是，艾瑞克便將這個發明改造成極刑室。而原先基於建築設計的理由擺設的裝飾物，也被一棵鐵樹取代了。為什麼一棵仿造得唯妙唯肖的樹木，竟是用鐵製成的呢？原因只有一個：這棵樹必須堅強得足以抵抗來自極刑室受刑人的一切攻擊。

待會兒，我們就會看見，裝飾景象在瞬間變化成一一種不同的景觀，這歸因於轉盤的自動旋轉裝置。這些轉盤安置在角落裡，分成三部份，緊緊與鏡角相接，每個上面皆支撐著一個裝飾物，依序出現。除了牢固的景觀裝飾物外，這六道牆都鑲了一層又一層的厚鏡，赤手空拳被關進裡頭的死刑犯，再憤怒、再孔武有力，也無計可施，無機可乘。房間裡沒有任何家具，天花板整個發亮，另外還有一套天才的發明——電熱器系統（從那之後才有人模仿，當作室內暖氣使用），能隨心所欲地調高牆內的溫度，營造出想要的室內氣氛。

我之所以如此詳盡地一一描述這些細節，是希望在向各位說明如此突破性的發明，如何營造出烈日下赤道叢林的氣氛時，沒有人會懷疑我頭腦的清醒度，更沒有人會說：「這傢伙瘋了不成？」或說：「這老頭說謊！」甚至：「他把我們全當成笨蛋。」

假如我只是簡單地如此敘述：「一下到地窖底部，我們就發現自己進入了一座烈日高照的赤道叢林。」可能只會引起一陣愚蠢的新奇感。可是，我的目的不在於製造任何聳動效果。動筆寫這幾行字，只是想要告訴大家，發生在韓晤子爵和我身上的一場千真萬確的遭遇，而這場遭遇，又曾經轟動法國司法界一時。

現在，言歸正傳。

當天花板及四周的森林先後亮起來時，韓晤子爵所受到的震撼，遠超過一切可能的想像。這座無法穿越的森林、一棵棵無止盡散開的樹木，出現在他眼前，使他陷入極度恐慌的迷惑之中。他的雙掌猛敲著額頭，像是希望驅走這一場夢魘。兩隻眼睛不停地使力眨著，彷彿眼睛有了毛病醒不過來，無法看清事物真實的面貌。好長的一段時間，他忘了外頭的情人與仇家。

我說過，這座森林的出現完全沒有嚇住我，所以，隔壁所發生的一切，我聽得一清二楚。

最後，我的注意力仍舊轉回房間內，但不是為了早已認清的幻象，而是為了產生幻象的鏡子本身——鏡子的某些部位，有被敲擊過的痕跡。是的，儘管它是那麼地堅固，還是有人在它上面刻下擦痕，留下記錄。這足以證明，我們所處的這間極刑室，已有人用過了。

這個不幸的人，雖然不像當年波斯皇宮極刑室裡的死刑犯一樣手無寸鐵，但想必在落入這幕「致命的幻象」時，仍是又憤怒又瘋狂，不斷地敲打撞擊這些鏡子。結果，雖然在上面留下輕微的擦痕，卻無法制止它不可改變的反射作用。而那根樹，仍如他剛來時所看到的，屹立在那兒等著他上吊。看著眼前的樹，他會淺淺地一笑，因為最後映入眼簾的，竟是千千萬萬個與他同時上吊的自己——這便是他最大的安慰！

沒錯！我所推測的沒錯！喬瑟夫．布葛掉進過這兒！難道我們也將像他一樣死去？我並不這麼認為，因為我知道我們還有好幾個小時可以利用，而我比喬瑟夫．布葛更懂得如何善用這一段時間。

對於艾瑞克的「把戲」，我不是曾經深入地研究過嗎？這正是派上用場的絕佳時機。

首先，我完全不考慮從將我們引入這間該死房間的通道出去，也不費神思考如何從內部打開通道口上那道石門。理由非常簡單：我根本辦不到！

我們從太高的地方跳下來，卻沒有任何道具可供攀登上通道、爬上樹木，甚至我們兩人疊羅漢，都不可能辦得到。唯一可能的出口，就是艾瑞克和克莉絲汀所在的路易．菲利浦式的那扇門。但是，就算這扇門和克莉絲汀廂房裡的一樣普通，對我們而言仍是非常困難，因為它根本就是隱形的。我們必須在完全不知道它位於何處的情況下試著打開它，這可不是普通的功夫就能辦到。

所以，當我聽到艾瑞克拖著克莉絲汀離開路易．菲利浦式房間，以免她打擾我們受刑，而倚靠她的希望已確定落空時，我決定立刻動手，也就是，開始尋找極刑室中的暗門。

但首要之務是先安撫韓晤子爵。此刻的他，如同夢遊者般踱步於幻象之中，語無倫次地嘶吼、吶喊。其實，方才克莉絲汀和怪物之間的片段對話，儘管令他情緒異常激動，卻沒擊倒他，令他喪失理智。但是，諸位讀者，如果您在這番情緒煎熬上，再加上突如其來的神祕森林，以及已開始迫得他汗如雨下的熾熱，您或許就能理解，韓晤子爵所面臨的是何等的衝擊。

所以，儘管我費盡口舌相勸，他仍無法恢復理智。他無來由地來回走著，急急衝向一片不存在的空間，以為自己進入一條通往盡頭的步道，但才走了幾步，卻一頭撞上森林幻影的反射鏡！

他就這樣像無頭蒼蠅般地亂撞，一邊還呼喚著：「克莉絲汀！克莉絲汀！……」然後，舉起手槍，聲嘶力竭地對那個怪物叫陣，揚言要與音樂天使決一死戰，並悲憤地詛咒著這片幻象森林。

極刑在他毫無防備時展開了！

我竭盡全力抑制他，試圖將可憐的子爵帶回現狀。我抓著他的雙手，要他用指尖去觸摸鏡子、鐵樹、轉盤上的枝葉，並向他解釋，根據光學原理，籠罩在我們四周的一切，不過只是燈光下的幻影，而我們絕不能如那些魯莽無知的人一般，成為它的犧牲者！

「我們是在一個房間裡，一個小小的房間裡。你必須不斷地提醒自己這句話……而且，只要我們找到門，我們立刻就能出去，現在，開始找吧！」

我向他承諾，如果他能讓我安靜工作，不再滿室亂撞亂吼，我一定可以在一個小時之內找到那扇暗門。於是，他就像果真處在一座森林裡一樣，躺在一棵樹旁，聲明說，既然沒什麼事好做，就休息一下好了，等著找到森林的出口！而且，還自以為是地下了評語：「景色實在棒極了！」（在我已費盡口舌這段期間，極刑仍舊進行著。）

至於我自己，則將森林拋在腦後，全神貫注在每一面鏡子上，四處敲打，尋找關鍵點。因為，根據艾瑞克的旋轉式暗門機關系統來看，只要找到那個點，使勁一壓，就能將門打開。

而這個關鍵點，有時只是如豌豆仁般的大小記號，但背後卻正是旋轉暗門的彈簧所在。

我不斷地找著！找著！敲打著我伸手可及範圍內的每一寸鏡面。艾瑞克與我差不多高，我想，他不會將彈簧鍵安置在他身高難以搆到的地方——儘管這只是個假設，卻是我唯一的希望。

所以，我決心就這麼小心翼翼地檢查六面鏡子，然後，再同樣謹慎地查遍每一寸地板。

在我細心檢查這些牆面的同時，我儘可能不浪費一分一秒，因為，熱氣正一點一滴地侵襲著我們，不久我們肯定會被烤焦在這片燃燒的森林中。我就這麼全心全意地工作了半個多小時，檢查完三面鏡子。然而，我們的惡運之神卻迫使我得隨時分神，面對子爵乾裂的嘶吼。

「我悶死了！」他說：「這些鏡子全在反射一股該死的熱氣！你到底是不是快要找到彈簧鍵了？再遲一點，我們可就被烤熟在這兒了！」

聽到他這麼說話，我毫無不滿，至少他沒有用「森林」這個詞，我希望他的理智還能再繼續與極刑的幻象抗爭下去。但是，他卻又加了這幾句話：「唯一值得安慰的是，那個怪物給克莉絲汀的期限是到明晚十一點，假使我們出不了這裡，無法救她，至少我們能死在她之前！這麼一來，艾瑞克的死亡彌撒曲，正好人人用得上！」

然後，他又深深地吸了一口熱氣，這口氣差點使他昏了過去。我沒有因為他的絕望而向惡運屈服，簡短地鼓勵了他幾句話後，又重新投入工作之中。但是，我錯了，我不該在回頭說話時移動腳步。現在，面對著一望無際的叢林幻象，我再也找不到原先那面鏡牆了！眼看著一切只有重新開始，我再也無法克制自己不悅的神色。子爵很快理解到一切必須重新開始，這等於是給了他另一記重擊。

「我們永遠不可能走出這座森林！」他哽咽地說。

他的絕望愈來愈深，而愈深的絕望，只有愈使他忘記自己是身處在六面鏡子中，使他愈來愈相信，自己是陷在一座真實的森林裡。我重新投入尋找的工作……敲啊敲的……終於，輪到我感覺到熾熱難熬，因為我什麼也沒找到……完全沒有……

隔壁房間仍一片寂靜。我們果真迷失在這座森林之中，沒有出口，沒有方向，沒有指標！什麼都沒有。哦！我知道，如果沒有人前來救援，或者我沒有找到彈簧鍵，我們的下場會……

可是，我已經竭盡全力在尋找彈簧鍵了，但找到的卻只有樹的枝葉，美麗得令人激賞的枝葉，在我眼前無止盡地延伸，在我頭上交會成絕妙的拱弧，可是，它們卻沒有一點樹蔭！不過，這很自然，因為我們是在赤道森林中，太陽正在我們頭頂上。哦！剛果森林！

韓晤子爵和我將身上的衣服脫了又穿，穿了又脫，反反覆覆好幾回。一會兒覺得身上的衣服把自己弄得更熱，一會兒又覺得它們至少能保護我們不受熱氣的傷害。

我在心理上還算把持得住，但韓晤子爵卻似乎已完全崩潰。他以為自己已在這片森林中走了三天三夜，馬不停蹄地尋找克莉絲汀。有時候，他會以為瞥見克莉絲汀隱藏在某棵樹後，或者鑽入樹叢內，因而失聲大叫。他字字哽咽的哀求，連我聽來都不禁泫然淚下。

「克莉絲汀！克莉絲汀！」他喚著：「為什麼要逃避我呢？莫非你不再愛我了？難道你忘了，我們曾經兩情相悅並訂下婚約？克莉絲汀！停下腳步看看我啊！看看身心俱疲的我！克莉絲汀！可憐可憐我！我就要死在這片森林裡，與你永別了……哦！我好渴！」最後，他痛苦地呻吟著。

我自己也好渴，喉嚨焦裂。然而，儘管累得坐倒在地板上，飢渴並沒能阻止我繼續尋找暗門上的彈簧鍵。但是，夜色降臨了，森林變得更加險惡，剎那間，夜幕已籠照在我們四周，來得那麼地快，就像赤道國度裡的夜色，很突然的降臨，幾乎不留一點時間給黃昏。

熱帶叢林的夜晚總是非常險惡，尤其是我們沒有任何工具可燃起火炬，驅走兇惡的猛獸。我曾一度放棄尋找彈簧鍵，試著想要摘下樹枝，用我燈籠裡的火燃亮它們，但卻一下子就撞上鏡子。這才及時提醒了我，困住我們的，只是樹枝的幻象……

炎熱並沒有隨著白晝的逝去而消失，相反地，在藍色的月亮底下，顯得更加燠熱。

我要求子爵擺好射擊的姿勢，一步都不能離開我們駐紮的角落。而我自己則繼續尋找彈簧鍵。

突然間，在幾步遠的地方，傳來獅子的吼叫聲，刺痛了我們的雙耳。

「哦！」子爵低聲地說：「牠就在不遠的地方，你沒看見嗎？在那兒……在樹後頭！在這片林子裡……如果牠再叫，我就射死牠！」

一會兒，獅吼聲又更近了。子爵開了一槍。

但我不認為他真的能射中獅子，只不過等到第二天天亮時，我們將發現鏡面多了個彈孔而已。

這一夜，我們應該趕了好長的路，因為才一轉眼光景，我發現我們竟已來到沙漠的邊緣，面對著一望無際的礫石、沙丘。可不是嗎？何必走出森林呢？這會兒卻已落入沙漠！

這真是一場不眠不休的苦戰！我臥倒在子爵身旁，厭透了毫無結果地找尋彈簧鍵。

我告訴子爵，我非常訝異這一夜居然沒有再遇上其他猛獸。通常，在獅子之後，會有豹，有時還會有嗤嗤蠅的嗡嗚聲。其實這些只不過是簡單的音效罷了！我解釋給子爵聽——

在尚未進入沙漠之前，正當我們小憩時，艾瑞克便取出一面長鼓，製造出獅吼的聲音。長鼓的一端糊有驢皮，驢皮上繫有一條腸皮繩，中間再繫上另一條同質料的長繩貫穿長鼓。他只須戴上塗有松香油的手套，輕輕摩擦腸繩，就能隨心所欲模仿出他所想要的動物聲，例如獅吼、豹哮，甚至嗤嗤蠅的嗡嗚聲。這麼一推想，艾瑞克應該就帶著道具待在隔壁房間裡，突然間的靈光乍現，讓我想到一個解決的辦法——和他談判。顯然地，事情到了這個地步，已無法再攻其不備，此刻唯一的辦法就是：讓他明白極刑室中的囚犯為何堅持見他。我大聲喊著他的名字。

「艾瑞克！艾瑞克……」

我竭盡全力地喊著，希望聲音能順利地穿過沙漠，可是卻沒有一點回音。環繞著我們的，仍只是死寂與赤裸裸、一望無際的石礫沙漠。

在這一片可怕的孤絕之中，我們的命運將會如何呢？

無疑地，我們已開始嗅到死亡的氣息，來自燠熱、來自飢餓、來自乾渴，特別是乾渴……

突然，我看到子爵雙手一撐站起身來，指著地平線上的一個小點。啊！他發現了一塊綠洲！

是的，在遙遠的地平線上，沙漠中出現了一小塊綠洲，一塊帶著水源的綠洲。晶瑩閃亮的水面像是鏡子，反射著鐵樹！

啊！這……這只是海市蜃樓……

我一下子就洞穿了真相，但是，最最可怕的是，沒有人能夠抗拒它的誘惑……沒有人！

我極力保持清醒，抑制自己不去渴望水源，我知道，如果渴望水源，渴望映著鐵樹的水源，如果這麼想，在渴望之後，只有一頭撞上困住我們的鏡子。

而最後，只剩一件事能做：爬上鐵樹上吊！所以，我對著子爵大叫：「這是幻覺！幻覺！別相信真的有水！這又是鏡子的陷阱啊！」

然而，他卻重重地摔開我，狠狠地咒罵我所說的鏡子、彈簧鍵、旋轉門以及幻覺迷宮……

他非常憤怒，一口斷定我非瘋即瞎，否則，怎麼會將那穿梭在美麗叢林中的涓涓清泉當成幻覺？而且，這片荒漠是真實存在的！森林也是真的！他可不是那麼好騙的……他的旅遊經驗太豐富了，他走遍了各式各樣的國度……

他拖著疲憊的腳步，口中唸著：「水！水！」他張大嘴巴，像是正在喝著水。我也是，我也張大了渴望喝水的雙唇。

此刻，水不僅映入我們眼底，還傳入我們耳中！我們聽得到它湍流的聲音……

咕嚕咕嚕……

您們能了解「咕嚕」這個詞的真正含意嗎？這是個用舌頭來體會的動詞啊！它引得舌頭長長地伸出嘴外，好細細體會水的滋味。

終於，最難以忍受的極刑到來了！我們聽到雨水沙沙落下，可是卻看不見雨滴！

這是何等惡毒的發明！

哦！我知道艾瑞克是怎麼做到的。

他在一個非常窄長的細長罐子裡，間隔著安上木製及鐵製的閥口，然後再灌入細石。當這些細石落下時，撞上閥口，反彈互撞，便發出斷斷續續的聲響，聽來令人誤以為是暴風雨來臨時啪落下的雨聲。然而，此刻真該看看子爵和我是如何伸長著舌頭，一步步拖著走向咕嚕滴流的河水。我們的眼睛、我們的耳朵，盡是水！水！但是，我們的舌頭卻像曬乾的牛角。

我們來到鏡子前，子爵舔舐著鏡面，我也一樣，飢渴地舔著。

火燙燙的！

最後，我倆帶著厭倦與絕望滾倒在地上。子爵舉起只剩最後一顆子彈的手槍，對準自己的太陽穴，而我，則望著腳底下的邦加繩套。現在我懂了，為何在第三幕幻象時，鐵製的樹會再度出現！

鐵樹正等著我們呢！

然而，當我絕望地探頭向邦加繩套時，一個令我震撼的東西出現在眼前。

我的反應是如此的強烈，連子爵都禁不住停下自殺的動作。方才，他已喃喃唸著：「克莉絲汀！永別了……」

我一把抓住他的手臂，奪下他的手槍，然後跪在地上，爬向我所發現的東西。

方才，我在邦加繩套旁邊的地板刨槽裡，發現了一支就算化成了灰我也認得的黑頭釘。

總算！總算讓我找到彈簧鍵了！

可以轉動暗門的彈簧鍵！可以放我們自由的彈簧鍵！可以讓我們找到艾瑞克的彈簧鍵！啊！

我敲了敲釘子，轉過頭，用最容光煥發的神情看著子爵。

黑頭釘在我的加壓下，沉下去了！接下來……

接下來打開的，竟不是牆壁中的暗門，而是地板上的機關！

冰涼的空氣隨即自機關下的黑洞湧上來。我們趴下身，攀附在四方形黑洞邊，如同這個方才被神祕打開的痛飲清水般，將下巴沉入清涼的空氣中，吸吮著這股清涼。

然後，我們屈著身子，愈來愈貼近機關入口。在這個黑洞、這個方才被神祕打開的地板暗門的地窖裡，會有些什麼呢？

裡頭或許會有水？

可以喝的水……我伸長手臂，探向黑洞，摸到一塊石頭……又一塊……是道石梯，一道通往地窖底的陰暗石梯。子爵已準備跳進黑洞中。

在那裡面就算找不到水，至少也能躲過這些該死的鏡子炙熱的燒烤！

然而我卻制止了子爵，因為我擔心這又是艾瑞克的詭計，所以，點上燈籠後，我第一個下去。

石梯在黑暗中無止盡地延伸、旋轉。啊！石梯及黑暗中的清涼可愛啊！

這股清涼之氣，應當不是來自艾瑞克基於需要而建立的通風系統，而是來自地窖的牆壁及地面。這些土牆應該飽含水份，而且水位應該與我們所在的位置同高。這麼看來，湖應該離我們不遠！

我們很快走到樓梯底，不斷地在黑暗中搜尋，分辨周遭的一切。

啊！我看到一些圓形的東西。

我將燈籠的光束轉向。

酒桶！

我們在艾瑞克的酒窖裡！

這兒應該就是他放酒的地方，或許還有可以喝的水。

我知道艾瑞克一向偏好美酒。

啊！總算有東西可以喝了！

子爵珍惜地撫摸一桶桶酒，嘴裡不厭其煩地唸著：「酒桶！酒桶！這麼多的酒桶！」

事實上，這些酒桶分成兩排，整齊地排列在我們兩旁，數量的確十分驚人。

不過，全是些小桶。我猜艾瑞克之所以會選擇小桶，是為了方便運回湖濱小居。

我們一一檢查這些酒桶，看能不能找出一兩桶沒栓緊的，那麼，至少我們還能先喝上一、兩口。

但是，所有的酒桶全被緊緊地栓死了。

所以，隨便拿起其中一桶，確定裡頭裝滿酒之後，我與子爵便跪在地上，取出隨身攜帶的小刀，就要撬開桶塞。

就在這個時候，我彷彿聽到在遙遠的地方，傳來一陣熟悉的低吟，是在巴黎街頭常常可以聽到的低吟聲。

「酒桶！酒桶！有酒桶要賣嗎？」

我的動作停頓下來，手放在桶塞上。子爵也聽到了，他對我說：「真奇怪，倒像酒桶自己在唱歌呢！」

低吟聲再度傳來，卻顯得更遙遠了。

「酒桶！酒桶！有酒桶要賣嗎？」

「哦！哦！我發誓，」子爵又說：「那聲音漸漸消失在酒桶裡！」

我們站起身，看看酒桶的下方。

「是在酒桶裡頭！」子爵叫著：「在裡頭！」

接下來，我們卻什麼也沒聽到了。我們開始責怪自己，是不是因為精神狀況不佳，才產生了幻覺……

最後，我們決定還是先拉開桶塞再說。

子爵雙手緊抓住桶身，使盡全力……我們終於將塞子拉了出來。

「這是什麼？」子爵立刻大叫著：「這不是水！」

他伸出盛滿東西的雙手，貼近我的燈籠。

我低下頭，靠近他的雙手。

剎那間，我立刻將燈籠遠遠地擲開，任憑它消失不見。

因為，方才那一刻，我在子爵手中看見的……竟是火藥粉！

32 最後抉擇——波斯人記事之結尾

艾瑞克說：「如果轉動蚱蜢，我們全都會一起炸開，我們的腳底下有足以炸掉四分之一巴黎市的炸藥。然而，如果轉動蠍子，那些炸藥全會被水浸濕，然後我們倆將愉快地結為夫妻！」

就這樣，來到地窖底部後，我才真正證實長久以來心中的恐懼。果然是真的！可憐的傢伙，他沒有騙我，他揚言毀掉眾多生靈的威脅，是真的！他早已失去人性，離群索居，如禽獸般生活在地底洞穴裡，並下定決心，只要有任何地上的人，想攻入他用來隱藏自己醜貌的堡壘，他就要與所有人同歸於盡，共喪於爆炸之中。方才的發現令我們方寸大亂，忘記了先前所遭受的折磨與此刻的痛楚。即使是遭遇先前所面臨的一切險境，甚至被迫自殺，我們都未曾感受到如此切身的恐懼感。

此刻，我們終於懂得那個怪物對克莉絲汀所說的話。

「要或不要？如果不要，所有的人都得死！都得被埋葬！」

是的！與風光一世的巴黎歌劇院一起埋葬！誰能想像得出這種比在極度恐懼中等待死亡更可怕的謀殺呢？那個怪物冷靜地安排一場大悲劇，作為自己最終的結局，作為愛情報復的手段，此刻，他居然還能自在地漫步在外！

「明晚十一點，最後的期限！」

啊！他可真懂得挑時間。明晚十一點，會有無數人趕來赴宴，無數的人來到劇院，來到這棟音樂之屋！他所夢想的死亡方式，有那一種能比這場爆炸更壯麗呢？帶著全世界最亮眼的仕女名流，帶著無數耀眼的珠寶，與自己共赴黃泉！

明晚十一點，如果克莉絲汀說不，劇院將會在演出中被炸個粉碎。明晚十一點！

可是，克莉絲汀怎麼可能會答應呢？她怎麼可能願意和一個活死人結婚呢？而且，她或許還不知道，眾多人的命運全繫在她的答案上。

明晚十一點！

於是，我們在黑暗中摸索著，試圖遠離炸藥，並找到方才的石梯。在那上頭，我們頭頂上那道連接極刑室的暗門，所透出的光也已熄滅了。我們口中喃喃唸著：明晚十一點鐘！

終於，我摸到石梯了。然而突然間，我無力跪倒在石梯前，因為一個可怕的念頭倏地閃入腦中。

「幾點了？」

啊！現在幾點了？幾點？因為，明晚十一點，也許就是今天！也許就是此刻！

誰能夠告訴我們幾點了？我們彷彿已被囚禁在這座地獄裡好幾天、好幾年、好幾世紀，或許，一切馬上就會炸個粉碎！

啊！有聲音！咔嚓聲！你沒聽見嗎？那兒！或許是引爆的機關！馬上就要炸開了！你沒聽見咔嚓聲嗎？你聾了不成？

子爵和我瘋狂地大叫，恐懼逼亂了我們的腳步，我們跌跌走走爬上樓梯。

可是，上頭的門或許被關上了，或許就是因為門被關上，所以才會這麼暗。

啊！不要黑暗！我們不要黑暗！我們寧可回到極刑室致命的光芒裡！

我倆終於來到石梯的頂端。

不！地板上的暗門並沒有關上，只是，此刻極刑室裡也變得跟方才的地窖一樣漆黑！我們終於完全脫離了地窖，現在腳下所踩的，又是極刑室的地板，將我們與炸藥暫時隔開的地板！

現在到底幾點鐘了？我們齊聲大叫，呼喚著……子爵重拾起所有的力氣呼喚著：「克莉絲汀！克莉絲汀！」

而我，則叫著艾瑞克的名字，提醒他，我曾救過他一命啊！

可是，沒有一點回音……除了我們絕望的悲嘆、瘋狂的嘶喊之外，沒有任何回音……

現在到底幾點鐘了？

「明晚十一點鐘！」

我們討論著，試圖計算我們在此度過了多少時間。然而我們根本理不出一點頭緒！要是能讓我們看一眼手錶，看一眼時針分針走到那兒，該有多好！我的錶老早就停了，可是子爵的錶還在走。他來歌劇院前才上過發條的，由這一點推算，我們還有希望，應該還沒到最後一秒鐘。

但是，只要那道無法再關上的暗門裡，再傳來一點點聲響，就會將我們推入最深的恐懼之中。

到底幾點鐘了？我們身上沒剩下半根火柴，然而我們一定得知道！

子爵摸索著將錶上的鏡片剝下，用指尖摸著長短針，但是錶環上沒有任何時間的標記，他只有利用長短針的交叉口大小來判所時間。

或許，現在正是十一點……或許，那個令我們恐懼的十一點已經過去了。

或許，現在還是第一天晚上的十一點十分，我們還有將近十二個小時可以利用。

突然間，我叫了一聲：「安靜！」我好像聽到隔壁房裡有腳步聲。我沒聽錯！接著，傳來開門聲和一陣急促的腳步聲。有人在敲我們的牆。是克莉絲汀的聲音。

「韓晤！韓晤！」

啊！我們三人隔著牆不約而同大叫。

克莉絲汀在另一邊泣不成聲，因為她完全不知道，是否能重新見到活著的韓晤子爵！

看來，那個怪物表現得非常恐怖……在等待她願意說出那個她一直抗拒說的「要」字之前，他似乎不斷地胡言亂語。然而，當克莉絲汀表示，如果他願意打開極刑室的門就答應他的求婚時，他卻憤怒的拒絕，並且還奸惡地用許多人的生命來要脅她！

時間就這麼一分一秒，痛苦地在這片地獄中流逝。

方才，他決定離開，留給克莉絲汀最後一次單獨考慮的機會。

時間一分一秒流逝……

「現在幾點了？到底幾點了？克莉絲汀……」

「十一點！十一點差五分！」

「那個十一點？」

「決定生與死的十一點！他方才離開時跟我說的。」

克莉絲汀的聲音充滿痛苦與絕望。

「他實在太可怕了！他完全瘋了！他摘掉面具，兩隻眼睛冒著金色的火光！他像個酗酒的魔鬼，一邊大笑一邊對我說：『五分鐘！我放你單獨五分鐘，因為你是出了名地害羞！我可不想在你對我說「好」時，見到你像其他那些怯生生的未婚妻一樣的臉紅，多低級！誰不知道她們心裡在想什麼！』我跟你們說過了，他簡直是個酒醉的魔鬼！他把手伸進生死袋裡，然後對我說：『這把銅製的小鑰匙，是用來打開路易．菲利浦式房間裡的小烏木盒的。在其中一個裡頭，你會看見一隻蠍子；另一個裡頭，則是一隻蚱蜢。全是精雕細琢的日式銅雕動物，而且，也是代表「要」與「不要」的動物！也就是說，你只要將蠍子轉到另一邊，當我走進路易．菲利浦式的房間時，就是走進我倆的新房，在我眼裡它就代表：要！如果你轉動蚱蜢，就表示：不要！這麼一來，我走進路易．菲利浦式的房間裡時，它就成了死亡之屋……』

「接著，他又像個魔鬼般哈哈大笑！而我，我只有跪在他的腳下，哀求他，只要他肯給我極刑室的鑰匙，我願意永遠成為他的妻子。可是他卻對我說，我們再也不會需要那把鑰匙，他要把它丟進湖底！然後他又一邊大笑一邊對我說，他要等五分鐘以後才會回來，因為他了解，身為一名風流雅士，該怎麼尊重女士。啊！對了！他還對我大喊：『那隻蚱蜢！可得小心那隻蚱蜢！蚱蜢不僅會轉而已哦！還會蹦！蹦！好聽極了的一聲蹦！』」

在此，我儘量忠實的記載克莉絲汀斷斷續續的話，以及一聲聲令人心痛的嘆息。因為她也和我們一樣，跌入人性最深層的苦痛中，甚至，她所受的罪更甚於我們！

每講一、兩句話，她就會把話打住，憂心地喚著：「韓晤！你難過嗎？」

她猛力敲著已冷卻下來的牆，問我們為什麼剛才牆會變得那麼燙。五分鐘就這麼流逝著，我的腦中只剩下到處爬跳的蠍子與蚱蜢！然而，我至少還保留了一點清醒。我知道，假如轉動蚱蜢，蚱蜢會蹦地跳起來，和無數的生命一起爆炸開來！無疑地，蚱蜢控制某道可以使炸藥爆炸的電流。

子爵自從再次聽見克莉絲汀的聲音後，顯得冷靜多了，此刻他已重拾所有的道德勇氣，急急地對克莉絲汀解釋我們三人和整座劇院所處的險惡環境。她必須立刻轉動蠍子……這隻蠍子，既然對艾瑞克而言，代表的是他苦苦期待的「要」，那麼，應該控制著某種足以阻止炸藥爆炸的機關。

「去吧！去吧！克莉絲汀，我心愛的妻子！」韓晤命令著。

一片靜默。

「克莉絲汀！」我大叫：「你在哪兒？」

「在蠍子旁！」

「不要碰它！」

一個念頭突然閃進腦中。我太了解艾瑞克了。也許他又在欺騙這個可憐的小女孩，也許蠍子才是真正引爆的樞紐。

為何他還沒現身呢？五分鐘早已過了好久，而他還沒回來。或許他早已躲入安全的角落，或許他正等待著那一聲壯烈的爆炸，他所等待的，不正是如此嗎？

事實上，他根本無法期待克莉絲汀會如他所願，永遠地成為他的妻子！

為什麼他還不回來呢？

千萬不能碰那隻蠍子！

「是他！」克莉絲汀驚叫：「我聽到了！他來了！」

果然是他回來了。我們聽到他的腳步聲，一步步走近路易．菲利浦式的房間與克莉絲汀會合，然而，他卻沒說半句話。於是，我提高聲量：「艾瑞克！是我！你還認得我嗎？」

這一叫，他立刻以出奇平靜的語氣回答我：「看來你還沒死在裡頭，那就儘量保持冷靜吧！」

我想打斷他的話，他卻冷冷地要脅我，使我只能沉默地靠在鏡牆上。

「再多說一個字，大洛加，我就把一切炸掉！」然後，他繼續說：「這份榮幸應該留給小姐，小姐沒有動蠍子（他說得何等從容不迫！），小姐也沒有轉動蚱蜢（多麼可怕的冷血動物！），可是想做好這份差事還不算太遲。

「看好！我不必用鑰匙，就能打開這些木盒，因為我是機關專家，我可以隨心所欲地開開關關。看！我把木盒打開了，看好，小姐，在這些小木盒裡，有兩隻可愛的小動物，它們栩栩如生吧？而且，看起來是多麼無辜的樣子！

「可是，別以貌取人。（他的聲調仍是那麼冷酷、平靜。）如果轉動蚱蜢，小姐，我們全都會一起炸開，在我們的腳底下，有足以炸掉四分之一巴黎市的炸藥。然而，如果轉動的是蠍子，那些炸藥全會被水浸濕！那麼小姐，您就可以藉著我們的婚禮，送給那些正在樓上欣賞梅耶比爾名作的巴黎人一份珍貴的禮物：也就是他們最珍貴的生命！因為，小姐您秀麗的雙手將要——這句話說得好煩——將要轉動蠍子，然後，我倆將愉快地地結為夫妻！」

一陣沉默。然後，艾瑞克又說：

「如果兩分鐘以後，小姐，您沒有轉動蠍子……我手上可有一支錶，一支走得非常精準的錶，那就輪到我來轉動蚱蜢。蚱蜢會發出響亮的一聲『砰』……」

此刻的沉默對艾瑞克而言，或許比其他時候更顯得可怕。因為我很清楚，當艾瑞克用如此平靜、冷淡而倦怠的語調說話時，正表示他已不顧一切，可能犯下最可怕的罪刑，或者做出最瘋狂的犧牲。此刻，只要說出任何令他不順耳的話，就能引發一場風暴。

子爵也意識到，眼前他所能做的只有禱告。所以，他跪在地上，開始祈禱。

至於我，血脈賁張，只有緊緊用手按住心臟，唯恐它爆破。

因為我們已毛骨聳然地預料到，在此關鍵時刻，克莉絲汀驚惶的腦中在想些什麼。而我們也了解，此刻要她轉動蠍子，有多強人所難。更何況，如果蠍子才是引爆的樞紐。……如果艾瑞克決心要我們與他一起粉身碎骨……

終於，時候到了。但是，這回艾瑞克的語氣卻變得非常溫柔，天使般的溫柔。

「兩分鐘過去了……永別了，克莉絲汀！炸吧，蚱蜢！」

「艾瑞克！」克莉絲汀驚叫，她可能正急急忙忙地拉住艾瑞克的手。「你先對我發誓，怪物！以你那份可恨的愛對我發誓，真該轉動的是蠍子。」

「是的，為了爆出我們的婚禮之光……」

「啊！你看！我們全會爆炸！」

「不，是爆出我們的婚禮之光啊！傻女孩！蠍子打開的是一場火樹銀花的舞會！可是，夠了！你不想轉動蠍子？就讓我來轉蚱蜢吧！」

「艾瑞克！」

「夠了！」

我和著克莉絲汀的尖叫聲大叫。而韓晤子爵，仍舊跪在那兒，祈禱著……

「艾瑞克！我轉動蠍子了！」

啊！這是何等可怕的時刻啊！等著……

等著化成粉末，碎裂在巨爆和殘垣之中。我們感覺到腳底下敞開的黑洞裡傳來了聲響。那些聲音……或許正是大悲劇的前奏曲。因為，從地底，從陰森的地窖暗門下，傳來令了人絕望的窸窣聲，像是火花引爆的第一個音符。

剛開始時，聲音非常輕微，然後，愈來愈沉……愈來愈大聲……

可是，聽好！聽好！用雙手護住那顆即將與許多生命一起爆裂的心。

可是，那聲音不像是爆炸聲。聽來倒像是水聲。

到暗門口去！到暗門口去！聽！聽！

現在，是咕嚕咕嚕的聲音。

下到暗門裡去！下到暗門裡去！

好清涼啊！好清涼啊！方才可怕的飢渴感，都隨著水聲消失了。

水！水！水在上升……

水淹進地窖，淹過裝著炸藥粉的酒桶。（酒桶！酒桶！有酒桶要賣嗎？）

水！水！我們興奮的迎向水！升向我們胸口、我們雙唇的水啊！

在地窖底我們大口大口地飲著水。地窖的水持續上升……

然後，在黑暗中，我們一步一步爬上石梯，在水淹進來之前來回走過無數次的石梯！而現在，我們跟著水一起上升！

真的，炸藥粉真的全被浸濕了！偉大的水！做得漂亮極了！

在湖濱小居裡，從來不用擔心水的問題！可是，如果再繼續這樣下去，整座湖的湖水會全倒灌進地窖裡！事實上，此刻我們已不知道水要漲到什麼高度才會停。

我們已經走出地窖了，可是水還繼續在升高……

水已淹過地窖，溢上地板了……如果再繼續，整個湖濱小居將會全部被淹沒的。

極刑室的地板已儼然變成一座小湖，我們的腳在水中蹚著。

這麼多的水，夠了！得叫艾瑞克關掉水龍頭。

艾瑞克！艾瑞克！水已經淹沒炸藥了！把水龍頭關掉！把蠍子轉回去！

然而，艾瑞克沒有回答。除了水上升的聲音外，什麼也聽不見。

水已湧至我們的小腿。

「克莉絲汀！克莉絲汀！水還在上升，已經淹過我們的膝蓋了！」韓晤子爵大叫。

然而，克莉絲汀也沒有回答。依然只有水不斷湧上的聲音。

沒有！隔壁的房間裡一點聲音也沒有……

沒有人了！沒有人來關掉水龍頭！沒有人來轉回蠍子！黑暗中伴著我們的，只有墨汁般的水，源源不斷地湧向我們，往上高漲，淹沒我們！

艾瑞克！艾瑞克！克莉絲汀！克莉絲汀！

此刻，我們的雙腳已完全失控，在水中打轉，被無法抵抗的水流衝擊著。水推著我們轉，碰上黑色的鏡牆，又被彈回來。我們在翻滾的水裡伸長脖子，只求多喘一口氣……

難道我們真會死在這兒？淹死在極刑室裡？我從沒見過這套方法啊！

在波斯皇宮佈置各種機關的那段日子，艾瑞克從沒讓我由隱形小窗看過這套方法啊！

艾瑞克！我救過你一命，你記得吧？你被處死，就要死了！是我給你打開逃生之門的。

艾瑞克……

啊！我們像是兩具殘屍，在黑水中漂流打轉！突然間，我慌張的手握住了鐵樹上的枝幹。我趕快叫子爵過來，我們就這麼雙雙吊掛在鐵樹的枝幹上。

可是，水還在上升……

啊！啊！還記得嗎？鐵樹的枝葉和極刑室的圓拱天花板之間，還有多大的距離？

快想起來吧！但無論如何，水也許就快停了……總會有一定的水平線吧？

哪！好像停了！

不！不！可恨！快游泳！游泳！

然而，我們兩人已分開的雙手卻又糾纏在一起。

我們快窒息了！我們在黑暗的水中掙扎，幾乎快吸不到黑水上僅存的一點空氣！

空氣在消失！我們聽到頭頂上似乎有抽風機在轟轟響著。

啊！轉吧！轉吧！到我們剩下最後一口氣為止，緊緊吸住那一口氣吧！

可是，我沒力氣了，只好試著讓自己貼緊鏡牆。

啊！這些鏡牆怎麼會這麼滑呢？

我的手指頭掙扎著……我們不停地打轉……我們就快要沉下去了……最後的努力！最後一聲大叫——

艾瑞克！克莉絲汀！

咕嚕、咕嚕、咕嚕……沉下去了！我們的雙耳咕嚕咕嚕響！

然而，在完全喪失意識之前，我彷彿在兩聲咕嚕之間，聽見熟悉的低吟：

「酒桶！酒桶！有酒桶要賣嗎？」

33 魂斷情終

「苦戀啊！大洛加。我就要為愛而死了……我就快死了，你知道嗎？當她允許我擁吻活生生的她，算是永別之吻時，她有多美啊！」艾瑞克沉重地說。

波斯人留給我的親筆記事就到此為止。儘管種種險惡的處境險些令他喪生，然而，最後韓晤子爵和波斯人，還是因克莉絲汀崇高的犧牲精神而獲救。在此，我還是希望由波斯人親口說出事情最後的發展。

我去見波斯人時，他依舊住在杜勒里花園對面，里佛利街上的一間小公寓裡。當時他已是重病在身的老人，但我以歷史報導者追求事實真相的熱誠打動了他，讓他決定重拾那段離奇悲劇的記憶。

引我進去見他的，仍是長年服侍他的戴喜。波斯人坐在面對花園的窗戶旁邊角落中的大沙發裡接見我。見到我時，他盡力抬起還算相當英挺的胸膛，雙眼依然炯炯有神，只是，歷盡滄桑的臉上已流露出倦怠之感。他理了個大平頭，平時總戴頂恙皮小帽，身上穿著一件樣式非常簡單的長袍，寬大的袖底下，露出他下意識不停轉動的大拇指。不過，他的精神看來非常好，意識也很清醒。

回想起過去所承受的種種煎熬，他不由自主地流露出激動之情。有時在我提出問題後，他要沉思許久才能回答；有時回憶泉湧上心頭，他又滔滔不絕，難以自制地敘述著他與韓晤子爵在湖濱小居中所遭遇的一切，以及艾瑞克可怕的舉動。

而我，就在他斷斷續續的話語之中，得知了這個離奇故事的結尾。

讀者們真該看看，他是帶著何等心有餘悸的顫抖，對我敘述水難之後，他在路易．菲利浦式房間昏黃的燈光下甦醒後的情況。我完全依照他講的話記錄下來，以補全他留給我的親筆記事。

以下就是這個恐怖故事的結尾——

一張開眼睛，波斯人發現自己躺在一張床上，子爵則睡在鑲鏡衣櫥的長沙發裡。一旁，天使和魔鬼一起監護著他們……

經歷過極刑室裡的幻覺與假象之後，眼前這間恬適的小房間裡，布爾喬亞式家具的真實感，反倒又像是另一樁計謀，目的是迷惑膽敢侵入這個活生生的夢幻世界裡的凡人，令他們喪失心智。

吊床、柚木椅、五斗櫃、銅器，還有沙發椅背上細心釘著的方形小飾釘、掛鐘，以及壁爐旁看起來何等無辜的小木盒……另外一邊，還有一座擺滿貝殼的紅色插針包、木雕的模型船，以及一顆巨大的奧地利鮹蛋的架子。這一切，被小几上一盞罩著燈套的小枱燈隱隱約約地照亮著，所有的家具都帶著一股令人感動的陋居情調，如此平靜、如此安逸地深埋在歌劇院地底。然而，看來卻比剛剛所經歷的奇蹟幻像更令人難以置信。

戴著面具的艾瑞克，在這個簡陋、老舊卻一塵不染的小房間裡，顯得更加陰森可怕。他彎下身子，靠在波斯人的耳朵旁，低聲地說：

「好點了嗎，大洛加？你在看我的家具嗎？這是我可憐的媽媽留給我的。」

他還說了一些話，波斯人已記不起來了。然而，有件事令他感到相當詭異。他清楚地記得，多年前，路易．菲利浦式的房間裡，只有艾瑞克一個人在說話。克莉絲汀．戴伊沒有說一個字。她無聲無息地移動著，像是自願禁聲的修女。她端來一杯藥茶（或是熱茶），戴著面具的艾瑞克迎上去，接過茶杯，端給波斯人。

至於韓晤子爵，仍然在沉睡著。

艾瑞克倒了點蘭姆酒在波斯人的杯子裡，然後指著躺在沙發上的子爵說：「他老早就醒過來了，當時，我們還不知道你是不是還能活過來呢！大洛加！他很好，只是睡著了。別吵醒他！」

過了一會兒，艾瑞克走出房間。波斯人撐著手肘，抬起身子，環顧四周，他發現壁爐旁克莉絲汀白色的身影。他喚她的名字，對她說話。然而，他還非常虛弱，一下又倒在枕頭上。

克莉絲汀走向他，摸了摸他的額頭，然後又走開了。

波斯人還記得，當她轉身離去時，甚至沒有看在一旁沉睡的韓晤子爵一眼，就這麼回到椅子上，默默地坐在壁爐旁的角落裡，像是自願禁聲的修女……

艾瑞克帶回幾個瓶子放在壁爐上。然後坐到波斯人的床沿，量著他的脈搏。接著，為了避免吵醒子爵，艾瑞克壓低聲音說：「現在，把你們兩個都救活了。我會儘快送你回地面上，好讓我太太開心。」

話一說完，他又站起身，沒有多加解釋，再次離開房間。

波斯人此刻注視著枱燈旁克莉絲汀安詳的神態。她正在讀一本薄薄的燙金書，似乎是宗教書籍之類的。波斯人的耳中，還迴響著方才艾瑞克輕鬆自然的語調：「好讓我太太開心……」

氣若游絲地，波斯人再次叫喚克莉絲汀。可是她大概讀得非常專心，竟然沒有聽見波斯人的叫喚。

艾瑞克回來了。讓波斯人喝了一點湯，並且囑咐他，不可以再和他「太太」說話。因為這麼做，將危害到所有人的生命安全。從這一刻起，波斯人只記得艾瑞克黑色的身影，以及克莉絲汀白色的身軀——默默地穿梭在房內，低頭俯視韓晤，沒有說半句話。這時波斯人還相當虛弱，只要一點點聲音，例如鑲鏡衣櫃的開門聲，都會令他頭痛。不久之後，他也如韓晤般昏昏沉沉地入睡。

當他再醒過來時，已經是在自己家中，戴喜在一旁服侍著。戴喜說，前一天夜裡，他被發現躺在公寓門口，看來應該是一位不知名的善心人士將他送回家的，並且還細心地按了門鈴。

波斯人等自己體力及精神狀況稍微恢復後，即急忙前往菲利浦伯爵家裡詢問子爵的消息。

他得到的答案是：韓唔子爵至今仍下落不明，而菲利浦伯爵已經死了，屍體是在劇院湖泊靠史基柏街的湖畔被發現的。

波斯人回想起在極刑室裡的那場死亡彌撒，伯爵是如何遇害的？兇手是何許人？已無庸置疑。

唉！又是艾瑞克！他又製造了一樁悲劇！

菲利浦伯爵當時一定以為他弟弟劫走了克莉絲汀，所以匆匆奔往布魯塞爾大道，他知道韓唔打算走這條路逃離巴黎。然而他並沒有遇上這對小情人，只好再回到歌劇院裡。

頓時，韓唔前一夜提到的有關神祕情敵的種種離奇祕密，全部湧上他心頭，而且，他還打聽到，韓唔曾意圖進入劇院的地下樓裡。最後，他在克莉絲汀的廂房裡，發現韓唔遺留下來的帽子以及裝手槍的木盒。到此為止，伯爵已不再懷疑他弟弟的瘋狂行徑，便決心親自進入地底下可怕的迷宮。以波斯人的眼光來看，想越過艾瑞克的水中精靈看守的死亡之湖，哪有不陳屍湖畔的道理呢？

波斯人不再猶疑。這項新罪行令他恐慌，他不能任憑子爵與克莉絲汀生死不明，他不能束手不管，他決定將一切揭發給司法單位。這時，整個案件已交給法爾法官處理，波斯人只好登門一訪。然而，法官是懷著何等狐疑、迂腐而膚淺（恕我直話直說）的處理態度，來看待波斯人的供詞，根本毫無誠意接受他的託付。波斯人只是被當成一個瘋子罷了！

波斯人絕望了，他發現根本沒有人願意相信他的話，只好動筆記下整個事件。

既然司法單位不願意採信他的見證，或許新聞界會感興趣。

就在他寫完那些記事的那一夜，戴喜進來通報，一名不肯透露姓名又看不清楚面貌的陌生人求見。

那人只是簡明扼要的說，如果見不到大洛加，他絕不離去。

波斯人立即猜到這名神祕客的身分，便下令馬上請他入內。

波斯人沒有猜錯。

正是劇院之鬼！是艾瑞克！

他顯得相當虛弱，倚靠著牆，彷彿害怕自己倒地不起似的。摘下帽子後，他的額頭慘白如蠟，臉上其他地方則完全被面具遮住。波斯人站到他面前。

「殺害菲利浦伯爵的兇手，你到底對他弟弟和克莉絲汀怎麼樣了？」

這麼一句直截了當的問話，逼得艾瑞克踉踉蹌蹌跌了好幾步，沉默許久後，他才拖著虛弱的步伐，走向一張躺椅，嘆了一口長長的氣，坐倒在椅上。然後，他一字一句呼吸急促地說出這段話：

「大洛加，別跟我提菲莉浦伯爵，當我從我的小居走出來時，他已經……死了！當水中精靈唱起歌……他就已經……死了！那是個意外……悲哀啊！一個讓人痛心的……意外。他就那麼不小心……那麼簡單……那麼巧合地……掉進湖裡……」

「你說謊！」波斯人冷冷地回答。

艾瑞克低下頭，沉重地說：「我不是來這兒和你談菲莉浦伯爵的，我是來告訴你……我快死了……」

「韓唔．夏尼和克莉絲汀．戴伊在哪裡？」

「我快死了。」

「韓唔．夏尼和克莉絲汀．戴伊呢？」

「苦戀啊！大洛加。我就要為愛而死了……我愛她愛得這麼深！到了今天這種地步，我還是愛著她！大洛加，既然我就快死了，告訴你也無妨。你知道嗎？當她允許我擁吻活生生的她，算是永別之吻時，她有多美啊！這是我第一次……大洛加，第一次，你知道嗎？吻一個女人……是啊！一個活生生的女人，我吻了活生生的她，而她卻淒美得像個活死人！」

波斯人站起身，大膽地抓住艾瑞克的雙臂，急切地搖晃著他。

「告訴我，到底她是死了還是活著？」

「為什麼要這樣搖我呢？」艾瑞克費力地回答：「我不是告訴你了，快死的人是我，沒錯，我是吻了活生生的她……」

「那現在，她死了嗎？」

「我告訴你，我就是這樣在她的前額親吻了一下……而且，她沒有將額頭從我的嘴唇上移開……啊！真是個貞節女子！至於死，我想不會，儘管這已與我無關……不會！不會的！她不會死的！而且，誰要敢動她一根寒毛，最好別讓我知道！就是這麼一名勇敢而堅貞的女孩救了你的性命，大洛加！若不是她，我連最基本的同情都不會施捨給你。老實說，根本沒有人在乎你的死活。為什麼你會和那個年輕的小伙子在一塊兒呢？你差點把命賠上！

「聽我說，一開始她為了她的小伙子苦苦哀求我，可是我斬釘截鐵地回答，既然她轉動了蠍子，依她自己的意願，我便成了她的未婚夫，她並不需要兩個未婚夫，這點很正常；至於你，對我而言，你早就不存在了。我再說一遍，你差一點就和她另外那個未婚夫一起喪命！

「只不過，聽好，大洛加，當你像中了邪般在水中大叫時，克莉絲汀奔到我面前，張著那一雙漂亮的藍色大眼睛，以她這一生的尊嚴對我發誓，她願意成為我真實的妻子！在這之前，在她那一雙眼睛裡，大洛加，我總是看見一個行屍走肉般的妻子；這是第一次我從那裡面看見了有血有肉的妻子。

「在她起誓的那一刻，她顯得麼那麼誠懇，她再也不會自殺，交易達成。半分鐘之後，所有的水都退回湖裡，我親手幫你挖喉嚨，大洛加，因為我深信你一定撐不過去！最後，照約定，我還得將你送回地面上，你的家裡。我呢，我又獨自回了家。」

「你對韓晤子爵怎麼了？」波斯人打斷他的話。

「啊！你知道的……他嘛！大洛加，我不能就這樣放他回地面上……他是人質。可是，因為克莉絲汀的緣故，我也不能再把他留在湖濱小居裡。所以我決定軟禁他，用最禮遇的方式（波斯皇宮的香水足以讓他全身軟弱得像綿羊），將他關在公社時期的地窖裡，在全劇院最偏遠、最僻靜的角落裡。那兒比地下五樓更低，從來不會有人去，就算他呼救也沒人聽得見。這麼一來我就清靜了，我回到克莉絲汀身邊，她正等著我……」

故事說到這兒，劇院之鬼相當鄭重地站起身來，使得坐在沙發上的波斯人也隨他站起身，彷彿遵循著某種相同的儀式。波斯人覺得在如此莊嚴的時刻，他不應該獨坐著，他甚至（這是波斯人親口告訴我的）不顧自己光禿禿的頭顱，還摘下羔皮帽以表敬意。

「是的！她在等我！」艾瑞克繼續說著，全身像一片枯落的葉子般顫抖著，但卻是因由衷的肅穆之情而顫抖。「她直挺挺地、真真實實地站在那邊等我，像是個真正的未婚妻，如她所承諾的。而當我比小孩更羞澀地走向前去時，她沒有跑開……沒有，沒有……她站在那兒，她真的在等我，甚至……大洛加，她有那麼一點點……哦！不多……可是，有那麼一點點，像個真正的未婚妻一樣，抬高額頭……然後……然後，我吻了她！我……我……而她卻沒有昏死！而且還非常自然地站在我身邊……在我吻過她額頭之後。

「啊！吻一個人，大洛加，是何等美的感覺！你無法了解的。我……我媽媽，大洛加，我那可憐悲哀的媽媽，就從來不讓我吻她……她總是轉身跑開，把面具丟給我！其他的女人，也從來就沒有過！

從來沒有！啊！啊！就這樣！何等的幸福，不是嗎？我不停地流眼淚，哭泣地跪在她腳下，親吻著她的小腳，任眼淚滾滾落下……你也哭了，大洛加，你也哭了，而她也是……天使哭了……」

艾瑞克描述這些事時泣不成聲，而波斯人面對著這個戴面具、雙肩因抽搐而顫動、雙手緊緊按住胸口、時而痛苦時而溫柔地哭泣的男人，再也忍不住眼眶中的淚水。

「哦！大洛加，我感覺到她的淚水流上我的額頭，是為我流的眼淚！為我，她的淚水是那麼地熱，那麼地溫柔，流入我的面具裡。她的眼淚，與我的淚水交織在我的眼裡，流入我的唇裡……啊！來自她的淚水，在我的臉上……

「聽著，大洛加，聽著！我決定把面具摘下，不願意遺漏她的任何一滴眼淚。而她沒有逃走……她沒有昏死！她活生生地留在我身旁，伏在我身上，與我一起哭泣！我倆一起哭泣……天上之父啊！您給了我世上所有的幸福！」接著艾瑞克無力地倒在沙發裡，仍舊哭泣著。「啊！我還不會馬上死去……可是，讓我好好哭一場吧！」他這麼告訴波斯人。

過了好一會兒，艾瑞克才繼續說：「聽著，大洛加，仔細聽好！當我跪在她的腳下時，我聽見她對我說：『可憐不幸的艾瑞克！』然後，她牽起我的手，我……我只不過是……你了解嗎？只不過是一隻願意為她犧牲生命的狗。僅僅如此而已，大洛加！

「聽著，當時我手中握著一枚戒指，當初我送給她卻被她弄丟的那枚戒指，是我把戒指找回來的，這是枚結婚戒指啊！我把戒指塞進她的小手裡，同時告訴她：哪！拿著這個！送給你，也送給他……算是你們的結婚禮物，可憐不幸的艾瑞克送的禮物。我知道你愛的是他，是那個年經人，別再哭了！

「她非常溫柔地問我到底想說什麼。於是我把我的心情解釋給她聽，而她立刻就明白，我對她而言，不過是隻願意隨時為她死的狗。可是，只要她喜歡，隨時都可能跟那個年輕人結婚，因為她曾經為我哭泣……啊！大洛加……你懂嗎？說這些話時，我的心，就像被利刃冷冷地宰割著，可是，她曾為我哭泣啊！而且她還說過：『可憐不幸的艾瑞克！』」

艾瑞克的情緒是如此激動，以至於不得不請波斯人轉過頭，因為他必須摘下面具，他就快窒息了。波斯人告訴我，一聽到這個請求，他立刻走向窗前，儘管他為艾瑞克感到難過、同情，但他還是謹慎地盯住杜勒里花園裡的樹叢，竭力避免看見那怪物的臉。

「我到公社地窖去，」艾瑞克繼續說：「放出那年輕人，並告訴他，跟我去和克莉絲汀會面。他們倆當著我的面，在路易・菲利浦式的房間裡相擁，克莉絲汀的手上還戴著我的戒指。我要克莉絲汀發誓，我死後的某一天夜裡，她要從史基柏街的入口回來，將我祕密地和她那一枚永不離身的戒指埋在一起。我已交代她如何找到我的屍體，以及該怎麼處理一切……

「於是，克莉絲汀頭一次親吻了我的額頭，在這兒……（不要看，大洛加！）額頭上，我的額頭上！（不要看，大洛加！）然後他倆就一起離開了。克莉絲汀不再哭泣，只剩下我……孤獨地飲泣。大洛加，大洛加，如果克莉絲汀遵守諾言，她很快就可以回來了……」

然後，艾瑞克不再說話。波斯人也沒有再問任何問題。對於克莉絲汀・戴伊和韓晤・夏尼的命運，他已完全放心。無論是什麼人，在聽過今夜的這一番話之後，都不能再懷疑艾瑞克如泣如訴敘述的一字一句。

怪物重新戴上面具，提起最後的力氣與波斯人告別。

他告訴波斯人，如果當他自覺死亡已非常逼近時，為了感謝大洛加為他所作的一切，他會將他這一生最珍貴的東西寄給大洛加。包括：克莉絲汀在整個事件中寫給韓晤、後來卻留給艾瑞克的所有信件，以及幾樣克莉絲汀貼身的東西——三條手帕、一雙手套及鞋上的蝴蝶結。

為了完全解開波斯人的疑問，他告訴波斯人，這對年輕愛侶一獲得自由，就決定到一個最最偏遠的地方，找個鄉村神父，將他們的幸福永遠隱藏起來。而依照他們的計畫，他們已經前往「通往世界最北端的車站」。最後，艾瑞克託付波斯人一個臨終的請求：一旦收到艾瑞克允諾的文件及遺物，請立刻將他的死訊告訴兩位年輕人，屆時麻煩他付費在《時代新聞》上登一則訃聞。

談話就到此為止。

波斯人送艾瑞克到公寓門口，而戴喜則一路攙扶他到人行道上。

一輛小馬車已等在那兒，艾瑞克登上馬車。

波斯人走回到窗口，聽見艾瑞克對車夫說：「歌劇院！」

然後，馬車就消失在黑夜的盡頭。

這是波斯人最後一次見到悲哀的艾瑞克。

三個星期後，《時代新聞》上登出這則訃聞——

艾瑞克過世

後記

以上就是劇院之鬼傳奇故事的真相。

正如我在本書開頭所說的，現在再也沒有人能懷疑艾瑞克存在的真實性。現今流傳於世有關他存在的證據太多了，使人更能夠清楚地推斷出艾瑞克在夏尼兄弟悲劇中自始至終使用的手法與犯下的罪行。

在此無須多加贅言這個事件是如何令巴黎人著迷、瘋狂。女藝人遭劫、菲利浦伯爵在如此特殊的情況下遇害、他的弟弟韓晤．夏尼的失蹤，以及歌劇院裡無故昏迷的三名燈光師……

無數的悲劇！無數的激情！無數的陰謀環生在浪漫多情的韓晤和溫柔迷人的克莉絲汀身上！這名偉大而神祕的女聲樂家，從此之後即消聲匿跡，她的命運究竟如何了？

她被誤認為是兩兄弟爭風吃醋下的犧牲品，然而，卻沒有人想像得出事情經過到底如何，也沒人能了解，韓晤和克莉絲汀的失蹤，是因為菲利浦伯爵原因不明地死亡以後，他們再也不願面對俗世雜務，寧願隱居在遠離人群的角落，珍惜這份得來不易的幸福。

就這樣，有一天，他們在「通往世界最北端的車站」搭上列車走了。

也是，或許有一天，我也會在這個車站，搭上這班列車，前往那多湖的北國尋找。哦，挪威！哦，恬靜的斯堪地納維亞！尋找韓晤和克莉斯汀的蹤跡。

或許他們還活著，范倫里斯媽媽也在——當年她也同時失蹤了！

或許有一天，在世界最北的國度裡，耳中會傳來一陣孤獨的回音，重複著音樂天使熟悉的曲調。

這個事件儘管在首席法官法爾不太高明的審理之後束諸高閣，新聞界偶爾仍試著探討其中的祕密，並繼續疑惑的追蹤著——那隻暗中策劃、製造了這麼多前所未有的悲劇（謀殺及失蹤）的黑手，到底在哪裡？街坊有一份日報，專門報導各式小道新聞，是唯一這麼寫的報紙。

這隻幕後黑手正是劇院之鬼

這句話當然還是以反諷的方式登出。

只有波斯人，人人視之為瘋子，而他在艾瑞克一訪之後，也改變了訴諸司法的初衷。但他卻是唯一掌握證據，了解真相的人。他所掌握的證據，主要是劇院之鬼所送的那些珍貴遺物。

這些證據透過波斯人的協助，輪到我來將它們找齊。我依調查的進度，每個月持續蒐證，波斯人則是蒐證的主導人。

儘管他已經好多年不曾踏進劇院，卻仍對這座殿堂保有最鮮明、最準確的記憶。他是我最佳的嚮導，引導我發現最最隱密的角落。

當我腸枯思竭束手無策時，也是他指點我，告訴我該找誰詢問。

正是他，催促我去敲白里尼先生的家門，此時的白里尼已是日薄西山的可憐老人，我從不知道他會變得如此潦倒落魄。我也永遠忘不了，當我問及有關劇院之鬼的問題時，為他帶來何等的震撼。

他像是遇見了魔鬼般地盯著我，語無倫次地回答我的問題，但他承認（這是最重要的一點），劇院之鬼存在的那段日子，為他原本就已非常起伏不定的生命（白里尼先生正是所謂尋歡放浪之人）投下了許多變數。當我將走訪白里尼所得的一點點訊息告訴波斯人時，他付之一笑，對我說：「白里尼永遠不會知道，艾瑞克這個大混蛋（波斯人有時候把艾瑞克當神，有時又把他當成狡猾的無賴）是如何在戲弄他。他非常迷信，艾瑞克知道這一點，他還知道劇院裡許多人或一些公眾人物的事。」

當白里尼在五號包箱裡，聽到一個神祕的聲音對他說出他日常的作息時間，以及他對合夥人所抱持的信任態度時，他並沒有告訴他的合夥人。一開始，他就像被上帝的聲音所感召，以為自己將遭到天譴，然後，當這個聲音開口向他要錢時，他又以為自己被合夥人戴恩比玩弄，卻沒想到戴恩比也是受害者。於是，早已因各種理由萌生去意的兩個人，就此決定辭職，甚至不想深入追查神祕的劇院之鬼的真正身分，儘管劇院之鬼曾寄給他們一份內容詭異的責任規章。

他倆將所有的祕密全部留給繼任的經理，然後如釋重負地鬆了一口氣，自認為終於擺脫掉這些荒誕不經卻一點也不好笑的事。波斯人如此說明了戴恩比和白里尼的心態。

談到這兒，我順帶聊起了他們的繼任者。令我訝異的是，孟夏曼在他寫的《一位劇院經理的回憶錄》的第一部中，非常詳細地敘述了劇院之鬼的作為，然而在第二部卻幾乎隻字未提。

關於這一點，對這本回憶錄幾乎可以倒背如流的波斯人要我仔細回想，孟夏曼回憶錄第二部有一段文字，仍與劇院之鬼有關。如果用心推敲，我就能得到整個事件的答案。

以下節錄的這段文字，我們之所以特別感興趣，正是因為它直接關係到兩萬法朗事件的結果。

關於劇院之鬼，在我的回憶錄的上一部份，已談及他不少令人費解的行徑。我只想再補充一件事，那就是，他最後仍補償了在我親愛的合夥人——以及我自己——身上發生的種種惡作劇。或許他最後終於覺悟，玩笑也該有個限度，特別是代價如此「昂貴」的玩笑，當然，也有可能是因為米華警官也被牽扯進玩笑之內。

克莉絲汀失蹤了幾天後，我們與米華警官相約在辦公室，決定告訴他這樁勒索案。那時我們在李查的辦公桌上發現了一個美麗的信封，上頭仍用紅色的墨水寫著：劇院之鬼緘，裡頭正是他以玩笑手法從我們身上取走的那筆巨款。

李查立刻表示意見說，他認為事情應該到此為止，不宜擴大。

我也同意了他的看法。

事情有了好的結果，什麼都好辦，不是嗎？我親愛的劇院之鬼！

很顯然，特別是在還了錢之後，孟夏曼仍然以為，自己當時只是李查奇思異想下的一個玩偶；正如同李查也一直認為，孟夏曼是為了報復他開過的幾個玩笑，才故意編出劇院之鬼的故事來尋他開心。

我詢問波斯人，艾瑞克如何將用別針別在李查口袋中的兩萬法朗取走？但是波斯人卻回答我，他從來沒有深入研究過這些枝微末節。不過，如果我真想知道，倒可以親自到那些地方看看。只要記得，艾瑞克「機關專家」的外號可不是自己封的，應該就不難找到解開謎題之鑰。

我答應他，只要一有時間，我會立刻投入這件事的調查。

現在，我可以立刻告訴各位讀者，調查的結果十分令人滿意。事實上，我簡直不能相信自己能夠發現這麼多的真憑實據，來證明劇院之鬼的存在。

這種感覺真好！

當波斯人的記事、克莉絲汀的信件、孟夏曼、李查、小麥姬（可惜！唉！可欽可佩的紀瑞太太已經過世）所提供的說明，以及目前已退隱在魯文西昂的梭兒莉的證詞，當所有這些即將被我放入巴黎歌劇院文獻中的資料文件，都在我的眾多發現下一一驗證，這種感覺真得很棒，我甚至為自己感到幾許驕傲。

雖然我沒能找到湖濱小居，因為艾瑞克已封死所有可能的入口（不過我相信，只要將湖水抽乾，一定可以進得去，這件事我已和藝術行政當局講過好幾回），但至少我還是找到了公社時期的祕道，那兒已是牆傾壁倒的廢墟。

然而，儘管如此，有一天，我還是打開了韓晤和波斯人下到劇院地底的暗門。在公社黑牢裡，我發現牆上刻了許多被監禁的不幸者所留下的縮寫名字，在其中，有一個R和一個C——R．C？

這還不夠明顯嗎？韓晤．夏尼（Raoul de Chagny）！這兩個字母至今還清晰可辨。我當然不會就此罷手。在地下一樓及三樓，我還發現了兩道旋轉暗門，所有的技工都一無所知，他們只知道水平移動的門。

最後，我要明白清楚地告訴各位讀者，如果有一天你們親臨巴黎歌劇院，不要跟著愚蠢的導遊，要他讓你安靜地走一走。然後，記得走入二樓五號包廂，敲一敲分隔包廂和前舞台的大理石柱，用拐杖或拳頭敲一敲，注意聽……直到與你頭部同高的地方，柱子聽起來是空心的！根據這一點，你就不必再懷疑劇院之鬼身處何處了！這根柱子足足可以容下兩個人。

或許你仍起疑，為何在五號包廂發生一些離奇現象時，竟沒有人聯想到這根柱子？別忘了，這根柱子的外表是巨大的大理石，而且，從裡頭發出來的聲音，反倒更像是由相反的方向傳來，因為精通腹語術的劇院之鬼，能隨心所欲地變換聲音出處。而這根大柱子精雕細琢，在藝術家高超的手藝遮掩下，很難令人聯想到其中會有機關。

但是，有一天，我仍不失所望地發現，其中有一塊雕刻能任意抬高放下，正好留下一個通暢而神祕的通道，好讓劇院之鬼與紀瑞太太互通訊息。當然，我所見到、感覺到、發現到的一切，絕比不上像艾瑞克這種神奇而偉大的天才，在巴黎歌劇院這種地方，創造出來的神祕奇蹟的千萬分之一。

然而，有一樣發現，卻足以代表他所有的創作。

有一天，當著行政主任的面，我在經理室的辦公桌旁，也就是在距離座椅幾公分遠的地方，發現了一道暗門，寬度相當於一把短刀，長度相當於前端手臂，看起來正好就像是一只木盒的蓋子。從那兒，我幾乎可以感覺到有一隻手伸了出來，伸入燕尾禮服的口袋中，不知不覺地掏空裡頭的東西。

四萬法郎就是從那兒被取走的，也是從那兒悄悄地被放回來。

當我帶著幾分理解之情和波斯人談起這件事情時，我告訴他：「看來，艾瑞克只是單純地尋開心，只是想證明他的責任規章的權威感，要不然，他怎麼會再將四萬法郎放回去？」

波斯人卻回答道：「千萬別以為是這樣！艾瑞克很需要錢。他一直覺得自己不屬於人類，所以，任何倫理道德都無法約束他。他揮金如土來實踐自己的想像力和創造力，並將這種做法，視為對他奇醜無比的外表的補償。因此，他不斷追求突破人類作為的極限，以最具藝術性的方式，來創造他的世界。一件作品的完成，常耗盡無數金錢。他之所以會自動將四萬法郎歸還給李查和孟夏曼，是因為他今後再也不需要用到錢：他放棄了與克莉絲汀結婚的念頭，他放棄了世間的一切。」

根據波斯人的敘述，艾瑞克是出生在盧昂附近的一個小鎮，是個土木師傅的兒子。他很早就從家中逃出來，因為在家裡，他的醜陋只有令雙親感到可怕與恐懼。

有一段時間，他跟著馬戲班到各個市集流浪演出，班主將他打扮成「活死人」。就這樣，他一個市集接著一個市集走過，走遍了全歐洲，最後在波西米亞完成了奇特的藝術和魔術教育。

艾瑞克的生命有好長一段時間是一片模糊。再發現他時，是在尼吉尼．諾夫哥羅，他在那兒展現了所有的才華。

首先，他已能唱出天上才有的歌聲；再者，他的腹語術以及各種神乎其技的雜耍，都讓人嘖嘖稱奇。一些自西方返回亞洲的車隊，一路上仍不斷談起這位異人。他的聲名就是這樣傳進波斯皇宮內的。

當時，國王的寵妾蘇丹小王妃正悶得發慌。有一位從尼吉尼，諾夫哥羅回來的皮貨商，向人談起他在艾瑞克那兒看到的種種奇技。於是，商人被召進宮中，由波斯皇宮的侍衛長（即所謂的大洛加）親自詢問。然後大洛加即奉命出發尋找艾瑞克，並順利地將他帶回波斯。

接下來的幾個月，正如歐洲諺語所說的——時晴時雨。艾瑞克犯下不少錯，因為他似乎不辨善惡，能心安理得地以各種邪惡發明幫助政治叛徒，就像他幫助國王征討阿富汗叛軍一樣。但國王仍待他如摯友。也就是在這個時候，他在波斯皇宮中佈置了許多恐怖駭人的機關。波斯人在他的記事中，已概略提過這些事。

艾瑞克在建築方面，一向有他獨特的見解，他將宮殿視作可供魔術大師想像創作的奇幻盒，於是國王命令他建造一座這樣的宮殿。果然，他建造得極其成功，完全展現了他的天才，甚至能讓國王在其中四處遊走，卻不被任何人發現；人在其中可以隨意消失，卻不知是從何離去。

當國王驚覺到艾瑞克竟是如此無所不能的天才時，他決定採取沙皇對付莫斯科紅場旁某位教堂建築大師的方法——挖出艾瑞克的那雙金眼。然而，他再仔細一想，就算是瞎了，艾瑞克仍然有辦法再建造出另一座奇幻宮殿。況且，只要艾瑞克活著一天，就表示有人知道這座宮殿的祕密。

艾瑞克一定得死！

所有與他一起工作的工人也都得死！

波斯皇宮的侍衛長（大洛加）奉命執行這個可怕的任務。然而，艾瑞克與大洛加相處甚歡，也曾給過大洛加不少幫助。大洛加決心救他，設法幫助他逃生。

但是這種婦人之仁，險些讓大洛加賠上自己的人頭，幸好及時在加斯比海邊，發現了一具被海鳥咬食了一半的屍體，在大洛加的朋友極力幫忙下，這具屍體被當成是艾瑞克交差。然而大洛加仍免不了被革職，沒收財產放逐海外。不過因為他出身貴族，波斯國庫每月仍繼續給他幾百法郎的生活費。就這樣，他來到了巴黎。

至於艾瑞克，他越過了小亞細亞，來到了君士坦丁堡為蘇丹王效命。

讀者們只消看看十九世紀末土耳其革命之後，伊爾第．紀歐斯宮內頗負盛名的暗門、密室以及神祕保險箱，便可知道那些都是出自艾瑞克之手，也就能了解他為這個暴君做了些什麼事。

他還發明出幾可亂真的木偶王子，在宗教精神領袖蘇丹王子退避休息時，木偶便代替他，讓人以為王子仍在座位上監督。

最後，自然而然的，當初迫使他離開波斯的原因，再度逼迫他離開蘇丹。

於是，自覺極度厭倦如此充滿冒險、特殊而又醜陋的生命，他決心讓自己成為一個「普普通通的正常人」。他當起平凡的土木師傅，以最普通的磚瓦替人蓋房子。就在這個時候，他承包了巴黎歌劇院的地基工程。當他看到劇院底下有一大片可供善加利用的天地時，他好幻想創作的藝術天性又重新燃起。而且，儘管他希望如常人般生活，但他實在是長得醜陋不堪。於是，他夢想在地底下建造一處不為人知的住所，就此永遠逃開世人的眼光。

接下來的情況大家已可想而知，這就是艾瑞克離奇卻真實的一生。

可憐不幸的艾瑞克！他不該怨嘆、不該詛咒嗎？他所希求的，不過是成為普通的正常人！

可是，他長得實在太醜陋了！如果他擁有的是一張普通的臉，也許他會隱藏自己的天份，也許他早已功成名就，成為備受敬重的大師，擁有一顆足以懷抱全世界的心！但是，他終究只能自閉於小小的地窖中。

劇院之鬼當然應該怨嘆！

無論他犯下了多少罪行，我為他的亡魂禱告，相信上帝也一定會憐憫他！

為何上帝要造出像他這麼醜陋的人呢？

那一天，當工人們從預備埋藏留聲帶的場地挖掘出他的屍體時，我在他的屍體前做了兩次禱告。

我敢確定，那就是艾瑞克，但並不是那張醜陋的臉讓我認出是他，所有的人死了一段時間之後都同樣醜陋，是他手上戴著的那只金戒指讓我認出他來的。

克莉絲汀一定是在埋葬他之前，遵照對艾瑞克的承諾，為他套上了戒指。

他的屍體是在小噴泉旁被發現的。那兒是他將克莉絲汀帶入地底下時，音樂天使第一次將自己心愛的女子擁在懷中的地方。

現在，該如何處置這具屍體呢？

總不該丟入無名公墓中吧？

我認為劇院之鬼的遺體，應該被納入巴黎歌劇院的文獻中。

這可不是一具普通的屍體！

（全書完）

國家圖書館出版品預行編目（CIP）資料

歌劇魅影 / 卡斯頓 · 勒胡 (Gaston Leroux) 著；楊玟譯 . --
五版 . -- 臺北市 : 遠流出版事業股份有限公司 , 2020.12
面； 公分
譯自 : Le fantôme de l'Opéra
ISBN 978-957-32-8725-4 (平裝)

876.57 109017595

歌劇魅影

作　　者／卡斯頓 · 勒胡（Gaston Leroux）
譯　　者／楊玟

資深編輯／陳嬿守
校對協力／陳柔安
主　　編／林孜懃
封面設計／王瓊瑤
行銷企劃／舒意雯
出版一部總編輯暨總監／王明雪

發 行 人／王榮文
出版發行／遠流出版事業股份有限公司
地址：臺北市中山北路一段 11 號 13 樓
電話：（02）2571-0297
傳真：（02）2571-0197
郵撥：0189456-1
著作權顧問／蕭雄淋律師

2000 年 2 月 16 日　初版一刷
2023 年 12 月 5 日　五版三刷

定　　價／新台幣 280 元（如有缺頁或破損，請寄回更換）

ISBN 978-957-32-8910-4

遠流博識網　http://www.ylib.com　E-mail: ylib@ylib.com
遠流粉絲團　https://www.facebook.com/ylibfans